내 안의 깊은 계단

강석경 장편소설

창작과비평사

내 안의 깊은 계단

초판 발행/1999년 10월 15일
5쇄 발행/2000년 1월 10일

지은이/강석경
펴낸이/고세현
펴낸곳/(주)창작과비평사
등록/1986년 8월 5일 제10-145호
주소/서울시 마포구 용강동 50-1 우편번호 121-070
전화/영업 718-0541, 0542 · 편집 718-0543, 0544
　　　　독자사업 716-7876, 7877
팩시밀리/영업 713-2403 · 편집 703-3843
하이텔 · 천리안 · 나우누리 ID/Changbi
인터넷/홈페이지 www.changbi.com
　　　전자우편 changbi@changbi.com
지로번호/3002568

ⓒ 강석경 1999
ISBN 89-364-3334-2 03810

* 지은이와 창작과비평사 양측의 동의 없이
　어떠한 형태로도 전재 · 복제할 수 없습니다.
* 책값은 뒤표지에 표시되어 있습니다.

내 안의 깊은 계단

차례

1. 새장을 열어놓으면 7
2. 비둘기의 집 25
3. 평등한 죽음 40
4. 배반 62
5. 겨울은 왜 와야 하나 90
6. 늑대와 춤을 112
7. 대낮에 등불을 들고 126
8. 호우주의보 146
9. 알을 깨고 날아간 새 169
10. 그대 안의 깊은 계단 187
11. 나는 긴 강을 흐르는 물이니 207
12. 창사로 가는 길 230
13. 신의 선물 250
14. 소멸의 시간 272
15. 삼년 뒤의 여름 286

후기 309

새장을 열어놓으면

등뒤로 바람소리가 드세다. 봄 햇볕이 모포처럼 등을 따뜻하게 하건만 바람소리는 뒷산의 마른 억새 무리를 휩쓸어버릴 듯 거칠다. 발굴로 파헤쳐진 둔덕에 먼지 회오리를 일으키는 것이 꽃샘바람이라기보다 투기 심한 여인네의 성마른 기세 같다.

그러나 몇겹의 토층을 벗겨낸 단단한 생토바닥은 더이상 드러낼 것이 없어서 흙 한점 날리지 않는다. 아침부터 단면 벽면을 따라 긁어낸 도랑자리는 흙을 깨끗이 치워 디귿자로 드러나 있다. 물이 흐른 자리라 땅 빛깔이 약간 붉다. 반들한 집자리의 바닥엔 거북등 같은 금이 미세하게 이어져 있다. 단단하지 않은 땅에 비가 스미면서 생긴 금으로 삼한시대 이전의 유구(遺構)에 자주 나타난다. 모습을 드러낸 평평한 숫돌과 노출되면서 팽창하여 부서진 붉은 무문토기가 땅의 역사를 말해주고 있다.

천여평의 전체 발굴지 중에서 능선 아래로 네 군데의 청동기 주거지가 모여 있다. 처음에 인류는 자연의 동굴을 찾아 살았지만 그 뒤론 들판으로 나와 집을 짓기 시작했다. 옆의 청동기 주거지엔 일정한 간격으로 열두 개의 기둥 구멍이 나 있다. 암반에 팬 구멍은 얕고 점토를 파낸 기둥 구멍은 깊다. 능선 따라 그 옆에 나란히 배치된 집자리에도 기둥 구멍이 벽면을 따라 드러나 있는데 강주가 발을 딛고 서 있는 이 집자리에선 여태 나타나지 않았다.

배수구는 벽면을 따라 디귿자 형으로 드러나고 불을 땐 듯한 붉은 바닥 노지(爐址) 두 군데와 돌화살촉, 그릇 파편들, 돌도끼, 돌칼 등이 거의 다 출토되었다. 노지 가까이 기둥 크기만한 구멍이 하나 나났을 뿐이다. 강주 옆에서 노지를 긁고 있던 재성이 고개를 갸웃했다.

"기둥 구멍이 안 나타나는 걸 보면 옥외 작업장으로 쓴 것 아닙니까?"

"이천년 이상의 세월이 흐르면서 흔적이 사라질 수도 있겠지. 불에 탈 수도 있고."

"노지만 바닥이 붉어요. 불에 탔다면 바닥 전체가 붉든지 거뭇할 텐데."

"단단한 움바닥에 기둥을 그대로 세운 경우도 있어. 더러 남아 있는 구멍은 지붕 무게로 생긴 것이라 볼 수 있고."

"과학처럼 정답이 있는 것도 아니고 답답해요, 고고학은. 추리하는 건 재미있지만."

"그것이 매력 아닌가? 아니면 내일 입대할 사람이 왜 여기 나와 있나."

"발 시리겠어요, 봄이라지만 오늘같이 바람이 불면."

재성은 강주의 맨발을 내려다보며 슬몃 웃음지었다. 오년 전 신석기시대 주거지를 발굴한 적이 있는데 강가의 모래땅이어서 투박한 신발을 신을 수 없었다. 바닥이 얇은 운동화를 신었다가 아예 맨발로 발굴작업을 했더니 땅과의 교감이랄까, 몇천년 전 시간을 건너뛰어 신석기인들의 체취를 몸으로 느끼는 듯했다. 그 뒤 주거지를 발굴할 땐 한겨울이 아닌 다음에는 맨발로 작업을 즐기는데 이건 고고학도만이 누리는 환상의 시간여행이었다.

"전에 신석기시대 발굴 땐 맨발로 왔다갔다하다가 꿈까지 꾸었어. 장방형 집터에 삼각형 모양의 지붕이 보이고 창도 나 있어. 가죽옷을 걸친 사람들이 옥외에서 돌을 던지고 석기들이 날아다녀. 다음날 현장에 나오니까 집자리 구조가 보이더라."

"지성이면 감천이라는 거 아닙니까."

강주는 숫돌 옆에 놓여 있는, 푸른빛 띠는 돌도끼를 가만 집어들었다. 사암 계통으로 날의 한 면은 매끄러웠다. 꽤 날카롭게 갈려 있지만 햇볕의 온기가 스며 있는 돌도끼는 무기나 연장이라기보다 부적처럼 어떤 힘을 느끼게 했다.

어느 청동기인이 갈아 만든 돌도끼를 이십세기가 저물어가는 이날, 한 젊은 고고학도가 어루만지고 있다. 청동기인들은 이천년 뒤 그들 자손의 방문을 상상이나 할 수 있었을까. 과학의 이기를 누리는 강주 또한 이천년 뒤의 시간을 상상할 수 없지 않은가. 그건 전세계 도서관에 가득 꽂혀 있는 셀 수 없이 많은 책 속에도 기록되지 않은 무한한 시간이면서 생명의 순환을 알려주는 찰나이기도 하다.

"여긴 이제 마무리짓고 사진찍을 준비 하지."

강주는 재성에게 일러주고 유구 바깥에 벗어둔 신발을 신었다. 봄햇살이 목덜미에 내려앉아 노곤했다. 강주는 둔덕 위쪽으로 걸음을 옮기며 담배를 꺼내 물었다. 바람도 조금 잠잠해지고 건조한 공기에 담배가 빨리 타들어갔다. 작업중엔 담배를 피우지 않지만 트롤을 손에서 놓을 땐 음미하듯 연기를 깊이 빨아마시곤 했다.

정면으론 높지 않은 안산이 마주보이고 남향의 낮은 구릉엔 청동기부터 삼국시대 유구들이 여기저기 드러나 있다. 땅속에 묻혀 있던 고대의 공동묘지가 햇빛 아래 해체돼 있다. 안산을 등지고 구릉 정상에 서니 작은 도로 건너편의 동네 풍경이 한눈에 들어왔다. 앞으론 몇채의 민가가 보이고 감나무가 있는 집 뒷동산엔 작은 무덤 하나가 동그마니 놓여 있다. 무덤 주위로 소나무들이 그늘을 만들지 않을 정도로 보기 좋게 뻗어 있고 지붕 형태의 가첨석이 얹힌 묘비가 양지에 묵묵히 서 있다.

 길 하나를 사이에 두고 발굴지의 이천년 전 무덤들과 현대의 무덤이 공존하고 있다. 고고학도인 강주가 늘 대하는 주검은 그저 삶의 한 양상이지만, 양지바른 무덤을 보면 그 옆에 누워 담배라도 한개비 피우고 싶어진다. 층층이 쌓인 삶의 각질과 죽음, 시간이라는 보이지 않는 강물 속에 인류가 그렇게 흘러가고 있다. 오늘도 주검을 거두며 시간의 강은 살쪄가는 것이다.

 강주의 시야로 일순 엷은 보랏빛이 안개처럼 번졌다. 색채는 물결인 양 흔들리더니 둥그런 꽃고리로 떠올랐다. 넘실거리는 강 위로 한 묶음의 화환이 흘러가고 있었다. 햇빛에도 바스러질 듯한 연보라색 꽃다발. 피크리스꽃, 수레국화, 노박덩굴 열매와 목가지 열매…… 보지도 못한 이국적인 이름의 식물들, 그건 이집트에서 발굴된 투탕카멘의 초상에 놓인 화환이었다. 당시 십팔세의 왕이 죽자 청상과부가 된 어린 왕비가 지상에 만개한 식물을 꺾어 남편에게 바친 마지막 선물이었다.

 고고학자들은 이 화환으로 왕이 사오월 봄날에 매장되었음을 추측할 수 있었다. 과부가 된 어린 왕비는 꽃을 꺾으며 이별의 슬픔과 생에 대한 두려움에 몸을 떨었으리라. 그 꽃다발엔 탄식의 입맞춤과 눈물이 묻어 있겠지. 영원한 기쁨도 없듯이 영원한 슬픔도 없어서 왕비는 그 뒤 화환을 잊었을지 모른다.

 그러나 화환은 세월의 강에 침잠하여 추억의 방부제로 왕의 시신을 지키고 있었다. 그해 봄의 기운을 아련히 풍기며, 삼천삼백년 동안 희미하게나마 빛깔을 유지하고 있던 그 시든 화환은 투탕카멘 묘를 발굴한 한 고고학자를 감동시켰다. "제왕의 온갖 화려함과 위풍당당함도 이 빈약한 한 묶음의 시든 화환 앞에 빛을 잃는 것 같았다"고 카터는 묘사했다.

 카터의 발굴기를 처음 읽었을 때 빛바랜 보라색 화환이 그의 가슴을 사로잡았다. 그건 강주에게 봄의 빛깔이었다. 소멸을 품고 있는 탄생, 휘장이 보이는 시작의 빛깔. 허무를 동반한 꿈의 빛깔. 그래 이런 봄날이면 환영처럼 문득 투탕카멘 초상에 놓인 보랏빛 화환이 수면 위로 떠오르는 것이다.

 "옛날에 농사짓던 일도 다 꿈 같데이. 모 심는 기계 안 나오나, 논 미는 기계는 안 나오나, 푸념했디만."

 "세상 좋아졌지. 흰 광목 빨라믄 시껍묵었다. 고무장갑이 있나, 추븐 겨울에 떵떵 언 손 불어가면서 씻었는데 인자는 기계가 다 해주고, 오래 살고 볼 일이데이."

 몇 발자국 옆에서 두 아낙네가 옹관묘를 파며 잡담하고 있었다. 손을 내려다보니 담배가 손가락 사이로 타들어가고 있었다. 강주는 폐기물을 실어나르는 수레에 꽁초를 던졌다.

 "선생님, 여기 좀 봐주세요."

 강주가 뒤돌아서 동편으로 걸음을 옮기는데 학부 이학년생 영미가 강주를 향해 서 있었다. 영미가 맡아 조사중인 유구는 원삼국시대의 목관묘였다. 유구는 십자 둑을 사이에 두고 보강토까지 깨끗하게 정리돼 있었다. 벽면 가까이엔 부식된 쇠창이 드러나 있고 가운데엔 붉은 마노 하나와 작고 푸른 유리구슬 수십개가 모여 있었다.

 "토층을 그리고 둑 제거작업 해야 하는데 둑 단면의 빛깔도 다르고 바닥의 흙 빛깔도 달라요. 도굴 흔적이죠?"

원래 흙은 약간 붉고 단단하지만 둑 빛깔은 검고 푸석거렸다. 도굴 흔적을 이내 알 수 있었다. 둑의 벽엔 옹기조각도 묻혀 있었다. 옹기가 언제 쓰던 건가. 어제는 목곽묘를 파던 인부가 비닐과 고무 조각을 걸어냈다. 서쪽 모서리에 놓여 있는 주머니호의 일부는 이미 깨어진 채 출토됐는데 주머니호 속에 차 있는 흙속에도 쇠꼬챙이로 찌른 흔적이 있었다.

"부모 무덤 속을 이렇게 파면 좋겠다. 그것과 다를 것이 뭐가 있어."

강주는 혀를 차며 둑의 벽면을 트롤로 긁었다. 붉고 단단한 원래의 흙과 달리 약간 검은빛을 띠는 흙은 푸석했다. 강주의 입에선 한숨이 새어나왔다. 영남 쪽만 해도 고분의 팔십 퍼센트가 도굴당한 실정이다. 어디서건 도굴의 흔적을 쉽게 볼 수 있건만 유적지에서 현대의 찌꺼기가 묻어나오면 화가 나면서 맥이 풀렸다. 신방에 들어간 신랑이 도둑의 흔적을 본 기분이라고 누가 농담삼아 비유했지만 이천년의 시간을 거슬러가는 고고학도의 기대는 보다 환상적이지 않을까.

"단면을 다시 확인하여 도굴 구멍의 범위를 찾아보고 다음 작업을 진행하지."

강주는 영미에게 일러주고 구슬편수는 맞는지 물었다. 쉰두 개 아닌가? 영미는 중얼거리며 구슬을 헤아려보았다. 강주는 파란 구슬 하나가 보이지 않는다고 일러주었다. 수습된 구슬은 쉰두 개지만 그중 다섯 개의 구슬이 하늘색에 가까운 파란색인 것을 강주는 분명히 기억하고 있었다. 나머지는 모두 짙은 남색 구슬이었다. 영미는 유구와 그 주변을 살피곤, 어디 갔지? 혼잣말을 했다.

"자기가 맡은 유물이 어디 있는지 모르면 어떻게 해?"

애써 기억을 더듬는 영미 표정을 보니 어딘가 휩쓸려들어간 것 같았다. 맙소사, 강주는 천여평의 구릉에 분포된 칠십여기의 유구를 전체적으로 파악하고 있건만 담당자가 자신이 맡은 유구 하나도 챙기지 못하다니. 강주는 유구에서 몇걸음 떨어진 곳에 흙더미가 쌓여 있는 것을 보았다. 학생들이 유구에서 흙을 파내면 인부들이 한군데에 모아 버리곤 했다.

"발굴은 할리우드 영화에 나오는 보물찾기가 아니야. 이건 천팔백년 전 조상들의 숨결이 담긴 유물이야. 그것 하나 못 챙긴다면 정신자세가 안되어 있다는 얘기지. 작은 구슬 하나로도 시대를 추정할 수 있고 그래서 소중히 다루어야 하는 거야. 흙더미 속에 묻혀 있을지 모르니까 찾아봐."

영미는 흙더미를 보더니 울상을 지었다. 리어카로 서너 번은 실어 날랐을 분량이었다. 강주는 외면하고 한 손을 호주머니에 찌른 채 뒤돌아섰다. 세상살이는 덤벙덤벙 넘겨도 될 만큼 쉬운 게 아니란 걸 알아야지.

인부들이 막 일손을 놓고 막사로 가고 있었다. 오후 참을 먹을 시간이었다. 십분간의 휴식시간이라 학생들도 여기저기서 막사로 향하는데 자리를 뜨려던 민기가 강주가 다가오는 걸 보고 기다렸다.

"잘돼가나?"

"여기서 마제석검이 나왔어요. 이건 청동기시대 건데 사세기 목관묘에서 나왔어요."

민기는 유구에서 흙 묻은 돌칼을 꺼내 강주 앞으로 내밀었다. 길이가 이십 센티 정도 되는 돌칼의 양날은 날씬하게 갈려 있었다. 고분의 부장품들은 대개 피장자가 쓰던 물건이나 의례용으로 만든 것이라 그 시대의 생산품으로 볼 수 있다.

"여긴 아마 고고학자 무덤인가보다."

"학계에 발표해야겠는데요."

민기와 마주보고 농담하다가 강주는 유구를 들여다보았다. 양단 벽쪽에 목 짧은 항아리와 컵형토기가 드러나 있고 중앙부 양쪽에 쇠창,

쇠도끼, 한 무더기의 쇠화살촉 들이 나와 있었다.

"흙이 너무 말라서 떠내면 철기가 부서질 것 같아요. 알코올을 부어야겠어요."

"그러지. 여기서 철촉이 무더기로 나왔군. 원삼국에서도 후기 쪽이라고 봐야겠다."

철촉은 삼각형으로 새끼손가락 절반 정도의 길이인데 촉머리는 납작하다. 일회용인 철촉을 대량으로 만들었다는 건 철 생산체제가 갖추어졌다는 뜻이다. 옛 기록을 보면 진·변한 지역에선 일찍이 철이 생산되어 왜와 낙랑에까지 공급하였다. 철기의 보급은 생산력의 증대를 가져오고 사회를 변화시키는 원동력이 되었다. 지난해 경주 황성동에선 사세기에서 칠세기의 제철공장 유적이 발굴되어 철이 신라가 급속하게 강대국이 된 원인으로 떠올랐다.

인류를 다른 동물과 확실히 구분해 문명사회로 이끈 철기. 이 철기문화의 진전과 함께 삼국은 진정한 의미의 역사시대로 진입했다.

지난주까지는 현장설명회 자료를 만드느라 휴일도 없이 일했다. 이미 설명회도 치러서 토요일인 이날은 다섯시에 일을 끝냈다. 현장을 지킬 당번만 남고 모두들 들뜬 마음으로 집에 돌아갈 채비를 하는데 학생들은 모레 입대할 재성의 송별회를 한다고 시내로 갔다. 이날 약속이 있는 강주는 어제 저녁 재성과 따로 식사를 했다. 내일은 쉬므로 학생들은 이삼차까지 술을 마실 것이고 술을 즐기지 않는 강주는 빠지는 편이 나을 것이다

강주가 시동을 거니 민기가 차문을 열고 옆자리에 탔다. 가는 방향이 같기도 하지만 혼자 차를 타지 못하는 강박관념 탓에 늘 누군가를 동승시켰다. 현장에서 빠져나와 마을 신작로를 스쳐가니 이내 대로가 나왔다. 민기가 휴지를 집어 코를 풀었다.

"꽃샘바람에 감기가 들었나. 오늘 제사만 아니면 재성이 송별회 같

이할 텐데."

"청주까지 가야 하잖아. 시외버스 타나?"

"아닙니다. 대전까지 기차로 가서 작은형 차로 함께 가기로 했어요."

민기는 경주에서 대학원을 다니지만 집은 청주에 있었다.

"원래 고향이 청준가?"

"시에서 떨어진 시골이지만 중학교부터 청주에서 다녔어요."

"청주는 살기가 어때? 난 한번도 가본 적이 없어."

"공군사관학교가 들어서고 공단도 조성돼서 이젠 좀 번잡해졌지만 변화엔 민감하지 않아서 인심은 그대로예요. 충청도가 유순하고 소극적이라잖아요. 전라도는 땅이 넓어서 대지주가 있고 음식문화가 발달했어요. 반면 소작인들은 살기 힘들었겠죠. 경상도는 산세가 험해서 억척스러워야 살아남아요. 충청도는 산세가 작아 올망졸망하고 거의가 자작농이에요. 자족하면서 살아서 한이며 울분이 없고 큰 욕망도 없어요. 산업사회에서도 좌절이 없고 학생운동도 다른 지역보다 약하죠. 삼국시대부터 한강 이남을 차지한 나라가 청주를 차지해서 소속감이 없어요. 그래서 좋은 게 좋다, 생각하고 물 흐르듯 살아왔을 거예요."

"무심천같이……"

"무심천을 어떻게 알아요?"

민기가 고개를 돌려 반가운 기색을 보였다.

"시내 공원에 압각수라는 은행나무 있지? 은행잎이 정말 오리발 모양이야?"

"고려시대 청주목 객사 문앞에 있었던 수십 그루의 은행나무 중 유일하게 남은 거래요. 그건 어떻게 알았어요?"

"친척이 청주서 삼년 살았어. 뒤에 들었지."

"거기서 자라면서 늘 들어온 말이 있어요. 삼척동자는 굶어도 팔푼이는 안 굶는다고. 내 고향에선 부족하다고 멸시받지 않아요. 덕 없는 사람을 싫어하고 바보 같은 사람을 좋아해요."

"사람이 살 맛 나는 곳이군."

강주는 무심한 듯 말했으나 누이를 떠올리며 안도감을 느꼈다. 사촌누이 소정이 여고를 졸업한 뒤 청주지점 은행에서 근무했다. 그때 강주는 중학생이고 어머니가 누이네를 싫어했기 때문에 만날 수 없었다. 강주가 누이를 다시 보게 된 것은 대학 신입생이 된 해인데 라일락이 질 무렵 소정이 강주의 학교에 찾아왔다. 은행을 그만두고 소정이 전문대학에 다닐 때였다. 오년 만에 누이를 만났을 때 강주가 한 첫마디는 "정말 청주 여자 같잖아"였다.

──민자당의 김영삼 대표와 평민당의 김대중 총재가 대구 금호호텔에서 만나 단독회담을 가졌습니다…… 나라를 위한 기도회에 함께 참석한 뒤 별도로 회동, 향후 정국운영……

흥미없는 정치뉴스가 흘러나왔다. 민정·민주·공화당이 밀실야합으로 합당한 이래 국민들은 정치인에 대한 환멸과 불신으로 정치에 무신경해졌다. 더구나 흙속에서 토기를 파내며 발굴현장에 있는 강주에게 정치뉴스는 아득히 먼 세계의 소식을 듣는 듯 괴리감을 느끼게 했다. 강주는 "음악이 낫겠지?" 동의를 구하고 버튼을 눌렀다. FM에선 차이꼬프스끼의 피아노 삼중주가 흘러나왔다. 어둑해지는 하늘을 배경으로 단조의 바이올린 선율이 가슴속 우수의 현을 건드리며 울려퍼졌다.

"선생님, 신호 바뀌었어요."

어느새 푸른 신호가 들어와 있었다. 뒤에서 경적이 울려서 강주는 그제야 정신을 차리고 가속페달을 밟았다. 차를 탄 지 이년이 넘지만 아직도 운전이 몸에 배지 못했다. 우회전 때도 머뭇거리다 직진하는 차에 밀려 멈춰서 있기 일쑤이고 신호등이 바뀔 때 판단력이 마비돼 당황하기도 했다. 시간을 벌기 위해 가능하다면 신호대 앞에서 선두에 서고 싶지 않지만 그것도 뜻대로 되는 일이 아니었다.

"차를 안 타고 살 순 없나. 십년이 지나도 차에 익숙해질 것 같지가 않아."

"어떤 사람들은 장난감 같다던데요."

"차를 잘 다루면 친구도 되겠지. 난 차에서 내리면 오늘도 무사했구나, 그제야 안도감을 느껴."

"전에 누가 교통사고 당한 적 있습니까?"

"그런 건 아니고……"

강주는 말끝을 흐렸다. 차를 혼자 타지 못하는 건 육체적인 고통의 경험 때문이었다. 새 차를 탄 첫날부터 심기가 불편했다. 새 차에서 나는 냄새가 머리를 아프게 하더니 보이지 않는 올가미가 서서히 몸을 조이는 듯했다. 냄새 때문이라 생각하고 겨울인데도 창을 열었다. 찬 공기를 마시며 모퉁이를 돌려고 서서히 핸들을 돌리는데 갑자기 가슴이 죄어드는 듯했다. 강주는 숨이 막혀 셔츠 단추를 풀며 급브레이크를 밟았다. 이내 뒤차가 부딪치는 진동을 느꼈고 강주는 차문을 열고 나와 길바닥에 주저앉았다. 다친 사람이 없어 다행이었지만 다시는 혼자서 차를 운전하지 않았다.

"은허(殷墟)의 점복기록을 읽은 적 있나?"

"상왕조의 마지막 도읍지 안양(安陽)서 발견된 갑골문 말입니까?"

"갑골문을 보면 군사작전은 물론 외출과 귀가, 다가오는 밤이나 낮 동안의 안녕에 대한 점복기록이 있어. 이런 식이야. 계축일에 점을 쳐서 묻기를 세번째 날인 을묘일에 비가 내리겠습니까? 아니면 내리지 않겠습니까. 다음날 계묘일에 숲에 불을 지르는 방법을 써서 짐승들을 노획할 수 있겠습니까? 오늘밤 재화가 없겠습니까?"

자연의 재앙도 신의 조화라고 믿었던 고대인들의 무지가 점복을 낳았지만 오늘밤의 안녕까지 물은 점복기록은 애처롭기까지 하다. 그건 이십세기가 저물어가는 오늘에도 여전히 인간의 가슴을 짓누르는 생에 대한 두려움 때문이 아닌가. 가엾은 인간이여.
"옛날에 차를 타면 늘 차창 한모퉁이에 붙여진 그림이 있었어. 흰 잠옷을 입은 어린 서양 소녀가 무릎을 꿇고 빛을 향해 기도하는 모습의……"
"기억나요. 이런 글도 씌어 있었죠. 오늘도 무사히."
민기가 두 손을 모아 기도하는 시늉을 해서 강주도 슬며시 웃었다. 그건 유머가 아니라 인류의 영원하고 엄숙한 기도문구였다. 고고학자들이 발굴한 청동의기(青銅儀器)며 부식된 철기유물들도 결국은 저 오랜 염원의 물적 변형에 다름아니다. 인생을 호기심어린 눈으로 바라보던 시절엔 하루라는 삶의 고개를 아슬하게 넘어가는 고달픔을 알지 못했지.
민기를 역에 내려주고 집에 들어서니 뜰과 거실에 불이 켜져 있었다. 대문 앞 화단가에 심어진 앵두나무엔 꽃망울이 져서 손만 대면 온 가지에 꽃잎이 활짝 피어날 것 같았다. 연둣빛 목련잎도 형광빛에 파리해 보이지만 물이 올라 있었다. 화단 안에 붉게 피어 있는 산당화가 눈길을 끄는데 강주는 거실에서 새어나오는 멜로디를 흥얼거렸다. 카르멘의「하바네라」아리아였다.
――사랑은 길들이기 어려운 들새, 사랑을 거부하면 아무리 간청해도 소용없어요……
모든 여자는 다 카르멘을 꿈꾼다. 카르멘을 꿈꾸는 이진이 그렇게 말했다. 강주는 사랑스런 약혼녀에게 바치기 위해 카르멘의 손톱처럼 붉은 산당화 꽃가지를 꺾었다.
"깜짝이야. 왜 나를 안 부르고 빈집에 들어오는 것처럼 키로 열고 들어와?"
 강주가 현관으로 들어서니 식탁을 차리던 이진이 눈을 흘기며 다가왔다.
 "미안, 습관이야."
 강주는 이진의 어깨를 감싸며 산당화 꽃가지를 귀 옆에 꽂아주었다. 단발머리에도 붉은 꽃이 잘 어울렸고 달큼한 꽃향내가 나는 듯했다. 이진은 제 모습을 거울에 비춰보며 무희처럼 두 손을 올려들고 발장단을 맞추었다. 막 「하바네라」가 끝나고 미까엘라와 호세의 이중창이 시작되었다. 이진은 오디오를 끄고 식탁으로 갔다. 식사를 하면서 듣기엔 너무 극적인 음악이었다. 식탁 한가운데 보기 좋게 회를 담은 타원형 접시와 샐러드, 미역초장, 산삼무침 같은 반찬들이 가득 놓여 있었다.
 "웬 회지?"
 "형이 좋아하니까 사왔지. 죽도시장 가서 활어 사왔어."
 이진은 서울서 경주에 올 때마다 포항까지 비행기 이용하길 좋아했다.
 "생선을 들고 와도 너한테선 향기가 나는구나."
 "형은 표현을 할 줄 알아. 난 그런 형이 좋아."
 이진은 끓고 있는 재첩국을 떠왔다. 부추 사이로 보이는 재첩국물이 맑았다. 강주는 두 개의 잔에 청주를 따르고 잔을 들었다. 이진이 잔을 들며 말했다.
 "나, 다음주에 평촌 신도시 아파트 분양신청 할 거야. 당첨되면 좋겠어. 우리들의 새 집을 위해."
 두 개의 잔을 부딪치고 한모금 마신 뒤 강주가 입을 뗐다.
 "집 구하는 걸 왜 그렇게 서둘러? 당장 살 것도 아닌데. 그건 내가 알아서 할게."

"일순위니까 가능성은 높지만 신청한다고 당첨되는 것도 아니야. 떨어지면 다시 일산에 신청할 거야."

"나 한동안은 경주서 움직이지 않을 것 같은데. 당첨된다 하더라도 언제 거기서 살게 되겠어?"

"몇년 뒤에 입주하니 그런 걱정 벌써 할 필요 없어. 전세를 주더라도 서울 근처에 아파트를 사야 해. 신도시는 값이 오르니까 엄마가 이번에 꼭 신청하래. 형은 그런 것 모르니까 나한테 맡겨줘. 내가 탐내는 곡옥 목걸이만 목에 걸어주면 돼."

농어회는 싱싱하여 혀에 감기는 듯했다. 강주는 이진의 접시에 회를 덜어주며 말머리를 돌렸다.

"좋도록 해. 결혼식 같은 거 안해도, 내 집이 없어도 난 너와 이렇게 살고 있잖아."

"일이주일에 한번씩 이렇게 만나는 게 사는 거야? 견우 직녀도 아니고 이게 무슨 생활이야. 나도 다른 여자들처럼 남편이 출근하면 손흔들고 퇴근할 땐 제과점에 들러 빵을 사오라고 부탁하고 싶어."

"빵은 지금이라도 사다줄게."

이진의 잔이 비어서 강주는 술을 따랐다. 청주를 단숨에 비우고 이진이 투정했다.

"난 결혼하려고 귀국했고 일년 넘게 이렇게 기다리고 있어. 난 형이 왜 결혼을 미루는지 모르겠어. 작년에도 우린 결혼할 수 있었어. 형을 위해서라면 포로처럼 엎드릴 수도 있지만 결혼하기 싫다면 칼같이 돌아설게. 기다리기 지겨워."

"독일 있을 땐 어떻게 했어? 서로 편지만 하고도 잘 견뎠잖아?"

신선한 활어를 먹을 땐 담배를 피우지 않지만 강주는 답답하여 담배를 꺼내 물었다. 발굴현장서 몇달씩 살아야 하는 고고학도의 생활을 이진은 이해하지 못했다. 지난 봄에 이진은 경주에서 이십여일 머

무르며 휴식을 취했다. 그때 강주는 울산 쪽에서 원삼국시대 고분을 발굴하고 있었다. 이진은 강주가 일을 끝내면 집으로 돌아오리라 생각했다.

 강주는 주말에만 돌아갔다. 일과가 끝나더라도 밤엔 모임을 갖고 토론을 했다. 또 할 일이 없더라도 매일 산업도로를 달려 집을 오간다면 강주뿐 아니라 단원 전체의 분위기가 해이해질 것이다. 강주가 올 가을로 결혼을 미룬 것은 계속되는 발굴일정과 발표논문 준비 등 바쁜 일들을 일단락짓기 위해서였다. 발굴 때 제사에 빠졌다고 학교를 그만두라는 호통을 맞은 학생도 있고 신혼의 아내에게 눈물 섞인 호소의 전화를 받고 쩔쩔매는 연구원도 보았다. 강주는 신혼 초부터 이진이 불만을 갖게 하고 싶지 않았다.

 오랜만에 미식으로 포만감을 맛보고 강주는 식사 후 이진과 합주를 했다. 「하바네라」를 시작으로 하여 리스트의 「사랑의 꿈」, 드뷔시의 「달빛」과 비틀즈의 곡들을 연주했다. 어릴 때부터 피아노를 배우긴 했지만 강주는 어디까지나 아마추어로서 가벼운 소품들을 즐겨 쳤다. 이진은 ㅈ시향의 바이올리니스트지만 추억에 잠기며 강주와 경음악을 연주하길 좋아했다. 강주는 대학원 때 고급까페에서 아르바이트로 피아노를 친 적이 있었다. 이진의 친구집에서 경영하는 까페여서 그때 이진은 강주를 만나러 와 합주를 해주기도 했다.

 샤워를 하고 방에 들어오니 이진의 원피스가 화장대 의자에 걸쳐져 있다. 이진이 유학시절, 헝가리에서 산 옷이라는데 디자인이 단순하면서 밝은 남빛에 깊은 맛이 있었다. 상의는 같은 빛깔로 짜인 기계수로 도톰했고 치마는 잔주름이 많이 들어가 후들후들했다. 이진의 체취가 스며 있는 듯한 치마를 손으로 펼쳐 보는데 문득 한 원로 고고학자의 수필이 떠올랐다. 아내가 외출하고 없는 빈방에서 허전한 마음으로 의걸이에 걸린 치마를 입어보고 쓴 단상이었다.

──아래가 훌렁훌렁하여 무방비상태에 놓여 있는 옷, 허전한 느낌을 주는 여자의 치마. 이런 옷을 입고 다니니까 남자에게 점령당하고 눌려서 일생을 보내야 하는지 모른다…… 이 치마 밑에서 아이가 나오고 이 치마 위에서 아이가 자라고…… 그 모든 슬픔과 고통을 덮어주고 가려주는 여자의 치마.

아내의 치마를 입고 빈방에 서서 노고고학자는 남자로 태어난 기쁨을 느끼지 않을 수 없었다고 고백했다.

그동안 시대가 변하여 여자도 개숫물 묻은 손을 치마에 닦으며 일생을 마치지 않고, 노고고학자의 연민을 일으킨 한복 치마도 보기 힘들지만 근본적으론 변한 것이 없는 듯하다. 일주일이 멀다 하고 남편의 골프채에 맞고 소리치던 옆집 부인, 밤이면 맥주병에 달려나와 희롱당하던 성의 수난자들, 유학시절 강간당한 옆방 여학생을 보고 울먹이며 국제전화를 했던 이진. 빈방에서 아내의 치마를 걸친 채 거울을 향해 "미안합니다" 말하며 깊은 절을 했다는 노고고학자를 다시 떠올리니 이진에게도 무심했다는 생각이 들었다.

푸른 속치마를 벗어던지고 이진은 보름 만의 해후, 그 그리움을 육체에 각인시키려는 듯 연인의 고단한 어깨를 손톱자국이 나도록 눌렀다. 강주는 뜨거운 몸으로 응답했고 한차례의 격렬한 사랑이 끝나자 나른한 기운에 잠겨 담배를 피웠다. 이진이 돌아누워 한팔로 턱을 괸 채 강주를 내려다보았다.

"난 아이를 갖고 싶은데 여태 기다려도 그런 소식은 없어."

"뭐가 그리 급해. 결혼하고 가지면 되잖아."

"결혼식 때 아기 안고 입장하면 좋겠어. 그럼 아기도 함께 축복을 받고, 모든 이들에게 잊혀지지 않는 결혼식이 될 거야."

여자들은 왜 아이를 갖고 싶어하는 걸까. 그것도 다른 동물과 마찬가지로 종족보존 본능일까. 한 인류학자의 설에 따르면 연인을 선택하는 것은 남자가 아니라 여자이다. 특정한 형의 남성을 선택하여 다음 세대에 그녀가 좋아하는 인자를 남기려 한다는 것이다. 이진아, 너는 왜 나를 선택했나. 나의 무엇을 다음 세대에 남기고 싶은가.

솔직히 말해 강주는 이날까지 단 한번도 아버지가 된다는 생각을 해보지 않았다. 결혼하면 남들처럼 자식을 낳게 되겠지만 아직은 그런 일이 자신과 무관하게 여겨졌다. 강주는 이진의 이마 위로 흘러내린 머리를 쓸어올렸다.

"넌 어떤 애를 낳고 싶은데?"

"나랑 똑같은 딸을 낳고 싶어."

"나도 그랬으면 좋겠다."

이진답다고 생각하며 강주는 큰 소리로 웃었다.

"형 닮은 애 낳으면 내가 엄마로서 할 일이 없을 것 같아."

"왜?"

강주는 담배를 비벼끄고 옆으로 돌아누웠다.

"형은 강 같아. 저 혼자 깊어가는 강. 그 강에 뛰어들어 자맥질하면서 은어도 건져올리고 숭어도 건져올리지만 바다를 볼 수는 없어. 형이 따뜻한 사람인 건 틀림없지만 다가가면 어느새 물러서는 산그림자 같아. 형은 내가 옆에 있어도 혼자 있는 사람 같아."

"내가 이진일 외롭게 했구나, 그런 생각까지 한 걸 보면."

강주는 금반지가 끼워져 있는 이진의 왼손을 쓰다듬었다. 이진이 유학을 떠날 때 똑같은 반지를 만들어 끼었지만 강주는 지난 여름 발굴장 수돗가에 빼놓고 다시 찾지 못했다. 곧 결혼반지를 끼게 되리라. 이진은 눈길도 주지 않고 벽을 말끄러미 보더니 액자를 가리켰다.

"저건 무슨 그림이야. 전에도 있었어?"

"마그리트 그림? 한달 전 화방을 지나가다가 눈에 띄어서 샀어."

액자 속에서 모자를 쓴 인물이 지팡이를 짚고 둔덕에 앉아 있었다.

인물화 같지만, 모자 아래로 펼쳐진 망또 속에 얼굴도 상체도 없이 사각형 새장이 들어 있는 기묘한 초현실주의 그림이었다. 무릎 위엔 새장이 놓여 있었다. 자세히 보면 한마리는 새장 안에, 또 한마리는 새장 문앞에 달린 선반에 웅크리듯 앉아 있었다.

"저 그림에 제목이 있어?"

"정신치료사, 그게 제목이야."

"저 그림의 의도가 뭘까. 가슴에 새장을 품고 있으면 치료가 된다는 건가?"

"어떤 원시부족들은 새장을 열어놓는 것이 잠자는 동안 영혼이 신체에서 빠져나가는 걸 가리킨다고 믿었대. 아프리카 의사들은 밤에 새장을 열어놓는데, 그러면 밤에 도망쳐나갔던 영혼들이 다시 주인에게 돌아온다고 믿었기 때문이야."

"마그리트는 그 얘기를 듣고 그림을 그렸나. 형은 왜 저 그림을 사왔어?"

이진이 강주에게로 몸을 돌렸다. 강주는 그림에서 눈을 떼지 않고 혼잣말을 했다.

"우리 영혼도 밤새 저렇게 빠져나갈까, 새장을 열어놓으면."

"이상한 그림이다. 무서워. 난 새장을 닫아놓을 거야. 아무것도 빠져나가지 못하게. 새는 다시 돌아오지 않아. 영원히 날아가는 거야. 꽁꽁 문을 닫아걸 거야."

이진은 강주의 가슴으로 파고들어 얼굴을 비볐다. 그 몸짓이 마치 놀란 짐승새끼가 둥지로 파고드는 듯해서 강주는 두 손으로 이진의 얼굴을 감쌌다. 이진이 눈을 감은 채 강주의 입술을 덮쳤다. 혀는 부드러우나 세찬 물줄기처럼 입술을 비집고 밀려왔고 여자의 끝없는 욕구에 강주의 몸도 함께 달아올랐다.

2
비둘기의 집

사람들은 살기 위해 이 도시로 모여드는 모양이다. 그러나 내가 볼 때 오히려 여기서는 모두가 죽어간다고밖에 생각되지 않는다. 나는 지금 바깥을 다녀왔다. 내 눈에 띈 것은 이상하게도 병원뿐이었다. 한 남자가 비틀거리다가 쓰러지는 것을 보았다. 금방 많은 사람들이 둘러쌌기 때문에, 그후에 그가 어떻게 되었는지는 알 수 없었다. 잠시 후에 나는 임신부 한 사람을 만났다. 그녀는 무거운 걸음걸이로 양지바른 높은 벽을 따라 걷고 있었다. 때때로 손을 내밀어 벽을 더듬어보았다. 벽이 아직도 계속되고 있는가를 확인이나 하듯이. 그런데 벽은 여전히 길게 뻗어 있었다. 벽 안은 무엇하는 곳일까? 나는 지도를 꺼내 찾아보았다. 시립 산원이었다. 아, 그렇군. 여인은 해산하러 가는 모양이군. 산원이니까 해산할 수 있겠지. 거기서 조금 더 걸어갔다. 쌩 자끄가 나왔다. 둥근 지붕의 커다란 건물이 서 있었다. 지도를 찾아보니 발 드 그라스 육군병원이었다.

반납한 책들을 서가에 꽂다가 『말테의 수기』가 눈에 띄어 첫장을 들취보았다. 대학시절 애독했던 책 중의 하나였다. '국립 도서관에서'란 소제목이 붙은 글도 기억하고 있다. 그때 소정이 도서관학과에 다녔기 때문이다. 아니 그것보다 "침대에서 떨어진 빵조각이 유리처럼 산산이 깨어지지나 않을까" 불안했던 어린 시인의 섬세함과 이런 릴케가 계집애이기를 바라기도 했다는 어머니에 대한 회상이 뇌리에 깊이 박혀 있기 때문이다. 그 부분을 읽으면서 소정은 유약한 사내애가 계집애이기를 바란 시인의 다복한 어머니를 아름다운 영상으로 떠올렸다. 네가 남자였다면 좋았을 텐데. 엄마는 눈길을 피하며 소정에게 그렇게 말했다. 엄마는 다복한 여자가 아니었으므로……

양쪽으로 책이 꽂혀 있는 서가의 통로는 두 사람이 겨우 비켜 갈 수 있을 만큼 좁았다. 곧 문을 닫을 시간이고 이용자 한 사람만 앞의 서가에서 책을 고르고 있을 뿐 소정은 벽을 향해 혼자 서 있었다. 낡은 철제 서가, 묵은 책냄새, 사서가 된 이래 도서관의 물품들은 일상적인 것이 되었건만 이렇게 책의 숲에 혼자 있을 땐 문득 숨바꼭질하는 느낌이 들었다.

언제부터였나. 책이 빼곡이 들어찬 서가들 사이에 있으면 묘한 안도감을 느끼곤 했다. 여고 시절에도 단짝 하나 없이 늘 소외감을 느꼈지만 도서관에 묻혀 있을 땐 외로움을 잊을 수 있었다. 주판알을 튀기던 은행원 시절에도 일요일마다 도서관에 가서야 제가 있을 진정한 자리를 찾은 듯했다. 책 속의 지식세계에 탐닉했다는 말이 아니다. 책들은 저마다 존재를 주장하며 각기 다른 부호로서 꽂혀 있지만 연약한 혼들처럼 제 가슴을 펼쳐주길 간절히 기다리는 듯했다.

책 밖의 인간세상은 소정을 받아주지 않았다. 어릴 때부터 세상은 소정에게 닫힌 교문과 같았다. 늦잠을 자다 허겁지겁 학교로 뛰어갔을 때 굳게 닫힌 교문을 보고 울음을 터뜨렸던 일을 지금도 기억하고 있다. 그때의 공포에 가까웠던 두려움. 지각생에게 내리는 벌보다 무서운 건 입장을 거부하는 닫힌 문과 도움을 청할 그 누구도 없는, 하얗게 빛나던 운동장이었다. 가진 자만이 들어갈 수 있는 성역과도 같은 그 빛의 공간. 그래 소정은 아이들이 가득 운동장에서 뛰놀 때도 햇빛이 눈부셔 늘 뒷전에서 머뭇거렸다.

"책 대출하려는데."

소정이 서가 사이의 통로에서 나오니 바바리 코트를 입은 중년 남자가 책상 앞에 서 있었다. 그는 이십분 전쯤 와서 서가를 오가며 책을 골랐다. 전에도 두 번인가 오후 여섯시가 지나서 책을 빌리러 왔다. 이 부근의 직장에 다니는 듯한데 남자는 손에 아무것도 들고 있지 않았다.

"무슨 책 빌려가시려구요?"

"추천할 만한 것 없어요?"

"어떤 종류의 책을 원하시는데요?"

"나한테 어떤 책이 맞을 것 같아요?"

소정은 그제야 남자를 올려다보았다. 이발소에서 갓 나온 듯 머리가 단정했으나 양미간의 주름이 깊고 눈빛이 강했다. 야심 강한 과장님인가. 소정은 재벌 총수가 쓴 베스트셀러를 떠올렸다.

"『세계는 넓고 할 일은 많다』 보셨어요?"

"제목 하나로 할 얘기 다 했어요."

남자는 짤막하게 대꾸했고 소정은 이제 가정을 위한 책을 권했다.

"『내 아들아, 너는 인생을 이렇게 살아라』 이 책도 요즘 많이 봐요."

"그렇게 말해줄 아들이 없어요. 딸은 있지만."

남자는 두 권 다 흥미가 없는 모양이었다. 소설류를 읽을 것 같지도 않았다. 소정은 신간이 꽂혀 있는 서가를 보며 눈에 띄는 책 제목을 열거했다.

"거꾸로 읽는 세계사, 텅 빈 충만, 스티븐 호킹의 우주."

"좋습니다. 우주 같은 건 나중에 생각하고 세계사부터 거꾸로 읽어 보죠. 모처럼 스님 법문도 들어보구요. '텅 빈 충만'이라."

남자는 명쾌하게 결정하고 사서가 추천한 두 권을 서가에서 뽑아왔다. 소정은 도서대출증을 받아 개인카드를 찾고 책 등록번호를 적었다. 남자가 책을 들춰보는데 한 아주머니가 들어섰다. 오십대로 보이는 아주머니는 처음 왔는지 실내를 둘러보았다. 소정은 아주머니에게 물었다.

"책 빌리러 오셨어요?"

"아뇨. 아까 전화했는데……"

"아, 어머니 되신다는."

아주머니는 쇼핑백을 책상 위에 올려놓으며 남자를 흘긋 보았다. 옆에 사람이 있어서 신경이 쓰이는 눈치였다. 남자가 밖으로 나가자 아주머니는 그제야 책들을 꺼냈다. 보기에도 두꺼운 네 권의 책은 표지가 같은 『아라비안 나이트』 전집이었다. 들춰보니 육백쪽이 넘는 책이었다. 부피도 큰 책을 어떻게 몰래 가지고 나갔을까. 외투 속에 숨겨도 한권밖에 갖고 가지 못했을 거다. 입을 다물지 못하는 소정에게 아주머니가 민망한 표정으로 말했다.

"애가 원체 책읽기를 좋아해서 제 방에 책이 있어도 그러려니 했는데 이건 네 권짜리인데다 몇달이 넘도록 제 방에 놓여 있어서 며칠 전에야 들춰봤어요. 난 책을 사준 적이 없는데 웬 책인가 하구. 그랬더니 도서관 이름이 책에 찍혀 있어요."

"그래도 어머니께서 관심을 갖고 보아서 이렇게 책도 돌려받네요. 고등학생이라고 했죠."

"이제 일학년이에요. 여태 말썽 한번 부린 일 없고 공부도 잘하는 모범생이에요. 담임도 나무랄 데가 없는 애라고 칭찬하는데……"

부모들은 자신이야말로 가장 자식에 대해 잘 안다고 생각하지만 인간을 완전하게 알 수 있을까. 어린이 도서관에 근무할 때 책을 몰래 가지고 나가던 아이를 적발한 적이 있었다. 집에까지 따라가봤더니 아이 방엔 도서관 책이 일곱 권이나 꽂혀 있었다. 그 아이의 어머니도 "이럴 애가 아니에요." 했다. 『아라비안 나이트』를 네 권이나 훔치는 모범생 아들을 어머니는 상상할 수 있을까. 마르쎌 프루스뜨도 『아라비안 나이트』의 애독자였다는데 학생이 프루스뜨 같은 대작가가 될지는 알 수 없지.

"너무 나쁘게 생각지 마세요. 사춘기라 호기심에 그랬나봐요. 책 도둑은 도둑이 아니란 말도 있잖아요. 책도 동화 같은 『아라비안 나이트』를 들고 오다니."

"어린이용 『아라비안 나이트』완 좀 달라요. 다시는 이런 일이 없도록 어머니께서 잘 타일러주세요."

시계가 일곱시를 가리키고 있었다. 소정은 『아라비안 나이트』에 붙어 있는 등록번호를 보고 외국문학 서가에 꽂았다. 문을 잠그고 밖으로 나서니 어김없이 어둠이 몰려와 있었다. 일층에 올라가 경비실에 열쇠를 맡기고 층계를 내려오니 잉크빛 밤의 공간에 삶의 빛들이 다이아몬드처럼 빛나고 있었다. 늘 보는 야경이건만 소정은 무엇에 붙들린 듯 난간에 서서 시가지를 바라보았다.

정면으론 멀리 남산 타워가 솟아 있고 적선동 빌딩 사이로 스투파처럼 둥근 탑 모양의 건물 상부가 보였다. 한가한 관광객이나 찾을 남산 타워는 저 혼자 높이 반짝이고 있고, 어둠속에 묵묵히 서 있는 둥근 탑 모양의 건축물은 직선들 속에서 더욱 원만해 보였다.

사직공원의 공터에도 가로등의 희푸른 빛이 밤의 대기를 덮고 있었다. 신사임당과 율곡 동상도 어둠에 등을 맡기고 휴식하고 있는 듯 보였다. 벤치에서 한 노인이 시간을 잊은 듯 꼼짝 않은 채 홀로 앉아 있고 비둘기떼만 땅에 머리를 박으며 종종걸음으로 모이를 찾고 있었다. 비둘기는 언제 집으로 들어가나. 비둘기 한마리가 허공에서 날개를 퍼덕이다 나뭇가지 위로 올라앉았다. 수십 마리의 비둘기들이 일제히 날아가 가지가 휘도록 일렬로 앉았다. 가지가 마치 열매를 품은 듯해서 나무가 갑자기 풍성해 보였다. 인간에게 길들여진데다가 모범생처럼 집단행동을 하는 새라 친근감은 느낄지언정 야성을 느낄 수는 없다. 지상과 하늘 사이에서 불안정하게 허둥거리는 새에게 자유의 찬사를 바치는 시인은 없으리. 비둘기는 하늘로 가는 길을 잃고 드높은 비상을 포기한 것일까.

언젠가 동물학 책에서 백년 전 멸종된 나그네비둘기의 그림을 본 적이 있다. 집비둘기보다 부리가 길고 깃도 나무 밑으로 늘어지도록 길었다. 한때 구십억 마리나 번식했다는 나그네비둘기는 미국에서 가장 흔한 새였다. 나그네비둘기가 삼림 위로 날아갈 때면 햇빛을 차단한 그림자 기둥이 세 시간이나 지속되기도 했다는데 진정한 새였던 야생의 비둘기는 인간의 남획으로 멸종되었다. 집비둘기들은 살아남기 위해 인간의 옆에 터를 잡고 길들여진 것일까.

날아봐. 너희들은 왜 더이상 날지 않는 거니. 왜 아주 가버리지 못하는 거야. 소정은 눈앞에서 비둘기를 날려 보내기라도 하듯 저도 모르게 두 손을 허공으로 뻗쳤다. 순간 푸득거리는 날갯짓 소리가 어디선가 들려오는 듯했다. 하늘을 보았으나 그건 제 의식의 한끝에서 맴도는 소리였다. 소정은 그것을 깨닫곤 맥없이 두 손을 늘어뜨렸다.

거리로 나서 인파에 묻히자 소정의 발걸음도 빨라졌다. 시계를 보니 일곱시 이십분이었다. 오늘 야근을 해서 늦게 끝났다. 신호등 앞에 서 있는 두 사람도 직장인인지 피곤한 기색이었다. 영화에서 보았던가, 어느 배우의 대사. "내 삶이 레코드판처럼 돌아가는 것 같아요." 푸른 신호등이 켜지자 사람들은 다투어 앞으로 나아갔고 소정은 주춤하다 적선동 쪽으로 걸음을 옮겼다. 갑자기 허기가 지면서 식욕이 동했다. 회전초밥은 어떨까. 아니면 우동을 먹을까. 점심은 도서관에서 급식을 해서 좋아하는 면을 먹을 기회도 드물었다. 전에 가본 만리장성이 떠올라서 소정은 외식을 하기로 했다.

도로에서 골목으로 들어서자 작은 찻집과 가게가 보이고 몇걸음 옮기자 한복집이 나왔다. 이십년 전 큰아버지의 치과가 있었던 자리다. 그때 여고생이었던 소정은 충치를 치료하느라 큰집의 치과에 다녔다. 아버지가 돌아가신 뒤로 발길을 끊다시피 했는데 치료가 끝나고 안채로 들어가 큰어머니에게 인사하면 냉랭한 얼굴로 맞았다. 소정이 어릴 때 아버지를 따라 그 집에 갔을 때도 손 한번 잡아준 적 없고 웃음조차 보이지 않던 큰어머니였다. 그것이 박대라는 것을 철이 든 뒤에야 알았다. 치과와 안채가 통하는 복도에서 큰아버지와 큰어머니가 말다툼하는 소리를 들었을 땐 정말이지 더이상 그 집에 가고 싶지 않았다. 큰아버지가 보험사원인 엄마를 위해 액수가 큰 보험을 두 개 들었고 큰어머니는 그것을 따졌다. 그때 소정은 큰아버지에게 제 썩은 이빨 치료까지 맡긴 엄마를 혐오했다.

고삐에 끌려가듯 마음이 불편했지만 그나마 소정이 치료를 끝낸 것은 큰아버지가 집으로 전화해서 빨리 마무리하자고 타일렀기 때문이었다. 은이나 씌워주면 돼요. 엄마는 가식이 느껴질 정도로 기어들어가는 소리로 말했지만 큰아버지는 어금니 두 개를 금으로 씌워주었다. 그것을 마지막으로 소정은 다시 큰집에 가지 않았다. 물론 그 뒤로도 큰아버지는 일이 있을 때마다 소정네를 도와주었지만.

저녁시간인데도 만리장성은 한산했다. 동네 중국식당치곤 깨끗하여 점심땐 단골로 복잡한데 두 탁자에만 손님이 앉아 있었다. 소정은 삼선우동을 시키고 재떨이를 갖다달라고 부탁했다. 점심시간에 이따금 인왕산 산책로를 오르며 담배를 피우지만 퇴근 뒤에야 한껏 담배를 즐길 수 있었다.

담배를 막 한모금 빨아들이는데 바바리 코트를 입은 한 사람이 소정 앞으로 걸어오고 있었다. 분명히 본 얼굴이건만 소정은 착각한 것이 아닐까, 생각했다. 남자는 소정의 옆에 서더니 "같이 앉아도 되겠죠" 말을 걸었다. 소정이 무어라 대꾸하기도 전에 남자는 앞자리에 털썩 앉았다. 좀전에 도서관에서 책을 빌려간 사람이었다. 소정은 비밀 장소나 들킨 듯한 기분으로 담배를 비벼끄며 얼굴을 굳혔다.

"아니, 여긴 어떻게 오셨어요?"

"저녁 먹으러 왔어요."

"혼자서요?"

"동석했으니 같이 먹어도 되겠죠."

남자의 말은 뻔뻔스러울 만큼 간단했다. 도대체 이 사람은 왜 여기 나타난 건가. 각본에도 없는 등장인물을 맞은 배우처럼 소정은 당황한 가운데 사태를 수습하려 했다.

"우연히 마주친 거면 난 혼자 앉고 싶은데요. 모르는 사람하고 식사를 같이할 마음이 없어요."

"도서관에서 나와 계속 기다렸어요. 나도 배가 고프니 일단 저녁 시키겠어요."

남자는 종업원을 불러 물만두와 오향장육에 빼갈, 담배까지 곁들여 시켰다. 담배가 나오자 남자는 담배를 꺼내 소정에게 권했다. 소정은 그것을 받는 대신 제 담배를 꺼내 물었다. 남자가 라이터를 켰지만 소정은 제 성냥에 불을 붙였다. 모르는 남자와 마주앉아 담배를 피우기가 껄끄러웠지만 이 순간엔 달리 할 일이 없었다. 소정은 연기를 한모금 들이켜곤 남자를 정시했다.

"잘 알지도 못하는 사람을 왜 이렇게 뒤따라왔어요. 무슨 특별한 용건이라도 있으세요?"

"얘기를 하고 싶어서요."

"무슨 얘기요?"
소정은 허공에 시선을 둔 채 건성으로 물었다.
"무슨 얘기든 좋아요."
"난 모르는 사람과 할 이야기가 없어요."
"얘기하면 서로 알게 되잖아요."
"내가 왜 댁을 알아야 하죠?"
소정은 무표정하게 덧붙였다.
"집에 가서 부인과 얘기하세요. 난, 하고 싶은 얘기는 전부 남편과 해요."
"그러면서 저녁은 혼자 먹구요?"
"저녁을 혼자 먹는 것도 유별난 일입니까? 난 야근을 했고 배가 고파요."

소정은 자신의 말투가 평상시와 달리 공격적인 것을 깨달았다. 하루 근무를 끝내고 담배를 피우며 혼자만의 시간을 만끽하는데 남자가 그것을 깨뜨렸다. 「대부」의 알 파치노에 열광하던 여고 때의 짝이라면 이런 상황에서 "알 파치노라면 또 몰라" 말하겠지만 지금 소정은 알 파치노가 앞에 나타나도 제 시간을 방해받고 싶지 않았다.

종업원이 우동과 물만두를 가져왔다. 우동이 먼저 나오면 앞자리에 놓아달라고 할 생각이었으나 이제 소정은 남자의 음식을 물리치지 못했다. 소정은 냉랭한 표정을 풀지 않고 "먼저 먹고 일어서겠어요" 젓가락을 집어들었다.

담뱃갑에 든 여섯 개비를 다 피우고 만리장성을 나설 땐 아홉시가 가까운 시각이었다. 남자가 한때 열렬히 좋아했다는 여자 면도사 얘기를 시작해서 중간에 말을 끊지 못했다. 여자의 특이한 직업과, 여자에게 몰입하여 사흘이 멀다 하고 이발소를 다녔다는 기혼자의 구애가 드라마틱해 보였지만 누구에게나 열애의 시기는 있는 법이다. 남자도 그때는 순수했노라 말하고 싶겠지.

"한달 내내 이틀에 한번씩 면도하러 가도 여자는 단골손님에게 반가운 기색도 보이지 않았어요. 비직업적으로 보였지만 한편으론 철저히 직업적이었어요. 손님이 무슨 감정을 갖고 있는지 전혀 상관하지 않고 기계적으로 제 할 일만 했거든요. 허튼 말 한번 하는 법 없이. 하루는 이발소에 들어서자마자 여자에게 다가가 오늘은 데이트를 신청하러 왔다고 말했죠. 여자는 눈 한번 깜짝 않고 내 말을 묵살했어요. 면도 외엔 어떤 부탁도 들어줄 수가 없다고. 그래서 이번엔 매일 면도를 하러 다녔어요. 데이트 신청을 한 건 두달 뒤 이발소 앞에서인데 여자가 퇴근할 시간을 기다렸죠. 그때 처음으로 여자가 물었어요. 왜 나를 만나려 하느냐고. 당신이 마음에 들기 때문이라고 했죠. 여자가 다시 물었어요. 누가 마음에 들면 다 만나느냐고. 난 말뜻을 알아채고 이렇게 대꾸했어요. 난 자기 감정에 무책임한 어린애가 아니라고. 잠시 후 여자는 정류장으로 걸어가 버스를 탔어요. 나도 동승했죠. 여자는 금호동의 어둑한 정류장에서 내리더니 앞장서서 걸어가기만 했어요. 비탈진 언덕길로 계속 올라가는데 판잣집들이 있는 달동네였어요. 두 사람이 겨우 지나갈 수 있을 만치 좁은 골목으로 들어서자 여자는 슬레이트 지붕이 얹혀 있는 쓰러질 듯한 블록담 안으로 들어가요. 나도 따라들어갔어요. 이내 부엌이 나오는데 찌그러진 양동이와 비눗갑이 땅바닥에 놓여 있어요. 마당이 없어 부엌이 곧 세면장이고, 이불이 얹힌 호마이카 서랍장만 놓인 단칸방엔 늙은 부모가 웅크리고 있었어요. 십자가만 벽에 걸린 정말 찢어지게 가난한 집이었어요. 나는 그날 그 단칸방에서 그들과 함께 저녁을 먹었어요. 저녁식사에 초대된 거죠. 내 집요한 구애에 대한 여자의 응답이었어요."

여자는 남자의 진실을 믿고 자신의 모든 것을 보이려 했나보다. 관계의 시작을 위해. 남자는 무책임하게 자기 감정에 대한 책임까지 말했다.
"난 네번째 만난 날에야 여자에게 말했어요. 당신이 원한다면 이혼하겠다고. 여자는 내가 기혼자인 걸 모르고 있었어요. 처음부터 속일 마음은 없었어요."
남자는 정말 이혼까지 생각했을까. 소정이 단언하건대 그러지 않았을 거다. 가난까지도 꼿꼿하게 지켜온 여자를 기만할 수 없었을 뿐이다. 명수가 소정에게 이혼 말을 던진 것도 비겁한 자기 연민에서였다. 그의 아내도 그러지 않았던가. 이명수는 절대 이혼할 남자가 아니라고.
"그 말이 그때 내가 할 수 있는 가장 진실한 표현이었어요. 난 여자를 얻기 위해선 무엇이라도 하고 싶었어요. 물론 여자는 더이상 받아들이지 않았지만. 순수했지만 올곧은 여자였어요."
남자는 추억에 잠기고 싶은 건가. 자신의 순수를 그리워하는 건가. 남자의 말을 듣기만 하던 소정은 마지막 담배를 비벼끄며 물었다.
"왜 내게 그런 얘기를 하세요?"
"그 여자와 닮은 데가 있어요. 오늘에야 그걸 알았어요."
"무엇이 닮았단 말예요."
"철저하게 자신에만 몰두하고 있는 눈, 눈이 닮았어요. 내면의 눈이."
"내면의 눈도 볼 줄 아세요?"
소정은 악의없이 비꼬곤 가방을 집어들었다.
집으로 가는 버스를 타려면 길을 건너야 하지만 소정은 효자동에서 택시를 탔다. 빨리 남자와 헤어지기 위해서였지만 그러지 않아도 오늘 내일 엄마집에 들를 생각이었다. 이씨는 일주일 전 소정에게 전화해서 된장을 가져가라고 했다. 이모가 만들어 가져온 것을 나누어주려는 거다. 사실은 그런 일거리를 만들어 소정의 얼굴을 보려는 건지 모른다. 불광동에 들른 지 한달이 넘도록 전화도 하지 않았으니까.
　소정은 특별히 바쁘지도 않지만 어머니에게 무심하기로 작정했다. 작년에 오빠가 한국에 돌아와서 엄마를 모시기로 했으므로 소정은 안심했다. 노인의 외로움에 더이상 신경을 쓰지 않으리라 마음먹었다. 솔직히 말하자면 소정도 휴식을 갖고 싶었다. 가족이라는 질기디질긴 인연과 의무에서 잠시라도 벗어나고 싶었던 거다.
　태어나면서부터 죽을 때까지 풀 수 없는 고리로 연결된 가족이란 인연. 그 누구도 자신이 선택하지 않았지만 그 인연이 행운인 사람도 있고 불운인 사람도 있다. 그것이 불운으로 보였던 소정에게 가족이란 고르디우스의 매듭과 같았다. 매듭을 풀지 못하면 죽어야 하지만 알렉산더 대왕은 칼로 매듭을 치고 통과했다. 소정도 늘 제 목을 죄어오는 가족이란 매듭을 한칼로 치고 새로운 삶을 향해 떠나고 싶었다. 원치 않았던 그 숙명을 통과하여.
　차가 주택가로 들어서는데 담장 밖으로 뻗어 있는 꽃나무가 스쳐갔다. 가지가 휘어지도록 얹혀 있는 몽우리들 속에서 벚꽃 몇송이가 수줍게 속살을 보이며 피어 있었다. 다음주면 꽃몽우리도 눈송이처럼 만개하리라. 화려한 꽃이름을 입속으로 뇌어보자 불현듯 무심천의 풍경이 눈앞에 떠올랐다. 오가는 사람들의 발길 아래로 사람들 표정같이 무심히 흐르는 개천, 개천에 하얗게 쏟아지는 꽃무리. 색종이처럼 흩날리는 벚꽃나무 아래로 끝없이 걸어가면 제 몸이 구름인 양 가벼워져 전생의 어느 순간인가 싶었다. 이맘때면 무심천의 벚꽃은 고단한 자의 옷깃을 잡아끌며 속세를 잊게 해주었다.
　강희가 입대한 뒤 소정은 엄마와 삼년간 청주에서 살았다. 여고를 졸업하고 큰아버지의 배려로 청주지점 은행에 취직했던 거다. 큰아버지는 소정네를 지방으로 보내며 안쓰러워했지만 엄마나 소정은 서울을 벗어나서 오히려 좋아했다. 이모 외엔 친척도 친구도 없는 서울은 월남한 엄마에게 늘 낯선 타향일 뿐이었다. 소정은 서울서 태어난 토박이지만 그 땅에 아무런 애착이 없었다. 친구라든가 추억이라든가 그 나이에 소중할 감상이 없었다. 상처가 감상들을 희석시켰고, 시간이 흐르면서 딱딱하게 형성된 상처의 껍질 속에서 소정은 달팽이처럼 살았을 뿐이다. 소정은 어디서든 달팽이처럼 제집을 끌고 다니는 이방인이었다.

　그래도 청주에선 평온했다. 여태 살아온 것들로부터의 단절이 소정을 행복하게 만들었다. 돈을 만지는 직업이라 옆자리의 사람도 믿지 못하지만 감정이 배제된 경제의 세계에서 단순해질 수 있었다. 그것이 삭막하게 느껴지면 점심시간에 공원을 거닐며 신선한 햇살을 받았고, 가슴속에 무언가 미진한 것이 남아 알 수 없는 그리움에 휩싸일 땐 본정통의 우체국에 우두커니 앉아 있기도 했다. 엄마는 외롭다는 푸념도 않고 매일 초정 약수터에 가서 물을 길어왔고 한달이 멀다 하고 법주사에 가서 미륵님께 무릎이 아프도록 절했다. 속세에서 멀다는 속리산을 다닐 땐 엄마도 세속에서 멀어진 듯했는데 서울에 오고부터 나시 고슴도치처럼 웅크리고 살았다.

　강희는 아직 집에 들어오지 않았다. 혼자 텔레비전을 보고 있던 이씨는 소정이 현관에 들어서자 "왜 이리 늦었누" 나무랐다. 오늘 내일 들르겠다고 건성으로 말했건만 이씨는 혼자 소정을 기다린 모양이었다.
　"저녁 먹어라."
　이씨는 곧장 주방으로 들어가 냄비가 얹힌 가스레인지를 켰다.
　"나, 밖에서 저녁 먹었어요."
　"친구와 약속이 있었어?"
　"아뇨, 배가 고파서 우동 먹었어요."
　"집에 와서 먹지, 쓸데없이 돈 쓰긴."
　이씨가 아쉬운 표정으로 가스불을 끄자 소정이 다가가 주전자에 물을 받았다. 찻물을 얹어놓고 소정은 이씨에게 물었다.
"오빠는 아직 안 들어왔구요?"
"네 오빤 매일 늦지 뭐, 연극한다고."
닫혀 있는 강희의 방문엔 포스터가 붙어 있었다. 검은 바탕에 초록으로 찍힌 '바리데기'란 제목이 눈을 서늘하게 했다. 작년 독일서 귀국하여 강희가 연출한 첫 작품이었다. 일곱째딸로 태어나 버림받은 바리공주 얘기를 첫 작품으로 택한 것은 바리데기처럼 삶이 고단한 누이동생에게 바치는 위무가 아니었을까. 소정은 그렇게 받아들였다. 청춘의 눈부신 나날에도 구들장처럼 무거운 홀어머니를 모시고 가장 노릇을 해온 소정, 제게 오빠로서의 의무를 채근하지 않고 자유를 누리게 해준 누이동생에 대한 애정의 표현이었다. 소정이 커피잔을 들고 식탁에 앉으니 이씨가 눈을 내리뜬 채 말했다.
"그저께 독일에서 손님이 왔다."
"어떤 손님요?"
"여자야, 독일 여자."
소정은 이씨를 바라보다 "마리나?" 물었다.
"전에 독일 갔을 때 만났던 여자냐?"
"맞아요."
이씨도 짐작하고 있었다. 마리나는 베를린서 강희와 사년간 살았던 여자친구였다. 소정이 휴가를 얻어 베를린에 갔을 때 마리나가 강희 대신 소정을 데리고 다니며 안내해주었다.
"마리나는 어디 있어요? 숙소는 어디에……"
"강희방에서 같이 지낸다. 오늘도 강희랑 같이 들어오겠지."
이씨의 낯빛이 언짢아 보였다. 한국 노인의 도덕관으론 이해할 수 없을 것이다. 소정은 부드러운 눈길로 이씨를 바라보았다.
"마리나 착해요."

"난 서양 며느리 볼 마음이 없어. 강희가 여봐란듯이 참한 규수를 얻었으면 좋겠다."

오빠는 가난한 서양 여자와 결혼하지 않아. 오빠도 엄마처럼 여봐란듯 결혼하고 싶어할걸, 복수하듯이 말야. 소정은 속으로 뇌까리며 커피잔을 비웠다. 벽시계가 열시 사십분을 가리키고 있었다. 이씨가 사과를 깎았으나 소정은 일어설 차비를 했다.

"자고 가지, 늦었는데. 박서방한테 전화해주면 되잖아. 오랜만에 나도 통화해보자."

"아뇨, 집에 갈래요. 마리나까지 있는데. 옷도 갈아입어야 하고."

"박서방은 주말마다 집에 오지?"

이씨는 냉장고에서 된장통을 꺼내며 넌지시 물었다. 소정은 무표정하게 대꾸했다.

"요즘 바빠서 이주째 못 왔어요."

"그럼 네가 내려가야지. 부부가 그렇게 오래 떨어져 있으면 못쓴다. 더구나 남자는 딴 생각을 하게 돼."

소정은 물끄러미 이씨를 바라보다 된장통을 받아들었다. 이씨가 소정의 재킷 깃을 만지며 달래듯 말했다.

"그래두 전화는 자주 하지? 박서방이 한번 하면 넌 두번 해야 해. 여자가 남자를 집으로 끌어야지. 다음엔 이렇게 늦게 들르지 말고 노는 날 와서 푹 쉬고 가. 늦어도 집에 가야지. 결혼한 여자가 밖에서 자면 안되지. 친정이라도 그래."

"결혼한 여자라서가 아녜요. 내 집이 있으니까 가는 거지. 비둘기도 제집을 찾아가는걸."

공원에서 허둥거리던 비둘기떼를 떠올리며 소정은 공허하게 말했다. 피로가 몰려오는지 눈꺼풀이 무거웠다.

3
평등한 죽음

 "발굴이 두달 더 연기된다이 사람 복장 터지겠네. 시굴부터 시작해 넉달간 아무것도 못하고 기다리기만 했는데 누구 죽는 꼴 볼라고 이라노. 토기 한조각 내 손에 들어오는 것도 아이고 발굴비만 계속 대라카이 내보고 패가하라는 소리 아이가. 살다가 별 앰한 일 다 겪었지만 이런 날벼락이 있나."
 "문화재법이 그런 걸 어쩝니까. 문화재는 조상이 물려준 유물이니 후대의 우리로선 잘 지켜야 할 의무가 있구요."
 "보소, 세상 살아가는 모든 기 경제원칙으로 굴러가는 거 아이요. 먹고사는 기 가장 중요한 거라. 이날까지 인간은 학문이나 고상한 것보다 먹을 거 생산하려고 땀 흘려왔어. 이 발굴만 해도 그렇지. 저런 깨진 토기, 녹슨 쇳조각이 무슨 가치가 있나. 금관이나 쏟아지면 모를까. 나는 이 발굴 때문에 신경성 위궤양에 걸렸소. 가만 보니까 고고학이라는 게 완전히 부르즈와 학문이라."
 "부르즈와 학문요? 학생들이 흙구덩이 속에서 허리 한번 못 펴고 일하는 것 보셨잖습니까. 문화재라는 건 민족의 뿌리여서 지키는 것이고 이런 유물을 당장 현금화해서 보시면 안됩니다. 이태리는 유럽서도 경제적으로 뒤지지만 세계적인 문화재 대국으로 대접받고 있습니다. 그 많은 유물이 있어서 자연히 관광대국이 됐구요. 멀리 생각할 것도 없이 경주에 왜 많은 관광객들이 오겠습니까. 그건 문화재가 풍부하고 천년의 역사를 볼 수 있기 때문입니다. 세상에 당장 환금되는 것만 가치있다고 생각한다면 종교도 학문도 가치가 없죠. 발굴비를 땅주인이 부담해야 하는 법은 저희들로서도 잘못됐다고 생각합니다. 사정은 충분히 이해합니다. 저희들도 쉬지 않고 일하고 있으니 조금만 더 기다려주시죠."

"복장 터지네, 복장이 터져. 정부를 상대로 고소하고 싶은 심정이라."

신사장은 얼굴을 일그러뜨린 채 인사도 없이 나가버렸다. 발굴 때마다 저런 실랑이를 해야 하는 강주야말로 신경성 위궤양에 걸릴 지경이다. 팔십년대 후반부터 개발 붐이 일었고 대량으로 땅이 파헤쳐지면서 발굴도 늘었다. 이 터도 신사장이 통조림 공장을 지으려고 사놓은 부지였다. 토목공사를 하려고 포크레인으로 파놓은 곳에서 토기 조각을 발견한 사람이 신고하여 발굴을 하게 된 것이다. 발굴비를 부담해야 하는 당사자 입장에선 당치 않은 빚을 덮어쓴 기분이라 발굴장에 깡패를 동원해 시비를 걸기도 하고 막사에 불을 지른 일도 있었다. 문화재 담당 공무원은 땅주인으로부터 일년간 악담전화에 시달리기도 했다. 한국에서나 볼 수 있는 답답한 현상이었다.

강주는 밖으로 나서며 긴 팔 작업복을 팔꿈치 위로 밀어올렸다. 이제 사월 중순으로 접어들건만 초여름 날씨처럼 더웠다. 고기압이 밀려왔는지 이상기후였다. 학부 이년생인 영철은 여름 셔츠를 입고 있었다. 목관묘 유구를 실측하던 영철은 강주가 다가가자 손으로 이마의 땀을 훔쳤다.
"정말 여름 날씬데요."
"여름 땡볕에 비하면 지금은 낙원이다. 겨울에 곱은 손으로 언 땅을 파봐. 봄 가을 발굴이야 소풍이지."
강주는 영철 옆에 서서 화판을 들여다보았다. 영철은 세밀화를 그리듯 잔돌까지 그려놓았다. 또 좌측의 큰 돌과 작은 돌이 떨어져 있는데도 붙여서 그리고 있었다.
"일 센티가 틀린다. 그리드가 잘못된 건지 알아봐."
강주가 방한사를 건드리니 늘어질 듯 느슨했다. 방한사는 사람이 걸려 넘어질 정도로 팽팽히 쳐야 기준선이 움직이지 않는다. 십분의 일로 축소해서 그리므로 일 센티 정도의 오차는 무시해도 좋지만 영철은 아직 숙달되지 않아서 정확성을 배워야 했다. 강주가 처음 실측을 배울 땐 일 밀리의 오차도 허용되지 않았다. 엄격한 선생은 정확하지 않으면 그 자리에서 찢었다. 방한사의 거리를 재어보더니 영철이 인정했다.
"네, 기준선이 움직였어요."
"정확은 기본이고 유구도 이해를 해가면서 그려, 그냥 그리지 말고. 큰 돌을 기준으로 먼저 그리고. 똑같이 그리는 것보다 도식화하도록 해봐."
"선생님 실측도 보면 눈을 때릴 것 같다던데요. 돌이 살아 있는 것 같아서."
"누군지 표현도 잘한다. 그렇게 되기까지 얼마나 노력했겠어. 잘 가르쳐주지 않으면 실측을 혼자 터득하느라 집마당에 돌 쌓아놓고 무수히 그렸지."
"그렇게 열심히 했으니까 고고학자가 됐죠."
"학자는 무슨. 노가다 반장이지."

강주는 추를 떨어뜨려 그 지점서 금이 그어지도록 끄는 법을 가르쳐주었다. 영철이 다시 선을 잡아 땅에 못을 박고 강주는 자리를 뜨며 화판을 가리켰다.
"세월아 가거라, 잔 돌멩이 하나하나 다 그릴 필요 없어. 업자들이 저렇게 성환데 우리가 열심히 한다는 걸 보여줘야지. 날짜가 지연될 수밖에 없다는 걸 납득하도록 말야."
한 학생이 깨끗이 정리된 목곽묘 유구 주위에 물을 뿌리고 있었다. 굴광선이 잘 드러나도록 하기 위해서였다. 대학원생인 지영이 카메라 세 대를 어깨에 멘 채 필름을 넣고 있었다. 강주가 지시하는데 남학생이 옆으로 다가왔다.
"제가 지금 학교에 들어가야 하는데 상미와 레벨링 좀 해주세요. 조금만 해주시면 돼요."
레벨링은 유구의 구조를 정확히 파악하기 위해 높이를 측정하는 것이라 두어 사람이 함께 작업해야 했다. 강주는 학생 대신 레벨을 잡고 렌즈를 들여다보았다. 564—640—555—684. 허리를 구부린 채 렌즈를 들여다보려니 앞머리가 흘러내렸다. 이발을 해야겠군. 강주는 머리를 깎은 지 한달이 지난 것을 상기했다. 앞머리를 쓸어올리며 연이어 수치를 불러주는데 불현듯 카랑한 여자의 목소리가 귓가에 울려왔다. 진하……
어깨 위에서 흔들리는 긴 생머리에 늘 청바지만 입고 다니던 여학생이었다. 강주가 제대 후 삼학년에 복학했을 때 가장 눈에 띄던 동급생이었다. 책가방을 메고 강의실로 들어서면 평범한 여학생이지만 진하는 당시에는 보기 드물게 스쿠터를 타고 학교에 다녔다. 헬멧까지 쓰고 빨간 이륜차를 타고 가는 진하의 모습은 미소를 짓게 할 만큼 상쾌했다. 진하와 가까워진 건 발굴할 때인데 레벨링 작업을 함께 한 뒤였다. 그날 바람이 불었던 것도 기억하는데 봄바람에 날리는 진하의 긴 머리가 강주의 마음을 끌었나보다. 레벨링을 부탁한 건 강주였다.
 진하는 렌즈를 들여다보며 높고 카랑한 목소리로 숫자를 불러주었다. 허리를 굽히자 묶은 머리채가 앞으로 쏠렸고 앞머리도 이마 위로 흘러서 시야를 가린 듯했다. 진하는 흘러내리는 앞머리를 아예 한 손으로 누른 채 수치를 불러주었다. 일에 열중하는 그 모습은 보는 사람의 마음을 사로잡았다. 나른한 봄볕도 진하의 주위로 은비늘처럼 파닥이는 것 같았다.
 강주는 주말에 시내로 나가 까만 벨벳 머리띠를 샀다. T자 금속장식이 세련돼 보여 진하의 긴 머리에 어울릴 듯했다. 강주는 포장도 쑥스러워 백화점 종이봉투에 넣은 채 현장에 들고 갔다. 진하에게 끝내 머리띠를 주지 못한 건 겸연쩍어서가 아니었다. 월요일 아침에 진하가 낯선 모습으로 나타났기 때문이었다. 진하의 보기 좋던 긴 머리는 수용소의 유태인 여자처럼 짧게 잘려 있었다. 모두가 놀란 얼굴을 했지만 강주는 주머니 속의 봉투만 움켜쥐고 있었다. 강주는 그날 저녁식사 후에야 물었다.
 "그 좋은 머리 왜 잘랐지? 짧은 머리는 남자들로 족한데."
 "일할 때 거추장스러워서."
 진하는 선뜻 말하곤 티없이 웃었다. 그 모습이 장난기 많은 소년 같아서 강주는 저도 모르게 한마디 더 했다.
 "잘했다."
 강주가 진하에게 첫 선물을 한 건 한달 뒤였다. 백제 기와가 나온 우물 속에서였다. 우물바닥까지 물을 퍼올린 뒤 토기편들과 기와조각들을 실어올리고 있을 때 진하가 우물 밑을 내려다보았다.
 "거기서 어떻게 올라오지?"
 "한번 내려와봐. 해내면 상 줄게."
 사 미터 정도의 깊이고 돌이 층층이 쌓여 있어 진하는 어렵지 않게 발을 딛고 밑으로 내려왔다. 강주는 잘했다고 칭찬하고 진하에게 눈을 감게 했다. 그리고 우물 밑에 놓아둔 돌 하나를 진하의 손에 얹어주었다. 바닥에서 건져낸 돌인데 수석처럼 모양이 특이하여 버리지 않고 골라놓은 것이었다. 진하는 눈을 뜨더니 입을 함박 벌렸다.

"예쁜 돌이네. 무릉도원의 작은 산 같아."

"백제 돌이야. 서동의 발길이 스쳤을지도 모르지."

그때도 어쩌자는 생각은 없었고 그저 진하에게 주고 싶었다. 어머니의 친구 딸인 이진과는 제대할 무렵부터 자주 만나고 있었다. 어릴 때부터 왕래가 있었으나 이진이 대학생이 되고서야 서로에게 관심을 가졌다. 강주는 이진을 여동생처럼 친근하게 느꼈다. 이진은 오빠라고 부르는 대신 형이라고 부르며 강주를 따랐다. 발굴이 끝난 초여름, 이진이 강주를 찾아 학교에 왔다. 공교롭게도 진하가 이진을 강주에게 데려다주었다.

"유선배 찾길래 동생인 줄 알았어요. 두 사람이 닮았어요."

수용소 여자처럼 짧게 자른 머리가 귀밑을 덮을 만큼 자랐을 때 진하 갑작스런 결혼 발표로 또 한번 사람들을 놀라게 했다. 상대는 여드름 자국이 있는 식당집 아들이었다. 발굴현장에 몸소 식사를 나르던 식당집 아들은 막 제대하고 집안일을 거들고 있었다. 식사를 담당했던 진하는 반찬 주문으로 자주 그와 다투곤 했었다.

과사무실에서 진하의 결혼 소식을 들었을 때 강주는 믿을 수 없었지만 진하는 그해 초겨울에 결혼하고 학교를 그만두었다. 일하는 데 거추장스럽다며 단칼에 머리를 잘랐던 진하는 미련을 자르듯 그렇게 결혼하고 강주를, 학교를 떠났다.

"아악."

갑자기 어디선가 비명이 들려와 강주는 반사적으로 고개를 돌렸다. 왼쪽 구릉 아래 세워진 사다리가 시야로 들어왔다. 누군가 사다리 위에서 공중곡예를 하듯 허공에 발을 뻗고 있었다. 지영이다. 강주는 무의식중 한 손을 들었으나 말이 입밖에 나오지 않았다. 모든 사람들의 시선도 일제히 그쪽으로 향했지만 화석이나 된 듯 움직임이 없었다. 발굴장은 일순 정적에 휩싸였다.

"어으."

무언가 둔중하게 부딪치는 소리와 신음소리가 정적을 깨뜨렸다. 그제야 모두 사다리를 향해 몰려갔고 강주도 정신을 차리고 뛰어갔다. 사 미터 정도 되는 사다리 아래에 지영이 카메라를 움켜쥔 채 쓰러져 있었다. 오른쪽 다리의 청바지가 찢어지고 정강이 아래로 피가 흘러내렸다. 다른 외상은 눈에 띄지 않았으나 어딘가 뼈가 부러진 것 같았다. 지영은 웅크린 채 고통스런 표정으로 신음소리만 냈다.

"빨리 들것 가져와."

강주는 학생들을 둘러보며 소리쳤다. 지영을 안으려 했으나 꼼짝도 하지 않았다. 인부 두 사람이 재빨리 들것을 가져왔고 사람들이 달려들어 지영을 간신히 들어올렸다. 강주는 그제야 차로 뛰어가 시동을 걸었다. 완만한 구릉이었으나 기어를 4단으로 올려 돌진했다. 강주는 차를 사다리 앞으로 바짝 대고 뒷자리에 널려 있던 책과 재킷을 밑으로 밀어던졌다. 학생들이 지영을 들어 차에 옮기자 앞좌석에 학생 하나가 올라탔다.

강주가 병원 이동침대에 지영을 옮겨 응급실로 데려가자 그제야 지영이 눈을 뜨고 물었다.

"나 지저분하지 않아요?"

지영은 침대에 누운 채 제 몰골을 살펴보았다. 터진 바짓가랑이 사이로 속옷이 비쳤고 지영은 다리를 움츠렸다. 강주는 안도하며 웃음 지었다. 그 와중에 외모에 신경쓰다니. 수치심을 보인다는 건 정신이 있다는 증거였다. 강주는 지영의 뇌에 손상이 있지나 않을까 걱정하고 있었다. 지영이 사다리에서 떨어지던 순간 정적에 휩싸였던 현장을 떠올리니 아찔했지만 강주는 긴 숨을 내쉬었다.
"바지 입길 천만다행이지. 치마 입고 떨어졌으면 스트립쇼를 할 뻔했잖아."
어제는 그토록 덥더니 오늘은 아침부터 하늘이 흐렸다. 몸도 무거운 듯했다. 어제 지영의 입원수속을 하고 가족과 학교에 연락하는 등 동분서주하다가 밤늦게 병원을 나와서 술까지 마신 탓이다. 지영은 발뒤꿈치뼈가 부러져 육주 동안 입원생활을 해야 할 듯했다. 척추를 다치지 않아 운이 좋은 편이지만 퇴원 후에도 석달간 요양생활을 해야 한다는 진단이 나왔다. 지영의 부모는 안색이 변했고 그들 앞에서 강주와 교수는 죄인처럼 머리를 숙였다.
두번째 강의를 끝내고 문과대학 건물을 나서자 비가 뿌리기 시작했다. 살구나무 밑엔 어느새 낙화가 쌓여 있고 간간이 꽃잎들이 허공에 날렸다. 어디선가 꽃향기라도 날 듯싶지만 얼굴이 따끔한 것이 채 날아가지 못한 최루탄 잔해가 빗물에 고여 있는 듯했다. 어제 교내에서 「어머니 당신의 마음」을 상영하여 경찰이 투입되었다.
강주가 대학에 들어간 칠십년대 말부터 강사노릇을 하는 지금까지 체취처럼 붙어다니는 시대의 매캐한 냄새. 봄꽃 향기를 맡기도 전에 최루가스에 눈물 흘렸고 읽고 싶었던 『율리씨즈』 대신 맑스 연구서와 종속이론에 관한 책을 독파했다. 대학원에 다닐 때도 『변증법적 유물론』 『남로당 연구』 등의 책을 외면하지 못했는데 이제는 그 책들이 어디서 먼지를 쓴 채 박혀 있는지 기억에 없다. 당시엔 강주도 여느 학생들처럼 시대의 소명을 외면하지 못했지만 이젠 학생들에게 수업에 성실할 것을 요구하며 기성세대의 길로 가고 있다. 십년이면 강산도 변한다는데 변하는 것이 당연하다. 변하지 않는 건, 박종철과 이한열의 목숨을 뺏고 6·29선언을 하고도 정보부와 경찰만 살찌우는 군사정권뿐이지.

　강주가 박물관 연구실로 들어서자 기다렸다는 듯 한 학생이 전화 왔다고 일러주었다. 현장인가, 추측하고 전화기를 받아드니 낯선 목소리였다.

　"유강주 선생?"

　"네, 누구십니까?"

　"하하, 나다. 강희."

　거침없는 웃음소리가 귓가에 울렸다. 강주는 수화기를 오른쪽 손으로 바꿔들었다.

　"아, 형이 웬일이세요. 거기 서울이에요?"

　"서울이냐구? 여기 경주야. 좀전에 도착해서 차 한잔 마셨지. 약속이 없으면 같이 점심이나 먹을까. 어때?"

　"약속이 있어도 취소해야겠네요. 열두시에는 나갈 수 있어요."

　약속은 돼 있지 않았지만 강주는 발굴팀 단장인 과 교수와 점심을 함께 할 생각이었다. 손님이 왔으니 보고는 오후로 미루자. 그런데 강희형이 웬일인가. 지난 여름 독일서 돌아와 통화만 하고 여태 보지 못했다. 강희가 보내준다던 연극 초대장은 받지 못했으나 그때 마침 서울 갈 일이 있어서 강주는 연극을 볼 수 있었다. 그날 강희를 만나지 않은 것은 연극을 끝까지 보지 못했기 때문이었다. 경주로 돌아가는 날이라 바쁘기도 했지만 끝까지 관람할 수 없을 정도로 연극에 이상한 거부감을 느꼈다. 그 거부감의 정체가 무엇인지 지금도 꼬집어 말할 수 없다. 그 뒤 서로 연락이 없었는데 강희가 뜬금없이 경주에 오다니, 도깨비 같은 사람이다.

　약속한 한정식집에 들어서니 강희가 기다리고 있었다. 강희 옆엔 뜻밖에도 서양 여자가 앉아 있었다. 밝은 갈색 머리에 몸의 곡선이 드러나는 은행빛 스웨터를 입고 있는 모습이 육감적이고 눈에 띄었다.

독일서 온 손님인 듯했다. 강주가 자리에 앉자 강희가 손을 내밀고 악수를 청했다.
"이거 얼마 만이지? 이년 만인가?"
"예, 형이 재작년에 한국 잠깐 나왔을 때 만났죠."
"큰아버지께 인사하러 갔을 때 만났지. 큰아버지는 올해 새배드린 후 여태 못 뵈었구나."
"동행이 있는데 인사부터 시키시죠."
강희는 그제야 여자에게 강주를 소개했다. 마리나는 반갑다고 영어로 인사했다. 강주도 짧은 영어로 답하고 미인이라고 칭찬했다. 마리나가 활짝 웃는데 강희가 일러주었다.
"독일서 함께 살았던 룸메이트야. 유치원 보모였지."
"이번에 한국에 초청했나보죠."
"초청은 무슨. 제가 오고 싶다고 불쑥 온 거야."
강희의 입가로 비웃음이 스쳐갔다. 마리나는 제 얘기를 하는 줄 눈치로 알지만 미소만 짓고 있었다. 강주는 마리나도 알아듣도록 영어로 물었다.
"경주엔 어떻게 들를 생각을 했어요?"
"어제 대구에 갔다가 마리나에게 경주를 보여주려고 왔어. 또 너도 만나고. 작년에 독일서 돌아온 뒤 얼굴도 못 봤잖아."
"대구에도 구경거리가 있던가요?"
"서울 공연이 끝나면 대구서 공연해볼까 극장 알아보러 갔어. 군사독재정권이 창출된 도시라 일부러 택했어."
"이번엔 무슨 작품을 하는데요?"
"「환도와 리스」, 아라발이란 스페인 작가 작품이야. 마리나도 도와줄 거야."
강주가 마리나에게 물었다.

"한국에 오래 머물 예정입니까?"

"세달 동안 쉬기로 했어요. 나도 충전이 필요해요."

"그동안 내 연극에 의상을 맡기로 했어. 독일서도 함께 작업했거든."

"기대하겠습니다."

쌈밥이 전문인 음식점이라 열 가지 정도의 야채와 한정식이 나왔다. 신선초, 쑥갓, 케일, 미나리 등 생야채와 다시마, 근대, 양배추 등 삶은 야채가 나란히 상에 놓였다. 강희가 신선초를 손 위에 놓고 쌈을 싸서 먹으니 마리나도 따라 했다. 쌈장이 낯설 텐데 마리나는 그 조화를 음미나 하듯 천천히 씹었다.

"환상적이에요."

마리나의 말에 강주가 정말이냐, 되물으니 강희가 거들었다.

"마리나는 김치도 좋아해. 담글 줄도 알아. 한국 남자랑 사니까 음식도 동화되나봐."

"강희가 한국으로 돌아간 뒤, 나 혼자 김치를 만들어 먹은 적이 있어요. 김치를 먹으며 강희를 그리워했어요."

마리나는 젓가락을 든 채 강희의 옆얼굴을 바라보았다. 동양인 같지 않게 투명한 흰 피부와 쌍꺼풀 없는 긴 눈매, 또렷한 인중 아래로 날이 선 입술은 아름답다고 할 만했다. 작품처럼 조화된 그 모습은 강희에게 미를 주신 신조차도 만족하시리라. 강희를 향한 마리나의 눈빛은 동경으로 넘쳤다. 그 사랑은 거의 숭배에 가까워 보였다. 미에 대한 숭배, 그건 동양이라는 미지에 대한 환상이기도 했다. 강주는 그것을 감지하고 마리나에게 연민을 느꼈다. 오늘 처음 만난 이국의 여자에게. 그녀 역시 아름다웠으나 관능적인 육체엔 희생의 냄새가 묻어 있었다.

식사를 끝내자 강희가 이것저것 물었다.

"강의는 일주일에 몇시간이나 하나?"

"고고학 실습, 세 시간입니다."

"강의를 안할 땐 주로 박물관에 있나?"

"발굴 때문에 현장에 가 있는 시간이 많아요."

"고고학에 나도 관심이 많아. 물론 슐리만이나 하워드 카터 등의 낭만적인 발굴사를 읽은 정도의 수준이지만. 베를린에 있을 때 이집트 박물관에도 세 번 갔어."

"그 박물관 소장품으로 네페르티티 흉상이 유명하죠?"

"관광객들에게 가장 인기있는 소장품이라 전시실 한가운데 조명을 받으며 놓여 있지. 그 흉상은 큰 작품을 만들기 전에 본을 뜬 것으로 작업과정을 보이기 위해 한쪽 눈에만 수정을 넣었다고 해. 네페르티티의 왼쪽 눈동자가 그려지지 않아서 더 기묘하고 신비한지도 몰라. 소정이도 그러더군."

누이가 베를린에 갈 때 네페르티티 흉상을 보고 오라고 권한 건 강주였다. 책에서 보았을 뿐이지만 우아하면서 관능적인 생기가 도는, 삼천년 전 이집트 여인의 모습이 신비했다.

"고고학자에겐 흥미있겠지만 난 미라는 싫어. 얼마나 삶에 집착했으면 시체까지 영구 보존하려 했겠어."

"우리가 그 시대에 태어났더라도 똑같이 했을 텐데요. 현대도 그렇지만 더구나 고대사회에서 당대의 관습과 사상에서 벗어나기 힘들죠."

"얼마나 삶이 풍요로웠으면 죽음과 내세에 그토록 관심을 가졌겠어. 부러운 얘기군."

"그 반대일 수도 있죠."

강희 말에 공감하지 않았지만 강주는 언젠가 이집트에 가보고 싶다고 덧붙였다.

"내가 독일 있을 동안 한번 오지 그랬어. 유럽서 이집트 가기 쉬운데."

"비행기를 탈 자신이 없어요."

"비행기 사고 날까봐서?"

강주는 무심코 말했으나 강희가 피식 웃었다. 강주는 설명하려다 "폐소공포증이 있어요" 하곤 얼버무렸다.

세 사람은 식사 후 발굴장으로 향했다. 강희의 제의였으나 마리나도 보고 싶다고 맞장구쳤다. 강주는 기꺼이 안내를 맡기로 했다. 차로 삼십분이면 갈 수 있는 경주 근교라 강희와 마리나의 일정에 무리가 없을 듯했다. 강주는 벚나무 가로수가 늘어선 대능원 담을 따라 차를 몰았다. 며칠 전 벚꽃이 만개하여 하늘을 가렸건만 벌써 스러지기 시작하여 살색의 꽃이파리가 보도를 덮었다. 나무 아래로 연인의 손을 잡고 걸어가던 청년이 낙화를 두 손에 그러모아 허공에 뿌렸다. 연인의 긴 머리에 꽃잎들이 내려앉고 연인은 환호하며 신부처럼 꽃세례를 받았다. 청년은 다시 꽃잎들을 모아 하늘 높이 뿌렸고 연인은 두 팔을 수평으로 뻗은 채 동그라미를 돌며 앞으로 나아갔다.

마리나는 "뷰티풀"을 연발했다. 대능원 담 너머로 둔덕 같은 거대한 능이 부드러운 곡선을 그리고 벚나무 가로수엔 새잎들이 초록불처럼 움터오르고 있었다.

"경주 온 지 얼마나 됐지?"

"삼년째예요."

"좋은 데 있네."

"경주에 자리가 있다고 해서 만사를 제치고 왔어요. 살고 싶었던 곳이어서."

"고고학도에겐 최상의 환경 같아. 계속 여기서 살 건가?"

"그렇게 되길 바라지만 모르죠. 이진인 서울서 살기를 바래요."

강희가 잠시 침묵하더니 "언제 결혼할 거지?" 물었다. 막 우회전을 하려던 강주는 강희 말에 귀를 기울이다 주춤 멈춰섰다. 뒤따라오던 차도 덩달아 멈춰서서 강주는 차창 밖으로 미안하다는 손짓을 했다.

"올 가을엔 해야죠. 올해를 넘기면 이진이가 도망갈 것 같아요."

보슬비가 조금 내리다가 그쳐서 발굴장은 여느 때와 다름없이 바삐 돌아가고 있었다. 강주는 청동기의 주거지와 원삼국 시대의 유구들을 차례차례 안내하며 강희에게 설명해주었다. 강희는 다시 마리나에게 독일어로 설명했고 마리나는 붉은 마노와 구슬을 만져보면서 여성의 묘에서 출토된 건지 묻기도 했다.

"고대인들은 남녀 구분 없이 장신구를 사용했어요. 유물로 남녀가 구분된다면 그들이 맡았던 일과 연관있어요. 갑옷이나 화살촉이 남성묘에서 나온다면, 가락바퀴나 단도, 시루가 나오면 여성묘로 추정하죠. 경기도의 한 집터에선 칸막이를 중심으로 북쪽에선 토기와 숫돌이 출토되고 남쪽에선 석기가 나와서 북쪽은 여자, 남쪽은 남자 중심으로 살림을 꾸렸다고 추정할 수 있었죠."

"수컷 암컷 사이의 노동분담은 삼백만년 전에 이미 이루어졌다지. 이성간의 몸무게가 현저히 차이 났다고. 신체구조부터 다르니까. 여성은 출산을 하므로 종족번식에 유리하도록 진화했을 것이고, 자기 종족을 보호하고 생산을 담당한 남성에게 의존하게 되었을 거야. 여자가 자연적인 생산을 담당했기에 남자들은 인위적인 생산을 담당했지. 현대에 들어서 서구사회에서 여성해방을 외치지만 왜 서양 여자들은 편한 길을 거부하고 남자와 맞서 싸우려 하는 걸까. 가부장제도가 자연스럽지 않나. 그런가 하면 한국 여자들은 끔찍할 정도로 가정에 집착해. 얼마나 다른가 봐. 통일된 뒤 동독 여자를 상대로 설문조사한 걸 보면 동독 여자 중 가정주부로 족하다는 사람은 삼 퍼센트에 불과해. 인생의 전망으로서 가정주부를 택한다는 것은 동독 여자에겐 있을 수 없는 일로 여겨지고 있어."

"강희는 자유주의자 같지만 사실은 가부장주의자예요. 동양 남자여서 그런가?"

마리나는 머리를 가로 저으며 웃음지었다. 그 희미한 웃음 속엔 포용과 체념이 깃들여 있었다. 사랑할 수밖에 없는 자 앞에선 모든 것을 양보해야 하리라. 마리나는 걸음을 옮겨 옹관묘가 출토된 유구를 보자 서양에서도 이삼세기에 시신을 항아리에 매장한 적이 있노라 알려주었다. 동서문명이 다르다지만 사람의 생각은 비슷하다. 아래에서 구릉 정상부로 올라가자 긴 세장방형 목곽묘 유구를 정리하던 복학생이 강주에게 보고했다.

"오전에 가운뎃자리에서 투구가 나왔어요. 투구 주위에 연질호가 묻혀 있었구요. 옆의 목곽묘에선 철제 재갈과 갑옷편으로 보이는 철편이 출토됐는데 여기선 투구말고는 철촉 약간과 철검 하나가 나왔어요."

투구는 몽고발형으로 불리는 고깔모양이고 붉게 부식되어 땅 위에 노출돼 있었다. 세장방형의 긴 유구는 사세기 묘형식이었다. 피장자는 생전에 투구를 사용했을 것이다. 강주가 연대와 유물을 연관시켜 유구 성격을 파악하고 있는데 강희가 물었다.

"당시에 투구를 사용한 계층이면 무사였거나 높은 지위였겠지?"

"유물이 당시 사람들의 위세를 보여주는 건 사실이지만 무덤 구조나 입지, 유물의 개인 집중화 등을 함께 봐야 해요. 이곳에서 투구만 여섯 개가 출토됐어요. 전투집단의 묘지에서 투구가 나왔다면 수장급이라 추측할 수 있겠죠."

"투탕카멘 묘에서 나온 어마어마한 부장품은 생전의 권력을 보여주지만 죽음 자체는 평등하지 않은가. 생전에 죽음이라는 말을 증오했고, 칠십만명의 죄수들을 동원하여 삼십팔년간 묘실을 조성했다는 진시황의 묘는 발굴된 후 전세계가 주목했지만 왕이나 후궁이나 노예나 찾아오는 죽음 앞에선 너나없이 무력하지 않은가."

구릉 정상부에서 바라보니 지상에 드러난 천오백년 전의 묘들이 한눈에 들어왔다. 강희는 발굴장에 들어서면서 언뜻 베를린의 마리엔 교회에서 본「죽음의 춤」을 떠올렸다. 종루의 복도를 따라 양벽면에 그려진 벽화는 전쟁중 건물 일부가 폭격을 받은 뒤 습기에 훼손돼 있었다. 그 벽화가 강희의 눈을 끈 것은 '죽음의 춤'이란 제목 때문이었다. 강희는 투구를 내려다보며「죽음의 춤」에 대해 말해주었다.

"중앙에 예수를 중심으로 산 자와 죽은 자가 손을 잡고 원무를 추고 있는 그림이야. 그런데 그림을 자세히 보면 교황이나 황제 등 신분이 높을수록 예수 가까운 자리에 배치돼 있는 것을 알 수 있지. 신분에 따른 인물 배치가 정확해서 중세의 신분제도 연구에 자료가 된다는군. 그럼 이 그림은 무엇을 얘기하는 것일까. 주께 가까이 가는 데도 순서가 있다? 아니지. 그 벽화의 진정한 주제는 죽음 앞에선 특권이 없다는 것, 황제나 광대나 하인이나 죽음 앞에선 모두가 평등하다는 것이야. 그림 밑에는 인물마다 대화체의 운문이 씌어 있는데 이렇게 시작되지. 궁함 없이 살려고 했던 너, 이제 쓰디쓴 죽음을 맛보아야 하노라."

죽음이 교황과 농부에게 건넨 말을 강희는 연이어 읊조렸다.

그대는 신의 위치에 있었으니
누구보다 먼저 춤추며 가야 하노라.
발걸음을 내딛으라. 노래를 부르라.

돌아서라, 농부여. 너도 함께 가야 하노라.
너희들의 오랜 풍습대로 춤을 추어라.

네 밭에 뿌린 너의 수고는 이제 헛것이 되었으니
쟁기와 낫을 내려놓으라.

"그림 속의 인물들은 죽음의 부름에 어떻게 답했을까. 농부는 이렇게 대답하지. 오, 착한 죽음이여, 내 젊음을 건드리지 말아다오. 친구여, 나를 편안히 내버려다오. 농부는 죽음에게 호소하며 살찐 암소를 주겠노라 제안하지만 이내 체념해. 죽음은 인간이라는 종족의 피할 수 없는 운명이니까. 생의 마지막에 찾아오는 친구 죽음이여. 그래서 그림의 인물들은 도우소서 주여, 기도로 말을 끝내지. 도우소서, 하하하……"

강희의 웃음소리가 곡괭이 소리만 들리는 발굴장에 울려퍼졌다. 그 돌발적인 웃음소리에 강주는 얼떨떨하여 담배를 꺼내 물었다. 강희는 죽음의 평등함에 대해 말했다. 그것이 통쾌하다는 것인가. 강희의 거침없는 웃음 밑엔 통쾌함을 넘어 비위를 거슬리게 하는 무언가가 있었다. 조롱이다. 강주는 그것을 깨닫곤 강희에게 등을 돌린 채 작업하는 학생들 쪽으로 걸음을 옮겼다.

마지막 벚꽃이 스러진 그 주말은 이진의 생일이었다. 그들은 호수가 보이는 호텔 식당에서 민물장어 요리를 먹었다. 특별한 날이라 미식을 즐겼고 강주는 차가 나오자 이진에게 작은 상자를 내밀었다. 이진은 생일선물인 줄 알면서 뭘까? 궁금한 척했다. 이진이 파란 상자 뚜껑을 여니 곡옥이 걸린 금줄이 보였다. 목걸이였다. 이진은 천장을 향해 웃음짓고 제 목에 목걸이를 걸었다. 이진의 희고 긴 목에 초록 곡옥 장식이 잘 어울렸다.

"너무 예뻐. 그런데 결혼식날엔 뭘 주려고 벌써 이걸 주지?"

이진은 고분에서 출토된 곡옥 목걸이를 박물관에서 여러번 보았다. 몇겹의 푸른 구슬에 태아 모양의 곡옥이 달린 월성로 13호분 출토 목걸이를 몹시 탐냈다. "나더러 훔쳐달란 말이니" 했더니 이진은 받고 싶은 결혼선물로 곡옥 목걸이를 꼽았다. 그건 이진이 고고학도의 연인으로서 꿈꾸는 유일한 낭만이기도 했다.

"내가 갑부라면 출토한 황금 보물을 슐리만처럼 아내 머리에 씌워주겠지만 난 이것밖에 못해."

"내가 좋아하는 남자는 골동품상에도 못 가게 하는 교과서 고고학도걸. 형, 왜 이렇게 날 황홀하게 만들어?"

"처녀시절의 마지막 생일이라 근사한 선물을 해주고 싶었어. 네가 좋아하니 기쁘다."

"이히 리베 디히."

창으로 바라본 뜰이 아름다워 밖으로 나서니 봄밤의 공기도 부드러웠다. 소나무와 자연석으로 조경된 호텔 뜰은 태고의 분위기를 내고, 과일처럼 열린 등이 고즈넉한 뜰을 감싸고 있었다. 이진은 세레나데를 콧노래로 부르며 강주의 팔짱을 끼고 걷다가 발 아래에 쑥을 발견하고 주저앉았다.

"온통 쑥이네. 여기 쑥은 깨끗하니까 캐가야겠네."

"봄이니까 풀밭엔 다 쑥이 있지. 그걸로 뭐하게."

"쑥이 안 쓰이는 데가 있나. 쑥떡도 하고 쑥차도 만들고 쑥탕서 목욕도 하고."

"쑥차도 있어?"

강주가 관심을 보이니 이진이 들떠서 말했다.

"그늘에 사흘 정도 말려서 차로 마시면 돼. 형이 차 좋아해서 사과차, 귤차, 난초차, 황국차도 만들었잖아. 지난주엔 벚꽃 따다 절였으니 오늘밤엔 벚꽃차 마실까. 나랑 살면 재미있겠지? 갖가지 차를 만들어 매일 기분 따라 다른 차를 마시는 거야."

"나 혼자 이렇게 행복해도 되는 건가."

"형은 좋은 사람이니까 행복해야 해. 우리는 행복해야 해."

정원으로 난 오솔길을 따라가니 벚나무가 심어진 산책로가 이어져 있었다. 이곳에도 벚꽃이 거의 져서 낙화가 하얗게 깔려 있었다. 벚꽃은 스러지는 모습도 아름답다. 간간이 홀잎이 허공에 풀풀 날리는데 습습한 꽃향기가 코끝을 스쳤다. 강주는 걸음을 멈추고 이진의 신발을 벗겨주었다.

"맨발로 걸어. 꽃잎이 깔려 있잖아."

강주가 왼손에 이진의 구두를 드니 이진이 강주의 한 손을 꼭 잡고 꽃길을 걷기 시작했다. 호수에서 불어오는 밤바람이 서늘하게 얼굴을 스치고, 고요한 대기를 뚫고 어디선가 구구, 새 울음소리가 들려왔다.

"저게 무슨 샐까? 산비둘기 소리 같잖아?"

"이곳 사람들은 구국새라고 불러. 기집 죽고 구구, 자식 죽고 구구, 이렇게 운다네."

"구국새?"

이진이 고개를 갸웃해서 강주가 말을 이었다.

"홀아비 샌가봐. 나도 늙어서 마누라 떠나보내고 저렇게 우는 거 아닌가."

"늙은 마누라 두고 형이 먼저 가버리면 어떡하지. 나도 저 새처럼 울겠지. 서방 죽고 구구, 자식 죽고 구구. 슬퍼, 이별하는 건 슬퍼. 새도 그걸 알잖아."

"걱정 마. 먼저 죽더라도 석남가지 머리에 꽂고 네게 나타날 테니."

강주는 이진의 손을 힘주어 쥐면서 「수이전(殊異傳)」에 나오는 얘기를 들려주었다. 신라 사람 최항은 애인이 있었으나 부모가 허락치 않아 만나지 못하다가 병이 들어 죽었다. 죽은 지 여드레 만에 애인 집에 나타나서 머리에 꽂고 있던 석남가지 하나를 꺾어주었다는데 강주는 석남이란 상록 관목이 늘 궁금했다. 벚나무 가지 하나가 손에 닿을 듯 늘어져 있어서 강주는 가지를 꺾었다. 꽃가지를 이진에게 주니 다시 새 울음소리가 구구, 울렸다. 호수에서 불어오는 바람에 창백한 꽃이파리가 허공에 우수수 흩어졌다.

한 작은 사람이 흩날리는 낙화 속으로 걸어간다. 꽃잎들이 회오리 바람처럼 휘몰려가 앞을 가리는데 손을 뻗으니 꽃잎들이 손에 녹아 스러진다. 그건 꽃잎이 아니라 눈보라이다. 봄을 찾아가다가 길을 잘못 든 것일까. 눈보라 속으로 그는 어딜 가는가. 눈보라 저 끝으로 새 한마리가 날개를 치며 날아가는 것이 안개 속의 풍경처럼 희미하게 보인다. 이제 그는 새를 따라가지만 안개가 다리에 휘감기는 듯 발걸음이 무뎌진다. 안개, 아니 구름처럼 몰려온 안개의 강에 서서히 빠져드는 듯하다. 나른하면서 감미로운 기분. 강에 몸을 맡긴 채 새를 바라보며 실려가는데 갑자기 햇살이 쏟아지면서 눈이 부시다. 햇빛이 물고기처럼 파닥이며 강 건너편 숲 사이로 튀어오른다. 바이올린의 고음부가 팽팽히 울리면서 햇빛과 초록의 협연이 시작된다. 천사의 발걸음 같은 봄이 지나가고 초록불을 지피며 여름이 서막을 울리고 있다. 비발디의 여름, 알레그로 악장에 몸을 뒤척이고 있으려니 밖에서 남자의 말소리가 들려왔다.

"나무도 심고 풀도 뽑고 농약도 칠라믄 왔다갔다해야지 우짜겠소."
"그렇더라도 미리 연락하고 오시든지요. 이렇게 불쑥 와 계시니 사람이 놀라잖아요."
"여태 이래 와도 아무 문제가 없었구만."

강주가 밖으로 나서니 마당에 집주인이 서 있었다. 숯불갈비집을 운영하는 집주인은 오십대 초반의 남자로 정원을 손질한다고 이따금씩 집에 들르곤 했다. 얼굴이 불그레한 집주인과 다투고 있는 이진은 가운 차림이었다. 일어나 현관문 밖으로 나서다가 집주인을 본 모양이었다. 강주는 남자에게 인사부터 했다.
"아, 오셨어요."
"꽃나무 하나 심을라꼬 왔는데 이래 싫다카마 정원관리는 우예하노."
"제 약혼자가 놀란 모양입니다. 집에 딴사람이 있으니."
"아직 아침이에요. 아홉시도 안됐잖아요. 또 일요일이면 다 집에서 쉬는 것 아시잖아요."
"주인이 오니 불편한 거 같은데 인자는 오기 전에 연락해야겠네."
집주인도 머쓱해하는 것 같아서 강주가 권했다.
"제가 요새 현장에 가 있어서 오랜만에 뵈었네요. 들어와서 차라도 한잔 하시죠."
"아니, 나는 차 안해요. 술 마시는 사람이라 차를 안 마셔요."
집주인의 사양이 형식이 아니어서 강주도 더이상 권하지 않았다. 주인이 곧장 가버리자 이진은 머리를 흔들며 안으로 들어갔다.
"기가 막혀. 아무리 집주인이래도 세를 줘놓고 이런 식으로 드나들면 안되잖아. 정원 가꾼다고 새벽같이 찾아오면 어떡해. 남이 사는 집에."
"자기 열쇠로 대문 열고 들어오는 걸 어떡하니. 내가 정원 가꿀 시간이 있는 것도 아니고."
"형이 물러서 주인이 제 마음대로 하잖아. 정원을 가꿔도 그렇지. 조금도 미안한 기색이 없이 너무 당당해. 여긴 우리 공간이고 이건 사생활 침해야. 경우가 없잖아."
"서울식으로 생각하지 마. 경주만 해도 시골이야."
"정말 시골이면 인심이나 좋지. 도시도 시골도 아닌 반촌이어서 나쁜 건 다 갖고 있는 것 같아."
이진은 지방을 좋아하지 않았다. 지난 봄에 이 집을 구할 때 강주

대신 복덕방과 거래하고 나서 원칙도 없는 상술에 불쾌해했다. 상대가 서울 사람에다 여자라 만만하게 보곤 야비하게 과다한 소개비를 강요했다고 분개했다.

"관광지여서 인심이 나빠. 뜨내기 손님이 많으니까 코앞의 이익만 생각해."

이진이 파악한 경주는 강주가 사랑하는 고도와는 또다른 현실의 경주였다. 이진의 말대로 경주는 관광지라 상권을 따라온 외지인이 많다. 떠돌이 상혼의 특징은 불친절이고, 고도의 시민들은 낭만을 누리기는커녕 문화재보호법에 묶여 욕구불만이 쌓여 있었다. 제집 화장실도 마음대로 고치지 못해 들끓는 파리를 손으로 쫓는 것이 현실이었다.

분별없는 행정은 개발의 논리로, 황룡사 터를 마주보고 고층 아파트가 들어서도록 허가했다. 선덕여왕의 옷깃이 스쳤을 유적지를 배회하며 지귀(志鬼)의 꿈을 꾸고 싶지만 경박한 신도시의 꼴을 닮은 시멘트 경관은 환상을 여지없이 깨뜨렸다. 꿈과 현실은 언제나 일치하지 않는다. 강주가 안으로 들어서니 식탁엔 두 개의 찻잔이 놓여 있었다. 김이 오르는 초록색 꽃무늬 찻잔엔 두 개의 벚꽃 잎이 피어 있었다. 이진이 자리에 앉으며 한마디 했다.

"차도 마실 줄 모르는 사람관 상종하고 싶지 않아. 전통이 깊은 나라는 차문화가 발달했고 생각하는 사람은 차를 즐길 줄 알아. 내가 왜 형을 좋아하는지 알아? 사나이라고 호기를 부리며 술만 들이켜는 게 아니라 차를 사랑하는 남자여서."

4
배반

목이 타는 듯한 갈증에 눈을 뜨니 마리나가 옆에서 머리를 땋고 있었다. 마리나도 막 일어났는지 젖가슴이 드러난 맨몸이었다. 터질 듯 풍만한 가슴이 농익은 과육 같다. 그것이 모든 남성들의 무덤이요 번식의 보고임을 알리는 건 자줏빛 젖꼭판과 젖꼭지다. 포도알처럼 솟은 그 정점이 없다면 여자의 유방은 한낱 살덩어리에 지나지 않았을 것이다. 종족의 번식을 위해서뿐 아니라 쾌락에 있어서까지 조물주의 창조는 완벽하고 절묘하다.

마리나는 강희와 눈이 마주치자 "구텐 모르겐" 아침인사를 했다. 뺨에 입을 맞추어주는데 우유냄새가 뒤섞인 듯한 은근한 살냄새가 코끝을 스쳤다. 목이 말라, 강희가 중얼거리니 마리나는 일어나 밖으로 나갔다.

어머니는 어제 이모집에 가서 오늘밤에 돌아온다고 했다. 집엔 그들만 있으므로 마리나는 독일에서 하던 버릇대로 숄을 허리에 묶은 채 부엌에 나갔다. 아침 커피와 간단한 식사를 차리는 건 마리나 몫이었다. 강희는 아침 커피를 침대에서 마시는 걸 좋아했고 독일서 여자와 함께 살 땐 미리 역할분담을 했다. 저녁은 내가 준비할게 아침은 네가,라고. 한국에서라면 그런 말을 할 필요도 없이 제왕처럼 식사할 테지만 독일 여자에게 그런 건 통하지 않는다. 마리나는 어느새 두 잔의 커피와 반숙 달걀, 토스트를 쟁반에 담아 들고 왔다. 강희에게 쟁반을 건네주고 마리나가 라디오 스위치를 누르니 귀에 익은 베토벤의 「전원교향곡」 1악장이 울려나왔다. 커튼이 젖혀진 오른쪽 창으로 햇빛이 쏟아졌고 마리나는 침대 가에 서서 눈부신 듯 빛살을 바라보았다. "평화로워." 마리나의 말에 강희도 따라 미소지었다.

　마리나의 허리에 묶인 숄이 흘러내리면서 풍만한 여체에 아침 햇살이 실루엣을 드리웠다. 불타버린 숲인 양 거무스름하게 엉겨 있는 삼각 계곡. 종마처럼 탄탄한 허벅지와 모래언덕 같은 엉덩이 굴곡. 강희는 결코 나체 예찬자가 아니지만 저것이야말로 지친 몸을 던져 뒹굴고 싶은 전원이 아닌가. 여자가 옷을 벗고 있는 것은 남자가 양다리 사이로 고깃덩어리를 덜렁이며 벗고 있는 것보다 훨씬 자연스럽다. 인류학자들이 지적한 대로 여자의 몸과 기능이 남자보다 종족을 유지하는 생활과 더 밀접하게 관계되어 있기 때문일까.

　마리나는 베를린의 아파트에서도 나체로 돌아다니기를 좋아했다. 어둡고 고통스러운 시대엔 인체를 가리려 했고 풍요로운 시대엔 노출이 유행했다. 풍요로운 서구문명과 자유사상이 마리나로 하여금 옷을 구속으로 여기도록 만들었겠지. 마리나뿐 아니라 서양 여자들은 노출을 부끄러워하지 않는다. 화창한 날엔 윗옷을 벗고 젖가슴을 드러낸 채 공원에서 일광욕을 한다. 우리들은 여자라는 물건이 아니라 자연의 인간이라고 가르치듯.

　지난해 강희가 귀국하여 가까이서 지켜본 여자들은 전혀 달랐다. 새로 뽑은 단원들 중 남자들은 연습실에서 자유롭게 옷을 갈아입지만 여자들은 하나같이 화장실에 가서 옷을 갈아입었다. 그것을 보고 한국에 돌아왔음을 실감했다. 왜 한국 여자들은 숨어서 옷을 갈아입는가. 누드에 대해 개방적인 시각을 가진 사람은 현상태에 대한 불만 또는 안정되어 있지 않은 심리상태를 가지고 있다는 글을 어디선가 읽은 기억이 난다. 강희가 이 부류, 체제반항형에 속한다면 노출을 금기시하는 한국 여자들은 체제순응형이었다. 정숙이라는 이데올로기에 길들여진.

강희는 간단하게 아침을 먹고 마리나의 브래지어 호크까지 채워주곤 신문을 펼쳐들었다. 1면 첫단에 "安내무 문책 경질"이란 흰 고딕활자가 한눈에 들어왔다. 경위 규명 관련자 모두 처벌, 백골단 즉각 해체하라, 소제목을 눈으로 읽어가며 강희는 머리를 가로저었다. 백주대로에서 백골단이란 하수인들을 내세워 쇠파이프로 대학생의 두개골을 함몰시킨 살인정권. 쇠파이프 각목은 물론 M16자동소총까지 국민의 이마에 겨누는 공안정치다.

——쇠파이프 치사 규탄 확산, 연대 5천명 등 16개大 강군 추모집회, 내일 전국서 범국민 항의대회.

이건 예견된 비극이었다. 강경대의 죽음은 전투경찰의 순간적인 과실이 아니라 폭력이 기반이 된 전·노 정권의 속성에서 기인했다. 독일에서 광주사태 뉴스를 보았을 때 강희와 유학생들은 얼마나 충격을 받았던가. 대검에 찔려 피투성이가 된 여학생과 불에 타고 조각난 처참한 시신들, 전시와 같은 기관총 소리와 포로처럼 끌려가는 시민들, 죽은 사람에게 세 발씩 확인사살 하는 믿기지 않는 장면까지 똑똑히 보았다. 국민을 향해 총을 난사하고 광란의 폭력을 휘둘렀던 군사독재정권의 만행을 보며 저것이 내 모국인가, 숨고 싶을 정도로 부끄러웠다. 차라리 전쟁이 났더라면 공명심을 가지고 귀국했을지도 모른다. 다시 돌아가지 않으리라 생각했던 나라이지만.

세계를 아연케 했던 그 잔학한 뉴스의 원흉인 5공, 지금 국가보안법으로 구속된 민주인사의 수가 5공 때보다 무려 두 배 이상이라니 모든 것이 더 악화되었다. 강경대가 죽은 그날 아침 신문엔 원진레이온 퇴직자의 자살이 보도됐다. 자살한 근로자를 포함하여 칠십여명의 이황화탄소 중독증 환자가 발생하고 여덟 명이 숨진 원진의 방사과는 독가스실과 다를 바 없었다. 이황화탄소는 이차대전 때 나찌가 신경독가스로 사용했던 것이었다. 미개한 정권 아래 노동자들은 인권의 사각지대에서 숨져가고 있고 땅값 폭등과 전셋값 상승으로 목숨을 끊는 서민도 있다. 폭력이 파괴를 몰고 오는 악순환. 너도나도 이 파괴에 참여하여 피의 축제가 진행되고 있구나.

이날도 오전엔 신체훈련을 하고 오후부터 연습에 들어갔다. 환도와 리스, 또조, 나뮈르, 미따로 다섯 명의 출연자 중 미따로는 늦게 나왔다. 단원들 중에는 학생도 있고 직업을 가진 사람도 있어서 오늘 같은 일요일조차 일찍 모이기가 쉽지 않았다. 극단 전용사무실도 없고 연습할 장소도 마땅치 않았지만 후배 연극인의 주선으로 임대가 되지 않은 빈 사무실을 무료로 빌릴 수 있었다. 북향이어서 사월에도 실내가 썰렁하지만 연극쟁이의 가난 따위는 강희에게 큰 문제가 되지 않았다. 단원들은 배역이 정해지자 서로 맡은 역할의 이름을 부르면서 연극에 도취했다. 바닥엔 빛바랜 매트가 깔려 있고 주요 연극도구인 유모차도 놓여 있었다. 강희는 대본을 펼치고 연습에 들어갔다.

리스: 내가 죽으면 아무도 날 기억하지 않을 테지.
환도: 아냐, 리스. 내가 기억해줄게. 너를 보러 꽃을 들고 개를 데리고 무덤으로 갈게.
강희: 환도, 잠시 리스 보고.
환도: 네 장례식 땐 낮은 목소리로 "예쁜 장례식, 예쁜 장례식" 하고

노래 후렴을 불러줄게. 곡조는 아주 쉽거든. 너를 위해 불러줄게.

리스: 나를 무척 사랑하는구나.

환도: 죽지 않는 편이 더 낫겠는데. 네가 죽으면 퍽 슬퍼질 테니까.

리스: 슬퍼져? 왜?

환도: 모르겠어.

리스: 모두들 그런다니까 똑같이 말해보는 거지. 뻔해. 슬프기는커 녕 언제든지 날 속여왔는데.

환도: 아냐, 리스. 정말이야. 무척 슬퍼질 거야.

리스: 울어줄 테야?

환도: 노력해볼게. 하지만 될지 안될지는 모르겠어.

리스: 될지 안될지 모르겠다구? 그걸 대답이라고 해?

환도: 날 믿어봐, 리스.

저런, 시작부터 방향을 못 잡고 있어. 강희는 연습을 중지시키고 환도와 리스 앞으로 다가섰다. 무용과 졸업생인 리스는 대사가 문어체처럼 딱딱하고 대사에 힘을 주려는 경향이 있다. 주로 단역을 했지만 극단의 단원이었던 환도는 리스와 호흡을 맞추지 않고 혼자 나간다. 나뮈르는 산만하고 또조는 너무 논리가 앞선다. 거의가 초보 연기자여서 가르칠 것이 많지만 초보답게 의욕적이어서 강희는 그것으로 만족하기로 했다.

"무대 막이 오르자 두 인물은 죽음에 관한 얘기를 주고받지. 이건 극 마지막에 리스가 죽임을 당하는 것을 암시하기도 해. 리스는 이걸 처음부터 예감했으면서 환도에게서 벗어나지 못하고 끝내 그를 믿으려 한 허망한 여자야. 그러니 리스를 보다 운명적인 여자로 만들어야 해. 잘 토라지는 계집애처럼 연기해선 극의 긴장감을 깨뜨리게 돼. 환도 넌 독재자야. 리스에게 사랑이란 목걸이를 걸어주지만 전통과 다를 바 없는 독재자야. 6·29선언이란 사탕발림을 해놓곤 백골단 앞세워 국민을 때려죽이는 물태우야. 넌 리스를 사랑한다지만 변태적이고 싸디스틱해. 리스를 불구로 만들어 소유하지만 또한 동시에 성가시게 생각해. 그래서 결국은 죽이게 되지. 사랑의 이름으로 소유하고 지배하려 하지만 그건 폭력일 뿐이야. 스페인의 프랑꼬 독재체제에서 자란 아라발의 작품세계엔 폭력에 대한 유년의 공포가 깃들여 있어. 그것이 악몽의 정착이고 여기서 공포의 연극이란 말이 나왔지. 우리는 환도를 통해 지배자의 절대점유, 지배욕을 보여줘야 해. 리스를 통해 약자의 염세적 운명론이 어떤 귀결로 매듭지어지는지도 보여줘야 해. 환도와 리스 얘기가 동화같이 진행되지만 폭력의 함정임을 깨닫게 해야 해. 잔인과 죽음의 박자 맞추기, 호응. 물론 이건 인간의 근본적 속성이기도 해."

"이 연극은 도덕을 벗어난 어린이의 영역에서 벌어지는 놀이와 같아요. 이 연극에서 악몽과 폭력을 효과적으로 보여주자면 시각적인 분위기도 중요할 것 같아요."

독문과 대학원생이면서 조교인 또조가 무대에 대한 호기심을 드러내자 강희는 연출방향을 제시했다.

"난 원진레이온 기사 읽고 이런 상상을 해봤어. 연극이 진행되면서 아련한 연둣빛 연기를 서서히 무대로 내보내는 거야. 처음엔 그것이 무척 환상적으로 보이겠지. 그 기체가 객석까지 스며들면서 관객도 환상의 안개에 몸을 맡기는데 서서히 가슴이 조여드는 것 같아. 그러나 관객들은 환상에 도취되어 현실을 보지 않으려 하고, 리스가 환도 손에 쓰러질 때에야 약속이나 한 듯 일제히 질식하지. 그건 신경독가스야."

"살인치사죄로 구속되려구요."

"관객까지 다 연극의 부분이 되는 거지. 그야말로 '장엄한 예식'이 되겠지."

강희는 전에 읽은 아라발의 인터뷰 기사를 떠올렸다. 작가의 꿈에 관한 기억이었다.

――무척 큰 저수지에서 내가 막대기로 맑은 액체와 끈적이는 덩어리를 섞고 있었습니다. 그러고 나서야 내가 세상을 뒤섞고 싶어했다는 사실을 알게 됐습니다. 내 작품의 기초가 되는 충동의 세계 말입니다.

충동의 세계엔 사랑과 변태, 잔인과 순진, 신성과 모독 등 모든 상반되는 것이 뒤섞여 있다. 아라발은 반항아의 온갖 꿈들로 책을 메웠다. 그는 그것을 '광기의 돌'이라 이름붙였다. "광기를 멈추게 하려고 돌을 듭니다." 강희는 그 광기의 돌을 다시 관객에게 던지고 싶었다. 강희도 늘 세상을 뒤섞고 싶어했기에. 근엄한 서가에 꽂힌 책엔 휴머니즘이란 단어가 수도 없이 나오지만 세상은 약자를 딛고 일어선 강자의 질서로 짜여 있다. 강자들이 만든 제도와 질서, 그 위선의 껍데기를 강희는 백정처럼 벗기고 싶었다.

제1장의 대사 연습을 계속하다가 강희는 미흡한 부분을 되풀이시켰다. 리스의 청으로 두 사람이 산보하는 장면이었다. 환도가 팔에 안은 리스를 떨어뜨리는 시늉을 하자 리스가 날카롭게 외쳤다. 아까도 새된 소리가 귀에 거슬렸다. 강희는 리스 뒤로 다가가 긴 머리채를 거칠게 잡아챘다. 리스가 뒷걸음질하며 소리쳤다. 강희가 그제야 앞으로 나섰다.

"바로 그 소리야. 의도가 있고 욕구가 충분할 때 나오는 그 소리. 아까 소리엔 감정이 살지 않았어. 무의식적인 외마디소리가 나와야 마치 기다렸다는 듯이 소리냈어. 아이처럼 심통난 환도가 조심성없이 물건처럼 널 떨어뜨리는데 몸과 마음이 다 아프지 않겠어? 감정이 기계적으로 나와선 안돼. 리스의 감정에 자신을 열어봐. 리스가 내 속으로 들어오도록."

리스는 감정이입을 하듯 잠시 눈을 감고 얼굴을 일그러뜨렸다.

리스: 아야! 아팠어.
환도: 또 우는소리 하겠지.
리스: 아냐, 우는소리. 고마워, 환도. 들로 데리고 가줘. 예쁜 꽃이 보고 싶어.
   (환도, 귀찮아서 리스의 한쪽 다리를 들고 무대로 끌고 다닌다.)
환도: 어때, 이제 보여? 보고 싶다면서. 꽃 말야, 응? 그래, 실컷 봤어?
리스: (흐느낀다) 응…… 응…… 고마워…… 환도……
환도: 어디 데려다줄까? 유모차?
리스: 응…… 너만 괜찮다면.
   (환도, 리스 손을 잡아 끌어서 유모차 옆으로 데려간다.)
환도: 이거야, 일일이 내가 시중을 들어줘야 하니. 거기다 울기까지.
리스: 미안해, 환도.
환도: 언젠가 널 버리고 멀리 가버릴 거야.
리스: 아냐, 환도. 날 버리지 마. 나한텐 이 세상에 너밖에 없어.
환도: 나한테 거추장스럴 뿐이야. 울지 마!

"아라발 작품 곳곳에 어머니에 대한 애증이 나타나 있지만 리스에게도 그 애증이 투영돼 있는 것 같아요. 어머니가 모델이 된 「두 사람의 사형집행인」에서 그 어머니를 증오하는 형과 변호하는 동생은 아라발의 양면성을 나타내죠. 「장엄한 예식」에서는 어머니에 대한 살의가 끊임없이 나타나요. 또 이 희곡의 대사에도 유모차가 등장해요. '네가 자라서 성인이 되면, 날 유모차에 태워서 돌아다니겠다고 했었

잖니. 세상사람들에게 엄마가 얼마나 예쁜가 보여주겠다고 그랬지.'
아라발 작품에 소도구로 등장하는 유모차는 유년으로의 퇴행을 상징
하는 거 아닐까요."
 "그렇게 볼 수 있지. 인형, 풍선 같은 소도구도 그렇고. 어느 평론가
의 지적대로 아라발의 인물들은 신에게서 멀리 떨어져 헤매다니는 어
린애와 같아. 천진하면서 변덕스럽고 잔인한 그 기형적인 아이들은
자신의 고독 속에서 놀고 있지."
 연극평론가 지망생인 또조는 분석하기를 좋아했다. 단원모집 후 몇
번 토의를 하고 또조 역을 주었는데 따져드는 그의 성격과 비슷해서
였다. 또조는 번역된 아라발의 작품을 다 구해 읽었고 「장엄한 예식」
대사까지 외우는 열의를 보여서 강희는 연습 도중에 끼여드는 그의
학구적 버릇을 용인했다.
 "아내의 고발로 체포된 아라발의 아버지는 프랑꼬주의자들에 의해
사형선고를 받았어. 아라발이 세살 때 일이었고 열여섯살에 그는 이
사실을 알게 됐어. 아라발은 그후 팔년간 어머니와 말을 하지 않았어.
같이 살고 같이 식사하면서 말야. 뒷날 아라발은 모든 소년들이 자기
어머니를 사랑하는 것보다 더 어머니를 사랑한다고 고백했어. '장엄
한 예식」에서 나는 어머니를 죽이려 했죠'라고 덧붙이면서. 그의 악몽
같은 유아적 체험을 알게 되면 작품세계를 이해할 수 있지."
 강희가 아라발 작품을 처음 접한 것은 베를린에서였다. 지하철역에
서 한 포스터가 눈에 띄었다. '두 사람의 사형집행인'이란 붉은 활자
가 푸른 바탕에 찍혀 있고 구레나룻이 있는 일그러진 남자의 반쪽 얼
굴과 측면 얼굴이 삐까쏘 그림처럼 추상화돼 있었다. 그건 작가의 얼
굴이었다. 정작 강희의 눈을 끈 것은 구호체의 선전문구였다.
 ─죽도록 미워하고 천사처럼 사랑했던 어머니, 당신을 죽일까요
살릴까요.

강희는 지하철이 몇대나 지나가도록 포스터를 지켜보았다. 늘 떠나고 싶었던 어머니. 그래서 뿌리치듯 이 먼 타국으로 왔건만 어머니의 영상은 이날도 지하철역에서 강희를 기다리고 있었다. 아니, 유학지를 베를린으로 정한 순간부터 강희는 어머니의 그림자로부터 벗어나지 못하리라는 걸 알았다. 베를린에 도착한 다음날도 브란덴부르크 문으로 달려가지 않았던가. 낙서로 이어진 긴 장벽 너머로 서독과 다를 바 없이 푸르기만 한 동독 하늘을 눈이 시리도록 지켜보았다.

분단된 베를린은 실향민 어머니의 한을 물려받은 강희에게 심리적인 위안감을 주었다. 책을 끼고 드넓은 티어가르텐을 산책하거나, 호숫가에 누워 여자와 포옹하는 것도 싫증이 날 때 강희는 쪼(Zoo)역에서 승리의 여신상이 서 있는 전승탑까지 걸어갔다. 한손엔 창을, 한손엔 월계수를 들고 도시를 내려다보는 황금빛 여신상 골드 엘제는 강희에게도 승리를 약속하는 듯했다.

강희는 고무되어 전망대에 올라가 베를린 시가를 내려다보곤 했다. 세계 도시 중 가장 나무가 많다는 베를린엔 초록 숲이 질서정연하게 펼쳐져 있고 동독 쪽을 보면 365미터의 TV송신탑이 도심을 뚫고 솟아 있었다. 국경감시대의 총구와 군용견의 이빨이 장벽을 지키고 있다지만 피해자인 한국의 분단현실관 달리 가해자로서 응징된 독일의 분단은 실감나지 않을 만큼 무사해 보였다. 동베를린의 프리드리히 스트라쎄까지 전철로 서로 왕래할 수 있으니 간첩이나 넘나드는 삼팔선이 쳐진 한국 상황관 사뭇 달랐다.

팔십오년도에 한국에선 민간인들의 고향방문이 처음으로 이루어져 국제뉴스가 되었다. 분단 사십년 만의 일이었다. 서울에서 상봉한 남북한의 오누이가 오열하는 모습을 강희도 텔레비전으로 보았다. 베를린 시내를 걸어가던 중, 그 장면을 보고 강희는 반사적으로 어머니를 떠올렸다. 몇 발자국 앞에 공중전화가 보였고 강희는 주머니를 뒤지며 부스 속으로 들어갔다. 공중전화 카드를 끼우고 국제전화를 하는데 카데베 백화점의 벽돌색 지붕이 시야에 들어왔다. 얼핏 옆으로 시선을 돌리니 공중전화 맞은편의 건물 위로 보름달같이 둥근 ARAG 광고판이 돌아가고 있었다. 앞면은 시계였고 노란 시계바늘이 여덟시 십오분을 가리키고 있었다. 수화기에선 고국의 전화를 접속중이라 향수를 자극하는 노래가 울렸다. 아모레 아모레 아모레 아모레미요……노래는 빈 가슴에 파도처럼 밀려들어 베를린의 이방인을 전율하게 했다. 강희는 그리움에 떨며 수화기를 내려놓았다. 어느 연인도 이보다 사무친 그리움을 주진 못하리. 한국에선 어머니가 깊이 잠들어 있을 시각이었다.

89년 11월 9일 베를린 장벽이 무너지던 날, 강희는 마리나와 함께 달려가 그 역사적인 장면을 지켜보았다. 당 대변인이 동독 시민의 서독 방문을 허용한다는 발표를 하자 동독 시민들이 서독을 향해 밀려왔다. 동독 국경감시대는 민중의 힘에 항복하고 바리케이드를 치웠다. 서독 시민들은 다투어 장벽 위로 올라서서 환호했다. 삼십여년간 독일 국민을 동서로 갈라놓은 견고한 벽이 일시에 무너지는 듯했고 강희는 베를린 시민들과 함께 함성을 질렀다. 그들의 통일이 한국의 통일로 이어지리라 낙관해서가 아니었다. 어머니를 생각했다. 삼팔선 너머 이북을 생각했다. 어머니가 그리워하는 고향땅을, 그 그리움의 실체를.

어머니를 생각하면 싱가 미싱과 아지노모도가 떠오른다. 미싱으로 옷을 만든다든가 박는 것을 본 적이 없지만 어머니는 늘 미싱을 기름 걸레로 닦아 윤을 내곤 했다. 어릴 때 귀하게 여기던 물건이어서 갖고 싶어했다는데 아버지가 싱가 미싱을 사온 뒤로 어머니는 보물처럼 들여다보기만 했다.

어머니는 성에같이 흰 아지노모도도 무척 좋아해서 이 병 저 병 담아놓고 음식마다 살짝 뿌렸다. 아지노모도를 사오는 건 아버지의 일이었고 그것은 사랑의 표시라도 되듯 여자의 토라진 마음을 녹였다. 어린 소정이 소꿉장난한다고 아지노모도를 땅에 쏟은 적이 있는데 어머니는 큰 소리로 나무랐다. 좀체 야단을 치지 않던 어머니였다. 강희가 고등학교에 다닐 때만 해도 미원이 흔했건만 어머니는 그것만큼은 일제로 샀다. 일제 아지노모도가 뱀가루보다 더 좋다고 해서 이북에선 몹시 아꼈다는 추억 때문이었다.

또 밤엔 이따금씩 어릴 때 가마솥에 물 부어 삶아먹었다는 배맛을 그리워했다. 손으로 얇게 배껍질을 벗겨 먹으면 거석거석한데, 간지매 맛 같다고 군침이 돌게 설명했다. 삶아서 훅 불면 가루가 날렸다는 이북의 큰 감자 얘기도 들려주었고 너무 흔해서 구덩이에 쏟아부어 비료를 만들었다는 고등어 얘기도 했다. 그 고등어로 자반을 만들어 겨울에 끓여먹으면 껌을 씹는 것 같았다고 했다. 씨라지국이며 어머니가 해준 음식·얘기는 지금도 기억에 생생한데 정작 어머니가 해준 음식에 대한 기억은 없다. 들큼한 아지노모도 맛만 입가에 맴돌 뿐.

어머니가 이북음식 얘기를 처음 들려준 것은 아버지가 돌아가시고 일년 뒤 기일이었다. 이북선 상갓집에서 밥식혜를 내놓는다며 조밥에 고춧가루와 소금, 파, 마늘로 버무린 그 음식이 먹고 싶다고 푸념했다. 지금 생각하면 그건 기둥이었던 남자를 잃은 여자의 공허함과 뿌리없는 자의 절망적인 귀소본능이었다. 그것을 헤아리기엔 아직 어린 아들은 밥식혜를 만들어달라고 떼를 썼다. 밥식혜가 맛있는 음식인 줄 알았던 거다. 아니면 강희는 잔인하게 굴고 싶었던 건지도 모른다.

강희의 가슴 한 모퉁이엔 이날까지 지워지지 않은 어머니의 영상이 있다. 강희가 어릴 때, 어머니는 열다섯살에 처음 기차를 타고 백리 정도 떨어진 친척집에 놀러 간 얘기를 해주었다.

"기차가 달리니 바람에 머리가 휘날리잖아. 난 그때 머리가 휘날리는 내 모습이 멋지다고 생각하며 기차 난간에 서 있었더랬어."

　동그스름한 흰 얼굴로 머리카락을 휘날리며 기차 난간에 서 있는 소녀. 그 영상은 어린 강희를 사로잡아 미래의 여인상으로 고착되었다. 강희가 제 신부를 만난다면 그 장소는 필시 기차가 되리라. 그것은 신념과 같아서 강희는 어머니에게 반항했던 사춘기에도 길 가는 여학생에게 휘파람 한번 불지 않았다.

　공작시간에 금관을 만들어 어머니 머리에 씌워주었던 아이, 늘 어머니 곁에서 자고 싶어 아버지의 출장을 좋아했던 아이. 강희는 왜 어른들이 아이들을 딴 방에서 재우는지 이해하지 못했다. 그래 언젠가 돈을 벌면 온 식구가 함께 잘 수 있는 커다란 방이 있는 집을 사리라 생각했다. 강희는 제 또래보다 더욱 어머니와 밀착되려 했고 아버지가 출장갈 땐 중학생이 되어서도 어머니 방에서 곧잘 잤다. 누이동생 소정은 오히려 제 방에 혼자 있는 것을 좋아했다.

　그날은 텔레비전을 보다가 어머니 방에서 잠이 들었다. 한밤에 목이 말라 눈을 뜨니 어머니의 나지막한 목소리가 옆에서 들렸다. "여보세요, 거기 용두동이죠? 유정만씨 좀 바꿔주세요." 어머니는 어둠속에서 수화기를 들고 있었다. 한밤에 어디로 전화를 하는 걸까. 곧이어 수화기 속에서 예사롭지 않은 소리가 울렸다. 강희의 느낌으로 상대는 여자였고 여자가 무어라 소리치는 것 같았다. 어머니는 침을 삼키고 잠자코 있더니 수화기를 놓았다. 어머니가 찾는 사람은 아버지였다. 아버지는 도대체 어디 있단 말인가. 왜 어머니는 한밤에 아버지를 찾는 것일까. 강희는 묻고 싶었지만 잠자는 척했다. 어머니는 어둠속에서 꼼짝 않은 채 앉아 있었고 강희는 왠지 온몸이 오싹했다.

　강희는 다음날도 텔레비전을 보다 잠든 척했다. 어머니가 강희를 잠자리에 누이니 시계 괘종이 열 번 울렸다. 어머니는 문갑에 놓인 전기스탠드 등을 끄고 주홍색 작은 전구를 켰다. 잠시 후 다이얼 돌리는 소리가 강희 귀에 들려왔다. 이어 어머니의 목소리가 울렸다.
"여보세요, 용두동이죠? 유정만씨 바꿔주세요."
어제는 기어들어가는 듯한 목소리로 전화를 하더니 이날은 보통때와 다름없이 태연자약했다. 수화기에서 상대방의 목소리가 울렸고 어머니가 말을 되받았다.
"왜 못 바꿔줘요. 내가 전화 못할 곳에 했단 말입네까?"
다시 수화기에서 여자의 높은 목소리가 울렸다. 들을 수 없었지만 욕을 하는 듯했다. 어머니는 수화기를 내던지듯 끊고 흥, 낮게 코웃음쳤다. 강희가 살며시 눈을 뜨니 어머니는 한손을 문갑에 올려놓은 채 허공을 노려보고 있었다. 스탠드 불빛이 반사된 어머니 얼굴은 숯처럼 타오르고 있었다. 그것은 증오의 불길이었다. 풀어헤친 머리는 기차 난간에서 휘날리던 소녀의 꿈타래가 아니라 지옥의 뱀처럼 굽이치고 있었다.
아버지의 출장을 의심의 눈으로 보기 시작한 것은 그 뒤였다. 아버지는 강희가 어릴 때부터 늘 출장을 다녔다. 어느 땐 일주일 어느 땐 보름 만에 돌아왔다. 그때마다 선물이 있었으므로 아이들은 아버지의 출장을 친구들에게 자랑하기도 했다. 그러나 강희가 중학생이 되고부터 아버지는 사흘마다 출장을 갔고 나흘밤이 지나 돌아왔다. 삼척에 있던 공장을 안성으로 옮겼다고 했다. 아버지가 출장서 돌아온 첫날은 어머니 표정이 그리 밝지 않았다. 강희는 뒤에야 그것을 알 수 있었다.
하루는 강희가 학교에서 돌아오니 어머니와 소정이 집에 없었다. 강희가 어머니 방에서 숙제를 하고 있는데 전화가 걸려왔다. 상대편은 젊은 여자의 목소리로 거기가 견지동이냐, 이교옥이란 여자가 있느냐 물었다. 우리 엄마가 이교옥인데요. 강희가 대답하니 여자는 엄마를 바꿔달라고 했다. 지금 안 계세요. 강희가 알려주자 여자가 큰

기침을 했다.

"그럼 네 엄마에게 전해. 유정만씨 맏딸이 전화했다고. 네 엄마라는 여자는 기생충이야. 처자식 있는 남자에게 붙어서 진을 빼는 기생충이야. 죄 많은 첩살이 하려면 죽은 듯이 해야지, 어디 한밤에 본댁에 전화해서 남자를 바꿔달라고 그래. 주객이 전도돼도 유분수지. 가정파괴범이야. 착한 우리 엄마가 속으로만 앓고 못 본 체하고 있으니 시앗이 만만하게 보고 사악하게 한밤에 전화질을 해. 남자가 없으면 잠을 못 자나보지. 계속 다방마담 해서 매일 남자 바꿔가며 살지. 첩이래도 착하면 동정을 하겠다. 아들도 낳았으니 작은엄마라고 부르면서 등 두들겨주겠다. 어차피 아버지가 뿌린 씨앗이니까. 못된 인간은 언젠가 죗값을 받아. 죄 없는 네가 이런 소리 듣는 것도 네 어미의 죗값이야. 네 어미의 업보야. 네 엄마가 들어오면 그대로 전해. 다시 한밤에 전화해서 아버지 바꿔달라고 하면 내가 가만 안 놔둘 거라고. 이 악연을 끝내겠다고."

인간의 삶에는 그때그때 각기 져야 할 짐이 있다. 자신의 능력에 맞는 적정 양의 짐을 진 사람은 무리가 없다. 그러나 제 능력을 넘어서는 과다한 짐을 지면 무리가 와서 상처가 생기고 불행을 느끼게 된다. 그날 집으로 전화한 아버지의 딸, 그러니까 강희의 이복누나는 강희에게 느닷없이 짐을 던져주었다. 그것은 열세살의 소년이 짊어지기엔 과다한 업의 짐이었다.

강희는 그날 숙제도 팽개치고 어스름녘에 집을 나섰다. 먼저 가게로 가서 담배 세 개비를 샀다. 아버지가 담배를 피울 때면 "그거 무슨 맛이에요?" 묻곤 했는데 드디어 그 맛을 알아볼 때가 온 듯했다. 강희는 쓴 연기를 서서히 들이켜며 온몸이 연기처럼 해체되는 느낌을 받았다. 살이 녹아 기체로 화하고 뼈도 부서져 날아가는 듯했다. 어머니가 첩이라고? 아침마다 잠자리에서 일어나면 동그스름한 흰 얼굴에 천사의 미소를 지으며 눈을 맞추어주는 어머니가 기생충이라고? 시앗, 가정파괴범, 사악, 다방마담, 그 모든 천한 단어들은 강희가 알고 있는 순정한 어머니와는 너무나 동떨어져서 현실감이 나지 않았다. 강희는 골초처럼 연기를 깊이 들이마시며 육체의 해체를 관조했고 어지럼증을 느끼며 비틀 쓰러질 때에야 그것이 배반의 맛이라는 것을 알았다.

강희는 그날 밤에 집에 들어가 아무 일도 없었던 것처럼 밥 한그릇을 비우고 한시간 동안 피아노를 쳤다. 출장간 지 닷새 만에 아버지가 돌아오자 여느 때처럼 인사를 꾸벅 하고 가방을 받아들었다. 아버지가 용돈까지 주어서 엄지를 세워 보이기도 했다. 경애하는 부모님…… 일주일 뒤 어머니날엔 빨간 카네이션도 샀다.

그날 강희는 집으로 걸어가며 카네이션 잎을 하나하나 뜯었다. 꽃이 해체되었고 꽃의 파편이 발 아래로 흩어졌다. 강희는 악동처럼 웃고 있었으나 발길 따라 뿌려진 빨간 꽃잎들이 제 심장에서 흐른 피같이 느껴졌다. 고통의 피.

"이봐, 그래 계속 울 작정이야, 응? 그럼 당장 어디로 가버리고 다신 안 돌아올 테야."

환도가 화를 내며 나가더니 고양이 걸음으로 슬금 기어들어와 리스에게 다가갔다. 멋쩍은 듯 "리스, 미안해" 말하고 가만 리스를 껴안더니 입맞추는 시늉을 했다. 원본엔 기어들어온다고 표시되어 있지만 고양이 걸음이 이 장면에 어울리지 않는 듯했다. 강희는 환도에게 그 점을 지적하고 제 연기와 비교해보라고 말했다. 울지 않으려 애쓰지만 자꾸 눈물을 흘리는 리스에게 강희는 지겹고 넌더리난다는 표정으로 외치듯 말했다. 어머니에게 했듯이.

"이봐, 그래 계속 울 작정이야, 응? 그럼 당장 어디로 가버리고 다신 안 돌아올 테야."

강희는 분통을 터뜨리고 나갔지만 겸연쩍은 듯 까치발로 살금 들어와 리스에게 다가갔다. "리스 미안해." 강희는 목소리를 낮추어 뉘우친 듯 말하곤 와락 리스를 껴안아 격렬하게 입을 맞추었다. 옆에서 보고 있던 환도가 낮게 박수치며 과장된 억양으로 말했다.

"열연이에요. 기어들어오는 것보다 그렇게 표현하니 극이 더 살아나요. 바꾸겠어요."

봄은 바야흐로 무르익어 사람들의 발길을 밖으로 유인하지만 시국 탓인지 어수선했다. 도서관도 사람들로 붐볐다. 마음이 잡히지 않는 학생들과 오갈 데 없는 사람들은 일요일에도 도서관으로 몰려왔고 대출실은 가족 단위로 드나들어 더욱 북적거렸다. 아침부터 쉴틈없이 대출카드를 적고 반납한 책을 몇번 서가에 꽂으니 정오가 가까워졌다. 겨우 한숨을 돌리고 아까 누군가 부탁한 책을 찾느라 목록카드를 뒤지는데 문을 밀고 한 여자가 들어섰다. 갈색머리에 하늘거리는 인도풍 무늬의 원피스를 입은 서양 여자였다.

"마리나."

소정이 눈을 휘둥그레 뜨고 서 있으려니 마리나가 다가와 소정의 뺨에 입을 맞추었다. 소정은 마리나의 한 손을 잡았다.

"마리나가 한국에 온 것은 알고 있었어. 그동안 어떻게 지냈지?"

"잘 지냈어. 강희가 그리워서 한국에 나온 거야."

"여긴 어떻게 알았지?"

"강희가 위치를 상세히 알려주었어. 택시를 타고 와서 쉽게 찾았어. 너를 만나고 싶었어."

"잘 왔어. 마침 점심시간이야. 맛있는 점심을 살게."

소정이 준비를 하고 함께 밖으로 나서니 마리나가 헝겊가방을 들어 보였다.

"내가 샌드위치를 만들어 왔어. 음료수와 담배도 가지고 왔어. 좋은 장소만 있으면 돼."

소정은 마리나를 데리고 도서관 뒤의 인왕산 오솔길로 갔다. 베를린의 티어가르텐처럼 도심 한가운데 방대한 평지의 공원이 있는 건 아니나 서울엔 북한산이 있어 그나마 숨통이 트였다. 초록으로 짙어가는 나뭇잎도 태양 아래 투명해 보이고, 생명을 피워올리느라 땅속에선 펌프질이 한창인 듯했다. 아름다워, 아름다워. 마리나는 코를 큼큼거리며 신록의 향기를 들이마시려 했다. 산은 없지만 나무가 무성한 베를린에 살아서 마리나는 자연과 친화를 느꼈다.

소정은 나무 아래 있는 평평한 바위를 발견하고 그 위에 앉았다. 오솔길에서 안쪽으로 들어선 곳이라 적당히 후미진 장소였다. 좋은 식탁이야. 마리나는 준비해온 점심을 펼쳐놓으며 만족해했다. 캔주스를 따놓고 우유와 샌드위치를 먹기 시작하니 숲속의 별식이었다. 소정이 베를린에 갔을 때도 마리나가 준비한 간단한 도시락으로 강희와 함께 공원에서 이런 식사를 했다. 마리나는 육감적인 외모와 달리 가족적인 소풍을 즐기는, 소시민의 꿈을 가진 소박한 여자였다.

점심을 다 먹고 담배를 한개비 피우자 소정은 포만감과 식곤증을 동시에 느꼈다. 숲의 만개한 봄기운 속에 푸른 담배연기도 아련하게 스러졌다.

"발트."

소정은 나무들을 둘러보며 독일 단어를 외웠다.

"아직 기억하고 있구나."

마리나가 반색을 해서 소정은 한국말로 숲이라고 가르쳐주었다.

"내가 베를린 가서 맨 먼저 배운 단어가 발트(Wald)야. 에스반(S-Bahn)을 타고 밖을 보니 온통 나무야. 베를린엔 숲이 많다고 했더니 누가 '발트'라고 가르쳐주었어. 꿀에도 발트란 단어가 붙으면 자연산이어서 값이 더 비싸다고 했어."

"강희가 가르쳐줬어?"
"아니."
소정은 고개를 가로 저었다. 강희가 베를린에서 소정에게 처음 가르쳐준 단어는 아우스강(Ausgang), 아인강(Eingang)이었다. 지하철의 출구로 나서며 강희가 소정에게 글자를 보라고 주의를 주었다. "출구, 입구, 저 두 단어만 알면 어디서든 살아나." 그건 강희다운 가르침이었다. 단돈 오백불을 들고 독일로 유학간 강희는 십년 넘게 그곳에서 살았다. 몇명의 독일 여자와 바꾸어가며 동거하며 진작에 딴 박사학위를 고장난 시계처럼 내던져두다가 지난해에야 귀국했다.

그동안 강희는 소정이 누리지 못한 질 높은 환경과 자유를 누렸다. 최루탄 파편이 흩어진 삭막한 아스팔트길이 아니라 산책로같이 아름다운 대학가의 이끼 낀 돌길을 걸어가면서 소정은 강희에게 질투 비슷한 감정을 느꼈다. 내가 삶에 찢기며 한국에서 힘겹게 살아갈 동안 오빠 넌 이국의 숲길을 걸으며 무사태평하게 연극 생각이나 했겠지. 소정은 원망했지만 그건 본능적으로 살아가는 법을 터득한 강희의 능력이었다.

"발트란 단어를 가르쳐준 사람은 강희의 친구야. 자유대학 철학과 생인데 영신이란 사람이야. 본 적이 있어?"
"강희는 친구를 집에 데려오지 않아. 친구를 내게 소개해준 적도 없어. 강희에게 친구가 있기나 해?"

마리나가 순간 쓸쓸한 표정을 지어서 소정이 물었다.
"강희와 살 때 행복했어?"
"나도 모르겠어. 강희를 사랑한다는 것만 알고 있을 뿐이야."
"지금도 사랑해?"
"물론. 강희와 다시 살고 싶어. 강희가 떠나간 내 삶이 너무 공허해. 강희의 머리카락, 찡그린 눈썹, 내 몸을 스치던 서늘한 손길, 비웃는 듯한 웃음까지도 그리웠어. 다른 남자와 자도 강희를 생각하며 강희와 자는 거야. 난 그에게서 헤어날 수가 없어. 강희에게 중독이 됐어."
 '언젠가 너를 진정으로 사랑하는 남자를 만난다면 강희도 잊을 수 있을 거야.' 소정은 이 말을 입밖에 내지 않았다. 중독된 마리나에게 절실한 건 강희라는 아편이었다. 소정은 베를린서 만난 영신에 대해 말했다. 영신은 고등학교 때부터 집을 드나든 강희 친구였다.
 "오빠가 독일에 갈 때 영신은 내게 구혼을 했어. 오빠가 군에 갔을 때도 우리집을 드나들었지만 난 그가 나를 좋아한다는 걸 눈치채지 못했어. 그가 좋은 사람이라는 건 알았지만 왜 결혼해야 하는지 필연성을 느낄 수 없었고 그래서 구혼을 물리쳤지. 십년 뒤 그를 베를린서 다시 보았을 때 난 내 미숙함 때문에 좋은 사람을 보냈다는 걸 깨달았어. 마리나, 넌 강희가 네 인생에서 필연이라고 생각하겠지만 필연 같은 건 없어. 집착이고 자기최면이 아닐까. 난 사년 전 결혼했지만 그것도 필연이라곤 생각지 않아."
 소정이 영신을 다시 만난 곳은 자유대학 학생식당이었다. 오빠가 대학을 구경시켜준다고 데려갔다. 점심시간이라 식당에 갔을 땐 사람들로 만원이었고 소정은 가장 한산한 급식구에 줄을 섰다. 강희는 잠깐 사람을 찾으러 갔는데 강희 대신 누군가 소정의 팔을 잡았다. 동양인이었고 뜻밖에도 영신이었다. 안경을 쓰고 있었으나 부스스한 머리와 선량해 보이는 웃음은 여전했다. 몇년 만의 해후인데도 영신은 먼저 급식구를 바꾸지 않겠느냐, 물었다. 어제 만난 친구처럼 흔한 안부 인사도 생략했다.
 "무얼 먹어야 할지 망설여질 땐 많은 사람이 줄을 선 급식구를 골라요. 다수의 경험에서 나온 선택이라 실패할 확률이 적어요."
 줄은 길었으나 영신의 조언이 옳았다. 음식은 입에 잘 맞아서 소정은 값싼 학생식당에서도 맛을 즐길 수 있었다. 강희와 합류해 세 사람이 함께 차를 마실 때도 세월이 흘렀다는 것을 실감하지 못했다. 모든 것이 같았다. 영신이 안경을 쓰고 네살 된 아들의 아버지가 되었다는 것 외엔. 그날 오후 영신은 소정에게 베를린 안내를 해주었고 발트란 단어를 가르쳐주며 남부 독일에 있는 슈바르쯔발트를 보여주고 싶다고 했다. 전나무숲이 드넓은 지역을 덮어서 검게 보인다는 검은 숲을. 소정은 그날 집으로 돌아오는 길에 깨달았다. 진실을 찾으려고 피흘리며 헤맸으나 진실은 바로 옆에 있었다고. 그건 언제나 보편적인 것을 피하고 남이 가지 않는 길을 택하려 했던 외곬의 정서에서 비롯된 것이었다. 한개비의 담배가 다 타도록 말이 없던 마리나가 불쑥 물었다.
"소정, 넌 행복해?"
"모르겠어."
"남편을 사랑해?"
소정은 잠시 생각에 잠겼다.
"어느 땐 그런 것 같고 어느 땐 아닌 것 같고."
"복잡해, 분명치가 않아. 동양인이어서 그런가?"
"아니, 나여서 그래."
소정은 시계를 보고 쓰레기를 봉지에 담았다. 시간이 조금 남아서 마리나에게 황학정을 구경시켜줄 생각이었다.
"이 부근에 활터가 있어. 보여줄게. 그걸 구경하면 활 쏘는 걸 배우고 싶어져."
야근이 없는 날이라 여섯시에 퇴근하고 소정은 장에 들렀다. 생물게와 산나물을 사들고 집에 돌아오도록 바깥이 훤했다. 일주일 뒤면 입하라 해가 길어졌다. 상훈은 집에 없었다. 상훈은 어제 서울에 올라와 밤늦게 집에 들어왔다. 소정이 출근할 때까지 자고 있더니 어디로 나간 것일까. 거실의 빈 소파엔 정적이 묻어 있다. 침대 옆 옷걸이에 상훈의 잠옷이 걸쳐져 있고 식탁엔 빈 찻잔과 꽁초가 쌓인 재떨이만 놓여 있다. 저건 아침에 내가 마신 커피잔인가? 상훈의 줄무늬 잠옷만 아니면 상훈의 흔적이라고 할 만한 것이 없다.

"내 집에 오는 것 같지 않고 애인집에 오는 것 같아."

상훈은 어제 집에 들어서며 그렇게 말했지. 보름 만에 오는 집이 서먹해서일까. 울산 지점으로 발령난 지 일년이 다 되어가고 요즘 부쩍 바빠진 상훈은 한달에 두 번 정도 서울에 왔다. 소정은 이제 주말부부의 생활에도 익숙해졌다. 이삼주일 만에 집에 오는 상훈에게 불평할 처지도 아니었다. 소정은 제 직장 때문에 함께 울산에 내려가지 못했다. 울산 근무를 신청할 수도 있었지만 상훈이 일년 뒤면 다시 서울로 올 것 같아 자리를 옮기지 않기로 했다. 처음엔 휴일마다 울산에 내려갔지만 횟수가 점점 줄어들었다. 상훈이 서울에 올 일이 더 많았고 한달에 하루 이틀쯤은 소정에게도 완전한 휴식이 필요했다.

소정이 옷을 갈아입고 부엌으로 가는데 전화가 왔다. 상훈인가 생각했으나 굵고 낮은 음성이 울렸다.

"상훈이 있습니까?"

외출했다고 일러주니 상대편이 소정에게 아는 체를 했다. 전에 집에 몇번 왔던 상훈의 대학동창이었다. 소정도 인사하고 안부를 물었다.

"별일 없으시죠. 상훈씨는 내일 본사에 출근하고 막차로 내려갈 거예요. 오늘밤이나 내일 아침 일찍 전화하면 통화가 될 거예요."

"요즘은 집이 늘 조용하겠네요. 밤에 술병 들고 찾아가는 사람도 없을 테고. 소정씨가 소란한 걸 싫어해서 우리도 몇번 못 갔지만."

"네, 술친구들이 밤에 들이닥치는 것 싫어했어요. 난 재미없는 사람이잖아요."

"너무 진지하죠. 자신이 힘들 만큼."

소정이 잠자코 있으니 상훈의 동창이 화제를 돌렸다.

"상훈이 요새 일이 잘 안되는지 술 마시고 한밤에 가끔 전화해요. 며칠 전엔 밤 한시에 전화해서 마누라가 놀랐어요."

"회사일 말하는 것 아니죠?"

"그건 아니고…… 신혼 초에도 술 마시고 한밤에 여기저기 전화했잖아요. 그 버릇이 도진 건가. 서로 너무 떨어져 있어서 그런 것 아닙니까? 외로워서."

"상훈씨가 한 말이에요?"

수화기에서 낮은 웃음소리가 들렸다.

"그런 말을 할 사람이 아닌 거 알잖습니까. 하여튼 살펴주세요. 좋은 소식도 들려주고요."

좋은 소식? 그건 아이를 말하는 거겠지. 당사자들 빼고 모두가 기다리는 아이. 전화를 끊으며 창밖을 보니 날이 어둑해졌다. 소정은 쌀을 씻어 압력솥에 안치고 게를 다듬어 가스불에 올려놓았다. 밑반찬이 있으니까 산나물만 무치면 된다. 소정은 나물을 뒤적이다 밀어두고 담배를 꺼내 물었다. 집에 들어오면 식탁에 앉아 담배부터 피우는데 오늘은 상훈의 저녁을 준비하느라 서둘렀다.

일전에 상훈은 소정에게도 한밤에 전화했다. 아내에게 한밤에 전화하는 일이 특별하랴만 횡설수설하는 것이 취중이었다. 그것은 신혼 초의 기억을 떠올리게 했다. 신혼여행에서 갓 돌아와 시집에 들어간 다음날, 상훈은 자정이 넘어서 돌아왔다. 몸이 휘청거릴 정도로 취해 있어서 짓궂은 친구들에게 잡혀 신랑턱을 냈나보다 했다. 상훈은 방에 앉자마자 전화통부터 끌어당겼다.

"야, 나다, 나. 재미는 무슨 재미. 오늘도 한잔 했지. 누구하고는 누구하고야? 혼자 마셨지. 마시다 두 놈 다 도망가서 혼자 마셨어. 추억을 안주 삼아…… 흐흥."

잘 알아들을 수 없었지만 용건도 없는 전화였다. 자정이 넘은 시각에 세 사람과 그런 식의 통화를 했다. 상훈은 거의 혼자 떠들었다. 상대편에서 먼저 끊지 않았더라면 수화기를 들고 밤을 새웠을 거다. 그날 밤 소정은 젊은 탓이야, 생각하곤 넘겨버렸다. 상훈도 아침엔 간밤의 일을 기억하지 못했다. 그러나 상훈은 그 뒤로도 술에 취해 들어오면 전화기를 붙들고 친구들을 찾았다.

상훈의 친구들이 몇번 집에 다녀가고 낯이 익자, 소정은 한 대학동창에게 전화했다. 밤에 곧잘 상훈과 통화하는 사람이었다. 소정은 그에게 불면증을 호소하며 상훈의 주사에 대해 물었다.

"그저 술버릇이죠 뭐. 취중에 그러는 건데 무슨 생각이 있겠어요. 근데 녀석, 하필이면 야밤에 전화질이야, 전화질이. 수염 달린 사내자식이. 혹 전에 전화교환수와 연애라도 한 것 아닙니까. 부인께서 한번 초달을 해보시죠. 과거를 고백하라고."

동창은 얼버무리려 했으나 소정은 그때 짚이는 것이 있었다. 전에 가까웠던 한 친구가 매일 밤 애인과 전화한다고 했던 말이 생각났다. 상훈도 혹시 그런 연애를 했던 것이 아닐까. 옛일을 캐고 싶어서가 아니었다.

소정은 사년 전 봄날을 떠올렸다. 도서관에 한 남자가 와서 칵테일에 관한 책이 있느냐, 물었다. 그때 일요일이라 바빴던 소정은 책을 제대로 찾아볼 수 없었다. 다음에 오면 꼭 찾아드리죠. 소정이 언질을 주니 남자는 전화번호를 남겨놓았다. 책을 찾으면 연락해달라고 부탁했다. 소정은 사흘 뒤 갖가지 칵테일이 나열된 책을 발견했다. 그에게 전화하여 책을 빌려가라고 했다. 그는 직장일이 바빠서 갈 수 없노라 양해를 구하고 드라이진이 들어가는 칵테일 제조법을 가르쳐달라고 부탁했다. 소정은 책을 펼쳐 진피즈, 탱고, 화이트 레이드의 칵테일 만드는 법을 알려주었다. 만화 주인공처럼 눈이 큰 남자가 칵테일에 관한 책을 찾았을 때 소정은 그가 호텔 웨이터 시험을 준비하는 모양이라고 추측했다. 그것이 아니었다.

그는 며칠 뒤 소정이 야근을 할 때 찾아왔다. 고마웠다고 인사하면서 저녁을 사겠다고 했다. 소정이 사양하자 남자는 머리를 긁으며 멋쩍은 듯 물었다. "영옥씨와 친구죠?" 소정이 놀라니 영옥이가 부근의 일식집에서 기다리고 있노라 알려주었다. 영옥은 사서과 동창으로 소정의 유일한 친구였다. 그날에야 알게 됐지만 영옥이 그에게 소정을 소개했고 남자는 선을 보러 도서관에 왔던 것이다. 그가 상훈이었다.

상훈은 소정을 세번째 본 날, 정확히 말해 첫 데이트를 한 날 청혼을 했다. 소정은 달콤한 스크류 드라이버를 홀짝 마시며 "저에 대해 무얼 아세요" 태연히 물었다. 여자를 취하게 하기에 가장 적합하다는 술을 음미하며 소정이 그의 프로포즈를 농담으로 돌리려 했다. 상훈이 대뜸 말했다.

"알 만큼 압니다. 전화로 칵테일 만드는 법을 가르쳐줄 만큼 자기 일에 성실하죠."

"그건 사서의 의무예요."

상훈은 소정을 물끄러미 보면서 뜻밖의 말을 던졌다.

"어머니가 소실이라는 것도 알고 있습니다."

그건 바로 스크류 드라이버 식의 대화법이었다. 미국 속어로 폭음 운전자란 뜻을 가진 술이름 말이다.

다음날 결혼날짜를 잡자던 상훈과 자석에 끌려가듯 그렇게 결혼한 소정이다. 결혼이 어떻게 이루어졌는지 면사포를 쓰는 날에도 실감하지 못했다. 상훈의 팔을 잡고 걸어나갈 때 자신이 어느 영화의 엑스트라처럼 느껴졌다. 플래시가 터지면서 사진이 찍히던 순간엔 전생인가, 생각했다.

상훈은 처음부터 그지없이 당당했다. 만난 지 두달 만에 공식적인 행사인 양 결혼식을 치렀고, 행여나 혼사가 깨어질까봐 조바심친 어머니에게 굳건한 믿음을 주었다. 식장에서는 여자의 등에 있는 점까지 알고 있는 오랜 연인처럼 소정의 손을 이끌어주었고 공연하는 배우처럼 정확히 호흡을 맞추어나갔다.

  그날 소정에게 생리가 있었다. 비행기에 오르면서야 그것을 알았다. 결혼을 태무심하게 치른 소정이었다. 그날 밤 상훈은 "아 그럴 수 있죠, 너무 긴장해서" 이해한다는 듯 그대로 등을 돌리고 잤다. 소정은 첫날밤 홀로 파도소리를 들으며, 일사천리로 진행된 결혼에 구멍이 뚫려 있음을 막연히 감지했다. 상훈의 당당함은 소정의 태무심과 어딘지 상통하지 않는가. 그것은 일종의 보호색 같았다. 상훈은 무언가 상처를 지니고 있었다. 결혼식날의 그 정확한 몸가짐은 체념의 그림자를 동반한 것이었다. 상훈의 주벽은 그 느낌을 구체적으로 확인시켜주었다. 그때 상훈은 소정 아닌 누구하고라도 두달 만에 결혼을 했을 것이며 소정도 그 점에선 상훈과 다를 바가 없었다. 그것이 그들의 시작이었다.

  진작에 식탁을 차려놓았으나 상훈은 아홉시가 되도록 돌아오지 않았다. 냄비엔 세 마리의 붉은 게가 막 기어나올 듯이 긴 다리를 구부린 채 대기하고 있다. 찌개냄비의 유리뚜껑을 여니 갯벌 내음이 희미하게 나는 듯했다. 게를 좋아했건만 냄새에도 식욕이 동하지 않았다. 말없이 나가선 연락도 하지 않는 상훈의 무신경에 화가 나서일까. 요리에 흥미가 없는 소정이 번거로운 게찌개를 한 것은 순전히 상훈을 위해서였다. 보름 만에 온 남편의 밥상을 손님 대접을 하듯이 차리기 위해서였다. 어제 해놓은 생선찌개와 산나물 반찬으로 소정이 가볍게 식사를 끝내려니 그제야 전화벨이 울렸다. 상훈의 목소리였다.

  "여기 팔당인데 지금 출발해도 열한시가 넘어 도착할 것 같아. 기다리지 말고 자도 돼."

소정은 맥풀린 목소리로 물었다.
"저녁은 어떡하구?"
"먹었어."
"일찍 좀 전화해주면 안돼? 집에서 저녁 먹을 줄 알고 내내 기다렸잖아."
"밖에 나가면 술 마시려니 하고 먼저 먹지 그래."
깨끗이 치워진 식탁을 흘긋 보며 소정이 차갑게 대꾸했다.
"나 먹으려고 요리 안해. 특별한 것 차리지도 않지만."
"나 왔다고 손님 온 것처럼 특별한 반찬 안해도 돼."
"그럼 내가 무얼 해야 하나?"
상훈이 침묵하더니 말머리를 돌렸다.
"아까 오후에 당신 어머니가 전화했어. 오늘 근무하는 날이라고 했더니 불광동 집에 전화해달라고 하시던데."
"늦어서 내일 해야겠네. 알았어. 이제 잘래."
 소정은 전화를 끊고 가만 창밖을 응시했다. 갑자기 체한 것처럼 명치가 아팠지만 머릿속은 거울처럼 맑았다. 당신 어머니? 소정은 명치를 누르며 상훈의 말을 되뇌었다. 상훈은 결혼한 뒤로 소정의 어머니를 늘 그렇게 불렀다. 한번도 장모라고 부른 적이 없었다. 당신 어머니란 호칭에는 차가운 객관성과 당의를 입힌 경멸이 스며 있다. 왜냐고? 상훈은 스스로 파격에 취해 소실의 딸과 결혼했지만 이 땅에서 경멸받는 소실을 장모로서 존경할 수 없었다.
 불빛의 명암으로 맞은편 아파트 창들이 흑백의 기하학적인 무늬를 이루고 있었다. 창에 점점이 박힌 불빛들을 그리움의 시로 화폭에 담은 화가가 있었지. 그는 뉴욕의 창들을 검푸른 하늘에 점점이 찍으며 그리운 얼굴들을 하나하나 생각했다. 그리운 이들, 어디서 무엇이 되어 다시 만나랴. 만약 그가 뉴욕의 외로운 이방인이 아니라 이 땅에서 치이고 상처받으며 살았더라도 그런 명제의 그림을 그렸을까.

　그리움. 반생을 산 서른여섯이란 나이에도 소정에겐 인간에 대한 그리움이 없다. 빈 화면처럼 어둠속에 떠 있는 아파트의 형광빛 창들을 바라보며 소정은 막 그것을 깨달았다. 모두가 외면했던 소실의 딸을 제도권 속으로 복귀시켜주었지만 상훈, 너도 나에게 그리움을 주진 못한다. 막 자리에서 일어서는데 불현듯 한 얼굴이 떠올랐다. 굽슬거리는 숱 많은 머리칼, 넓은 이마가 사려 깊어 보이는 강주였다. 강주를 본 지 몇달이 되었다. 다음 휴관 땐 경주에 가리라. 강주를 생각하자 아이처럼 희망을 느끼고 소정은 편안한 마음으로 잠자리에 들었다.

5
겨울은 왜 와야 하나

　언제부터인가. 푸른 오월이 붉은 오월로 바뀐 것이. 모란과 장미가 다투어 피어나는 미풍의 계절이 불타는 재의 계절로 바뀐 것이. 오월 첫날 한 대학생의 분신 소식을 들었고 하루 건너 또다른 대학생의 분신 기도가 있었다. 강경대의 타살 이후 세 명의 대학생이 잇따라 불길 속에 목숨을 던졌다. 자고 일어나면 꽃 같은 젊음이 고인의 얼굴로 갱지에 박혀 있고, 아침 식탁에서 사람들은 수면제에 취한 듯 멍하니 신문을 들여다보았다.
　죽음의 뉴스가 전염병처럼 번져 학원가의 공기는 어느 때보다 무거웠다. 학생들은 검은 리본을 달고 알 수 없는 죄책감에 고개 숙였고, 교수들은 성명을 내고 철야농성을 했다. 대학에 몸을 담고 있는 사람이라면 누군들 자괴심을 느끼지 않으랴. 강의실도 비어 대부분 휴강 상태였다. 고고학과의 강의도 거의 휴강이고 강주는 발길을 돌렸다. 텅 빈 강의실이 '이 시국에 무슨 선사시대 타령' 하고 비웃는 것 같았다. 민주화운동이란 대의명분이 있지만 목숨을 초개같이 던져도 열사의 의로운 희생으로 받드는 병든 시대였다.

강주는 미루어두었던 유적 현황조사를 하러 발굴현장에서 이 킬로 떨어진 가월리로 향했다. 어제 비가 와서 오늘은 어차피 발굴을 진행할 수 없다. 몇달간 붙들려 있던 발굴장도 벗어나고 어수선한 시국에서 잠시 떠나 조용히 산행을 하고 싶었다.

차에는 민기가 동행했다. 민기는 삼주 전 첫딸의 아버지가 되었지만 아이가 인큐베이터로 옮겨져 안아보지도 못한 터였다. 민기는 종합병원을 오가느라 뺨이 홀쭉해졌다. 강주는 쉬도록 권했지만 민기는 바람을 쐰다며 자청하여 따라나섰다. 지표조사엔 어차피 동행이 필요해서 강주는 민기를 즐겁게 해줄 가벼운 약속을 했다.

"돌아오는 길에 감포에 들러 활어회 먹자. 좋은 횟집을 알거든."

경주 시내에서 국도를 따라 삼십분 달려 발굴현장을 지나 가월리로 들어섰다. 오만분의 일로 축소된 지도를 미리 봐두어서 사부골을 어렵지 않게 찾을 수 있었다. 마을 어귀를 스쳐 시멘트로 포장된 다리를 지나니 한 노인이 리어카에 앉아 담배를 피우고 있었다. 강주는 차에서 내려 노인에게 다가갔다.

"어르신, 말씀 좀 여쭙겠습니다. 이 부근에 사기 굽는 터가 있다는 소리 못 들어보셨습니까?"

"저기 산빈달에 있다는 말을 들었는데 사기 쪼가리도 줍고 그라데."

"감사합니다. 저희들은 대학박물관에서 유적조사를 하러 나왔습니다."

강주는 차를 빈 농가 앞에 세워두고 카메라 가방을 둘러메었다. 민기도 간단한 장비를 챙겨들고 따라나섰다. 밭길을 지나 야산을 향해 걸어가니 두 개의 민묘가 양지바른 산어귀에 조성돼 있었다. 주위를 둘러보니 묘지 맞은편 응달진 비탈 밑으로 작은 개울이 흐르고 있었다. 산비탈이면 이 부근인데 물이 있으니 도자기 굽는 가마가 있을 법하다. 벌써 잡초가 자라기 시작하여 눈에 이내 띄지 않지만 강주가 여기저기 땅을 살피자 개울가에 박혀 있는 사기편 하나가 보였다. 인화문이 있는 덜 구워진 분청자기였다. 민기도 몇걸음 떨어진 곳에서 접시 저부편을 주웠다. "여기 글자가 있어요." 민기가 옆으로 와서 접시 바닥을 내미는데 '慶州 長興庫'라 씌어 있었다. 장흥고라면 고려와 조선조에 걸쳐 도자기 돗자리 유지 등을 관장했던 기관의 이름이었다. 접시 바닥엔 인화문도 찍혀 있었다.

"조선조 가마터를 헤매지도 않고 정확하게 찾았어요."

"사기골이나 도가, 도방 같은 지명엔 거의 가마터가 있어. 절골에 가면 절이 있는 거나 같아. 이름 하나도 지어진 이유가 있는 거야."

현장조사 내용을 적고 사진을 찍은 뒤 그들은 자리를 떴다. 민기는 사기편들을 넣은 유물봉투를 들고 앞서 걸어갔다. 오월이라 햇볕도 강해진 듯하고 오동나무엔 꽃이 만개하여 가지마다 작은 보라색 양산이 펴 있는 것 같았다. 등이 따끈하여 나른하기까지 하니 새참을 끝낸 농부처럼 나무 밑에 기대앉아 궐련 하나 피우고 싶기도 했다. 지표조사는 주로 식물이 동면하는 겨울에 하는데, 귀를 시리게 하는 바람이 아니라 무르익은 봄날 오동꽃 향기 맡으며 들판을 걸어가니 새로웠다.

오후엔 사부골에서 서남쪽에 위치한 개오산으로 방향을 잡았다. 산엔 약간의 신라시대 고분이 있는 것으로 이미 확인되었다. 포장된 다리를 지나 차에서 내리니 엎어놓은 사발 형태의 벌초된 무덤이 산 초입에 자리잡고 있었다. 길을 사이에 두고 무덤 맞은편 응달엔 얕은 못이 있는데 못자리의 양명한 기운이 주위 풍경을 서정적으로 보이게 했다. 못을 끼고 걸어가자 낮은 산 능선이 시야로 다가왔다. 구릉같이 완만한 산세여서 산보하듯 올라갈 수 있을 듯했다.

"아, 날씨 좋다."

민기가 하늘을 흘긋 보며 담배를 꺼내 물었다. 강주도 전염되어 이내 담배를 찾았다.
"산에선 못 피우니까 여기서 한대 피워야겠다."
"이런 날 지표조사 다니라고 하면 매일 다녀도 좋겠어요."
"그런다고 좋은 일만 있을려구?"
강주는 제 바지를 올려 종아리를 민기에게 보여주었다. 엉성한 다리털 사이로 긁히고 찔린 자국이 보였고 손으로 쓰다듬으니 거칠했다. 민기가 히히 웃었다.
"영광의 상처네요. 보상도 없는."
"지금 보니까 좀 긁혔구나, 싶지만 샤워할 때 비누질도 못했다. 온 다리가 가시에 찔려 따가워서 말야. 농수로 공사 때문에 고령에서 이십여일 지표조사 다녔을 땐 발바닥 전체에 물집이 생겼어. 유적 파편이라도 있나, 하고 땅만 보며 산 너머 들 너머 헤매봐. 밥도 굶기 일쑤지. 육체가 너무 피곤할 땐 일 자체에 회의가 들기도 해. 오늘은 왕자다, 왕자. 귀 시린 겨울도 아니고 나른한 봄날이지. 입맛에 맞는 국밥도 먹었지. 시간에 쫓기지도 않지."
"고고학은 꼭 아편 같아요. 한번 마력을 느끼면 계속 빠져들어요. 힘들다 힘들다 하면서도."
"어느 분야든지 다 그렇지 않아? 구름 잡는 것처럼 보이는 시인도 원고지 앞에서 백색의 공포를 느낀다는데. 세상에 힘들지 않은 게 어디 있어. 사는 것 자체가 힘든걸."
강주는 한숨과 함께 연기를 내뿜었다. 지표조사는 지역의 지형지세를 알고 유적의 존재 가능성과 분포를 확인하여 자료를 확보하기 위한 기초작업이다. 이년 전엔 공단이 들어설 부지에서 어느 고고학과 졸업생이 빗살무늬토기 두 점을 발견했다. 학교에 알려 발굴을 하게 됐고 신석기시대의 방대한 집자리 유적이 드러났다. 이렇듯 학술적으로도 중요한 작업이라 사진 한장을 위해 온종일 헤매다녀야 했다.

지난 겨울엔 숨을 헉헉거리며 산을 몇개나 올랐다. 지도를 잘못 보아 엉뚱한 곳에서 헤매기도 했다. 마른 나무숲 사이로 사람이 튀어나왔을 땐 얼마나 놀랐던지. 장화를 신은 남자는 사냥꾼이었다. 옛날엔 나무하러 다니는 길이 나 있었지만 요즘은 길이 없어 개척해야 하고 사람을 만나도 서로 놀라곤 했다. 산에서 지표조사 할 땐 콧노래를 부르곤 하는데 사냥꾼에게 사람이 있음을 알리는 표시였다.

몇 발자국 앞에 손가락 굵기만한 원통형 물체가 떨어져 있었다. 끝부분이 금속으로 싸여 있는데 주워보니 탄피였다. 민기가 그걸 들여다보고 "요즘도 사냥하나?" 혼잣말을 했다.

"전번 지표조사 때도 금방 죽은 꿩을 봤어. 산은 산이라 노루도 살고 멧돼지를 본 사람도 있어. 짐승이 있는 한 사냥꾼이 있겠지."

"인식이가 동물 잡는 올가미에 걸려 넘어졌는데 산비탈로 한참 굴렀다고 하데요. 나도 시골 살아서 어릴 땐 덫을 놓아 산토끼도 잡았지만 이젠 못 그럴 것 같아요. 동물들 눈을 보면 동물에게도 영혼이 있다는 생각이 들어요."

"어느 겨울엔가 토끼가 죽어 있는 걸 보았어. 주위에 까치밥 열매가 있었어. 청산가리를 주사한 까치밥 열매를 먹고 죽은 거지. 겨울엔 먹을 것이 없으니까. 그걸 보니 문득 노래 하나가 떠올랐어.「겨울은 왜 와야 하나」."

강주는 노래 제목을 알려주고 즉흥적으로 노래를 불렀다.

밤이 올 때마다 나는 배고파
헤매는 사슴의 울음소리 듣는다
나무껍질로 된 집에서
부엉이는 우는데

겨울은 이렇게 일찍 와야 했는가

　어느새 산속에 들어서 있었고 군데군데 서 있는 오리나무엔 수꽃의 화서가 가지 끝에 연두벌레처럼 달려 있었다. 오리마다 심어놓고 이정표로 삼았다는 나무인데 이제야 오리를 왔나? 전날 비가 와서인지 오리나무 잎은 형광물체처럼 투명하게 일렁이고 계곡에서 불어오는 바람에 뺨이 서늘했다. 바람에 잎들이 흔들리는 소리가 스솨스솨, 먼 태고로부터 들려오는 듯했다. 그건 저들만의 신호인 순환의 소리이며 겨울의 껍질이 미세하게 균열되는 소리였다. 왜 겨울이 와야 하나? 누군가 물었으나 어느새 봄이 미동하고 있었다. 온 산에 파도치는 자연의 음향에 귀기울이고 있으려니 오리나무 열매가 발 앞에 떨어졌다.
　산에는 여기저기 석곽들이 파헤쳐져 있었다. 도굴로 인해 벽석이 드러나 있고 낙엽 사이로 개석이 희끗 보여 구덩이의 낙엽과 흙을 긁어내자 긴 석곽이 흩어진 채 놓여 있었다. 두어 시간 돌아다니면서 할석조와 판석조, 수혈식 석곽 등 신라시대 석실이 산 전체에 혼재해 있는 것을 확인했다. 고분은 남김없이 도굴돼 있었다. 찌르개로 찔러서 개석이 받히면 석실을 손쉽게 찾아 도굴했다. 근래엔 도굴도 전문화되었다. 도굴꾼들은 발굴보고서를 보고 공부하여 주곽 옆에 부곽이 있다는 것도 알고 있다. 그래, 앞서 도굴한 옆자리를 또 파헤치는데 도굴꾼이 거쳐간 산은 난장판이 돼 있었다.
　유구들을 확인하고 걸음을 옮기려니 민기가 눈앞의 능선 정상에 작은 동산처럼 솟아 있는 곳을 가리켰다. 뒤편은 비탈지고 정면으로 보면 나무가 서 있는데 맨 아래에 개석이 약간 드러나 있었다. 가까이 다가가니 개석 사이로 팔 하나가 들어갈 정도의 틈이 보였다. 강주는 앞으로 다가가 틈 사이를 들여다보기 위해 바닥에 납작 엎드렸다. 석실 안은 굴속같이 어두워서 강주는 손전등을 켜 안을 비추었다. 큰 판석이 깔린 바닥 맨 안쪽에 입구인 연도가 보이고 왼편 바닥엔 긴 뼈 두 개가 놓여 있었다. 이것 역시 도굴된 석실분이었다. 강주는 일어나 민기에게 손전등을 건네주었다.

"횡혈식 석실인데 안에 무언가 놓여 있어."

민기도 땅바닥에 엎드려 틈을 들여다보았다. 안으로 손전등을 비추며 찬찬히 관찰하더니 손을 빼고 바닥에서 일어나 양미간을 세웠다.

"저것 뼈 아닙니까. 피장자일까요?"

"글쎄. 짐승이 들어가서 갇혀 죽은지도 모르고, 사람 뼈 같기도 하고…… 길어서 정강이뼈 같기도 하다."

"일제시대 때 애를 꾀어 안으로 들여보내 길을 트게 하고 도굴한 뒤엔 가둬두고 나왔다면서요. 그런 뼈가 아닐까요?"

민기가 추리를 하다가 갑자기 얼굴을 찡그렸다.

"발굴하다 유구에서 저런 것 보니 기분이 안 좋데요. 전번에 제가 시신 하나 치웠잖아요. 졸업반 학생이 맡은 유군데 관뚜껑을 도저히 못 열겠다고 나한테 왔어요."

"내가 없어서 대신 맡았구나. 언젠가 할 일이라고 생각해라. 고고학 하려면 별 궂은일을 다 해야 돼. 그래서 개토제를 하잖아. 남의 묏자리도 파야 하니 신령님께 빌어야지."

유구 크기를 자로 재고 사진을 찍은 뒤 강주는 더이상 올라가지 않았다. 하산하면서도 끊임없이 주위를 살피는데 짐승이 다닌 길을 쫓아가니 인적없는 산속의 공기가 온몸에 휘감겨오는 듯했다. 민기는 길을 가다 바위 옆에서 난을 발견하고 다가갔다. 난을 캐려는지 주머니에서 작은 삽을 꺼내더니 "우리 딸이 병원에서 나올 때쯤 이 난이 꽃을 피울 거예요" 했다. 그 말이 아름다워서 강주는 고고학도 아버지가 딸에게 주는 첫 선물로 그보다 좋은 건 없다고 맞장구쳤다. 민기는 유물봉투에 난과 흙을 담았고 강주는 지켜보다가 흙을 손에 덜어 코끝에 가져갔다. 땅밑에서 낙엽이 썩은 기름진 흙이었고 빗물을 받아들인 부엽토 냄새는 신성했다. 강주는 두 손으로 흙을 긁어 코앞에 대고 흠흠거렸다. 어느 향기가 이보다 신선하고 순수하겠는가. 군에서 산속을 정찰하다 땅에 엎드려 기갈난 듯 흙냄새를 들이마셨던 일이 떠올랐다. 그때 군생활이 힘들었던지 누가 내 얼굴에 이런 흙을 뿌려주면 기분 좋게 잠들 수 있을 것 같아, 생각했다.

"세상에서 가장 좋은 냄새가 무언지 알아? 흙냄새 같애. 그건 생기의 냄새야. 살아 있는 순수 생명의 냄새. 이런 흙냄새를 맡고 있으면 무릉도원은 바로 땅속에 펼쳐져 있는 것 같애."

"시골에서 자라지도 않았는데 흙냄새를 그렇게 좋아하세요?"

"자연을 싫어하는 사람은 없겠지? 자연과 교감하면 자연 속에 있을 때가 제일 행복해. 그건 인간의 본성이기도 해. 도시 사람들이 전원생활을 꿈꾸는 것도, 야생의 자연을 동경하는 것도 인류학적으로 말하면 수렵채집인으로 살아온 우리 조상, 호모 사피엔스로부터 물려받은 인간의 본성일 테지."

강주가 흙냄새를 좋아하는 것은 아버지에게서 물려받은 유전자 때문이 아닐까. 아버지의 치과 진료실 안쪽엔 강주가 중학생 때 들여온 신라 토기 하나가 놓여 있었다. 단골손님인 골동품 주인이 선물한 것인데 아버지는 한가할 때마다 물에 담갔다가 꺼내 토기냄새에 취하곤 했다. 젖은 토기에선 산속에서 막 캐낸 듯 짙은 흙냄새가 났다. 천오백년간 땅속에 묻혀 있던 것이라 물을 머금으면 생기의 냄새를 발산했다. 골동품 주인은 진품임을 입증하기 위해 토기를 물에 담갔지만 아버지는 그 뒤로 토기 자체보다 흙냄새를 더 즐겼다. 아버지가 흙냄새를 좋아한 것은 소박한 농부였던 할아버지로부터 물려받은 유전자 때문이 아닐까. 그렇게 수십만년, 이백만년까지 거슬러 올라가면 흙에 대한 향수는 분명 아득한 옛날 동아프리카의 숲을 헤매다녔던 루

시와 인간의 선조로부터 내려온 유산일 듯했다.
"늘 흙을 만질 수 있으니 고고학과에 제대로 들어왔네요."
"나도 그렇게 생각해."
"성악과에 못 간 건 아쉽습니다. 한국은 유망한 성악가 한명을 잃어버렸어요."
민기는 앞장서며 강주에게 노래를 다시 들려달라고 부탁했다. 성악과에 가려 한 실력이라 강주는 늘 노래 청탁을 받았다. 봄날 인적없는 산길을 걸어가니 노래가 절로 나올 법도 했다. 무슨 노래를 하나? 강주가 혼잣말을 하는데 민기가 뒤돌아보며 요청했다.
"그 노래 다시 들려주세요. 사무치지만 아름다워요. 정말, 겨울은 왜 와야 하나?"
강주는 내려가다가 손바닥만한 토기편을 하나 주웠다. 이 능선을 끼고 고분이 집중 분포되어 있지만 도굴꾼이 버린 토기편은 거의 눈에 띄지 않았다. 개석이 기대어 있는 나무 옆을 스쳐가니 한쪽으로 낙엽이 수북 쌓여 있었다. 강주가 무심히 그것을 발로 밀어보니 발끝에 회색빛깔의 토기편이 차였다. 언뜻 보기에도 두꺼웠다. 강주는 가방을 내려놓고 토기편 주위를 손으로 헤집어보았다. 낙엽과 쓰레기 속에서 토기편이 또 나왔다. 대호의 목 부분이었다. 민기도 같은 토기편을 찾아내더니 자리에 주저앉아 구덩이를 샅샅이 들춰냈다.
윗부분에선 쓰레기들이 계속 쏟아져나왔다. 플라스틱 막걸리통과 금복주 병, 일회용 도시락과 신문지를 걷어내자 비닐이 있었다. 비닐을 걷어내니 깨진 토기편들이 쌓여 있었다. 이런, 강주는 입을 다물지 못한 채 두꺼운 토기편들을 아이 다루듯 조심스럽게 꺼내놓았다. 구연부편을 보니 적어도 구경이 삼십 센티는 될 듯했다. 한 사람이 들 수 없을 만큼 큰 항아리였다. 산중에서 이런 대호를 들고 간다면 나는 도굴꾼이라고 광고하는 것과 다를 바 없다. 쓰레기 양으로 보아 도굴꾼들은 며칠간 산속에서 지낸 듯했다. 도굴로 대호를 건졌지만 먹을 수 없는 그림의 떡이라 쓰레기와 함께 처분한 것이다. 빈 막걸리통을 보니 도굴꾼의 입에서 풍기는 막걸리 냄새를 막 맡은 듯하여 속이 메슥거렸다.

강주는 쓰레기 구덩이와 채집한 유물을 슬라이드 필름에 담고 토기편들을 유물포대에 넣었다. 두 장정이 들고 갈 수 있을까, 걱정이 될 정도로 양이 많았고 몇개의 토기편은 포대에 넣을 수 없을 만큼 크고 무거웠다. 높이가 일 미터 이상 되는 대호였다. 강주는 카메라 가방을 멘 채 유물포대 두 개를 손에 들었다. 큰 토기편 세 개를 배낭에 넣고 민기는 지퍼도 채우지 못한 채 또다른 두 개의 포대를 들었다. 허리가 휘청거릴 지경이었지만 조각조각 정성으로 붙이면 천오백년 전의 숨결이 되살아날 수 있으므로 힘이 났다. 세상에서 상처받은 자식을 찾아 집으로 데려가는 아비의 기분이 이렇지 않을까.

강주는 그 주말에 서울집에 갔다. 석달 만의 상경이었다. 어머니는 손님이라도 맞이하듯 목에 리본이 묶인 크림색 원피스를 입고 있었다. 어머니 멋져요. 강주는 집에 들어서며 첫마디를 던졌고 최씨는 활짝 웃었다.

"아들한테 그런 소리 들으니 기분이 좋구나. 근데 넌 왜 그렇게 말랐니?"

"발굴할 땐 그래요. 하루 세끼 꼬박 챙겨먹어도 신경쓸 일 많아서 살이 안 붙어요."

강주가 예전에 아침을 먹지 않아 최씨는 보기만 하면 식사를 거르지 말라고 당부했다. 고고학을 전공하고부터 늘 외지로 떠도는 외아들이 안쓰럽기만 한 모양이었다. 강주가 부여박물관에 근무할 땐 여행 삼아 봄가을 부여에 오곤 했지만 경주는 멀어서 안부전화로 만족해야 했다. 어머니가 이내 끓여온 차를 마시며 강주는 그간 밀린 얘기를 했다. 강희가 경주에 들른 얘기도 자연스럽게 나왔다. 최씨의 얼굴에 웃음기가 가셨다.
"강희가 거긴 왜 왔대니?"
"독일서 온 친구에게 경주 구경시켜준다고 들렀어요. 별 얘기는 없었구요."
"바쁘구나. 며칠 전에 네 아버지 찾아와서 연극 팜플렛에다 치과 광고 내겠다고 했다더라. 물론 찬조금을 줘야지. 아버지와 친한 삼진물산 기획실장도 찾아가 스폰서 해달라고 부탁하고. 제가 필요한 건 사냥개처럼 냄새를 맡고 찾아내. 재작년에 한국 잠깐 나왔을 땐 네 아버지에게 사천만원을 빌려달라고 했어. 독일서 나올 때 벤쯔를 가져나와 팔겠다고. 너라면 그런 소리 절대 못할 거야."
"세상을 헤치고 살아가려면 그런 방법이 필요한 때도 있겠죠."
강주가 탁자를 내려다보며 두둔 아닌 두둔을 했다. 최씨가 고개를 가로 저었다.
"어릴 때부터 영악스러웠지만 강희는 독일 가서 살아남는 법만 배워왔어. 스스로 가진 게 없는 연극쟁이라고 말한다만 곧 제가 원하는 모든 걸 갖게 될 거다. 지 에미처럼 집요해서."
아버지가 곧 들어오실 터라 저녁을 준비해야겠다며 어머니는 부엌으로 들어갔다. 강희집 얘기만 나오면 늘 언짢아하는 최씨였다. 강주는 중학교에 들어가서야 작은아버지 가정문제를 소상히 알게 되었고 유씨 집안을 떠들썩하게 했던 함남댁의 전화사건에 대해서도 누나에게 들었다. 소실인 강희 어머니가 한밤에 몇번씩이나 작은어머니에게 전화해서 작은아버지를 바꿔달라고 패악을 부렸다는 것이다. 패악이란 말이 나올 수밖에 없는 것은 그 일로 작은어머니가 정신병원에 입원했고 그후로도 히스테리 발작증세를 보였기 때문이다.
그 사건에 누구보다 분노를 표시한 사람은 어머니였다. 동서인 작은어머니와의 의리도 있었지만 어머니는 법대 출신의 제도 옹호자였다. 지주집의 외동딸로 당시로선 드물게 사립 명문대학 법대에 진학했던 어머니는 여검사가 되리라는 사람들의 기대완 달리 뒷날 신문사 사진기자가 된 현대여성이었다. 한국 여자 사진기자로서 최초로 보도상을 받기도 했지만 막내인 강주를 낳고 직업전선에서 물러났다. 최씨는 평범한 주부생활에 만족했지만 유씨 집안의 해결사 노릇을 하게 됐다. 옳고 그른 것을 칼처럼 가르는 성격 때문이었다. 그런 최씨에게 작은어머니는 시앗으로 인한 고통을 호소했고 최씨는 함남댁을 이해할 수도 용서할 수도 없었다. 어머니는 자신이 가슴을 지닌 체제수호자임을 알리기 위해 이렇게 말하곤 했다.

"누군들 소실이 되고 싶어 됐겠어요. 팔자가 그러면 할 수 없지. 그것까진 이해한다고 합시다. 그러나 인간이 꼬이고 올바르지 못한 걸 어떻게 용납합니까. 양의 탈만 보고 천성이 나쁜 인간을 옹호한다면 세상의 선을 어떻게 지킵니까."

강주가 들은 얘기를 종합해봐도 함남댁을 착한 사람이라고 말하는 건 무리인 듯하다. 시골에 살던 고모 딸이 스튜어디스의 꿈을 이루기 위해 강희네 집에 몇달간 얹혀지낸 일이 있다. 함남댁은 고모 딸이 온 다음날로 식모를 내보내고, 고모 딸로 하여금 매일 새벽 여섯시에 일어나 마당의 타일 바닥을 하이타이로 닦게 했다. 이건 작은아버지만 빼고 온 친척이 알고 있는 얘긴데 여자에게 빠져 패가했다는 말을 듣게 된 것도 어느정도 근거가 있다. 함남댁의 제부가 될 사람의 대학 학비를 대주고 그가 의대를 졸업하자 병원까지 차려준 것은 뒤에 알려진 사실이다.

정실부인이 되지 못해 속이 허한 함남댁을 위해 작은아버지가 아낌없이 물질로 보상했으리라는 건 충분히 짐작할 수 있다. 일찍이 벌목에 손대어 목재상으로 성공하고 두 집을 오가며 돈을 뿌렸던 작은아버지는 뒷날 사업을 확장하다 파산했다. 한밤에 갑자기 심장마비를 일으켜 즉사했는데 그 집안의 유일한 아들인 강희는 십오세에 호주가 되었다.

지금도 작은아버지를 생각하면 허공에 던진 여름용 중절모가 머리에 떠오른다. 그건 어머니가 붙여준 호칭대로 '철없는 도련님'의 이미지에 잘 맞았다. 작은아버지는 큰집에 함남댁의 소생인 강희와 소정을 데리고 다녔다. 강주를 좋아하는 소정을 위해 강주를 함남댁의 집으로 데려간 적도 있었다. 어머니의 항의로 이런 왕래도 오래 가진 못했고 강주도 함남댁을 두 번 보았을 뿐이다.

강주가 기억하는 건 함남댁의 소복한 눈두덩이와 꾸민 듯한 말씨, 그리고 오뎅이 떠 있는 김칫국이다. 강주는 단 한번 숟가락을 대었을 뿐 국을 먹지 않았다. 그 낯선 음식맛은 지금도 혀끝에 맴도는 듯 야릇한데 뒤에 생각하니 그건 국적 없는 음식이었다. 함남댁은 강주 옆에 앉아 이것 먹어라 저것 먹어라, 애교스럽게 참견했지만 강주는 어쩐지 함남댁에게서 친근감을 느낄 수 없었다. 예쁜 얼굴로 웃음을 띠고 있었으나 마음은 다른 곳에 있는 것 같았다. 아이는 본능적으로 가식과 진실을 알아채는 법이다.

함남댁과 함께 작은어머니를 떠올리자 강주는 연민을 느꼈다. 어머니 최씨가 법대 출신답게 논리적이고 능변이라면 작은어머니는 답답할 정도로 표현력이 없었다. 말재주가 없으니 말수도 적고 잔재미가 없었다. 거기다 어리석을 정도로 사람을 잘 믿어서 빌려준 돈을 번번이 떼였다. 동서가 돈거래를 하지 말라고 충고해도 남을 도와주는 것도 천성이라 손해를 입곤 했다. 그러나 정직한 사람이었고 음식솜씨는 누구도 따라가지 못할 정도로 뛰어났다.

작은어머니는 설날 전이면 강주집에 와서 음식을 만들어주었다. 아랫목에서 꾸덕하게 말린 다음 기름에 튀겨 부풀린 깨유과와 참기름이

듬뿍 든 약과 맛은 지금도 잊지 못한다. 예쁜 여자는 소박맞아도 음식 잘하는 여자는 소박맞지 않는다던데 옛말도 맞지 않았다. 남자는 어리숙한 여자보다 교활한 여자를 좋아한다.

아버지가 일찍 들어와 모처럼 식구가 함께 저녁을 먹었다. 세 누나는 이미 결혼하여 나가서 살고, 외아들인 강주만 가끔씩 서울에 올라와 노부부의 위안이 되었다. 아버지는 식사량이 눈에 띄게 줄어 반공기만 들고 수저를 놓았다. 어머니는 일부러 밥을 가득 담지만 그것이 식욕을 돋우는 것은 아니었다. 아버지는 어머니의 식사가 끝나길 기다려 담배를 피웠다.

"올 가을에 네가 결혼하면 우리는 집을 정리하여 어디 섬으로 들어가련다. 거기에 치과를 열고 무료시술로 봉사하면서 남은 여생을 보내고 싶다."

"좋은 생각이네요. 너무 외딴곳은 피하세요. 그래야 자식들도 자주 왕래하죠."

유씨는 전에도 그런 말을 한 적이 있었다. 노년엔 치과일을 그만두고 자연 속에서 살고 싶다고 했다. "나는 남의 이빨 들여다보며 반생을 보냈지만 너는 인류적인 것을 생각하고 살아라." 그런 아버지의 권유로 고고인류학과를 택했는데 아버지는 의술을 끝까지 버리지 않을 생각인 듯했다. 유씨가 불쑥 강희 얘기를 꺼냈다.

"강희도 이제 결혼하고 정착해야 할 텐데."

"그런 걱정 안해도 돼요. 당신 건강이나 챙기세요."

아내가 화제를 외면하니 유씨가 달래듯 말했다.

"그래도 유씨 집 핏줄인 걸 어떻게 신경을 안 쓰나. 정만이가 남겨놓은 조카고 그 집안의 호주인데."

"이제야 하는 말이지만 난 유씨 집안에 학을 뗐어요. 이렇게 법도 없는 집안은 처음 봐요. 내가 어릴 때 외가 쪽 어른 중 한분이 소실을 두었어요. 형제들은 물론이고 친척들도 소실집 근처를 지나가지 않았어요. 그게 법도 아닙니까. 엄연히 작은어머니가 있는데 당신 집안 형제들은 소실집과 왕래하며 소실까지 작은엄마라고 불러요. 그건 상사람들이나 하는 짓이에요. 고모도 딸을 그 집에 보내어 식모살이 시키고, 도대체 쓸개가 있는 사람들인지 모르겠어. 미재 엄마를 생각하면 그럴 수가 있나. 법도도 의리도 없어. 당신도 제수를 생각한다면 함남댁은 물론이고 강희에게도 냉정해야 해요. 냉정은커녕 인정에 끌려다니시니. 그 에미에 그 자식인걸."

"내가 언제 유씨 집안이 양반이라고 합디까. 당신 말이 틀리지 않아."

농담 같지 않지만 비꼬는 것도 아니었다. 어머니는 친정이 양반 가문임을 늘 자랑스럽게 여겼다. 아버지는 농부였던 부친을 존경했지만 형제들에 대해선 탐탁치 않게 여겼으므로 엄격한 아내의 말을 일부 수긍했다. 이남오녀 중 아버지만 유일하게 지식세계에 탐닉하여 시골에서 가기 어려운 치과전문학교를 나왔다. 농부인 부친은 이런 자식이 대견하여 책을 산다면 5전도 선뜻 꺼내주었다고 한다. 당시 쌀 한 가마니 값이 1전이었다. 여형제들과 남동생 정만은 시골사람들의 평범한 길을 걸어갔다. 뒤에 정만은 사업가로 부를 쥐었지만 소실문제로 형수의 눈밖에 났다.

"제수씨에겐 가끔 연락하나? 아직도 큰애가 모시고 있지?"

"큰사위가 착해서 다행이에요. 마음은 편하다지만 요즘도 한번씩 악몽을 꾸는지 자다가 소리지르며 깬대요."

"무슨 악몽?"

아버지가 의아한 낯을 하니 어머니가 낮게 한숨을 쉬었다.

"무슨 악몽이겠어요. 그 악연에 아직도 끌려다니는 거지. 동서처럼 어리숙한 사람이 정신병원에 입원까지 했으니. 그게 다 도련님이 생각없이 맺은 인연 때문이에요. 소정이와 같은 날 호적에 오른 미옥인 중학교 때 캠핑 가서 강에 빠져죽었어요. 난 그것도 꺼림칙해요. 강주도 명심해라. 소정인 말이 없고 생각도 많은 아이 같아 제 오래비완 다르지만 한배에서 난 형제고 함남댁이 아직 살아 있으니 왕래하지 마라. 넌 작은엄마를 좋아했잖아."

"좋은 분이죠. 작은엄마가 해준 음식맛을 아직도 못 잊어요."

"김치까지 담가주던 작은엄마가 옆에 없으니까 네 엄마 음식솜씨도 발전했다. 네 외가의 손맛이 기본적으로 있으니까. 이젠 며느리에게 가르쳐줘도 되겠다. 내일 이진이 불러서 점심 같이 먹을까?"

강주도 그럴 생각이어서 흔쾌히 응했다.

이진은 오후에 연주회에 참석해야 했다. 점심 대신 아침을 함께 먹자며 레몬 케이크와 샐러드를 들고 왔다. 이진이 새벽부터 오븐에 구워온 케이크는 노부부의 입맛을 돋워 한조각도 남지 않았다. 이들은 구세대지만 아침식사는 간단한 서양식으로 먹는 것을 즐겼고 이진이 집을 드나들고부터 아침 식단은 한층 다양해졌다. 소식하는 아버지가 샐러드까지 한 접시 비우자 강주는 이진에게 눈을 찡긋했다. 최씨는 흡족한 얼굴로 늙은 남편에게 말을 건넸다.

"며느리가 들어오면 당신 체중 늘겠어요. 이진이가 만든 건 저리도 좋아하셔."

"저두 두 분께 매일 근사한 아침을 차려드리고 싶어요."

이진이 노부부를 향해 활짝 웃는데 아침 햇살이 비치는 실내가 더욱 밝아진 듯했다. 어둠속에 있으면 어둠에 감염되듯 이진과 함께 있으면 빛에 감염된다. 이진에겐 가까이 있는 사람을 행복하게 만드는 특별한 힘이 있었다. 그건 삶이 이진에게 준 최대의 선물이었다. 말똥이 굴러가도 웃을 여자, 친척의 장례식에 가서 눈물이 나지 않는 자신이 민망하여 울상짓는 여자, 은쟁반 같은 여자가 강주의 가슴으로 들어와 행복을 나누어주고 있었다.
 강주는 열한시경에 이진과 함께 집을 나섰다. 어머니에겐 친구를 만난다고 말했지만 이진이 행선지를 묻자 사직공원이라고 일러주었다.
 "공원엔 왜?"
 이진이 물어서 도서관이 그 쪽에 있다고 말해주었다.
 "소정 언니가 근무하는 도서관 아냐?"
 "맞아. 책도 볼 것이 있고."
 이진은 무언가 말하려다 입을 다물었다. 어머니의 당부가 생각나서 강주도 아무 말 하지 않았다. 이진이 사직공원 앞에 차를 세우자 강주는 이진의 손을 잡았다.
 "다음주에 경주에 올 거지? 나 오늘 오후 차로 내려간다. 기다리고 있을게."
 "나도 같이 내려가고 싶은데…… 알았어. 전화해줘."
 "가자마자 전화할게."
 공원 입구로 들어서니 미끄럼틀과 그네 같은 놀이기구가 보이고 사직단을 지나 신사임당과 율곡 동상이 시야에 들어왔다. 낯익은 풍경이 눈에 들어오자 강주의 입가에 절로 미소가 떠올랐다. 사직공원은 강주가 어릴 때 누비고 다녔던 추억의 놀이터였다. 동네 아이들과 모자상 뒤에 숨어 술래잡기도 많이 했다. 술래 두 명이 아이들을 잡으러 다녔고 잡힌 아이들은 동상 옆에서 손을 잡은 채 서 있었다. 그러다 누가 술래의 감시망을 뚫고 '다방구' 소리치며 잡힌 아이의 손을 치면 모두가 풀려났다. 초여름 저녁 비둘기떼처럼 흩어지던 아이들. 한쪽에선 계집아이들이 고무줄놀이를 하고 다른 쪽에선 중학생 형들이 여학생을 기웃거리며 교모를 허공에 던져올리곤 했다. 날이 저물면 동상 앞 벤치에서 입맞추던 연인들을 훔쳐보며 킥킥거리던 아이들도 있었다. 새삼 궁금하지만 '다방구'는 무슨 뜻이었을까. 뜻도 모르는 말을 외치며 아이들은 커갔다.

도서관 앞뜰로 들어서자 강주는 멈춰서서 담배를 찾았다. 얼마 만인가, 누이를 찾아가는 것이. 강주가 부여박물관에서 일할 때 소정이 한번 찾아왔고, 몇달 뒤 경주의 대학박물관으로 자리를 옮길 때 강주가 서울에 올라와 도서관에 들렀다. 그러니까 삼년 전이다. 그 뒤 누이는 경주에 두 번 다녀갔지만 강주는 서울에 와서 누이를 찾아가지 못했다. 바쁘기도 했거니와 어머니가 누이네를 싫어하니 드러내놓고 만날 수 없었다.

그동안 소식이 없어 안부가 궁금했는데 사흘 전 누이가 경주로 전화했다. "거기도 탱자꽃이 피었어?" 누이는 그렇게 말문을 열었다. 어디서 탱자꽃 핀 것을 보았나보다. 강주집으로 가는 골목 어귀에 탱자나무 울타리가 있는 것을 소정은 기억하고 있었다. "벌써 졌어. 남쪽이라서." "그럼 봉황대에 오동꽃이 피겠네." 소정은 가까운 시일 안에 경주에 오겠다고 했다. 강주도 곧 올라갈 거라고 예정을 밝혔다. 소정은 반색하며 서울서 먼저 보자고 했다. 누이의 맑은 목소리를 들으니 강주도 문득 그리웠다. 그 집 모자에겐 호감을 갖고 있지 않지만 누이에 대한 마음은 달랐다.

강주가 열살 땐가 작은아버지가 종로 한옥집에 아이를 데려간 적이 있다. 강주는 그때 처음으로 강희형의 엄마를 보았다. 함남댁이었다. 겨울이라 방엔 놋화로가 있고 아랫목도 따뜻했으나 강주의 언 손은 쉬 녹지 않았다. 강주가 자꾸 손을 비벼대니 중학생이었던 누이가 천으로 싼 유단뽀를 들고 와 강주의 무릎에 놓아주었다. 유단뽀의 온기는 강주의 언 손을 이내 녹였다. 그 온기는 오래도록 손끝에 남아, 집으로 돌아가는 길에도 아이를 감싸주는 듯했다. 그 뒤로 강주는 누이의 모습을 유단뽀와 함께 떠올리곤 했는데 그것은 누이를 상징하는 한 장면이었다.
 아래층에 외따로 있는 대출실로 들어서자 부산했다. 몇사람이 책을 든 채 대출을 받으려고 서 있고 두 사람은 맞은편의 신간 서가를 기웃거리며 책을 고르고 있었다. 책상엔 두 명의 사서가 앉아 일하고 있는데 소정은 보이지 않았다. 강주는 그중 한 사서에게 소정이가 어디 있는지 물으려다가 서가 쪽을 흘긋 보았다. 서가 사이로 한 여자가 막 걸어나오고 있었다. 회색 재킷을 걸친 누이였다. 강주가 다가가기 전에 소정이 먼저 알아보고 눈을 크게 떴다.
 "빨리 왔구나. 난 오후에 올 줄 알았어."
 "마침 점심시간이 비어서 초밥 사주려고 왔어."
 "반가운 소리네. 마침 초밥이 먹고 싶었는데."
 소정은 정오까지 기다려달라고 부탁했다. 강주는 책 구경을 하겠다며 서가 속으로 들어갔다. 일요일이어서 사서들은 분주했다. 강주는 서가 사이로 걸어다니며 책들을 훑어보았다. 대출실엔 문학서적만 있었다. 강주는 문학서적을 주로 고등학교 때 읽었다. 고고학으로 전공이 확정되면서 문학서와는 어쩔 수 없이 거리가 멀어졌다. 전공서적과 계속 들어오는 발굴보고서를 읽기에도 시간이 모자랐다.
 서가에 꽂힌 책 중 가장 낯익은 것은 세계문학편이었다. 집에 세계문학전집이 있어서 유명한 작품은 거의 읽었다. 까뮈와 체호프, 도스또예프스끼를 좋아했고 뚜르게네프의 『사냥꾼의 수기』와 누렇게 바랜 '일본전후문제작품집'에서 읽은 다자이 오사무의 『사양(斜陽)』도 잊을 수 없다. 이런 문학서적을 읽고 있으면 인생의 애수에 가슴이 아프지만 그래서 더욱 인생을 사랑할 것 같았다.
 묵은 책 냄새를 맡으며 독서의 자취를 더듬어보는데 『레 미제라블』이 눈에 띄었다. 세계문학전집 속에 세 권으로 끼여 있었다. 가엾은 사람들이란 뜻의 제목이 새삼 가슴을 뭉클하게 했다. 빵 한조각 훔치려다가 십구년의 형기를 치르고, 출옥한 뒤에도 도피의 삶을 이어가는 장 발장을 위시하여 가난 때문에 창녀로 전락하는 여공 팡띤, 악덕한 하숙집 주인에게 학대받는 어린 꼬제뜨, 온갖 불쌍하고 비열한 인생들이 이웃처럼 무대에 등장한다. 빅또르 위고는 괴롭고 억눌린 약자에 대해 '어버이 같은 애착'으로 밑바닥 인생을 그리고, 인간을 타락시키는 사회를 고발했다. 한 시인은 '불행이 덕보다도 신성하게 그려진 서사시'라고 『레 미제라블』을 찬양했다.

이 작품의 위대함은 강주의 가슴속에 잠들어 있던 휴머니즘을 일깨워주었다. 어머니의 양반주의, 엘리뜨주의에서 편협함을 느끼던 강주가 아닌가. 대학에 들어와 의무감에서 읽었던 사회과학 서적을 통해 노동자나 소외된 계층에 대해 관심을 가졌지만 이것도 가슴이 아닌 머리로 받아들인 한계가 있었다.

고통받는 자들의 신성한 불행이여! 사회가 준 빚을 짊어진 희생자들. 아이의 양육비를 벌기 위해 앞니를 뽑은 팡띤은 강주에게 불행한 여성에 대한 이해심을 갖도록 했다. 소실의 딸로서 괴로워하는 누이도 강주 가까이 있는 불행의 얼굴이었다. 강주는 유단뽀를 든 누이를 저버릴 수 없었다. 누이는 바로 강주의 팡띤이었으므로.

정오에 도서관을 나섰으나 소정은 인왕산 기슭으로 강주를 안내했다. "지금 배고프지 않다면 초밥은 올라갔다 와서 먹자." 강주는 흔쾌히 응했다. 누이는 오랜만의 만남을 식사로 허비하고 싶지 않은 모양이었다. 산엔 아카시아나무가 무성했다. 녹음이 짙어지기 전의 여린 초록빛이 하늘을 가리는데 곧 꽃이 필 듯했다. 도서관을 등지고 오솔길 안쪽에 사람이 앉을 만한 평평한 자리가 눈에 띄었다. 나무그늘이어서 소정은 그리로 발을 옮겼다. 자리에 앉기 전 소정이 손수건을 꺼내어 강주에게 주었다. 강주는 말없이 그것을 건네받아 누이가 앉을 자리에 펴주었다.

"네 자리에 깔라고 준 건데……"
"숙녀의 손수건을 깔고 앉을 만큼 무지스럽지 않아."
소정은 웃었고 강주는 담배를 꺼내 누이에게 권했다. 소정이 담배 연기를 한모금 내뿜는데 어디선가 훈풍이 불어와 연기를 흩뜨렸다.
"오월에 부는 바람, 어디론가 떠나고 싶도록 만들어. 학교 다닐 때 오월이면 운동화 끝에 햇빛이 노는 것 같았어."
"온 산에 초롱불을 밝힌 것처럼 곧 아카시아가 필 거야. 그때 인왕산에서 내려다보면 숲이 엷은 쑥색 안개에 싸여 있는 것 같아."
"넌 어릴 때 여기 많이 와봤지. 한번은 네 집에 갔다가 할머니와 함께 여길 산책했어. 아카시아꽃이 한창 필 땐데 여학생들이 가위바위보를 하면서 나뭇줄기에서 잎을 하나씩 떼더라. 좋아하는 남학생이 있는데 나뭇잎으로 점치는 거야. 걔가 날 좋아해, 안 좋아해 하면서."
함께 웃다가 소정이 뜬금없이 할머니 말을 꺼냈다.
"네가 대학 들어간 해에 몇년 만에 우리가 만났지. 그때 할머니 얘기 듣고 놀랐어. 할머니가 이년 전에 돌아가셨다고 해서. 그간 큰아버지도 뵙지 않았으니 아무것도 몰랐지. 할머니를 많이 보진 못했지만 난 할머니를 좋아했어."
식구 중 할머니와 가장 밀착된 사람은 강주일 것이다. 할머니는 강주가 네살 때 집에 들어왔다. 강주는 그때 친할머니가 있다는 걸 처음 알았다. 커서야 알게 된 사실이지만 할머니는 할아버지가 돌아가신 뒤 재가했다. 그런데 그후 무엇 때문인지 파탄이 났고 뒤에 떠돌이 소리꾼 홀아비와 살림을 차렸다. 그 사이에 자식까지 두었으나 소리꾼은 지병이 있어 몇년 뒤 죽었다고 한다.
그후로도 할머니는 바람처럼 살아온 모양인데 아버지가 수소문하여 모셔왔다. 아버지는 호적도 없는 모친의 자식에게 호적을 만들어주었고 이복형제가 살아가도록 조그만 농토도 떼어주었다. 어머니는 이토록 자유분방한 시어머니를 본 적도 들은 적도 없었지만 뜻밖에 불협화음 없이 한집에서 무난히 살았다. 할머니는 재가한 남편에게 배웠다는 피아노를 강주에게 가르쳐주었고, 강주가 흥미를 보이며 좋아하니 어머니는 정식으로 피아노를 배우게 했다. 강주가 지금도 피아노를 즐겨 치는 건 순전히 할머니의 한량기 덕분이었다. 어머니는 시어머니를 가까이 관찰하면서 작은아버지가 모친을 닮았다고 단정했다. 그건 틀린 말이 아니었다. 거칠 것 없는 자유분방함이 두 사람의 공통된 성격이었다.
 "나도 할머니를 좋아했어. 국민학교 다닐 땐 할머니 옆에서 옛날 애기 들으면서 잠들었어."
 "아버지도 그랬다던데. 하지만 큰아버지는 옛날 애기 같은 건 좋아하지 않고 혼자 책 보는 걸 좋아하셨대. 그래서 공부를 잘하셨나봐."
 "작은아버지는 할머니를 닮았어. 한쪽 눈만 쌍꺼풀진 것도 같고."
 "할머니가 창을 그렇게 잘했다지. 너도 할머니를 닮아 노래를 잘하나봐."
 "그런가보다. 난 아버지가 노래하는 걸 한번도 들어본 적이 없어."
 할머니를 닮았다는 말을 들으니 강주는 어쩐지 즐거웠다. 어머니의 법치주의보다 할머니의 자유주의가 더 인간적이 아닌가. 할머니는 일찌감치 열녀로 박제되기를 거부하고 온몸으로 삶의 파도에 뛰어든 인생파였다. 그는 노장이어서 시앗을 본 며느리를 애처로워하면서도 소실의 자식인 소정도 감싸주었다. 이것도 인생이요, 저것도 쓰라리고 고된 인생이었다.

6
늑대와 춤을

    석달의 연습기간 중 절반이 흘러갔지만 연기에 별 진전이 없었다. 블라킹을 정하여 행동선을 잡았지만 정확한 시선 처리가 되지 않았다. 대본을 잘 해석해야 무대에서 연기로 표현할 수 있는데 작품분석이 덜된 탓일까. 무엇보다 배우들은 역할에 몰입하지 못하고 있었다.
    이날은 환도가 집안에 상을 당해 나오지 못했고 세 사나이가 나오는 2장 후반부와 3장을 집중 연습했다. 조명만 없다뿐이지 소도구를 거의 갖추고 연습에 들어갔는데 3장은 시작 부분부터 잘되지 않았다. 강희는 그 부분을 반복하여 연습시켰다. 우산을 쓴 세 사나이가 환도와 이야기를 나누는 장면으로 리스는 그들과 좀 떨어진 곳에 유모차 안에 앉아 있다. 강희가 대본을 읽으며 환도 대역을 했다.

나뮈르: 우리가 시작한 지도 벌써 여러 해가 됐죠.
환도: 도착이 불가능하다는 소리를 들었는데요.
나뮈르: 아뇨, 불가능하지 않아요. 다만 아무도 도착해보지 않았고

아무도 가보려는 생각을 먹지 않은 거죠.
미따로: 그렇게 복잡하지 않은 거니까 하여튼 해보는 겁니다.
환도: 그럼, 리스와 저도 절대 도착하지 못하겠군요?
미따로: 이봐요, 당신들은 우리보단 훨씬 좋은 조건을 가지고 있어요. 유모차를 가지고 있지 않습니까. 훨씬 편하게 빨리 갈 수 있을 텐데요.
환도: 네, 그렇긴 하죠. 하지만 늘 같은 곳에 되돌아오고 마는걸요.
미따로: 우리도 마찬가지예요. 따르를 향해 발에 바람이 일도록 걷지만 늘 같은 장소로 되돌아오니까요.
나뮈르: 그건 별 문제가 안돼. 그것보다도 우리가 미리 조심하지 않은 것이 큰 문제거든.
미따로: 그래, 나뮈르 말이 옳아. 그게 나빠. 미리 앞을 내다보고 조심했더라면 얼마나 많이 앞으로 나아갔겠어.
또조: 또 그놈의 조심 타령이야. 내 말대로 중요한 건 갈 길을 계속 가는 것뿐이야.

3막의 시작에는 따르에 관한 암시가 나온다. 여기서 관객에게 정확히 전달되도록 대사를 찍어서 해야 하건만 훌렁 넘어간다. 강희는 세 사나이의 성격이 잘 드러나는 2막의 대화장면을 혼자 해보였다.

또조: 내 생각엔 잠자는 것이 장땡이야.
미따로: 중요한 건 어디서 바람이 불어오는가 아는 거야.
나뮈르: 아니지, 어디로 불어가는가가 중요하지.
미따로: 내 딱 잘라 말하겠네만 바람이 어디서 불어오는가가 중요한 거라구.

"세 사나이는 따르로 가는 길인데 바람이 어디서 불어오고 불어가는가로 입씨름만 벌이지. 미따로와 나뮈르는 억지를 부리고 냉소적이기까지 해. 따르라는 목적지도 잊을 정도로 제 생각에만 집착해. 또조만이 이치에 닿는 소리를 하지만 늘 묵살당해. 그러나 고집스럽고 방관자인 건 매한가지야."

"큰 줄거리로 보면 이 연극은 환도가 반신불수의 여자 리스를 유모차에 태우고 따르로 가는 이야깁니다. 그들은 베께뜨의 인물처럼 알 수 없는 따르로 가고 있어요. 따르를 희망, 기다림, 이상향으로 해석해도 될까요?"

또조의 질문에 강희가 답했다.

"이상향이긴 하지만 무책임한 이상향이지. 현실에서 자신을 개선하여 역사의 진보에 참여할 생각은 않고 현실을 외면한 채 꿈으로 도피하려 하니까. 따르로 가는 길에 세 사나이는 환도가 죽인 리스를 보고도 방관만 하지. 미따로는 리스의 혀를 잡아당겨 폭신폭신하다고 감탄하고 나뮈르는 보조개를 들여다봐. 폭력을 용인한 역사의 방관자들인데 환도는 리스를 그들 손에 맡겨 동조자로 만들지."

"그렇게 작품을 분석하니까 이해할 수 있을 것 같아요. 환도가 세 사나이에게 혼자 보기 아까운 풍경이라도 보여주듯 리스를 보여주는 장면은 처음엔 납득이 되지 않았어요. 속치마를 들춰 허벅지를 보여주고 입까지 맞추라니. 천진하다기보다 상품을 쎄일하는 능란한 상인 같잖아요. 매춘부를 소개하는 펨프지 뭐예요."

리스의 말에 강희가 싱긋 웃었다.

"자신에게 자랑스러운 사람이 있으면 남에게 보여주고 싶지 않아? 리스는 그런 경험이 없었나. 내가 아는 어떤 독일 친구는 그런 심정에서 애인을 여기저기 데리고 다니다가 다른 친구에게 빼앗겼지. 냉정한 사람이라면 그러지 않았을 거야."

그 여자가 선택한 건 강희였다. 마리나 전에 동거했던 케이트 얘기다. 그때 강희는 진정한 자기 여자가 생기면 보석처럼 꽁꽁 싸두리라 생각했다. 그러나 강희도 어렸을 땐 환도처럼 어머니의 모든 것을 세상사람에게 보여주고 싶어했다. 햇빛이 반사되는 날씬한 콧대, 아직 노모도를 치던 작고 흰 손, 펼치면 향수냄새가 나던 까만 공작부채, 치마 끝을 왼손으로 살짝 당겨 쥔 채 양산을 들고 걷던 모습. 그 꽃무늬 양산과 사람들이 기생처럼 예쁘다고 했던 옷맵시도 강희는 자랑스러웠다. 엄마와 외출할 땐 모든 사람들이 엄마를 바라보는 것 같아 우쭐했다. 한복으로 가려진 귀여운 종아리를 보여주려고 엄마의 치마를 걷어올리고 싶었다. 강희는 환도를 이해했다.

"독재자에게도 순정은 있겠지. 왜곡된 사랑도 사랑이야, 본인에게는."

"리스도 그걸 알기에 끝내 환도에게서 벗어나지 못한 거죠."

딱딱하던 리스의 연기가 이젠 껍질을 벗어가고 있다. 작품을 분석하고 이해한 결과인지 리스의 열정과 절망까지도 소화해가고 있다. 강희가 환도 대역을 맡아 리스의 속치마를 들춰 허벅지를 두 남자에게 보여주는 장면을 연습할 땐 수치러운 듯 얼굴이 상기되었다. 전엔 늘 바지를 입고 와서 앞치마 같은 걸 두르고 이 장면을 연습했지만 오늘은 치마를 입고 왔다. 거기다 스타킹을 신지 않아 맨살이 그대로 드러났는데 섹시해 보였다. 공연 때도 그렇게 하게 할까. 환도는 미따로와 나뮈르에게 리스의 얼굴을 만지게 하면서 계속 부추겼다.

"입도 맞춰보세요, 저처럼."

환도가 시범을 보이듯 리스의 입술에 입을 맞추는데 리스가 비에 젖은 새처럼 파르르 떨었다. 짧은 순간이었으나 그건 강희만이 느낄 수 있는 여자의 미세한 감정이었다. 잠시 휴식시간을 주면서 강희는 역에 몰입돼 있는 리스에게 칭찬하는 것을 잊지 않았다.

"리스, 잘했다. 완전히 리스 속에 들어와 있어. 환도처럼 칭찬할까. 바퀴벌레, 풍뎅이, 나비를 네 장난감으로 만들어줄게. 예뻐서 말야."

그날 밤 단원들은 이차까지 술을 마셨다. 삼겹살 안주에 소주를 일차로 마시고 이차엔 생맥주를 마셨는데 술에 약한 또조만 한차례 토했을 뿐 생맥줏집을 나설 때까지 모두 얼굴색 하나 변치 않았다. 리스와 나뮈르는 아쉬운 눈치였지만 강희는 피곤하다며 두말 않고 돌아섰다. 단원들과의 화합을 위해 연습 땐 늘 어울려 마시지만 강희는 사실 혼자 마시는 것을 좋아했다. 독일서 번잡한 까페나 아파트의 창으로 비껴드는 석양을 바라보며 흑맥주를 마시는 그 고독의 시간을 강희는 얼마나 사랑했던가.

강희가 술집이 늘어선 보도를 돌아 한길로 나서려는데 누가 뒤에서 유선생님, 하고 불렀다. 푸른 머리띠를 한 리스가 가쁜 숨을 내쉬며 앞으로 다가왔다. 뛰어온 모양이었다. 리스의 얼굴은 상기돼 있었다.

"같이 가요. 선생님 집 불광동이죠. 저 오늘 원당에 사는 언니집에 갈 거예요. 언니가 애를 낳았거든요."

"택시 태워줄게."

열두시가 가까워오는 시각이어서 빈 차를 쉽게 잡을 수 없었다. 탑승을 거부하는 몇대의 차를 보내고 결국은 원당행 택시에 합승했다. 차에 몸을 싣자 피곤이 몰려왔고 강희는 좌석에 기대앉은 채 눈을 감았다. 독일서 극단을 운영한 것까지 합쳐 팔년째 연극쟁이 생활을 하고 있는데 이젠 전 같지 않게 육체의 피로를 느꼈다. 강희도 내년이면 마흔이었다. 독일에선 강희 같은 독신의 삶이 결코 유별난 것이 아니고 변화를 원한 적도 없지만 한국에 돌아와선 이런 삶의 방식을 언제까지 유지할 수 있을지 자신이 없었다.

모두가 국화빵처럼 똑같은 아파트에서 똑같은 생활을 하는 한국인들. 장래 희망에 대해 글짓기 숙제를 내주면 아이들도 도서관에 가서 책을 보고 베끼려 할 만큼 상상력이 결핍된 사회였다. 인생에 대한 상상력이 결여되어서 하나같이 도덕군자연하는데 단 한번도 평범을 사랑한 적이 없는지라 강희는 평범이 지고의 선(善)인 양 강요하는 사회 분위기에 숨이 막혔다. 집에 들어갈 때마다 어머니가 문을 열어주는 것도 불편하여 하루빨리 독립해 살아야겠다고 앞날을 계획해보지만 탈출구가 보이지 않았다.

소위 말하는 문화계 인사들도 술자리에 앉아 여자 욕이나 하면서 경박한 화제를 참새처럼 즐기고, 물질에 미친 사람들은 아파트 분양에 개미떼처럼 몰려가 불로소득을 챙겼다. 독일에선 볼 수 없는 진풍경이지만 강희도 더이상 놀라지 않았다. 신사도도 없고 진정한 문화도 없는 사회에 심한 거부감을 느끼지만 여우 같은 마누라에 토끼 같은 자식 두고 한국식의 안정을 취하고 싶다는 생각을 문득문득 하는 걸 보면 강희의 귀환이 멀지 않은 듯했다.

가까이서 경적이 울려 눈을 뜨니 차가 어느새 무악재를 지나가고 있었다. 연습 후엔 거의 잡담을 하지 않는 강희는 옆에 앉은 리스에게 한마디도 않은 채 저 혼자 생각에 잠겨 있었다. 불광동이 가까워오자 강희는 리스에게 만원짜리 한장을 건네주었다.

"나 내리면 계속 타고 가."

"같이 내릴래요. 택시는 바꿔타도 돼요."

밤늦게 젊은 여성을 낯선 사람과 한 택시에 태워 보내는 것도 불안한 일이었다. 강희는 불광동 대로변에서 리스와 함께 내렸다. 차들이 바람이 일도록 달리고 있었고 강희는 리스를 옆에 세워둔 채 빈 차를 잡으려고 기다렸다. 밤이 되자 기온이 내려가 술이 깨는 듯하고 리스도 팔짱을 낀 채 움츠리고 있었다.

"선생님, 저 오늘 언니집에 안 갈래요."

"그럼 다시 집으로 간단 말야? 둔촌동까지."

"선생님 옆에 있고 싶어요."

리스의 간절한 그러나 텅 빈 듯한 동공을 바라보며 강희는 그제야 사태를 파악했다. 리스는 강희에게 빠져 있었다. 언제부터였나? 입으로 헛웃음이 나올 듯했지만 강희는 순간 냉정해졌다. 리스는 보통 여자 이연희가 아니라 곧 막을 올릴 무대의 주인공이었다. 리스는 리스의 환상에 사로잡혀 있었고 강희는 이것을 깨뜨려선 안되었다. 적어도 무대의 막이 내리기 전까지는. 강희는 개인 감정을 떠나 연출자로서 연극에 충실하기로 했다. 거리의 가로등은 파리한 빛을 내고 있었고 강희는 차들이 질주하는 대로를 등진 채 두 손으로 리스의 얼굴을 감쌌다.

"언제부터였지?"

"선생님이 환도가 되어 저에게 키스해주신 적이 있잖아요. 그때부터예요. 전엔 리스와 내가 분리됐지만 그 이후로 난 진짜 리스가 됐어요."

상상은 인간의 전유물인 줄 알지만 동물도 상상할 줄 안다. 닭들은 있지도 않은 위협에 난리를 피워대 닭공장이 공황에 빠질 때가 있다. 암탉의 편집증적인 상상력 때문이지만 그렇다고 동물들이 환상 속에 산다고는 말하기 힘들다. 상상에 꿈의 옷을 걸치면 환상이 되고 그 옷을 의식에 고정시키면 환상 속에 살게 된다. 환상은 인간의 전유물이라 해도 틀리지 않는다.

환상의 절정이요, 그 열망과 고통을 장미 같은 문구로 절절히 표현한 것은 단떼의 『신곡』 '지옥편'에 나오는 프란체스까의 독백일 것이다. 단떼는 지옥의 제2원에서 사랑 때문에 죄를 범하고 죽은, 역사상 유명한 연애사건의 주인공들을 잇따라 만난다. 형수와 시동생으로서 사랑에 빠져 죽임을 당한 프란체스까와 빠올로도 그중의 하나였다.

"아, 얼마나 큰 열망이 그들을 이다지도 고통스러운 길로 이끌었을까!" 단떼의 연민에 찬 물음에 프란체스까가 답했다.

　——어느날 우리는 심심풀이로 란슬롯의 사랑에 얽힌 대목을 읽고 있었습니다. 단둘이었을 뿐 꺼려할 아무것도 없었는데 우리를 사로잡은 한 대목이 있었더라오. 두 주인공이 첫 입맞춤을 나누는 대목을 읽었을 때 그이, 파르르 떠는 입으로 내 입을 맞추었나니 그날 우리는 그 책을 더이상 읽어나가지 못하였노라.

　가엾은 환상이여. 단떼는 그들이 애처로워 정신을 잃고 쓰러졌으나 강희는 혼신의 힘으로 여자의 육체를 사랑해주었다. 리스는 쾌락에 혼절할 듯했고 환상에 더욱 포박되었다. 정액을 쏟은 후 여자를 경멸하기 시작한다 하더라도 강희를 비난하지 못하리. 지옥에서 단떼를 만난다면 강희는 고백하리라. 여자의 환상을 이내 깨는 건 갈증에 허덕이는 자 앞에서 물병을 깨는 것처럼 죄가 된다고. 사막에서 오아시스를 본 자에게 그것이 신기루라고 말하는 것만큼이나 잔인한 일이라고. 나는 들기에도 버거운 성경책을 주기보다 한모금의 물로 그녀의 목을 축여주었다고. 연민 많은 단떼가 이 고백을 들으면 강희를 안아주지 않을까.

　강희는 땀과 분비물로 범벅이 된 시트 위에서 일어나 샤워를 했다. 이제 정신은 얼음처럼 맑았고 육체에 대한 위무도 싸늘하게 식었다. 강희는 시든 꽃처럼 늘어져 있는 리스를 내려다보며 담배를 한개비 피웠다. 푸르스름한 연기가 소진한 육체의 기운처럼 힘없이 흩어졌다. 고개를 든 리스가 노곤한 표정으로 말문을 열었다.

　"선생님, 한가지 물어봐도 돼요?"

　"뭔데."

　"마리나와 결혼하실 거예요?"

　"그런 질문은 받지 않겠어."

　"독일선 한국 여자와 사귄 적이 없어요?"

"그런 기억이 없구먼."
"왜 독일 여자친구만 있어요. 서양 여자가 더 좋아요?"
"서양 여자가 더 좋은 점이 있지."
강희는 흐흥, 웃었다. 독일 남자와 동거하는 한국 여자유학생은 많아도 독일 여자와 동거하는 한국 남자유학생은 거의 없다. 가부장적인 한국 남자에게 자기주장이 강하고 남녀평등 의식을 가진 서양 여자는 부담스런 상대지만 강희는 오히려 서양 여자들이 편하게 느껴졌다. 서양 여자들은 잠자리 몇번 했다고 결혼해달라는 말 같은 건 하지 않는다. 동등하게 즐기고 사랑한다. 아낌없이 사랑하고 이별에 한을 품지 않는다. 사랑의 순간성도 인정하고 상처받더라도 그것이 인생임을 이해한다. 성숙하다. 한국 여자는 잠자리 한번을 결정적인 것으로 생각한다. 같이 나누는 것이 아니라 바친다고 생각한다. 옆에 누워 있는 리스도 남자 앞에서 옷을 벗었으니 인연의 끈을 조이려 할 것이다. 강희는 목마른 여자에게 잠시 오아시스 역할을 한 것뿐인데. 리스가 강희 품속으로 들어오며 다시 말을 꺼냈다.
"선생님은 왜 여태 결혼 안하셨어요. 결혼하고 싶은 여자를 만난 적은 있어요?"
"있지."
"그런데 왜 안했어요?"
성가시게 캐물어서 짜증이 나려는데 문득 한 여자의 얼굴이 먼지 쌓인 기억의 통 속으로 햇살처럼 비쳐들었다. 이름조차 기억하지 못하지만 붉은 유두와 유리 같은 웃음, 강희가 여태 어떤 여자에게서도 들어보지 못한 신랄한 말들이 조각보처럼 이어져 하나의 이미지로 나타났다. 클림트 그림의 여인처럼 요염한가 하면 에바 부인처럼 건장한, 진정한 의미에서의 여성이었다. 재미교포로 외교관 부인인데 베를린을 방문했을 때 강희가 안내를 맡았다. 수십년의 생애에서 단 하룻밤을 보낸 짧디짧은 인연이었으나 강희는 잊을 수 없었다.

처음 여자를 안았을 때 제 살처럼 익숙하게 감겨와서 강희는 여자와 오랫동안 살아온 것 같은 착각을 했다. 영혼의 짝이 있다는 말을 여자를 안고야 실감했다. 강희의 몸에서 떨어져나간 한 조각이 제자리에 끼워맞추어진 듯했다. 여자의 유두는 열매처럼 붉고 단단했다. 여자의 몸은 수확해 가기를 기다리는, 목마른 자에게 베풀어주는 한 그루 과수와 같았다. 강희는 새끼능금 같은 유두를 보고 여자가 아이를 낳지 않은 것을 알았다.

"결혼하고 삼년째 되는 해에 남편이 말했어. 평생 결혼에 묶여 한 남자 한 여자와만 잔다는 건 너무 삭막하다고. 그래서 남편이 제의했어. 다른 여자와 자볼 기회를 세 번 갖겠다. 당신도 세 번의 기회를 가져라. 감정의 동요는 원치 않으므로 서로가 알지 못하게 해야 한다고. 나도 동의했지. 그러나 내가 정말 해보고 싶은 건 세 번을 채우는 게 아니라 남자를 돈으로 사보는 일이야."

"남창에 가고 싶단 뜻입니까?"

"섹스 때문이 아냐. 남자들은 여자를 돈으로 사면서 쾌감을 느끼잖아. 나도 그들처럼 돈을 주고 남자를 사는 쾌감을 느끼고 싶단 말이지. 난 오백 달러를 쓸 준비가 돼 있어. 백 달러는 봉사료, 사백 달러는 팁. 너희 남자들은 사창가에 가면 본전 뽑느라 용을 쓴다지만 나 같은 여자는 그저 팁만 두둑이 던져주고 싶을 뿐이야."

강희는 아연해져서 물었다. 내게 돈을 주고 싶은 거냐고. 여자가 강희를 물끄러미 보더니 눈 위에 입술을 갖다대었다.

"남자와 여자가 다른 점이 있어. 남자들은 창녀를 물건으로 다루지만 여자들은 바보같이 그러질 못해. 설사 남창을 불렀다 하더라도 여자는 벌써 영혼을 보아버리거든. 난 첫눈에 네 고독한 영혼을 보았어. 아름다움 뒤에 숨긴 장미의 가시도, 삐뚤어진 미소도. 미소년의 상한 영혼이 가슴을 아프게 해."
 강희는 그날 밤 여덟 번이나 사정했다. 전에도 후로도 여자와 그토록 열렬히 성교한 적이 없었다. 짧았지만 그것은 충만한 사랑이었고 거의 성스러웠다. "넌 섹스도 예술처럼 하는구나." 사정을 할 때마다 탈진이 아니라 몸안의 찌꺼기를 씻어내는 듯했다. 여자는 자신을 닮은 딸을 낳을까봐 두 아이를 입양해 키운다고 웃었지만 강희는 여자와 똑같은 딸을 갖고 싶었다. 사랑할 만한 여자였다. 열살 연상이었으나 여자가 원했다면 결혼했을지도 모른다. 리스의 축축한 손이 제 가슴을 더듬어 강희는 상념에서 깨어났다.
 "선생님은 어떤 여자와 결혼하고 싶으세요?"
 "바퀴벌레 같은 여자. 바퀴벌레처럼 번식을 많이 하는 여자."
 "그렇게 애를 좋아하는 줄 몰랐어요."
 "그것말고 나에 대해 더 아는 게 있나?"
 리스는 주춤하여 강희 가슴에 손을 얹은 채 잠자코 있었다. 강희는 워싱턴에 있는 스미스쏘니언 재단의 자연사박물관에서 본 바퀴벌레들을 떠올렸다. 실물 크기의 부엌에 수백 마리는 됨직한 바퀴벌레 모형들이 온 바닥을 덮은 채 우글거리는 전시물은 단 한마리의 암컷이 일생 동안 번식시킬 수 있는 잠재적 자손들이었다.
 "난 자식을 많이 낳고 싶어. 온 세상여자들이 내 애를 하나씩 낳아줬으면 좋겠어. 유강희의 씨를 민들레 홀씨처럼 세상에 퍼뜨리고 싶어. 내 욕구 불만을, 광포한 유전자를 바다사자처럼 대대로 전하고 싶어."
 강희의 입에서 헛웃음이 나왔다. 바퀴벌레와 가장 멀리 떨어져 능금 같은 유두로 모유를 뿌리고 있을 여자, 강희를 알아보았던 단 하나의 여자가 강희의 삶과 무관하게 이 세상 어디에선가 숨쉬고 있다고 생각하자 문득 상실감이 찾아들었다.

강희는 그간 숱한 여자들을 안아보았지만 진정으로 사랑했던 여자가 있었던가. 그 많은 여자들 중 누가 진정으로 강희를 이해했던가. 아무도 없다. 강희는 문득 외로움을 느꼈다. 강희는 리스에게서 등을 돌리고 침대에 엎드렸다. 타타타, 불티 같은 것들이 눈앞에 떠다니더니 모닥불로 타올랐고 한 남자가 모닥불 주위를 돌며 원무를 추기 시작했다. 그것은 끝없는 평원에 홀로 던져진 자의 투쟁과 같은 춤이었다. 신과 무구한 동물만이 알아볼 수 있는 원초의 몸짓이었다. 어디선가 하얀 발의 늑대 한마리가 나타나 고독한 인간을 지켜보고 있었다. 그것은 며칠 전에 본 인상적인 영화 장면이지만 강희는 늑대가 어둠 속에서 존 던바 중위가 아니라 자신의 눈물을 응시하고 있는 듯 느꼈다.

자는 리스를 깨우지 않고 강희는 메모만 남긴 채 새벽 네시에 여관을 나왔다. 집에 들어오니 자기 방에 불이 켜져 있었다. 마리나는 침대에 기대앉아 책을 읽고 있었다. 진바지 차림인 걸 보면 여태 눈을 붙이지 않은 모양이었다. 강희는 방에 들어서자 상의를 벗어던지며 마리나에게 물었다.

"여태 책을 읽었어?"

"책 읽는 것말고 할 일이 뭐가 있겠어."

"피곤해 보이는데 먼저 자지. 날 기다릴 필요 없잖아."

강희가 침대에 걸터앉아 바지를 벗는데 뒤로 갑자기 딱딱한 물건이 날아와 등을 때렸다. 마리나가 던진 책이었다. 돌아보니 마리나가 자신을 노려보고 있었다.

"어떻게 내게 이럴 수가 있어. 난 독일서 너를 보러 여기까지 왔어. 서로 말도 통하지 않는 두 사람을 아파트에 두고 전화 한통도 없이 새벽에 들어오다니. 넌 독일서도 그랬지. 다른 여자와 자고 이런 식으로 들어와 미안하단 말 한마디도 안했어. 여기까지 찾아온 내게 이러는 건 모욕이야."

"날 구속하려고 독일에서 왔나? 왜 내가 너에게 내 일정을 보고해야 하고 왜 내가 다른 여자와 자는 것이 네게 모욕이 되나? 마누라라 할지라도 그런 말은 듣기 거북해. 이게 나의 본래 모습이니 받아들이든지 말든지 그건 너의 몫이야."

"난 너를 사랑하지만 그 무신경은 참을 수가 없어. 그것이 얼마나 여자에게 상처를 주는지 왜 모른단 말야. 난 내일 당장 베를린으로 돌아가겠어. 이런 심정으론 하루도 더 있고 싶지 않아."

강희도 그러라고 맞받아치고 싶었으나 자신을 진정시켰다. 제아무리 냉정하더라도 한국까지 찾아온 여자에게 그럴 순 없었다. 또 마리나는 연극 의상을 맡은 스태프이기도 했다. 마리나의 감각과 열성을 아는지라 강희는 마리나를 달래야 했다.

"사람에겐 늘 불가피한 일이 있는 법이야. 어젯밤 여자와 잔 건 사실이야. 내가 원한 것이 아니라 여자가 원했기 때문이야. 네게 늦는다고 전화하면 난 거짓말을 해야 하고, 그게 싫어서 아무 연락 안했어."

"리스와 잤겠지. 여자 단원들과 심심찮게 그런 일이 있었잖아. 리스가 널 좋아하는 걸 난 눈치챘어. 이런 일이 있으리라 예상도 했어. 유강희의 마력에 끌리면 여자들은 쉽사리 헤어나지 못하지. 난 여전히 널 사랑하고 있어."

강희는 마리나에게 다가가 여자의 무릎에 얼굴을 묻었다. 여자의 사랑은 순간순간 샤워처럼 강희를 순화시켰다. 구속하려고만 하지 않는다면, 소유하려고만 하지 않는다면 더없이 사랑스러운 존재들이 아닌가. 그러나 여자들은 하나같이 분리를 괴로워했다. 여자들은 거리를 인정하지 않으려 했다. 마리나 전에 동거했던 화가 케이트완 아래층과 위층에 각자의 거처를 갖고 있었지만 강희가 여자를 데려온 다음날이면 케이트는 물감을 던지고 붓을 휘두르며 난리를 피웠다.

"우린 서로 좋아하지만 나도 자유고 너도 자유야. 네가 누구를 데려 오든 질투도 상관도 하지 않겠어. 그러니 너도 냉정해지길 바래."

자아가 강한 여자였지만 케이트는 끝내 그런 관계를 견뎌내지 못했다. 왜 사랑은 하나여야만 하나. 우정은 소유를 요구하지 않건만 왜 사랑은 그토록 배타적인가. 왜 한 사람만을 욕망하고 한 사람만을 사랑해야 한단 말인가. 두 친구에게 다 성실할 수 있어도 두 여자에게 다 성실할 수 없단 말인가. 사랑은 정신적 일부일처제일까. 그건 금긋기 좋아하는 인간의 소유욕에서 비롯된 것일 뿐 사랑의 본질은 아니다. 각기 자기식의 사랑을 선택하는 것이고 각자의 능력에 따라 사랑이 관리된다.

그녀라면 강희를 자유롭게 해주면서 사랑할 수 있을 텐데. 그것은 그녀만의 능력이고 강희의 적수가 될 만했다. 강희는 또다시 외교관 부인의 서늘한 눈매를 떠올리며 자신이 세상여자에게 원하는 건 헌신도 정숙도 아닌, 삶의 스케일인 것을 깨달았다. 어머니를 누구보다 사랑하지만 소유에 집착했던 어머니의 삶은 경멸스러운 것이었다. 강희는 숱한 여자들에게서 어머니의 집착을 보았고 그것은 자기로 하여금 냉소하며 떠나도록 만들었다.

7
대낮에 등불을 들고

 이주일 만에 특근을 하려니 일곱시도 채 안되어 시장기를 느꼈다. 소정은 책상 앞에 쌓여 있는 헌책 표지의 비닐을 갈고 서랍에서 요구르트를 꺼냈다. 손쉽게 공복을 채울 수 있는 음료였다. 막 요구르트를 마시려니 사십대로 보이는 남자가 들어섰다. 앞머리가 반쯤 벗겨진 남자는 책 두 권을 소정 앞에 놓고 서가 안으로 들어갔다. 책을 빌려가려나보다. 소정이 반납처리를 하고 있는데 남자가 뽑아온 책들을 소정 앞에 내려놓았다. 좀전에 반납한 『대망(大望)』후편으로 모두 세 권이었다. 소정은 남자의 대출증을 받아들며 일러주었다.
 "대출은 두 권밖에 안됩니다."
 "전번에도 두 권 빌려갔어요. 대하소설은 한번 손에 잡으면 밤을 새게 되는데 한참 재미있게 읽다가 더이상 연결편이 없으면 안달이 나요. 이런 책은 세 권씩 빌려줘도 될 것 같은데. 내가 4권을 빌려가니 딴 사람이 5권을 빌려갈 리도 없고."
 "그래도 규칙이라는 게 있잖아요."

"법도 상황에 따라 적용되는 수가 있고 매사에 예외라는 게 있어요. 돌려줄 책 가지고 뭘 그럽니까."

"모든 사람이 다 그렇게 말하면 규정이 무슨 소용 있겠어요."

"나 배영여중 선생인데 책을 처음 빌리는 것도 아니고 너무 빡빡하게 하지 맙시다. 안면도 있을 텐데."

배영여중이라면 도서관 부근에 있는 학교였다. 그러고 보니 얼굴도 낯익은 듯했다. 소정은 표정없이 되풀이 말했다

"두 권밖에 대출 안됩니다. 선생님이니까 더욱 규정을 지켜주셔야죠."

남자가 다시 우기는데 상희가 대출실에 들어섰다. 수서를 맡고 있는 후배 사서였다. 소정은 『대망』 5권을 밀어놓고 두 권만 개인카드에 기입하고 내주었다. 남자가 못마땅하다는 듯 입맛을 다시더니 횡하니 나가버렸다. 소정이 고개를 내젓곤 상희를 반겼다.

"아니, 아직 퇴근 안했어? 일곱시가 넘었는데."

"제천에서 새언니가 올라와서 서울역에 마중나가야 하는데 아직 시간이 남아서요."

상희는 빈 의자에 앉으며 가방에서 제과점 봉투를 꺼냈다. 봉지에서 빵 하나를 꺼내주며 팥빵 좋아하죠, 하고 물었다. 전에 누가 사다 준 빵 중에서 팥빵만 골라먹은 걸 상희가 기억하고 있나보다.

"잘 먹을게. 조금 전에 요구르트 하나 마셨는데 책 빌리러 온 선생님과 실랑이하고 나니 도로 배가 고프네."

"뭐라고 그랬는데요?"

상희가 물어서 소정은 그대로 얘기해주었다.

"규정을 무시하는 선생이 학생들을 어떻게 가르칠까?"

"내가 사는 아파트 전주인이 요구르트값도 안 내고 이사갔어요. 배달원이 돈을 받으러 와서 옆집에 물어보니 먼저 주인이 학교선생이래

요."
 이어 상희는 며칠 전 종로의 대형서점에서 들은 얘기를 해주었다. 신간이 나오면 목록을 뽑으러 수시로 나가는 곳이었다.
 "서점에 책 도둑이 많은 건 다 아는 사실이잖아요. 책 도둑을 적발해서 직업별로 통계를 내봤더니 상상 밖이에요. 책을 제일 많이 훔치는 사람들이 누구일 것 같아요?"
 "학생들?"
 "아뇨. 스님이래요. 2위는 학교선생, 3위가 학생이에요. 학생들은 책을 훔치는 것보다 숙제에 필요한 것을 찢어가는 일이 많아요."
 "스님이라…… 돈에 대한 관념이 없어서인가. 돈도 없겠지. 생활 자체가 니 것 내 것이 없으니 억지로라도 이해하겠군. 그렇지만……"
 "선생이 책 훔치는 건 정말 웃기죠. 선생도 똑같은 인간이라고 하겠지만 학생들을 가르치는 사람들이잖아요. 평상시 아이들에게 강압적으로 해서 그런가, 하고 싶은 대로 해요. 아까도 보세요, 그렇게 안되는 것도 우긴다니깐요."
 "선생님이니까 매사에 모범적일 거다, 이런 기대와 선입견이 잘못된 거야. 술집에서 여자 앉혀놓고 가장 추태부리는 사람들이 교수와 의사래잖아. 직업과 인격은 아무 상관이 없어."
 언뜻 한 대학동창의 남편이 떠올랐다. 한국 최고 수재만 다니는 고교와 대학을 나온 엘리트였다. 최고 학벌에다 미남과 결혼한 동창을 모두 부러워했지만 우연히 동창을 만나 집에 놀러 갔다가 소정은 그를 보고 충격을 받았다. 늦은 시각도 아니건만 술냄새를 풍기며 들어온 남자는 소정을 보자 내뱉었다.
 "나랑 씹 한번 하자."
 소정은 제 귀를 의심했지만 동창의 얼굴은 흙빛으로 변해 있었다. 소정을 버스정류장까지 바래다주며 동창은 초점 없는 눈으로 고백했다.

"나 행복하지 않아. 저 개새끼 술만 처먹으면 아무 여자에게나 저래."

소정은 상희에게 요즘 선을 보느냐고 물었다. 삼십세로 미혼이고 싹싹한 상희는 가까운 사람들에게 스스럼없이 중매를 부탁하곤 했다.

"가끔씩 보긴 봐요."

쉽지 않다는 듯 콧등을 찡그리는 상희에게 소정이 한마디 했다.

"학벌 같은 거 따지지 마. 의대니 법대니, 그런 거 공허한 얘기야. 근수 달아보고 우량품종 고르는 거랑 뭐가 달라."

팥빵 하나를 다 먹고 손을 닦는데 안경을 쓴 노인이 대출실에 들어섰다. 이십여분 전에 책을 빌려간 할아버지였다. "무어 잊어버리고 가셨어요?" 소정이 웃으며 반기니 할아버지가 한 손으로 마른 얼굴을 쓸었다.

"이걸 어쩌나. 아까 책을 빌려선 자전거 뒤에 실었는데 끈이 풀렸는지 책이 안 보여."

"잃어버리신 것 같아요?"

"가던 길로 다시 와봤지만 안 보여. 아직 날이 훤해서 땅에 떨어져 있으면 눈에 띌 텐데. 잃어버리면 어떻게 해야 하나?"

"책을 분실하면 같은 책을 사놓아야 하지만……"

소정이 머뭇거리니 할아버지가 고개를 주억거렸다.

"그래야겠지. 책값이 얼마나 할꼬?"

"할아버지 돈 없으시잖아요."

"그건 내 사정이지."

"형편이 안되는데 무리할 수 없잖아요. 가시는 길에 다시 한번 살펴보고 잃어버린 것이 확실하면 연락 주세요. 제가 방법을 생각해볼게요. 한 권만 빌려가시길 잘했네요."

"두 권을 빌리지 않아 다행이야. 아무튼 미안해요. 가는 길에 다시 살펴보도록 하지."
　할아버지는 손을 들어 인사하고 나서려다 소정을 향해 돌아섰다.
　"참, 우리 딸 요즘 선 가끔씩 봐. 여기저기서 중매가 들어오는데."
　"잘됐네요. 좋은 사윗감이 나타났으면 좋겠어요."
　"그렇게 돼야지. 고마워요."
　할아버지는 한 손을 올려들고 밖으로 나섰다. 벌써 이년째 소정에게 책을 빌리러 오는 단골 대출자였다. 대출실에 처음 왔을 때 눈이 마주친 소정에게 책을 추천해달라 부탁했고 소정은 『단종애사』를 권했다. 할아버지는 그 책이 재미있었던지 올 때마다 소정을 찾아 책을 골라달라고 주문했다. 상희가 그제야 기억난다고 말했다.
　"지난 봄에 유선생님이 정기간행물실에서 특근한 날 있잖아요. 그날 내가 여기서 일하는데 저 할아버지가 누구를 찾았어요. 이름을 모르는지 단발머리에 눈이 성큼 큰 사서라고 말해요. 눈썹 위로 손가락을 갖다대면서 앞머리가 이마를 덮었다는 표시까지 하면서. 그래서 찾는 사람이 유선생님이라는 걸 알았어요."
　"같은 사람을 상대하는 게 편하신가봐. 두 권씩 빌려가라고 해도 꼭 한 권만 가져가. 시간이 많으니까 자주 걸음을 하고 싶은 거야. 봄부터 딸 걱정을 하면서 중매 부탁까지 하시네. 성실하고 직장만 반듯하면 된다고."
　"그런 사람 있으면 나한테 해주겠지. 웬일로 노인과 그렇게 친하세요? 할아버지가 중매까지 부탁하고."
　상희가 뜻밖이라는 듯 소정을 올려다보았다. 소정의 첫인상이 차갑다고 말했던 상희였다.
　"엄마 생각이 나서 노인한테는 잘해드려. 난 반생을 살고도 이렇게 힘든데 나보다 두 배를 산 사람들이잖아."
　"뭐가 그렇게 힘들어요. 빈틈없이 매사를 잘할 것 같은데."

"내가 빈틈없어 보여? 그러면 다행이다."

상희와 함께 밖으로 나서자 날은 이미 어두웠다. 초여름으로 들어서면서 해가 길어졌지만 여덟시가 넘은 시각이었다. 상희를 먼저 보내고 키를 반납하러 가는데 도서관으로 올라가는 층계에 두 남녀가 앉아 담배를 피우고 있었다. 긴 생머리에 앳되어 보이는 얼굴이지만 허공으로 담배를 내뿜는 모습이 도전적이었다. 사람들이 오가는 층계에 앉아 어린 여자가 담배를 피우는 것부터가 눈길을 끄는 행동이었다. 여자를 보호하듯 옆에서 지키고 있는 청년도 아직 솜털이 가시지 않은 얼굴이었다. 그들은 도서관에 공부하러 온 재수생으로 보였다. 집으로 돌아갈 시간이지만 길 잃은 아이들처럼 막막한 표정으로 앉아 있었다. 때묻지 않은 청춘의 솔직함으로 그들은 상처조차 장신구처럼 가슴에 달고 있었다. 상처의 청춘들 모습을 보자 작은 단도가 소정의 가슴을 스쳐갔고 갑자기 피가 온몸에서 누수되는 듯했다.

보험사원인 엄마에게 죄 짓듯이 돈을 받아 재수한다고 쏘다닌 시절이 있었다. 철없었지만 그땐 지푸라기를 잡듯 그저 대학이라는 목적을 가지려 했을 뿐이다. 교복의 시절은 억압의 시절이었으나 미성년이란 명목으로 울타리 속에서 자랄 수 있었다. 가슴이 봉긋해지면서 미지의 일탈을 꿈꾸기도 했지만 짧은 앞머리를 입으로 불어 날리는 자유파 소녀들과의 교제가 고작이었다. 곧 불어닥칠 세상의 바람을 예견이나 한 듯 소정은 불안 속에서 낮게 몸을 도사렸다.

꼿꼿이 되었던 삶들은 제복을 벗으면서 야성의 들판으로 나갔지만 소정은 자유를 맛보기도 전에 망망대해에서 쪽배를 타고 흔들리는 자신을 발견했다. 미성년의 뱃지를 반납했으므로 스스로 세상에 뿌리내려야 했지만 설 자리가 보이지 않았다. 아무도 길을 가르쳐주지 않았고 손 잡아주는 사람도 없었다. 그때 소정은 저처럼 쪽배에 타고 있다고 느낀 한 친구를 만났다. 소정은 그애가 이끄는 대로 남자애들을 만나 토하면서 술을 마셨고 싸이키가 번쩍이는 디스코장에서 맨발로 춤을 추었다.

　재수생 시절 떼려야 뗄 수 없는 소정의 한 부분이 된 선주. 부잣집 외딸로 여고 때 벌써 자가용 운전사에게 운전을 배웠다는 그애는 많은 남자애들을 알고 있었다. 가난한 아이들이 술값 대신 시계를 잡히면 선주는 다음날 같은 술집에서 돈 많은 남자애들과 술을 마셨다. 남자애가 술값을 내기 전 선주는 웨이터에게 일러 전날 외상값을 계산서에 얹도록 했다. 몇차례나 그런 수법을 썼다.

　"돈은 돌고 도는 거야. 부자 돈은 뺏어도 돼. 대부분 정당하게 번 것이 아니거든. 우리 아빠처럼 말야."

　허리까지 오는 긴 머리를 젖히며 선주는 맹랑하게 말했지만 계산서가 부당하다고 느낀 남자애가 웨이터를 불러 들통난 적도 있었다.

　그때 알게 된 크라운캐빈의 늙은 상무가 망나니 같은 젊은 여자애들을 유혹하려 했다. 머리가 반쯤 벗겨지고 양뺨이 홀쭉 들어간 오십대 남자였다. 선주는 어리석어 보이는 늙은 남자를 곯려주기로 했다. 어린 처녀들은 그와 함께 여관에 들어가 화투놀이를 했다. 질 때마다 남자는 돈을 주기로 했고 여자는 옷을 하나씩 벗기로 했다. 남자는 아이들의 환심을 사기 위해 자주 져주었다. 그들 앞에 돈이 쌓여갔지만 두 여자아이는 번갈아 하나씩 옷을 벗었으므로 속옷 이상은 벗지 않아도 되었다. 선주는 유리컵에 계속 소주를 부어 남자에게 주었고, 술기운을 이기지 못해 남자는 새벽 두시에 뻗어버렸다.

　"힘없는 늑대야. 우릴 어린 양으로 봤겠지. 이래서 난 늘 수면제를 갖고 다녀. 독약을 먹일 순 없잖아."

　선주는 그제야 소주를 들이켜고 남자의 바지 뒷주머니를 뒤졌다. 지갑을 빼내 펼치니 지폐가 두둑하게 들어 있었다. 그날이 월급날이었다. 선주는 마술사처럼 순식간에 지갑을 비웠고 네시가 되자 자리에서 일어났다. 방바닥에 택시비 만원짜리 한장을 던져놓고.

몇개의 여관 네온만 켜 있을 뿐 거리는 어두웠다. 사람 하나 보이지 않았고 차가운 겨울 공기가 뺨을 얼얼하게 했다. 누가 먼저 터뜨렸는지 맑고 신경질적인 웃음소리가 어둠속에 울렸다. 허공에 하얀 입김이 흩어졌고 환각처럼 쏟아진 삐라가 너울거리며 날아다녔다.

그건 삐라가 아니라 지폐였다. 남자의 지갑에서 훔친 돈뭉치를 선주는 캄캄한 새벽 거리에 나비떼처럼 날리고 있었다. 소정은 눈을 맞듯 양손을 펼쳐 돈을 받았고 손에 잡히는 지폐를 찢어 다시 허공에 날렸다. 전신주 위로 지폐조각들은 부나비처럼 날아오르다 스러졌고 소정은 종이 부나비 속에서 자신의 환영을 보는 듯했다. 저도 불속으로 뛰어들어 스스로를 태우고 싶었다. 그렇게 스러지고 싶었다.

외박할 때마다 독서실에 간다고 천연스럽게 둘러댔지만 어머니는 곧 소정을 의심했다. 밤늦게 술냄새를 풍기고 들어오면 낯선 사람인 듯 딸을 바라보았다. 갑자기 밖으로 뛰쳐나가 토한 적도 몇번 있는데 소정의 핼쑥한 얼굴을 보며 어머니는 참담한 표정을 지었다. 딸의 등을 두들겨 시큼한 토사물 냄새까지 맡은 날 어머니는 작정한 듯 소정을 방으로 불렀다. 밖에서 무슨 짓을 하는지 다그치다가 기어이 속에 품어둔 한마디를 했다.

"넌 조신하고 있어야 돼. 부모 잘 만난 애들이야 멋대로 해도 되겠지만 넌 달라. 이젠 장래를 생각하고 그림처럼 조용히 기다려야 해."

"무얼 기다려요. 아버지 같은 남자? 왜 조신하라는 거야. 첩의 딸이어서?"

그 말이 나오고 말았다. 첩이란 말을 내뱉자마자 이씨가 딸의 뺨을 후려쳤다. 자식에게 손찌검을 한 것은 전에도 후로도 없었다. 소정은 스웨터만 걸친 채 그 자리에서 집을 뛰쳐나왔다. 당신이 그럴 자격이 있는가. 눈에선 증오의 불길이 타오르는데 홀연히 아버지 묘지의 비석이 떠올랐다.

소정이 열두살 때 아버지가 돌아가셨고 그해 초여름 묘소에 첫 참배를 했다. 비석엔 자녀들의 이름이 한자로 씌어 있었다. 유정만의 장자 유강희, 장녀 미진, 차녀 미연, 삼녀 미재, 사녀 미옥. 다시 보았지만 소정의 이름은 비석에 없었다. 강희 오빠 이름은 선두에 당당히 새겨져 있건만 왜 소정의 이름은 보이지 않는 것일까. 아들이 없는 본집의 네 딸의 이름은 적자여서 선연히 새겨져 있었다.

소정은 그때 모든 것을 알았다. 유소정은 유정만 가계에서 죽은 이름이라는 것을. 잉여 존재라는 것을. 나누기하고 남은 소수점으로서 반올림되는 군더더기라는 것을. 아이는 묘지를 걸어나오며 땅을 디딜 때마다 땅이 늪처럼 꺼지고 있는 듯 느꼈다. 초여름이었으나 등에 땀이 났고 당번 때 한번 올라가본 국민학교 옥상에서 같이 죽자고 말한 아홉살의 짝 얼굴도 뒤통수를 치며 떠올랐다. 어떻게 죽는 건데? 소정이 호기심에서 물으니 짝이 말했다. 둘이 손잡고 옥상 위로 끝없이 걸어가면 돼. 버림받은 아이는 그렇게 허공에서 사라지고 싶었다.

소정은 그날 밤, 한 남자아이를 불러냈다. 소정과 동갑인 재수생이었다. 지금은 얼굴조차 희미하지만 그의 저금통만은 생생하게 기억하고 있다. 어릴 때 늘 저금통을 들고 나와 누구를 줄까 하고 두리번거렸다는 아이였다. 소정은 그에게 전화해서 갈 곳이 없으니 저금통을 들고 나오라고 말했다. 그 아이는 주문대로 돼지저금통을 들고 나왔고 그들은 돈을 털어 여인숙에 들어갔다.

소정은 그날 밤 동생 같은 남자아이에게 처녀를 던졌다. 패거리들과 어울려 밤을 새우기도 했지만 아무것도 허락한 적이 없었다. 술취한 애송이에게 더러운 입맞춤을 당하고 침을 뱉은 적이 있을 뿐이다. 남자아이는 처음이 아니었다. 미숙하여 난폭하게 서둘렀고 로션을 바르며 몇차례나 삽입했다. 소정은 인형처럼 누워 아픔만 느꼈을 뿐이다. 남자아이는 아침에도 한차례 삽입하고 담배를 피우며 다 산 어른처럼 말했다.

"처녀가 별거 아니지?"

남자아이의 턱엔 애기수염이 막 자라고 있었다. 풋내가 나서 소정은 그것을 뽑아버리고 싶은 충동을 느꼈다. 소정은 아침 햇살에 초라하게 드러난 여인숙의 얼룩진 천장을 바라보며 하, 큰 소리로 웃었다.

대출실 열쇠를 맡기고 밖으로 나서자 밤의 시가가 시야에 들어왔다. 소정은 어지럼증과 함께 공복감을 느꼈다. 뱃속이 텅 비어 있는 듯하여 몸에 힘이 빠지는데 그건 영양의 결핍이 아니라 영혼의 현기증 같았다. 매일 다가오는 밤이건만 늦게까지 야근을 하고 나서면 밤의 공기에 알 수 없는 공허감을 느끼곤 했다. 매듭이 풀린 채 변함없이 반복되는 생활 탓일까. 대출자들과의 사무적인 짧은 대화, 활자 중독증으로 늘 침대 옆에 쌓아두는 책들, 자극 없는 생활에 기름을 치듯 일이주일 만에 서울로 오는 상훈.

소정도 처음엔 주말부부 생활이 어긋난 관계를 교정해주리라 기대했다. 떨어져 있으면 서로의 필요를 깨닫게 되고 그리움을 일으킬지도 모른다고 생각했다. 그러나 시간이 갈수록 오가는 생활이 어색하게 느껴졌다. 두 사람은 여전히 공통화제가 없었고 시간을 함께 보낼 수 있는 취미도 달랐다. 소정은 그들이 함께 있는 일요일엔 영화라도 보고 싶었지만 회사일에 지쳐서인지 상훈은 움직이는 걸 싫어했다. 상훈이 좋아하는 것은 술친구였다. 어쩌다 소정에게 이끌려 영화를 보더라도 공감하는 일은 거의 없었다.

남보다 피가 뜨거운 젊은 베티의 순수와 광기가 그려진 「베티 블루」를 보곤 "희극인가 비극인가" 골치 아프다는 표정을 지었지. 상대역인 조르그는 사랑하는 베티가 정신병원에 식물인간처럼 누워 있는 것을 보고 베개로 숨을 끊는다. 상훈은 베티 같은 여자를 사랑할 수 없으리

라. 실연의 상처가 있음에도 우울이란 뜻이 담긴 블루의 정서를 이해하지 못했다. 소정도 할 수만 있다면 이 프랑스 영화에 나오는 방갈로 같이 집을 핑크 페인트로 칠하고 싶었다. 영화에서 분홍 방갈로를 보고 소정은 자신에게 결여된 색채가 핑크인 것을 알았다. 귀여운 소녀 같은, 사랑받고 있다는 느낌의 색채. 소정이 여태 살아온 집처럼 그들의 집도 핑크의 꿈이 죽은 집비둘기 빛깔이었다.

상훈이 좋아한 영화는 「귀여운 여인」이었다. 젊은 부자 사업가와 창녀가 우연히 만나 사랑하게 되는 신데렐라 영화였다. 자본주의의 냄새가 물씬 나는 허황된 꿈의 이야기지만 줄리아 로버츠는 정말 귀여웠다. 일주일에 삼천 달러를 받기로 하고 파트너가 된 애송이 창녀가 혼자 침대에 엎드려 발을 차면서 좋아하는 장면은 소정도 웃음짓게 만들었다. 영화 마지막 장면엔 해피엔딩의 주제가가 흘러나왔다. "여기는 꿈의 전당 할리우드, 꿈이 실현되기도 합니다." 삼천 달러에 행복해지는 귀여운 여인이라면 소정도 구원을 찾아 할리우드로 갔으리. 구원의 할리우드가 없었기에 소정은 서울을 떠나지 못했다.

어머니 말대로 몸이 멀어지면 마음도 멀어지는 것일까. 몇년을 함께 살고도 이혼하는 부부들을 보면 그 반대가 아닐까. 마음이 멀어지면 몸도 멀어지는 것이 아닐까. 닭이 먼저냐 달걀이 먼저냐, 이것도 여느 인생살이처럼 확실한 금을 그을 수 없다. 분명한 것은 그들 부부가 몸도 마음도 서로에게서 멀어졌다는 사실이다.

늘 먹는 한식이 아니면 젓가락도 대지 않는 상훈. 지금은 태무심해졌지만 신혼 초 소정은 의무처럼 요리책을 보며 갖가지 요리를 만들었다. 버터냄새가 나는 서양식 해물볶음밥, 각기 다른 쏘스의 샐러드, 장어구이, 팔보채도 만들었다. 전날 밤부터 온 부엌을 어지르며 재료를 다듬었다가 퇴근 후 허겁지겁 들어와 요리했건만 상훈은 입에도 대지 않았다. 요리가 서툰 사람에게 요리의 임무란 거의 희생이라고 여겨지지만 상훈은 그것을 노고로 생각지 않았다. 하긴 소정은 이날까지 상훈이 밖에서도 중국음식이나 양식을 먹는 것을 본 적이 없다. 그 고집스러운 식성은 거의 편협하게 느껴질 정도였다. 그런 상훈을 뚫고 들어가자면 소정도 '귀여운 여인'이 되어야 하지 않을까.

소정은 세종문화회관 뒤를 지나다 세종홀 뒷문으로 들어갔다. 야근을 했으므로 외식을 하기로 했다. 문득 아삭한 셀러리가 먹고 싶었고 담배를 피우기에도 양식당이 나을 것 같았다. 홀은 꽤 붐볐다. 커피숍을 겸한 곳이어서 차를 마시는 손님도 많았다. 구석자리에 있는 빈 테이블이 눈에 띄어서 자리잡았다. 늘 의자에 앉아 생활하지만 식당의 의자는 긴장을 풀어주는 듯하여 소정은 허리부터 젖혔다. 그리고 담배를 꺼내 성냥을 그었다. 메뉴를 대강 훑어보니 라자냐가 있었다. 셀러리가 나오는지 확인하고 라자냐를 시키리라.

연기를 한모금 내뿜는데 옆에서 기척이 났다. 주문을 하려고 고개를 들다 소정은 멈칫했다. 회색 양복 윗도리를 손에 들고 한 남자가 서 있었다.

"좀 앉아도 되겠죠."

남자는 형식적으로 양해를 구하고 맞은편 의자에 앉았다. 소정은 입을 벌린 채 상대를 바라보기만 했다. 이것이 우연일까. 아니면 어떻게 저 남자가 이곳에 나타났단 말인가. 소정은 담배를 한모금 더 피우곤 비벼껐다.

"웬일이시죠? 여기서 약속이 있어요?"

"아니에요. 뒤따라왔어요."

"흥신소 직원은 아니죠?"

소정의 냉랭한 말투에도 남자가 피식 웃었다.

"아까 도서관에 갔어요. 다른 사람과 함께 있어서 밖에서 기다렸어요."

"도서관에서부터 여기까지 미행했단 말이에요?"

"도서관 앞에서 말을 걸면 도망가버릴 것 같아서."

두달 전 중국집까지 따라와 자신의 사랑 경험을 얘기하던 남자였다. 그후 남자는 도서관에서 두번 책을 빌렸고 퇴근하는 소정에게 차 한잔만 마시자고 청했다. 어른들이 길가에서 실랑이하는 것도 마땅치가 않아 소정은 도서관 부근에 있는 찻집으로 들어갔다. 그날 소정은 거의 입을 열지 않았다. 대한민국 최고학부를 나와 출세가도를 달리던 남자가 어느날 일어나보니 모래처럼 밀려났고 명예도 권력도 허망하다는 고백을 끝까지 들어주었을 뿐이다. 그 사이에 차 한잔을 마셨고 남자의 청을 받아주었으므로 자리에서 일어섰다. 다시는 이런 일이 없을 거라는 말을 덧붙이고.

오늘 남자는 기습하듯 또다시 소정을 뒤따라왔다. 소정이 입술을 물고 있으니 종업원이 다가와 주문을 하라고 했다. 소정은 잠시 생각하다 샌드위치와 커피를 시켰다. 야심 많은 재벌그룹 홍보과장과 마주앉아 식사할 마음은 없었지만 커피만 시키는 것도 어색했다. 남자는 맥주가 있는지 묻고 맥주 두 병과 안주용 비프스테이크를 시켰다. 종업원이 돌아가자 남자가 말을 꺼냈다.

"야근하고 저녁 먹으러 들어왔을 텐데 샌드위치로 됩니까?"

"샌드위치라도 먹어야 댁을 쫓아낼 수 있을 것 같아서요."

"왜 쫓을 생각부터 합니까. 난 나쁜 사람이 아니에요."

"남이 좋아할지 싫어할지도 모르면서 왜 이런 행동을 하죠?"

"사람과 사람이 만나는 일이 뭐가 나쁩니까. 이렇게 마주앉지 않으면 어떻게 커뮤니케이션을 하겠어요."

"난 사람을 알고 싶지 않아요."

"그래서 책 속에 묻혀 있는 거요?"

남자는 무례할 만큼 소정을 빤히 바라보았다. 소정은 표정없이 대꾸했다.
"도서관은 그저 내 직장이에요. 월급 받고 일하는 직장. 정우그룹이 댁의 직장이듯이."

주문한 음식이 술과 함께 나왔다. 남자가 잔을 주었으나 소정은 받지 않았다. 남자가 제 잔에 술을 따랐지만 소정은 눈길도 주지 않고 샌드위치를 먹었다. 이미 식욕이 달아났으나 입씨름으로 기운이 빠져 힘을 내려면 위를 채워야 했다. 커피를 마시고 담배를 집어드니 남자가 재빨리 라이터를 켜주었다. 소정은 주저하다 담뱃불을 붙이고 남자를 정시했다.

"처음엔 좋아했다는 여자 얘기를 했고 두번쩬 사회의 허망함에 대해 말했던가. 오늘은 무엇 때문에 여기 앉아 있어요? 피곤해서 더이상 남의 얘기 못 듣겠어요."

"요즘 내내 유소정씨 생각했어요."

"왜 내 생각을 해요?"

남자가 반격했다.

"남자가 여자 생각하는 게 이상한 일입니까?"

"가정이 있는 남자가 왜 자꾸 여자의 뒤를 쫓아다니죠? 거기다 난 유부녀예요."

"유부녀 유부남이 무슨 상관입니까?"

무슨 상관이냐고? 소정이 코웃음치는데 명수의 얼굴이 선명하게 떠올랐다. 지금의 감정과 상관없이 말하자면 소정의 첫사랑이었던 남자였다. 그도 자신이 유부남이라는 걸 의식치 않고 소정에게 돌진해왔다. 학교도서관에 실습을 나갔을 때 만난 화가인데 소정이 입학한 전문대학의 디자인과 강사였다.

교정에서 재회한 후 급속도로 열애에 빠져든 것은 명수 말대로 운명이었을까. 그건 영화대사에나 쓰이는 말이다. 남녀 사이엔 설명할 수 없는 신비한 인력이 있어서 서로 끌렸다고 하는 편이 정확할 것이다. 소정이 명수의 강의 시간표까지 외울 즈음 명수는 세번째 밤을 함께 보내고 새벽에 일어나 뜻밖의 말을 했다.
"내가 당신에게 결혼하자고 하면 놀라겠지?"
"어떻게 결혼한단 말이야?"
"그건 내 마음이지. 난 당신의 벽이 되고 싶어. 심심하면 낙서도 하고 당신에게 상처준 세상이 싫으면 발길질도 하고 기대어 울 수도 있는 벽 말이야."
"지금 당신과 결혼한 거나 마찬가지야. 그 말을 영원히 간직할게."
"당신의 착한 마음을 고이 간직하겠어."
소정이 삼년 동안 그의 옆을 떠나지 않은 것은 순전히 그날 여명 속에서 가볍게 떨리던 명수의 목소리를 가슴 깊이 간직하고 있었기 때문이었다. 소정도 여느 여자들처럼 제가 원할 땐 언제나 사랑하는 남자를 만날 수 있고 함께 아침을 먹을 수 있기를 바랐지만 투명인간처럼 제 존재를 숨겨야 했다. 끝없이 기다리기만 하는 불공평한 연애를 희생인 양 감수했다.
그 한마디 때문이었다. 그것이 순간의 진실이라 하더라도 진실이 소정을 순화시키고 착한 여자로 만들었던 거다. 나이에 버겁도록 인간을 불신하며 살아왔지만 작은 것일지라도 진실은 소정을 감동시켰다.
그러나 소정이 두번째로 임신을 알린 날 명수는 술내를 풍기며 소정의 귀에 대고 속삭였다. 너 내 첩할래? 애 낳고 나랑 그렇게 살래? 명수가 무심코 뱉은 첩이란 말은 소정의 가슴에 가시로 박였다. 여태 첩의 딸이란 주홍글자를 달고 살아왔지만 명수는 그 붉은 상처에 소금을 덧뿌렸다. 그 전날 소정을 찾아온 그의 부인은 말했다. 남편은 절대 이혼할 남자가 아니에요. 더이상 젊음을 망가뜨리지 말고 자신의 장래를 잘 생각해요.

불완전한 인간의 사랑이란 어차피 상처야. 그것이 신의 사랑과 다른 점이지. 수녀가 된 한 친구는 그렇게 말했다. 사랑은 없다, 이게 내 결론이야. 시인으로 데뷔한 독신 친구는 그렇게 말했다. 수녀도 되지 못하고 독신도 되지 못한 채 소정은 진정한 사랑을 찾아 대낮에 등불을 들고 다녔다. 진정한 인간을 찾기 위해 대낮에 등불을 들고 다녔다는 희랍의 철인처럼. 소정은 신이 아닌 인간에게 이해받고 싶었고 받아들여지길 원했다. 그것은 소외된 자의 특징이었다.

그러나 소정이 본 것은 비인간적인 편견과 거친 이기심, 탐욕이었다. 선을 본 남자들은 소정이 세컨드의 딸이라는 것을 알고 나서 모두 문둥이를 피하듯 뒷걸음질쳤다. 유부남들은 욕망의 눈으로 미혼의 여자를 탐했다. 사랑에 대해 티끌만큼의 대가를 치를 마음도 없이.

소정이 서른두살 때 청주에서 함께 근무했던 직장상사가 전화를 걸어 안부를 물었다. 요즘도 담배를 많이 피우냐고. 그는 소정이 다방에서 담배 피우는 것을 본 적 있었다. 서울로 전근 온 그 상사는 중매나 할까 한다고 용건을 말했지만 담배 끊는 법에 대해 조언했을 뿐이다. 담배를 끊으려면 키스를 많이 하라는 것이 그의 조언이었다. 남자의 침이 최고의 금연약이라고.

전화를 끊고 소정은 불쾌감을 누르느라 연거푸 담배를 피웠다. 남자의 침이 제 얼굴에 묻어 있는 것만 같아 세면대로 뛰어가 얼굴에 물을 끼얹었다. 상훈과 결혼한 것은 두달 뒤였다. 남의 아내가 된 뒤로 그따위 너절한 전화는 걸려오지 않았다.

남자는 세종문화회관 홀을 나서자 소정을 바래다주겠다고 제의했다. 부근에 있는 사무실 주차장에 그의 차가 있었다. 소정은 거절하지 않았다. 남자는 차운전을 염두에 두고 맥주 한잔만 마셨다. 교통사고의 위험은 없을 터였다. 또 유부남 유부녀가 무슨 상관이냐고 말한 남자를 관찰하고 싶은 마음도 있었다. 남자는 집요해서 순순히 물러날 것 같지도 않았다.

돈암동을 지날 때만 해도 소정은 집으로 가는 방향이라고 생각했다. 그러나 정릉 쪽으로 가지 않고 미아리고개를 넘을 때에 방향이 다르다는 걸 알았다. 어디로 가는 거예요? 소정이 눈썹을 곤추세우자 남자가 옆으로 고개를 돌렸다.

"딱 한잔만 더 하고 가요. 나 운전 때문에 술 많이 못 마셔요."

차는 4·19 묘소 입구를 지나 우이동 안으로 달리더니 그린파크 호텔로 들어섰다. 전에 도봉산에 갔다가 이곳에 들러 커피를 마신 적이 있었다. 문득 누군가와 차를 타고 어느 호텔 스낵바에 갔다가 방에까지 올라갔던 일이 떠올랐다. 가벼운 데이트라 방심하고 따라갔지만 명수와 헤어지기로 마음먹은 때여서 복수하듯 그 남자와 잤다. 청춘은 형벌의 십자가였다. 소정은 경멸하는 남자 앞에서 예수처럼 양팔을 벌리고 누워 아버지를 불렀다. 아버지, 어찌하여 저를 철벽 같은 세상에 버리셨나요. 그 기억이 고통스럽게 수면 위로 떠오르자 소정은 저도 모르게 소리쳤다.

"차를 돌려요. 집에 가겠어요."

남자는 소정의 말에 개의치 않고 계속 차를 몰았다. 소정은 몸을 기울여 한 손으로 핸들을 움켜잡았다. 남자는 소정을 흘긋 보곤 속도를 늦추면서 가볍게 브레이크를 밟았다. 숲 사이로 호텔 건물이 보였으나 오솔길은 적막했다.

"당신이란 여자가 얼마나 섹시한지 모르지. 제 욕망을 감추고 책 속에 묻혀 있는 유소정이 너무 섹시해."

남자는 안전벨트를 풀면서 소정의 입술을 덮쳤다. 몸으로 소정을 밀면서 한손은 재빨리 블라우스 단추를 열어 난폭하게 젖가슴을 움켜쥐었다. 소정은 온 힘을 다해 몸을 빼내고 제발, 하고 소리쳤다. 남자가 주춤했고 소정은 가방으로 상대의 머리를 쳤다. 남자가 머리를 뒤로 젖히는 사이에 소정은 차창에 바짝 몸을 기댔다. 소정은 그제야 블라우스 단추를 끼우고 방어자세를 취했다.

"지금 치마를 걷고 당신과 카섹스를 할 수도 있겠지. 죽으면 썩을 살, 무얼 아껴. 내가 당신을 원한다면 말예요. 내게 무얼 원해요. 유부남과 유부녀의 절절한 사랑? 아니면 하룻밤 섹스?"

"사랑과 섹스가 어떻게 다른지 난 몰라. 그저 세상에서 추구할 것이 섹스밖에 없다는 것만 알아. 쾌락의 순간에만 내가 살아 있는 걸 느껴. 명예, 권력 같은 거 껍데기야. 살아 있는 섹스 외엔 다 껍데기야."

"책이 그렇게 가르쳐주었어요? 당신이 가야 할 곳은 도서관이 아니라 사창가예요. 사서나 창녀나 당신 눈엔 다같이 여자라는 물체로 보이겠지만."

"그건 아니오, 아냐. 전에 여자 이발사 얘기를 한 적이 있지. 당신과 닮았다고. 그 여자도 당신도 정신이라고 부를 만한 것을 가지고 있어. 그게 무언지 손에 잡히진 않지만 난 그 정신이 탐나. 그걸 안고 짓이기고 싶어. 그걸 쾌락으로 녹여버리고 싶어. 너덜너덜 해체해버리고 싶어."

"당신은 무언가 상실했어요. 자신의 쾌락주의에 철학이 있다고 생각하지만 야망의 항해를 하다 방향을 잃고 수음으로 자신이 건재하다는 걸 확인하고 있을 뿐이에요. 당신의 영혼은 고장났어요. 살덩어리 육체가 영혼을 잠식했어요. 환락가로 가요. 고장난 당신의 영혼을 받아줄 곳은 그곳이에요. 돈만 지불하면 물체와의 섹스가 허망하다는 것도 거기서 가르쳐줄걸요. 누군들 쾌락을 싫어할까만 심장이 있는 인간이라면 사랑이란 영양분을 필요로 하죠. 당신의 잘생긴 얼굴이 왜 철판 같은 느낌을 주는지 이제 알았어요."

소정은 차에서 내렸다. 남자의 눈엔 아직도 욕망의 불길이 꺼지지 않았으나 차마 소정을 잡지 못했다. 소정은 돌아서려다 한마디 더 했다.

"난 사람을 알고 싶지 않아요. 섹스가 필요하면 남창을 찾아갈 거야. 다시 내 앞에 나타나면 경찰을 부르겠어요."

소정은 서두르지 않고 숲길을 따라 걸어갔다. 초여름이라 나무들은 무성하게 가지를 뻗어가고 형광빛으로 투명해진 긴 초록잎들은 빛을 따라 몰려오는 물고기처럼 일렁거렸다. 숲으로 불어오는 미풍 속엔 다가올 여름의 열기가 숨죽이고 있는데 무르익어가는 생명의 냄새가 비릿하게 떠돌았다.

신선한 숲향기에 몸을 맡기고 있다가 소정은 다람쥐 한마리를 보았다. 나무 아래에서 무언가 먹고 있던 다람쥐는 인기척에 놀랐는지 뛰어가다가 다시 멈추어섰고 소정을 바라보곤 또 달아났다. 불안한 동물들, 먹이를 찾아야 하고 먹이를 뺏기지 않기 위해 끊임없이 두리번거려야 하는 동물들. 식욕과 성욕을 해결하기 위해 쉴새없이 세상을 두리번거리는 인간도 다람쥐처럼 불안하다. 그러자 욕망으로 인해 벌어진 좀전의 일이 어리석은 희화같이 떠올랐고 소정은 쓴웃음을 지었다. 아픈 릴케의 눈에 병원만 보이듯이 영혼이 아픈 소정의 눈에는 영혼이 고장난 사람들만 보였다.

소정은 문득 걸음을 멈추고 나무들을 둘러보았다. 속세에서도 나무들은 초월자처럼 고요히 서 있었다. 고통은 동물의 특권이라지만 아픔에 반응하지 않는 수동적인 식물의 삶이 불완전하다고 말할 수 있을까. 열등하다고 말할 수 있을까. 뿌리는 어둠속으로 내려 물을 길어 나르고 줄기는 태양을 향유하면서 맡긴 달란트를 불리듯 잎을 불리는 나무. 불평 않고 땅에 붙박여서 훌라후프 같은 나이테를 365일에 한번씩 두르며 인간세상을 굽어보는 나무들. 인간에게 그늘과 열매를 내어주고 아낌없이 제 생명의 몫을 하면서 세기를 넘나들며 군자처럼 자리를 지키는 나무들이야말로 이 지구의 주인이 아닐까.

문득 영옥의 출판사에서 본 원고가 떠올랐다. 소정이 출판사에 들렀을 때 영옥은 식물에 관한 번역서의 교정을 보고 있었다. 영옥이 잠깐 자리를 뜬 사이에 읽어본 교정지엔 이렇게 씌어 있었다.

──인간 육체의 궁극적인 목적은 식물에 봉사하는 것이 아닐까. 인간의 육체는 식물이 호흡할 수 있도록 이산화탄소를 내뿜다가 죽은 뒤에는 땅속에 묻힘으로써 식물의 거름이 되는 것이 아닐까. 그 죽은 육체를 물과 공기와 햇빛과 결합시켜 가장 아름다운 색과 형태로 바꿔놓는 것이 아닐까.

다시 그 글을 되뇌어보자 몸을 피할 데 없는 겨울 들판에서 나무의 눈을 본 것같이 앞이 밝아지는 듯했다. 만물의 영장이라고 자기애에 빠져 있는 인간들이 죽음으로써 식물에 봉사한다니. 상처가 옹이처럼 박인 육체, 기쁨보다는 모멸감을 안겨준 자신의 육체가 덧없이 사라지는 것이 아니라 식물의 거름이 되어 꽃의 부분이 되다니. 나무야, 나는 너를 위해 살아가리. 사랑을 찾기 위해 돼지에게 진주를 던지기보다 나의 고독을 꽁꽁 싸서 뒷날 신성한 네 발치에 묻히리. 다음 생에선 내 작은 뜨락을 그대 가지 위에 펼치리.

뒤에서 차소리가 들려서 소정은 숲으로 들어갔다. 사람과 문명을 피해 은자처럼 어둠속을 걸어가다가 한 나무 아래에 멈춰섰다. 잎이 무성한 상수리나무였다. 소정은 나무에 기댄 채 가방에서 담배를 꺼냈다. 담배에 불을 붙이고 라이터를 끄자 다시 어둠이 몰려왔고 나무 사이로 밤하늘을 쳐다보니 별들이 얼음의 파편처럼 흩어져 있었다. 그 투명한 파편들이 제 머리 위로 소리없이 떨어지는 것 같았고 머릿속은 더욱 맑아졌다. 그래도 살아 있다는 건 좋은 거구나. 소정은 담배연기를 허공으로 날리며 별을 보고 혼잣말을 했다.

8
호우주의보

 정원에 놓인 흰 의자가 창밖으로 보인다. 미동 없는 풍경 속의 흰 의자는 그림 같고 하늘까지 고요한 듯하다. 이진은 붙박인 듯 창가에 서서 밖을 내다보다가 옷장으로 다가가 옷을 꺼냈다. 오늘 아버지가 오시는 날이다. 엄마와 마중나갈 차비를 해야 한다. 이진이 옷을 골라 입고 신발장 문을 여니 제 구두가 하나도 보이지 않았다. 이진의 구두를 넣어두는 칸이 비어 있었다. 이게 무슨 일이람! 이진이 엄마, 소리쳐 부르니 어느새 윤씨가 나와 들어오란 손짓을 했다.
 "아버지한테 전화가 왔다. 배는 내일 도착하니 오늘 마중나오지 말랜다. 호우주의보가 내렸다고 집에서 기다리래."
 "하늘이 저렇게 맑은데 무슨 호우?"
 이진은 하늘을 보느라 다시 창가에 다가갔다. 너무 가까이 다가갔는지 투명한 유리에 머리를 부딪치고 순간 눈을 떴다. 침대에 놓인 제 손과 피아노 발밑에서 놀고 있는 햇빛이 어슴푸레 시야에 들어왔다. 점심을 먹고 잠시 누워 있다가 잠이 들었나보다. 그 사이에 꿈을 꾸었다. 창을 흘긋 보니 고층 아파트 위로 구름이 흘러가고 있다. 꿈에 본 뜰은 어릴 때 살았던 집 정경이었다.

아버지가 돌아가신 뒤로 이따금씩 꿈을 꾸지만 오늘 꿈에선 아버지 모습이 보이지 않았다. 귀국이 연기됐다니 그럴밖에. 그리운 아버지. 눈을 감으니 작은 키에 서글서글 웃는 모습의 아버지가 방으로 막 들어서는 듯하다. 이진이 대학에 입학하던 해에 돌아가신 아버지는 아직도 젊은 모습으로 이진의 뇌리에 남아 있다. 사춘기 때부터 마도로스를 꿈꾸어 해양대학에 들어갔다는 낭만주의자. 해운업을 했던 아버지의 수첩엔 늘 엄마의 몸 치수가 적혀 있었다. 외국에 나갈 때마다 치수대로 엄마의 옷을 사왔고 아이들 발은 늘 자라므로 십육절지에 본을 떠서 구두를 사오곤 했다. 발이 조금 끼었지만 분홍색 에나멜 구두는 얼마나 이진을 행복하게 만들었던가.

피아노 옆에 걸려 있는 야마 수제기타도 아버지가 오빠에게 사다주신 거다. 육십년대에 루이 암스트롱 공연을 보기 위해 일본까지 가기도 한 아버지는 음악을 좋아하여 집안에 늘 음악이 흘렀다. 아침 일찍 일어나 아버지는 난로 위에 오뎅을 끓이면서 「카르멘」이나 「탄호이저 서곡」을 틀어주곤 했다. 잠을 깨우던 「개구쟁이들의 합창」은 지금도 귓가에 맴돌고 뜰이 보이는 창에 드리워진 곰무늬 커튼과 마술상자 같은 바이올린이 놓인 방 풍경도 눈에 선하다.

이진에게 바이올린 교습을 시킨 것은 어머니였다. 막내딸의 당사주에 가야금을 끼고 있는 그림이 나와서다. 옛날로 치면 기생 팔자라 걱정했다는데 마침 옆집에 음대생이 있어서 이진은 엄마 손에 끌려가 바이올린을 배우게 됐다. 아버지는 아이의 목에 마이크를 걸어주고 집에서 스피커를 통해 바이올린 수업을 들었다. 마작을 즐기러 친구들이 토요일마다 집에 오면 아버지는 오빠와 이진을 불러 연주를 시키곤 했다. 어렸지만 클래식에 대한 자부심이 있었는지 아버지 친구들이 유행가를 신청해도 이진은 들은 척하지 않았다. 서툰 연주였으나 이렇게 몇년간 계속된 실내 리싸이틀로 이진은 지금도 무대에 강하다.

그렇다고 이진이 바이올린을 좋아했다고는 말할 수 없다. 표현이 잘되지 않는 부분에선 곡 한마디를 삼사백번씩 반복연습해야 하지만 지구력이 필요했다. 이진은 어른들이 시키는 대로 꼭두각시처럼 날마다 세 시간씩 연습했지만 어릴 때도 가슴이 터질 것 같았다. 반복학습이 너무 지겨웠고 하면 할수록 바이올린은 아름다운 음악이 흘러나오는 마술상자가 아니라 심술궂은 마녀가 쐐기풀을 채워넣어 음을 가두는 상자 같았다. 모짜르트 곡을 연주할 땐 나비처럼 춤추듯 하고 싶었으나 활대는 이진의 감정을 거부하듯 막대기처럼 뻗뻗하게 움직이곤 했다.

이진이 목을 누르는 바이올린에서 해방된 것은 중학생이 되어서였다. 반에서 일등으로 들어간 상으로 아버지가 소원을 들어주겠다고 했을 때 이진은 미련없이 바이올린을 던져버렸다. 연이어 아버지가 외국 지사에 근무하게 되고 어머니도 더이상 바이올린을 강요하지 않았다. 삼년 동안은 원없이 자유로웠고 가볍게 피아노를 배우기도 했다. 그러나 어머니의 설득으로 여고생이 되면서 다시 바이올린을 시작했는데 활을 잡는 순간엔 가슴이 뛰었다. 업처럼 다시 바이올린에 붙들려 멍에를 진 셈이다.

방에서 거실로 나가도 아무 기척이 없다. 꿈 얘기를 하려 했더니 어머니는 치과에 가서 아직 돌아오지 않았다. 거실벽 한쪽에 걸린 젊은 아버지 사진을 보니 꿈에서 말한 것처럼 아버지가 내일이라도 돌아올 것만 같다. 오늘은 레슨만 하고 아버지를 기다리듯 집에서 쉬리라.

이진은 차를 마시려고 가스레인지에 주전자를 얹어놓고 식탁에 앉았다. 식탁엔 각양각색의 차들이 담겨 있는 스무 개의 유리병이 놓여 있었다. 유학시절 독일과 오스트리아, 헝가리에서 산 차들이었다. 시간에 구애받지 않고 바이올린을 연습할 수 있는 곳을 찾아 몇번이나 집을 옮겨야 했던 유학시절 이진은 연습에 지치면 머리를 식히기 위해 가까운 이웃나라로 여행을 가곤 했다. 그때마다 이진은 박물관에 가서 바흐 시대의 그림과 모짜르트, 베토벤 시대의 그림들을 찬찬히 살펴보았다. 이진이 사사했던 지도교수가 늘 말했다.

"바흐 시대 그림을 보면 그 시대의 색채가 있어. 악기로 그 색채를 표현해봐. 같은 시대 그림도 독일의 하늘과 이딸리아의 하늘 빛깔이 다르고 프랑스의 하늘 빛깔도 다르지. 빠가니니 음악은 이딸리아의 하늘 같은 청명한 소리가 나도록 연주해야 해."

악기로 이딸리아의 하늘 빛깔을 표현하라니. 이진은 베네찌아의 싼마르꼬 광장 까페에 앉아 독약처럼 진한 에스프레소 커피를 마시며 머리를 흔들었다. 빈에선 크림이 가득한 비엔나커피를 마시며 모짜르트를 생각했다. 고전적으로 연주하면서도 모짜르트 특유의 경쾌함이 깃들여야 하지만 번번이 무거운 소리가 울리고 만다. 베르사이유 궁전 뜰에 앉아선 쌩쌍스의 피아노 협주곡을 연주해보았다. 형식도 이상하고 짜임새도 이상한 쌩쌍스의 이 협주곡은 연습할 때 무척 힘들었는데 노력의 열기가 신명으로 뻗치는 정경화 연주를 듣곤 실의에 빠지기도 했다.

가는 곳마다 그곳 특산인 차(茶)를 사는 것은 이진이 즐기는 취미지만 차에도 바이올린의 그늘이 서려 있는 듯하여 스스로에게 연민을 느꼈다. 이진은 기분을 전환하려고 헝가리산 새콤한 과일차를 집으려다 카푸치노를 마시기로 했다. 얼마 전 제자의 아버지가 미국 출장중 차를 좋아하는 이진을 위해 사온 선물이었다. 인스턴트지만 부드러운 크림맛이 살아 있어 요즘 즐겨 마시고 있다. 이번 주말엔 강주와 함께 카푸치노를 마실 것이다.

카푸치노를 막 마시려니 전화벨이 울렸다. 낮고 걸걸한 중년여자 목소리가 수화기를 타고 들렸다. 이진이 바이올린을 가르치는 혜원의 어머니였다. 이진이 먼저 인사했다.

"안녕하세요, 선생님. 우리 혜원이 아직 안 왔죠."

"지금 네시인데 곧 오겠죠."

"아뇨, 혜원이 조금 늦을 거예요. 감기 기운이 있어서 병원에 들렀다가 좀전에 출발했어요. 선생님께 전화해달라고 제게 부탁했어요. 택시 타고 갔으니 많이 늦지는 않을 거예요."

"어제 전화했을 땐 그런 소리 안하던데요."

"연습했냐고 물으시니까 그 대답만 한 거죠. 감기가 심한 것도 아니고. 연습은 매일 꼬박 세 시간씩 했어요. 선생님이 늘 닦달을 하시니까 확실히 실력은 느는데 애가 스트레스를 많이 받네요. 좀 불안정한 면도 있구요."

"제가 욕심이 많아서 그래요. 혜원이처럼 재능이 보이면 더 그래요. 실력 느는 것만 전부가 아닌데."

"선생님께 늘 감사하고 있어요. 경아도 힘들어서 그만두었다가 다시 선생님한테 갔잖아요. 잘 가르치시니까. 가끔씩 칭찬도 해주세요. 혜원이도 저 나름대로 고민이 많으니까."

이진은 시간조절 문제를 상의하고 전화를 끊었다. 카푸치노가 식었지만 맛에 더이상 신경쓰지 않았다. 어머니들은 가끔씩 전화하여 아이들이 받는 스트레스에 대해 얘기하곤 했다. 이진이 왜 그걸 모르랴. 바이올린과 관계없는 모든 것에 대해선 한없이 느슨하고 낙천적이지만 이진은 바이올린만큼은 자세부터 시작하여 엄하게 가르쳤다. 그건 자기 한계를 절감한 음악도로서의 자의식인지도 모른다. 아무에게도, 강주에게조차 내놓고 말한 적이 없지만 이진은 자신을 실패자라고 생각했다. 좋은 환경에서 태어나 부모의 열성과 후원으로 음악의 길에 들어서게 됐고 강요된 연습으로 기술은 닦았지만 음악으로 만족스럽게 감정 표현을 할 수 없어 연주에 깊이가 없었다.

이진도 처음엔 자신의 재능을 회의하지 않았다. 어릴 땐 단순한 복종심으로 바이올린을 했고 선생들은 잘한다고 칭찬만 했다. 삼년간 손을 놓았지만 여고 땐 대학이란 목표가 있어서 끌고 나갔고 남들이 부러워하는 명문 사립대학에도 어렵지 않게 입학했다. 그러나 대학에서 같은 전공자들과 비교하자 자신에게 결여된 것이 명백히 보였다. 체구에 비해 손이 작은 신체적 약점도 있었지만 음악적 감성이 달린다는 사실이었다. 다수의 음대생처럼 이진도 처음엔 신부수업 과정으로 대학에 다녔지만 음악에 깊이 들어갈수록 훌륭한 연주자, 예술가가 되고 싶다는 욕구가 싹텄고 그와 비례하여 좌절이 깊어졌다.

독일서 유학할 때 정신질환자로 치료받는 예술가 중 바이올린 전공자가 가장 많다는 통계를 신문에서 읽은 적이 있다. 수백번 거듭하는 반복연습과 꽁꾸르 입상을 목표로 하는 치열한 경쟁에서 치이면 좌절이란 바이러스가 침투하는 것이다. 꽁꾸르에 입상하고 바이올린을 그만두는 음악도도 심심치 않게 볼 수 있었다. 연습하기 싫다는 것이 그 이유였다. 이진도 꽁꾸르에 입상했다면 그렇게 했을지 모른다.

자신에게 음악성이 없다는 것을 누군가 깨닫게 해주었더라면 인생이 더욱 밝아지지 않았을까. 그 노력으로 다른 공부를 했더라면 벌써 박사학위를 받았을 것이다. 선택을 잘못한 것이 아닐까. 그저 음악을 즐기기만 해도 좋으련만 그러기엔 열망이 너무 컸다. 그건 신만이 볼 수 있는 이진의 뇌리에 드리워진 그림자였다.

혜원이 이내 와서 바이올린 교습을 시작했다. 카이저와 세브직, 서브 포지션을 연습하고 요즘 하고 있는 스즈끼 교본 7권 중 바흐의 콘체르토 1번에 들어갔다. 이진이 귀를 기울이는데 시작부터 힘이 빠져 있었다. 감기 때문에 기운이 없어? 물으려다 이진은 지적부터 했다.

"시작할 땐 마음의 준비가 돼 있어야 해. 미, 라— 첫소리가 민데 딴짓하다 나오는 소리 같아. 포르테인데 자신감도 없어. 틀려도 자신 있게 해야지. 해 뜨는 동쪽을 바라보듯 희망차게 활을 써. 심호흡을 크게 하고, 미라—미화—레미레도미레도시레도라."

이진이 계명으로 박자를 맞추자 혜원이 그제야 힘차게 시작했다. 바로끄 음악은 악보는 쉬우나 표현이 힘들다. 절제된 바흐 음악은 과장되게 연주해서도 안되고 차갑게 하면 전달하는 것이 없다. 이진의 경우도 바흐를 과장 해석하여 연주하는 경향이 있지만 바흐의 강물처럼 깊은 절제미를 아이들이 터득하긴 힘들다.

혜원의 새끼손가락에 어느새 힘이 들어가 있어 이진은 연습을 잠깐 중단시켰다. 새끼손가락에 힘을 빼고 둥글게 살포시 활대에 얹어놓아라, 팔꿈치를 허공에 내려놓은 상태에서 손목을 부드럽게 하여 활을 쓰라고 번번이 말해도 긴장하여 힘을 주었다. 손과 악기가 한몸처럼 융화되기까지 끊임없이 노력해야 하고 혜원은 석달 동안 활 쓰는 법을 집중적으로 연습했지만 아직 만족스럽지 못했다. 자세를 고치고 혜원이 다시 연습에 들어가자 프레스토에서 이진이 주의를 주었다.

"연주를 정확하게, 깨끗하게 해야지. 여기선 노래하듯 더 아름답게…… 부드럽게 활을 길게 뻗고…… 쉼표 무시하지 말고 쉬어야 해. 감정을 넣어 노래하듯 비브라또 많이 해줘야 해. 레도시미, 첫박자를 길게 해줘야지. 끊기는 끊되 길게 처리하고."

비브라또가 잘되지 않아 이진은 제 바이올린으로 실연해 보였다. 백번 말로 하는 것보다 한번의 시범연주가 교습에 더욱 효과적이다.

"어느 소리가 더 나은 것 같아? 네 소리를 녹음해서 들어볼까."

"선생님 소리가 더 좋아요."

"이 마디 열번만 연습하자. 연습은 연주같이 신중하게, 연주는 연습같이 태연히."

혜원은 마땅치 않은지 입을 오므리더니 연습에 다시 들어갔다. 반복되는 연습을 좋아하는 아이는 아무도 없다. 이진의 친구가 가르치던 열한살 남자아이는 가위로 바이올린 줄을 끊어놓았다. 음대생들도 연습하다 짜증을 내는데 지도교수는 자기 수양이 돼야 한다고 말했다. 열번씩 연습하면 성냥개비를 하나 놓고 성냥이 열개 스무개가 쌓이도록 묵묵히 연습해야 한다. 한 곡을 보통 사백번 이상 연습하지만 천번까지 연습해야 할 때도 있다. 사실 혜원의 실력도 전보다 많이 나아져 소리가 깔끔하고 부드러워졌지만 이진은 선뜻 칭찬하지 않았다. 거듭 연습해서 저 아이가 낼 수 있는 최상의 소리가 나면 그땐 안아주리라.

사흘 전 경아가 크라이슬러 곡을 연주할 땐 가슴이 아팠다. 전주곡과 알레그로는 기술적으로도 어려운 곡인데 경아는 한달간 연습해서 놀랄 만큼 소리가 좋아졌다. 경아는 어느날 전화하여 "여섯 시간 동안 연습해도 안되니까 뛰어내리고 싶어요" 호소하기도 했다. 아이가 얼마나 힘들었으면 그런 소리를 할까. 새삼 그 말을 떠올리니 연민이 치솟았다. 끝없는 완성의 길을 가려는 아이들이 안쓰럽고, 산 너머 산을 바라보면 아이들을 모두 바이올린에서 해방해주고 싶은 충동을 느꼈다. 어디에서 읽었던가. "노력하는 일은 잔혹하다, 노력에 의한 삶도 잔혹하다."

혜원의 교습을 끝내고 함께 수정과를 마시고 있으니 전화벨이 울렸다. 이진이 무심히 받아드는데 비음이 섞인 낮은 목소리가 수화기로 흘러나왔다.

"장이진씨 댁입니까?"

"그런데요."

"이진씨?"

상대가 저를 잘 알고 있는 듯하여 이진은 "누구시죠?" 물었다. 수화기에서 잠시 침묵이 흘렀고 이진의 머릿속으로 순간 한 얼굴이 스쳐 갔다.
"유강흽니다."
이번엔 이진이 잠자코 있었다. 얼마 만인가. 독일 유학시절 만난 적이 있지만 귀국 후 처음이었다. 강주에게 들어 귀국 사실을 알고 있었고 바리데기 공연 때 신문에서 인터뷰 기사도 보았다. 이진은 가라앉은 소리로 답했다.
"오랜만이네요. 어떻게 전화를 다 하시고."
"제수가 될 사람인데 가끔씩이라도 연락했어야 하는데. 강주는 잘 있죠? 올 봄에 경주에서 만났어요."
"얘기 들었어요. 말씀 낮추셔도 돼요."
이진은 긴장하여 형식적으로 대꾸하다가 요즘 뭐하세요, 불쑥 물었다. 강희는 헛기침을 하고 깍듯이 근황을 알려주었다.
"요즘 작품 하나 준비하고 있어요. 「환도와 리스」란 아라발 희곡이에요. 이진씨에게 전화한 것도 연극과 관련이 있어요. 좀 도움을 받았으면 하는데 언제 한가합니까? 시간 있으면 만나고 싶어요."
"제가 도와드릴 일이 있어요?"
이진은 의아하여 물었으나 강희는 기다렸다는 듯 말했다.
"음악 때문이에요. 연극에 넣을 음악에 대해 자문을 구하고 싶어요. 진작에 생각했는데 오늘에야 전화했네요. 스케줄이 어떻게 돼요? 내일이라도 만났으면 좋겠는데."
"내일은 시향에 나가야 돼요."
"오늘 저녁엔 시간 있어요?"
이진은 잠자코 있다가 시간이 있다고 했다. 강희가 흔쾌히 말했다.
"그럼 저녁이나 함께 해요."
이진은 여섯시가 지나 약속장소를 향해 차를 몰았다. 호텔건물 안에 있는 작은 경양식 식당인데 강주가 대학원에 다닐 때 아르바이트로 피아노 연주를 했던 곳이었다. 강희가 이진에게 장소를 정하라고 미루자 퍼뜩 부메랑이 떠올랐다. 유학가기 전 친구들과 송별회를 한 뒤로는 부메랑에 가보지 못했다. 서울은 변화가 심한 도시이지만 어쩐지 부메랑은 그대로 있을 것 같아 선뜻 약속장소로 정했다.

초여름이라 아직 날이 밝았고 거리는 혼잡했다. 한남대교의 이차선으로 들어서서 얼마를 달리니 철제 난간 한쪽이 심하게 찌그러져 있고 플랜지로 보이는 조각들과 유리가 주위에 흩어져 있었다. 교통사고가 난 모양이었다. 도로 한복판엔 사고난 흔적을 확인하는 스프레이 자국이 네 군데 그어져 있었다. 운전자들은 그 흔적을 힐끗 보고서도 속도를 내며 달려갔고 이진도 양미간을 세웠으나 액셀러레이터를 밟으며 대교를 빠져나갔다. 과속에다 졸음운전을 하다 사고를 당한 것 같았다.

불현듯 희완의 얼굴이 떠올라 이진은 고개를 가만 저었다. 희완은 이년 전 서울 도심에서 교통사고로 죽었다. 함께 바이올린을 전공한 그의 아내와 세살 난 아들과 온 가족이 급사했다. 과에서 손꼽히던 유망주였다. 유학하고 돌아왔지만 강사자리 하나 얻지 못했고 개인레슨만 하다가 음악도 꽃피우지 못한 채 삶을 마감했다. 이진에게 "네가 내 첫사랑이야" 말했던 그가.

이른 새벽 음대 연습실에서 콘트라베이스 케이스에 들어가 새우잠을 자던 희완, 늘 연습실이 부족했으므로 학생들은 새벽부터 와서 연습실을 맡아두곤 했다. 학교에 제일 빨리 오는 사람은 희완과 이진이었다. 이진은 세시에 일어나 보온병에 커피를 넣고 아침식사용 빵을 싸서 정확하게 네시에 집을 나섰다. 네시 이십분에 학교에 도착하면 벌써 정문이 열려 있고 음대 연습실에도 기척이 났다. 수위를 깨워 교문을 연 건 희완이었다.

과 수석으로 입학한 희완은 한 학기만 마치고 군에 들어가 군복무를 끝낸 복학생이었다. 어차피 치러야 할 의무를 먼저 끝내고 철저히 음악에만 몰입했다. 이진과 달리 처음부터 음악가로서의 목표가 뚜렷했다. 또 그것을 뒷받침할 만한 재능도 있었다. 그가 연주하는 비딸리의 「샤꼰느」는 비단을 가르는 소리 같았고 순수한 음에 공기까지 떨리는 듯했다.

희완이 죽었다는 소리를 들었을 때 처음 머리에 떠오른 것은 그의 목 왼쪽에 있는 시커먼 멍이었다. 희완은 피부가 약한지 턱받침을 대는 부위의 상흔이 유달리 심했다. 여름엔 곪기도 하고 피가 난 적도 있었다. 이진에게 실패감을 안겨준 경쟁자였으나 그의 멍자국은 예술의 길이 얼마나 멀고 험난한가를 보여주는 표본 같기도 했다.

생각에 몰입해 있던 이진은 신호등 앞에 정차하자 라디오를 틀었다. 패티김의 허스키한 목소리가 파도처럼 밀려오는데 이진이 좋아하는 노래였다.

──사랑은 나의 천국. 사랑은 나의 지옥. 사랑하는 내 마음은 빛과 그리고 그림자.

그렇다, 저것이 바이올린을 켜는 내 마음이다. 사랑이란 단어를 바이올린으로 대체하면 정확한 표현이 된다. 나의 천국이며 지옥인, 빛이며 그림자인 바이올린. 그 감정이 극과 극을 달렸기에 이진은 희완과 결혼할까 생각한 적도 있었다. 희완을 통해 대리만족을 하면 바이올린을 깨끗이 포기할 수 있을 듯했다.

사랑을 고백받은 늦여름날 이진은 희완과 변산반도로 떠났다. 그들만의 연주여행이었다. 희완은 석양이 부서지는 해변에서 「셰에라자드」 연주를 바쳤다. 행복한 감상자가 되었던 이진은 그날 밤 소금기 묻은 입술을 희완에게 포개며 「셰에라자드」를 연주하듯 내 몸을 연주해봐, 속삭였다.

희완은 순수했으나 이진은 사업가 딸답게 이내 현실을 직시했다. 희완은 가난했다. 딸 뒷바라지도 모자라 사위까지 뒷바라지하란 말이냐, 어머니는 고개를 흔들었고 이진은 어머니를 거역할 수 없었다. 어떤 어머니인가.

아버지가 한번도 단추를 달아달라고 말한 적이 없을 만큼 완벽한 주부였던 어머니는 또한 자식에게도 헌신적이었다. 겨울이면 외동딸이 학교 가기 전 신발을 스팀 위에 올려놓아 따뜻하게 해주었고 뜨겁다고 투정하면 세수대야에 담긴 찬물로 신발을 식혀주었다. 꽁꾸르 땐 보온병을 들고 따라와 뜨거운 물수건으로 이진의 찬 손을 몸종처럼 마싸지 해주었다. 아이가 원치 않은 바이올린을 시켰다는 죄 때문이었다. 자식만을 위해 살아온 옛날 여자의 삶인데 그런 어머니가 유능하고 가난한 바이올리니스트를 사위로 맞는다면 마지막 삶의 진을 뺄 것이다.

희완과 결혼했더라면 이진도 그의 부인처럼 좁은 찻속에서 생을 마감했으리라. 현실을 택했던 이진이 영악하게 비켜간 것일까. 겨울날 새벽 연습실에서 이진의 찬 손을 녹여주고 이른 아침 햇살을 받으며 대학병원 식당에 앉아 그들의 삶을 설계했던 희완. 희완은 유학 가면 거리의 악사를 해서라도 처자식을 먹여살리겠노라 했다. 희완은 실제로 고생스러운 유학생활을 했고 그의 아내도 함께 감수했을 것이다. 이진은 얼굴도 본 적 없는 그의 아내에게 버거운 현실과 죽음을 양도한 것 같았다. 이생에서 그들의 마지막 모습을 생각하자 허허벌판에 황량한 바람이 스쳐간 듯했다.

부메랑은 예전 그대로였다. 동굴처럼 아늑하고 어둑한 실내에 들어서니 테이블마다 촛불이 타오르고 있었다. 이진은 눈에 들어오는 불빛을 따라 곧장 앞으로 걸어갔고 촛불에 타오르는 듯한 붉은 갈색 와이셔츠를 입은 남자 앞에 멈춰섰다. 붉은 갈색 셔츠와 잘 어울리는,

기하학 무늬가 있는 연갈색 넥타이는 고대의 도자기 빛깔 같았다. 강희의 눈동자 속에 반사된 촛불을 바라보다 이진은 얼결에 남자의 손을 잡았다. 강희가 손을 내밀었던 거다. 이진은 악수하고 자리에 앉았다.

"오랜만이에요."

"사년 만인가? 그때와 똑같아서 사년 전이 엊그제 같군."

"소정 언니도 잘 있죠? 한국 나와서 여태 못 만났어요."

"우리도 서로 바빠서 자주 못 만나. 직장생활 잘하는 걸 보면 별일은 없는 것 같고."

이진이 강희와 처음 만난 것은 소정이 독일에 왔을 때였다. 소정은 강주가 보낸 선물을 이진에게 전해주었고 이진은 답례로 저녁을 샀다. 식사가 끝날 무렵 강희가 소정을 데리러 왔었다. 이진은 그날 이후 소정을 만나지 못했다.

강희는 저녁부터 시키자며 메뉴판을 이진에게 주었다. 이진은 그닥 배가 고프지 않아서 간단하게 먹을 수 있는 스파게티를 시켰다. 강희는 스테이크를 주문하고 촛불로 담뱃불을 붙였다.

"늘 그렇게 스파게티를 좋아하나. 내 앞에서 세 번 다 스파게티 시킨 걸 기억하는지."

"세 번요?"

의식하진 못했지만 이진이 강희를 세번째 만난 것은 분명했다. 베를린에 있을 때 강희가 연극 티켓을 보내주어 공연을 보러 가서 저녁을 함께 먹었고 또 한번은 우연히 부다페스트에서였다.

"나, 면 좋아하거든요. 유학할 때 스파게티를 많이 먹어서 요즘도 양식당에 가면 스파게티 생각이 나요."

"이진씨 따라 헝가리에서 먹은 스파게티는 기억에 남을 만큼 맛있데. 육개장 같은 굴라쉬도."

"헝가리 음식 맛있어요. 한국인의 입맛에 잘 맞는 것 같아요."

"한국에 돌아오기 전 연락했더니 베를린 집 전화번호가 바뀌었더군. 물론 이진씨가 귀국한 뒤였지."

강희가 불쑥 지난 얘기를 해서 이진이 고개를 들었다. 강희가 석고처럼 미동도 않고 이진의 눈을 응시하고 있었다. 광물성 같기도 하고 자석처럼 끌어당기는 듯한 눈빛이 강하여 이진은 시선을 옆으로 비켰다. 마침 식사가 나왔고 이진은 그제야 시장기를 느꼈다. 수프를 먹고 나서야 강희가 용건을 꺼냈다.

"요즘 바쁜가? 시향에 나간다고 들었는데."

"작년에 만들어진 지방도시의 시향이에요. 규모가 작아서 일주일에 세 번 나가요. 그외 개인적인 레슨을 하고."

"가능할지 모르겠지만 무얼 좀 부탁하고 싶어. 칠월에 작품을 무대에 올릴 예정인데 무대음악을 맡아주었으면 해서."

"연극에 대해 아는 게 없어요. 바이올린을 한다고 무대음악을 어떻게 맡겠어요."

이진은 순간적으로 제가 맡을 일이 아니라고 판단했다. 가볍게 거절하는데 강희가 스테이크 자르던 칼과 포크를 손에서 놓았다.

"바이올린으로 무대에서 직접 연주해줘요. 단순한 효과음만 내는 것이 아니라 연극의 한 장면이 될 수도 있어. 바쁘더라도 나를 도와주었으면 좋겠는데."

"한 장면이라니 제가 출연해야 된다는 얘기예요?"

"무대 뒤에서나 아래에서 연주하면 바이올린 한 대로 제대로 효과음을 낼까."

뜻밖의 제의에 어리둥절했지만 강희는 구상을 굳힌 듯했다. 이진은 내키지 않았으나 선뜻 거절할 수 없었다. 이진이 잠자코 있으니 강희가 옆의자에 놓여 있던 책을 앞으로 내밀었다. 「환도와 리스」 대본이었다.

"먼저 이 작품을 읽어봤으면 좋겠어. 처음엔「볼레로」를 생각했지만 그것을 바이올린 곡으로 편곡할 수 있을지도 모르겠고 효과도 어떨지 확신이 안 서. 스스로 읽고 판단해봐요. 어떤 바이올린 곡이 배경으로 어울릴지. 음악이 많이 들어가진 않을 것 같아. 막의 도입부나 끝부분 정도지."

"그런데 무대음악을 왜 하필 바이올린 연주로 하려 하죠? 보통 녹음으로 많이 하잖아요."

"나로서는 실험이지. 음악담당자가 무대의 한 구성원으로서 오브제가 되면 시각적으로나 청각적으로 더 극적인 효과를 거둘 수 있고, 관객의 감수성에 직접 영향을 끼칠 수 있겠지. 가장 큰 이유는 내가 아는 이진씨가 바이올리니스트라는 사실이고."

"아는 사람은 다 연극에 동원돼요? 내가 가야금 연주자라면 가야금을 무대음악으로 등장시킬 거예요?"

"그럴지도 모르지. 영감은 늘 가까운 데서 샘솟으니까."

자신의 참여가 필연적인지 이진은 의문이 갔지만 강희는 더이상 거절할 수 없도록 말을 받아넘겼다. 시간이 급하니 당장 대본을 읽고 내일 전화해달라는 당부까지 했다.「환도와 리스」를 연습하면서 여러가지 음악을 들어보았지만 강희는 이진이 머리에 떠오른 순간 바이올린 곡으로 결정했다. 이어 집시 옷을 입은 이진이 무대에 등장하여 바이올린을 켜는 장면도 눈앞에 그려졌다. 연주를 들은 적은 없지만 이진이 출연한다면 무채색의 화면에 떨어진 한점 붉은 물감 같은 효과를 낼 것 같았다. 강희가 베를린서 처음 이진을 보았을 때 긴 머리를 틀어올리고 바이올린 케이스를 둘러멘 모습이 사냥의 여신 다이애나 같았다. 거칠 것 없는 다이애나……

공연을 한달 앞두고 음악을 맡기다니 늦었지만 강희는 이진을 보자 자신감을 얻었다. 제작비를 최소화하기 위해 작곡가를 선정하지 않고 직접 맡길 계획이었으나 강희가 선택한 「볼레로」가 대중에게 널리 알려진 곡이라 신선하지 않다는 것이 조언자들의 의견이었다. 따르로 가려 하지만 번번이 제자리로 돌아오고 마는 반복. 「볼레로」 역시 기본 리듬이 되풀이되어 강희는 반복의 상징으로 라벨의 음악을 골랐으나 프랑스적이라기보다 스페인적이며 아랍적인 감미로운 권태가 극을 낭만적으로 덧칠할 우려도 있었다.

다음날도 오전에 신체훈련을 하고 오후에 본격 연습에 들어갔다. 신인인 리스의 연기를 이끌어가도록 환도 역엔 일부러 기성배우를 썼건만 환도는 그로테스크한 잔인성을 어릿광대처럼 표현한다. 잔인성이 극적으로 드러나는 4장에서 환도는 가성을 내고 어깨까지 올리고 있다. 유모차와 리스 사이를 왔다갔다하다가 환도가 우는 리스에게 딱딱하게 말한다.

환도: 손을 내봐.
리스: 안돼. 그러지 마, 환도. 수갑을 채우지 마.
    (리스는 손을 내밀고 환도는 신경질적으로 수갑을 채운다.)
환도: 이게 더 나은데.
리스: 환도, (아주 슬프게) 환도.
환도: 수갑을 차고 길 수 있는지 보려고 채웠어. 자, 기어봐!
리스: 안돼, 환도.
환도: 해봐.
리스: 환도, 날 괴롭히지 마.
환도: (격분하여) 해보라니깐. 기어!

리스가 기어보려고 애쓰는데 강희가 환도 앞으로 다가가 주먹으로 느닷없이 배를 쳤다. 상대에게 기습을 당한 복서처럼 환도가 신음소리를 내며 몸을 웅크렸다. 강희가 주의를 환기하려고 두 손바닥을 마주 쳤다.
"그렇게 배에서 소리가 나야지. 배로 호흡 안하고 목에서 소리내면 감정도 가짜가 돼. 가성을 쓰면서 어깨는 또 왜 올라가나. 목소리가 올라갈 때도 어깨는 내려가야지. 그리고 리스, 리스는 다리가 마비된 상태고 발에 힘이 없잖아. 그러니 쓰러지려 할 때 손이 먼저 가겠지? 왜 다리에 힘을 주나. 몸이 굳어 있기 때문이야. 서부영화 보면 악당이 총을 먼저 잡는데 죽지? 악당이기 때문에 죽는 게 아냐. 이유가 있어. 주인공은 이완된 상태에서 제 힘을 집중할 수가 있지. 항상 몸이 이완돼 있어야 해. 아침에 눈뜨면 손가락 푸는 연습부터 해봐. 난 아침에 눈뜨면 클레오파트라가 옆에 있어도 손풀기 운동부터 해."
단원들이 한바탕 웃고 나자 강희는 그 부분부터 다시 연습시켰다. 지적을 받고 나자 환도는 호흡을 조절하며 정신을 집중했다. 강희는 연습을 계속 지켜보려고 무대 끝의 자리로 걸음을 옮기려다 무언가 눈길을 끌어 흘긋 객석을 보았다. 언제 왔는지 흰 옷을 입은 이진이 자리에 앉아 연습장면을 지켜보고 있었다. 수갑을 찬 리스가 기어보려고 애쓰는 장면인데 강희는 한 손을 들어올려 연습을 중단시켰다.
"연기를 하면서 염두에 두어야 할 것은 무대 위의 모든 것이 오브제라는 거야. 무대 위의 모든 것이 상징이야. 경극서 깃발을 흔들면 한 무리의 군대를 뜻하지. 배우가 의자 하나 넘으면서 강을 표현할 수 있어. 그러니 발짓 한번 손짓 하나도 허투루 하면 안돼. 연기자는 꼭두각시가 아니라 관객에게 의미있는 상징의 오브제로서 존재하고 인생의 교사나 고행자의 역할까지 감당해야 해. 리스는 우리 속에 숨겨져 있는 약자의 나약함, 운명론을 상징하면서 환도에게 고통당하는 역할을 하잖아. 관객에게 그 허망한 결과를 보여주기 위해 무대에서 순교

하는 거야. 환도는 독재자 전통(全統), 물태우면서 너와 나 속에 억압돼 있는 폭력성을 들추어내지. 연극은 우리 내면에 갇혀 있는 그림자를 해방하고 폭로하고 고발하여 의식의 무기력증을 뒤흔들어야 해. 페스트처럼 자신이 통과하는 곳을 초토화하는 거야. 그 죽음에서 대대적인 정리작업과 정화가 이루어지기 때문에. 전에 아르또의 잔혹극 이론을 말해줬지. 연극은 파괴를 통해 정화가 이루어지는 페스트와 같다고."

강희는 신들린 사람처럼 말을 쏟아내곤 휴식시간을 주었다. 강희는 무대에서 내려가 곧장 이진에게로 다가갔다. 이진은 어제와 달리 상기된 얼굴로 미소지어 보였다. 어제는 강희에게 경계심을 풀지 않더니 이진도 연극의 열기에 취한 것일까. 강희가 옆자리에 앉으면서 반가움을 표시하듯 어깨를 가볍게 쳤다.

"온 것도 몰랐는데 오래 됐나?"
"아녜요. 좀전에 왔는데 권투선수처럼 주먹으로 배우를 치데요."
강희는 큰 소리로 웃곤 고개를 이진에게 돌렸다.
"연출가란 배우가 가진 최대치를 끌어내도록 깡패처럼 온갖 방법을 다 동원해야 해. 소리가 제대로 안 나오면 머리채라도 잡아채서 진짜 소리가 나오게 해야 하고 술주정뱅이 역이 어색하면 술취한 사람 뒤를 따라가라고 등을 떠밀어. 영감이 떠오르도록 모든 환경을 제공하는 거지. 배우는 연극의 꽃이니까 꽃을 제대로 피게 하려면."
"「파리 텍사스」에 출연할 때 나스타샤 킨스키는 극중 인물의 심정으로 일기를 썼다고 하데요. 배우란 직업도 흥미있어요. 인생의 수업료도 내지 않고 남의 인생을 한껏 살아보잖아요. 자기 인생이 지겨워서 바꾸고 싶어하는 사람도 많거든요."
"남의 인생이라고 하지만 나의 또다른 부분일 수도 있지. 그걸 확인하러 극장에 가는 것 아닐까."

이진은 가방에서 대본을 꺼냈다. 강희는 등을 곧추세워 앉으며 이진에게 「환도와 리스」에 대한 감상을 물었다.

"천진한 악마놀이라고 할까요. 묘한 작품이에요. 마력도 있고."

"작품을 제대로 읽은 것 같아. 음악도 기대가 되는데."

"「볼레로」를 생각해봤는데 원곡대로 오케스트레이션으로 해야 음악이 살아요. 처음부터 끝까지 크레셴도로 이루어져 있는데 바이올린 솔로로는 그런 매력을 낼 수 없고 굳이 솔로로 하고 싶다면 관악기가 맞을 것 같아요. 오보에같이."

"그건 생각할 것도 없이 다른 음악을 쓰지."

"현대음악이 맞을 것 같아 스트라빈스키 곡도 생각해보고 몇가지 떠올려봤어요. 이자이란 벨기에 작곡가 음악 들어본 적 있어요?"

강희가 고개를 가로 저으니 이진이 갈색 종이가방에서 레코드 한장을 꺼냈다. 재킷에는 강희가 모르는 젊은 바이올리니스트의 연주 사진이 있었다. 이진이 손가락으로 재킷 윗면의 'EUGÉNE YSAŸE'란 알파벳 이름을 가리켰다.

"크라이슬러가 작품을 헌정했던 바이올리니스트였어요. 후기 낭만파로 분류되지만 현대음악처럼 난해한 면도 있어요. 자신이 바이올린 연주자였기 때문에 바이올린의 테크닉을 보여줄 수 있는 곡들을 썼죠. 이 레코드에 이자이 바이올린 소나타 여섯 곡이 들어 있어요. 집에 가서 한번 들어보세요. 내 생각엔 소나타 2번 3악장이나 4번의 2악장이 좋을 것 같아요. 두 악장 다 시작 부분이 활을 쓰지 않고 손으로 현을 뜯는 피치카토 기법으로 연주돼요."

"궁금해서 안되겠네. 당장 들어봐야지. 극단 사무실에 낡은 턴테이블이 있으니 같이 들어봅시다."

강희가 사무실로 가서 오디오를 작동하니 이진이 레코드를 놓고 바늘을 올려놓았다. 이진이 선곡하자 시작부터 손으로 현을 뜯는 피치카토가 진중하게 울렸다. 활로 켜는 것보다 울림이 커서인지 현대적인 느낌을 주는데 곧 이어지는 바이올린 선율은 조용하고 우수가 깃들어 있었다. 시작 부분이 일분 정도 지나자 바이올린의 보편적인 클래식한 선율이 흘러나왔고 첫곡은 오분도 되지 않아 끝났다.

"이게 3악장이구요, 다음 건 4번의 2악장이에요."

이진이 골라서 들려준 두번째 곡 역시 손으로 현을 뜯으며 시작되었다. 앞의 것과 형식이 비슷하지만 강약이 있어 긴장감을 느끼게 하고 기대감을 주었다. 이 부분도 앞의 곡처럼 사오십초 정도로 끝나고 정통적인 바이올린 선율이 이어졌다. 손으로 뜯어 올리는 현의 소리가 여운을 남겨 생각에 잠겨 있는데 뒤의 곡은 더 짧게 끝났다. 이진은 같은 곡을 되풀이하여 틀었다. 3악장과 2악장을 다시 들어 귀에 익자 이진은 이번엔 소나타 2번의 3악장 앞부분만 일분가량 들려주었다.

"내 생각으론 3악장이나 2악장의 앞부분을 쓰면 어떨까 싶어요. 뒤의 선율은 연극에 비해 너무 클래식해요. 이자이 곡도 현대곡이지만 음악 자체가 보수적이어서 아라발 작품의 파격에 발을 맞추기 힘들어요."

"그런 것 같지?"

"음악 사용이 표시된 부분은 시작 장면이나 마지막 장면이데요. 음악이 사십초에서 일분 정도 흐르면 되나요?"

"그 정도면 되겠지."

"따르로 가려고 하지만 자꾸만 제자리로 돌아오는 내용이라 반복되는 「볼레로」를 생각했다고 했죠. 이자이 곡의 피치카토 부분은 독립된 선율 두 개가 같이 흘러가요. 음이 숨어 있지만 아래 성부에서 솔파미라, 네 음으로 된 단순한 선율이 반복적으로 나와요. 무난하다면 피치카토가 나오는 두 악장의 전반부를 번갈아가며 사용해도 좋을 것 같아요."
"무난한 정도가 아니라 좋아. 내 선택이 옳았어."
강희는 만족한 표정으로 이진을 바라보았다. 이진의 성실한 조언에 감동되어 마음이 그럴 수 없이 뿌듯했다. 그건 강희를 위해서라기보다 이진 자신의 열정에서 나온 성실함이었다. 자신들의 작업에 대한 열정, 그 공통점을 발견하고 강희는 이진에게 동질감을 느꼈다. 가슴에 불현듯 아스라한 욕망의 불꽃이 켜졌고 강희는 황급히 고개를 돌리면서 시계를 보았다.
"벌써 여섯시네. 저녁 약속이 없으면 나랑 저녁 먹어. 함께 작업 얘기도 해야 하고."
"맛있는 것 사주세요."
이진이 초밥을 먹고 싶다고 말해서 강희는 이진을 부근에 있는 일식집으로 안내했다. 아직 시간이 일러서인지 손님은 많지 않았다. 강희는 다다미 방이 있는 이층으로 올라갔다. 이층은 더욱 한산하여 식탁은 텅 비어 있었다. 강희는 자리를 잡자 회와 맥주를 시켰다. 오늘도 아침부터 작업에 들어가서 쉴 틈이 없었는데 식탁에 앉으니 목이 타들어가는 듯한 갈증을 느꼈다. 강희는 맥주가 나오자 두 개의 잔에 가득 부었다.
"운전을 하니 알아서 마셔요. 프로스트(prost)!"
"쭘 볼(zum Wohl)!"
강희는 독일식으로 건배하고 단숨에 잔을 비웠다.
"그런데 어떻게 이자이 곡을 금방 생각해냈지."
"독일서 공부할 때 이자이 곡을 연주한 적이 있어요."
"이진씨가 말한 대로 시작 부분만 사용하면 좋겠어. 손으로 현을 뜯는 소리가 극의 장면에 잘 맞아. 일반인이 듣기에 그 뒤는 사실 보통 클래식 음악이야. 감성이 있으니 뭐가 필요한지 집어내잖아. 예술가니까."

"곡 하나 골라줬다고 그렇게 부추겨요."

이진은 고개를 쳐들고 천장을 향해 웃었다. 강희는 이진의 긴 목에 눈길을 던졌다.

"내가 한달 동안 끙끙거리던 걸 하루 만에 해결해주니 감탄하지."

"난 어릴 때 숙제가 있으면 놀질 못했어요. 어제 부탁받고 집에 돌아가서 여기 오기까지 「환도와 리스」 생각만 했어요."

"나하고 같아. 나도 할 일이 있을 땐 다른 것은 안중에 없어."

강희는 동류의식을 전하며 와사비가 든 종지에 간장을 따라주었다.

"앞으로 연습을 함께 해야 할 텐데 하루 중 언제가 시간 내기에 가장 좋을까."

"출연할 생각은 없는데요. 연극은 페스트와 같다면서요. 나까지 전염되긴 싫어요."

이진은 생글 웃으며 말했으나 농담 같지만은 않았다. 강희는 눈을 내리뜬 채 미소짓다가 정색을 했다.

"앞으로 한달 뒤에 막이 올라. 난 장이진 외의 바이올리니스트를 생각해본 적이 없어. 장이진을 떠올린 순간 무대 그림이 완전히 그려졌어. 여기서 변동이 있다면 모든 게 뒤죽박죽이 될 거야. 그만큼 이진 씨가 이 연극에서 중요해. 대사를 외우고 연기하는 것도 아닌데 어려울 게 하나도 없어. 몇번 무대에 나와 잠깐 바이올린을 연주하고 바람처럼 사라지기만 하면 돼. 연습시간은 강요하지 않을게. 생활에 지장을 받지 않는 한에서 나를 도와준다고 생각하면 돼. 나도 언젠가 이진 씨에게 도움을 줄 때가 있겠지."

강희의 절실한 눈빛을 마주보자 이진은 마음이 흔들렸다. 무대를 겁내는 이진이 아니었다. 단지 강주가 마음에 걸렸다. 특별한 일이 없으면 거의 매일 강주에게 전화하지만 어제는 연락을 하지 않았다. 강희와 만난 얘기를 선뜻 할 수 없을 듯했다. 독일과 부다페스트에서 강희를 만난 일도 여태 얘기하지 않았다. 리스트 음악제를 보러 간 부다페스트에서 강희를 만난 것은 정말 우연이었지만. 이진은 한쪽 발이 모래 속으로 빠져드는 것 같은 자력을 느끼며 다짐받듯 물었다.

"그럼 난 무엇을 위한 오브제가 되는 거죠? 무대 위의 모든 것이 다 오브제라면서요. 다 상징이라면서요."

"천진한 악마놀이의 증인이며 인간의 폭력과 어리석음을 내려다보는 여신. 또는 따르로 가려는 인간들의 노력이 헛됨을 알려주는 집시. 인간은 영원히 떠돌 수밖에 없다는 걸 조롱하듯 노래하는 회색옷의 집시."

9
알을 깨고 날아간 새

 유월도 중순으로 접어들면서 햇살이 강해지고 한낮엔 등줄기로 땀이 흘러내렸다. 발굴도 이제 막바지에 접어들어 십여기의 유구만 수습하면 끝나는데 시작할 때나 지금이나 땅과 씨름하는 모습은 다를 바 없었다. 며칠 전엔 실습 나온 사학과의 남학생이 밤에 편지를 써놓고 사라졌다. 아무리 생각해도 이 일이 적성에 맞지 않다고 편지에 실토했다. 힘든 것을 견디지 못하는 신세대였다. 세대가 바뀌면서 고고학과의 남학생 숫자도 점점 줄어들고 있는 것이 현실이고 노동까지 요구하는 힘겨운 학문이라 미술사로 전공을 바꾸기도 했다. 그래도 고고학은 마약과 같아서 일단 현장에 들어가면 만사를 잊어버리게 된다. 약간의 이탈은 있었지만 대부분은 우직하게 땅을 파며 여름의 마지막 발굴작업에 박차를 가하고 있었다.
 민기는 세장방형 목곽묘 조사를 끝내고 나흘 전부터 단면이 잘려나간 적석목곽묘 유구를 맡았다. 관 위에 돌을 쌓고 봉분을 만든 형식인데 돌로 덮여 있어 손이 많이 가고 유구 범위를 가늠하기가 힘들었다.

함몰된 천개석을 들어내고 정리하니 냇돌이 깔린 바닥이 드러났다. 곽에서 동남쪽으로 치우친 지점에서 금귀걸이 한쌍이 나와 머리 방향이 동쪽임을 알 수 있었다. 이번 발굴에선 시기가 늦은 적석목곽분 외에선 금제품이 나오지 않아서 장식이랄 것도 없는 단순한 금귀걸이도 희귀했다. 발치에선 뚜껑 있는 굽다리 접시와 다리 있는 목 긴 항아리 등 토기가 출토됐다. 민기가 주위의 유구들을 둘러보며 강주에게 물었다.

"경주 쪽에서만 볼 수 있는 기다란 덧널, 세장방형 목곽묘가 없어지면서 적석목곽묘가 나타나요. 저건 경주 시내의 거대고분보다 뒤에 만들어진 거죠?"

"뚜껑 있는 굽다리 접시 같은 토기를 보면 알 수 있잖아. 시내의 적석목곽분에서 나오는 이른 시기의 신라 토기에선 굽다리 접시에 뚜껑이 없어. 육세기로 잡아야겠지."

"그럼 세장방형에서 적석목곽묘로 묘제(墓制)가 발전한 겁니까?"

"적석목곽묘는 이곳에 살던 집단이 경주의 영향권에 들면서 경주 시내 귀족의 무덤을 모방해 쓴 거라고 봐야겠지. 묘제가 지석묘에서 토광묘와 옹관묘, 목관묘, 부장품을 많이 넣기 위해 나무 곽을 넣고 그 안에 목관을 넣은 목곽묘로 발전해왔지만 사세기 후반부터 나타난 거대 적석목곽분은 돌발적이라고 볼 수밖에 없어. 대단위 인력을 동원했을 규모, 갑자기 쏟아지는 순금제 부장품, 왕궁서 바라볼 수 있는 평지에 조성된 입지 등이 이전의 묘제완 전혀 다르잖아. 북방의 스키타이 묘제와 꼭 같다지만 시대 차이가 팔백년 이상이니 모든 게 수수께끼지."

벽면에 한 귀퉁이가 떨어져나간 대부장경호가 박혀 있었다. 강주는 옆에 놓인 깨어진 조각을 집어들었다.

"발굴장에서 두세 달 일했으면 아저씨들도 조심해서 곡괭이질을 해야 할 텐데."

"학생들도 쉽게 토기를 깨뜨리는데 인부들에게 기대할 수도 없어요."

"내가 대학 다닐 땐 학생들이 토기조각 하나 밟아도 혼이 났어. 발굴하다 처음 토기를 깼을 땐 정말 가슴이 철렁하더구만. 백제 석실을 조사할 땐데 머리와 발치에 부장품이 묻혀 있다는 걸 알면서도 뒷걸음 치며 흙을 파다가 발치에 묻힌 토기 하나를 밟아 깨뜨렸어. 천오백 년간 땅속에서 온전하게 숨쉬고 있던 유물이 내 발에 손상되다니. 순간의 방심이 얼마나 후회스러웠던지."

그때 강주는 사죄하는 심정으로 깨진 토기를 가슴에 안았다. 그때의 결곡한 마음을 떠올리며 강주가 토기조각을 맞추어보니 민기는 토기 속을 들여다보았다.

"토기 속에 둥근 차돌이 열 개 넘게 들어 있어요."

"화살에 쓰던 돌구슬인가?"

"중국에선 사람을 묻을 때 입속에 쌀이나 매미 모양의 구슬을 넣어주었다면서요. 혹시 그런 반함(飯含) 같은 용도로 만든 게 아닐까요?"

"난생설화와는 관계없을까?"

"난생설화 시기는 박혁거세, 석탈해가 나왔던 이사금 시기잖아요. 돌구슬이 들어 있는 이 토기는 마립간 시기 것이구요. 또 마립간 대는 북방민족이고."

"그렇게 단정적으로 말할 수는 없지. 삶은 달걀이 부장된 천마총도 마립간의 무덤이야."

수긍 가는 공상이 이론이 되기도 해서 둘이서 상상을 주고받는데 여학생이 다가와 민기를 불렀다.

"정선배, 전화왔어요. 병원이래요."

"집사람인가?"

민기가 혼잣말을 하며 자리를 뜨는데 현장사무실 앞에 차 한대가 멈춰섰다. 차문이 이내 열리고 박교수와 발굴조사단장인 박물관장이 차에서 내렸다. 앞문으로 내린 조교의 손엔 음료수 상자가 들려 있었다. 강주가 사무실 쪽으로 걸음을 옮기려니 두 사람이 발굴장으로 내려오며 기다리라는 손짓을 했다. 두 사람 다 평상시처럼 잠바차림이었다.

"나오셨어요."

"잘돼가나?"

"한창 마무리하고 있습니다."

"더 더워지면 작업하기도 힘들어. 이달에 끝내니 다행이야."

"원래 예정보다 두 달이나 길어졌지만 포크레인으로 흙 걷어내니 이나마 빨리 진척이 된 겁니다. 옛날처럼 일일이 손으로 파헤친다면 일이년도 좋이 걸리겠죠."

작업장 한쪽에선 포크레인이 땅을 한꺼풀 벗겨내고 있었다. 관장이 물끄러미 그 광경을 보더니 희미한 미소를 지었다.

"옛날도 아냐. 불과 사년 전 합천서 유적을 발굴할 때만 해도 무덤 덮개돌을 사흘간 손으로 들어냈어요. 나는 물론 학생들까지 조상의 무덤을 포크레인으로 철거한다는 건 상상도 하지 못했어. 죄송하고 예의가 아니라고 생각했지. 이젠 그런 식으로 일한다면 비경제요 비효율이지. 흘러간 낭만이 됐어."

"과학적으로 하는 것이 능률적인 것은 분명하지만 머리도 기계적으로 변하는 게 아닌가 걱정이 돼요. 석기 만들어서 판 사람도 있지만 석기시대로 되돌아가 석기 만들어볼 마음의 여유도 없어져요."

석기 얘기가 나오니 박교수가 씩 웃었다. 갓마흔을 넘긴 젊은 교수로 강주를 경주에 불러온 대학선배였다. 강주가 고고인류학과 학생이었을 땐 강사였는데 신석기 유적을 발굴하는 현장에 놀러 온 부인들에게 가짜 석기를 만들어 개당 삼만원에 팔았던 경력이 있다. 뜻밖의 수입으로 박교수는 그날 밤 바비큐 파티를 벌였다. 박교수가 장난기 가득한 눈으로 강주를 바라보았다.

"요즘은 석기 안 만들어? 청원이는 아직도 그때 받은 석창 간직하고 있다더라. 감쪽같이 속았다고."

"누가 가르쳐준 솜씬데요."

이번엔 강주가 웃었다. 전기도 들어오지 않는 수몰댐 발굴장에서 심심풀이삼아 떼기수법으로 일주일 만에 석창을 만든 적이 있었다. 이틀 뒤 마침 선배의 생일이라 강주는 그것을 선물로 주었다. 부식되어야 속지 싶어서 하수구에 담가두었던 석창이었다. 선배는 고고학도답게 석기 선물에 감격했고 진짜 석기로 착각했다. 그는 다음날 발굴대원들을 앉혀놓고 유물을 개인이 가질 수 있는가, 훈계하고 선물을 반납하려 했다.

박교수는 현장을 둘러보고 발굴장 구릉 아래 심어져 있는 느티나무 밑으로 앞장서 갔다. 인부들이 휴식시간에 쉬는 장소였다. 조교가 음료수를 날라오면서 정민기가 급한 일로 집에 갔다고 강주에게 알렸다. 무슨 일이 있나? 강주가 물었지만 조교도 눈만 껌벅거렸다. 민기가 아무 말도 남기지 않은 모양이었다. 시계를 보니 벌써 네시 반이었다. 내일이면 민기에게 무슨 사정이 있는지 알게 되겠지. 모두 나무그늘에서 목을 축이는데 관장이 입을 뗐다.

"이번에 발굴한 유구들은 규모가 큰 것 같진 않지만 흥미있어요. 미지의 사로국시대가 유적으로 나오니까. 고불선생은 건천 모량리, 금척리 고분군이 있는 이쪽을 사로 육부시대의 모량부라고 추정하는데 나도 같은 생각이야. 거대고분이 있는 경주 교외라 이곳의 집단이 경주의 원류, 토대가 될 수도 있어요."

"목곽묘에서 갑옷도 몇벌 나오고 투구도 출토된 것으로 보아 전투집단의 성격이 강해요. 당시 골벌국인 영천에서 경주로 들어오는 길목이라서 방어를 위한 전투집단이 거주했을 가능성이 있어요. 경주시 고분에선 무기류가 거의 나오지 않잖아요. 이렇게 외곽에서 지키는 거죠. 아직까지 두드러진 건 없지만 유물도 많이 나왔어요."

강주 말을 박교수가 이었다.

"신라 사람들은 미친 듯이 부장품을 많이 넣었어. 내세사상 때문이 겠지만."

"덕분에 고고학 자료가 풍부해졌잖아요. 실증학문이라 매장문화재가 많으면 우리야 든든하죠."

"하긴요, 유구 자체도 중요하지만 이왕이면 일반인들이 관심을 가질 수 있도록 유물이 많이 출토되는 게 좋죠. 문화재에 대한 인식도가 높아지니까."

"전 고분에서 출토되는 유물을 볼 때마다 그걸 발굴하는 고고학자들은 땅속에 들어갈 때 무얼 가지고 가고 싶을까, 늘 궁금해요. 단 하나의 부장품을 넣는다면 선생님은 무얼 넣고 싶으세요?"

강주가 관장과 박교수의 대화에 불쑥 끼여들었다. 박교수가 싱긋 웃었다.

"딱 하나 넣을 게 있어. 썩으니까 종이나 나무는 안되고 내 이름 석자와 생년월일을 적어 구운 도자기를 부장할 거야. 그러면 백년 뒤 아니라 천년 뒤 발굴해도 연대를 정확히 알 수 있잖아. 과부 사정 과부가 안다고 연대 추정에 골머리 앓는 고고학자의 노고를 이 선배가 덜어주겠단 말이지. 도대체 왜 우리 조상들은 피장자의 신분을 밝히지 않고 고고학자들을 오리무중에 헤매게 하는 걸까. 이집트의 피라미드엔 파라오의 이름이 새겨진 인장이 문이나 관에 찍혀서 주인을 분명히 알 수 있어. 창사(長沙)의 마왕뚜이(馬王堆) 2호묘에서도 이름과

직위가 새겨진 인장이 나와서 함께 묻힌 사람들의 신분이 드러났지. 이렇게 저승에 가는 신분 증명을 명백히 하건만 우리 선조들은 '죽은 자는 말이 없다'는 격언만 들려줘요. 무령왕만 매지권을 사느라 지신(地神)에게 이름을 밝혔지 신라의 어느 왕도 내가 누구라고 말하지 않아. 덕분에 황남대총 남분이 내물왕릉이다 아니다, 연일 입씨름이지."

"고고학자야 답답하지만 그것도 죽은 자의 권리가 아닐까. 침묵하는 권리 말예요. 그들이 발굴을 원했겠습니까. 피장자를 모르니 추리도 하고 상상력도 키우니 신비감이 있잖아요. 가장 신비한 건 물론 발굴하지 않은 원형의 고분들이지만. 노정권이 주택 이백만호 건설의 구호 아래 무분별하게 건축을 허가해 경주도 덩달아 파헤쳐지니 한심해요. 아파트를 짓네, 도로를 내네, 하니까 차선책으로 발굴할 수밖에. 이것도 다 문화유산의 파괴라는 걸 알면서도 말예요. 발굴도 해부 같은 기술이어서 지금보단 십년 뒤가 낫고 십년 뒤보단 오십년 뒤가 낫겠죠. 땅을 파면 천년의 소리도 깨어져요. 다음 세대의 고고학자들은 발굴하면서 그때의 땅 파는 소리도 들을 수 있지 않을까. 상주의 가냘픈 울음소리도 들을 수 있지 않을까. 신비를 해결할 수 있을 때 발굴해도 돼. 그러니 성급하게 발굴하지 말고 후대에 이 유산을 고스란히 물려주는 것이 최선이지."

"맞습니다."

관장에게 박교수는 고개를 끄덕였고 강주는 공감의 눈빛을 보냈다. 고고학계도 어느 분야와 마찬가지로 비리가 있지만 관장은 발굴을 맡으면 차 한잔 값이라도 영수증을 제출하게 해서 금전문제를 분명하게 처리했다. 사람들이 어려워할 정도로 성품이 꼿꼿하지만 학교박물관 직원의 혼사가 늦어져도 걱정할 만큼 자상한 면이 있었다. 그런 분이 시인처럼, 땅을 파면 천년의 소리도 깨어진다고 말하니 더욱 친근하게 느껴졌다.
"비가 오려나, 오늘 유난히 후덥지근해. 이제야 유월인데."
몸집이 좋은 박교수가 손수건으로 땀을 씻었다. 그는 식사만 하여도 땀을 흘리는 특이체질이었다. 하루가 저물어가는 시각이라 더위도 사그라들었고 느티나무 그늘은 서늘했다. 캔주스를 마시고 무심히 동쪽 하늘을 바라보니 색색의 아치가 허공에 걸린 듯 무지개가 떠 있었다. 강주와 동시에 박교수의 입에서도 탄성이 새나왔다. 얼마 만에 보는 무지개인가. 도시에선 좀체 볼 수 없는 무지개였다. 관장의 얼굴에는 홍조가 드리웠다.
"오랜만에 보는 무지개구나. 어릴 때 소 먹이러 가서 해 질 무렵이면 자주 보곤 했는데. 색색의 빛깔로 떠오른 무지개가 어찌나 신비하던지 소 먹이는 것도 잊은 채 무지개 쫓아 산골짜기로 들어가곤 했지. 무지개 타고 선녀가 하강할 것 같았어."
"계곡에서 선녀가 벗어놓은 옷은 못 보시구요."
"아닌게아니라 그런 환상도 줘요. 단조로운 일상에서 불현듯 창천에 떠오른 무지개는 가슴을 설레게 하는 길조 같아. 오늘도 무어 좋은 일이 생기려나."
무지개는 어느새 사라졌지만 박교수는 싱글거렸다.
"기대가 됩니다. 회 안주에 소주 마실 일 정도만 생기면 돼요."
무지개가 추억을 불러일으켜서 관장은 그날 저녁 술을 샀다. 감포 가는 길에 있는 한 횟집에 찾아가니 삼십대의 젊은 주인이 관장을 깍듯하게 맞이했다. 관장은 그를 제자라며 일행에게 인사시켰다. 횟집 주인은 뜻밖에도 고고학과 출신이었다.
"흙 만지던 손으로 이젠 생선비늘을 만지고 있습니다."
"그러면 어때요. 흙을 파든 고기 잡든 다 살아가는 방법인데."
"전 횟집 주인이 좋아요. 바닷가 식당에서 손님들과 같이 소주잔도 나누고 심심치 않아요. 고고학과에 다닐 땐 졸업식날만 기다렸어요. 밤낮 보지만 토기도 그게 그거 같고."

"도다리와 광어가 구분하기 힘들다지만 생선이 더 확실하지. 확실한 것 잡았네요. 잘했어요. 덕분에 우리 식탁에 밑반찬도 두둑할 테고."

주인은 박교수와 농을 주고받더니 종업원을 시켜 한상 가득 먹거리를 차려주었다. 마죽에 복어껍질 무침과 신선한 샐러드, 귀한 해삼알도 한점씩 먹을 수 있을 만큼 내오고 회와 함께 홍삼과 갓 잡았다는 홍합까지 상이 미어져라 올리니 식도락가인 박교수도 흡족해했다. 겉절이김치가 싱싱해 보여 강주가 먹어보니 독특한 향이 입맛을 당겼다. 약간 쏘는 듯한, 그러나 결코 자극적이지 않은 그 맛은 강주가 전에 외갓집에서 먹어본 낯익은 김치맛이었다.

"아, 재피를 넣은 김치네. 어떻게 재피를 넣었을까. 절이나 남쪽 지방에선 김치에 재피를 넣기도 하지만."

"처갓집이 구례 쪽인데 겉절이김치엔 재피를 넣어요. 오래 먹을 김치엔 재피를 안 넣는답니다. 재피 넣은 김치는 익으면 맛이 없대요."

어느새 주인이 나와 설명해주니 "음식은 역시 전라도"라고 모두 입을 모아 말했다. 박교수는 익살맞게 경상도 출신 아내의 음식솜씨를 흉보았다.

"밥상 차리는 데 한시간 넘게 걸리지만 내가 먹는 데는 십분도 안 걸려. 밥알만 씹으니까."

다시 장가들 천행이 있다면 전라도 여자에게 장가들겠노라 좌중을 웃기고, 술이 들어가면서 대화도 무르익었다. 음식 얘기가 나오자 관장도 한마디 했다.

"『삼국유사』에 보면 문무왕의 이복형제인 차득공은 시골서 찾아온 한 손님을 대접할 때 쉰 가지의 반찬을 내놓았다고 하잖아요. 신라 때는 분명 화려한 음식문화가 있었어요. 그 음식문화는 고려와 함께 개성으로 올라가고 이젠 황남빵 같은 것이 경주의 특산물이 되었어요."

"그뿐이겠습니까. 수로부인에게 꽃을 꺾어 바쳤던 미에 대한 숭배사상, 세 명의 여왕이 법통을 이어받았고 문희와 김춘추가 정분을 나눈 자유분방함, 원효와 처용의 파격과 관용은 어디 가고 뻔때없는 보수기질만 뿌리내렸어요. 한국서 가장 보수적인 도시가 안동과 경주라는데 안동이 보수적인 건 그들다워서 아름다워요. 그게 전통이니까. 그런데 경주는 우악스러운 관광도시로 탈바꿈해서 정이 떨어져요."

"그래도 땅속은 변하지 않으니 천만다행이죠. 제발 땅만 파헤치지 말았으면 좋겠어요. 건물이 아무리 들어서도 능을 밀어내진 못하구요. 아파트가 마구 들어서니 떠나고 싶은 생각까지 들지만 도심에 솟아 있는 거대한 고분을 보면 위로가 돼요. 환상을 주는 고분이 있는 한 고고학을 하는 사람들은 경주에 매혹당할 수밖에 없어요."

강주 말에 관장도 이내 고개를 끄덕였다.

"박통이 생전에 유적에 많은 관심을 보인 것도 천마총 발굴현장을 방문하고 나서였을 거야. 우리 발굴역사상 현직 대통령의 현장방문도 그것이 처음이었어요. 그 뒤 박통은 당시로선 거금인 백만원을 격려금으로 내려보냈는데 발굴단의 사기가 올라간 건 말할 것도 없지. 다음해엔 마산 외동 성산 패총을 기계공단 조성을 위해 발굴 조사하게 됐는데 상부의 패각층이 끝난 부분에 뜻밖에도 철 성분이 덮여 있었어요. 일종의 야철지였지. 박통은 문화재 연구 담당관으로부터 설명을 듣고 '삼한시대에 철을 생산해서 수출했다는데 이것이 그 사실을 증명하는 것인가요?' 질문했어요. 이런 지식이 있었기에 대통령은 건설부측의 반대에도 유적보존의 결단을 내렸어요. 기원전부터 사람이 존재했다는 사실을 밝힌 성산 패총 유적은 이제 창원을 찾는 관광객이 반드시 관람하는 명소가 되었어요. 이 기계공단이 숙명적으로 철과 관련되어 조성되었다는 당위성을 주었지요."

"박통은 유적이 아니라 유물에 관심이 많았던 것 아닙니까. 그것도 꼭 부정적인 것만은 아니지만. 나뽈레옹은 이집트 원정 때 고고학자를 동반하고 책으로는 유일하게 볼네이의 『시리아와 이집트 여행』을 갖고 갔어요. 정복지에 대한 철저한 정보수집이었지만 뒷날 기념비적인 『이집트지』를 출판하여 이집트학의 기초를 세우게 돼죠. 박통은 독재자로서 한국현대사를 후퇴시켰지만 고고학자 입장에선 구관이 명관이에요. 발굴현장을 몸소 찾아다닌 대통령은 전에도 후에도 없으니 말입니다. 제가 전곡리 유적을 발굴할 땐 박통이 비서실장을 시켜 현장을 방문하고 보고하도록 했어요. 우리나라에서 처음으로 전기 구석기 유적이 발견됐다는 소식을 TV에서 본 거죠. 대통령 비서실장의 행차는 두고두고 마을의 얘깃거리가 됐을 정도로 벽지 주민을 놀라게 한 사건이었어요. 하루종일 돌조각만 뒤지는 발굴단을 이상한 눈으로 바라보던 마을 사람들이 그 뒤론 상관처럼 대접했으니까. 그때도 하사금이 내려와 가건물이나마 현장사무실을 마련했고 대통령의 관심 덕분에 어려움 없이 작업했지만 발굴이 완료되기 전에 박통이 피살됐다는 소식을 들었어요. 역사적 필연이었겠지만 일개 고고학도로선 아쉬웠어요."

"가장 아쉬운 건 유적에 대해 나름의 신념을 가진 통치자가 있었을 때 고고학자들이 적극 건의하여 경주를 완전한 고도로 조성했더라면 하는 점이에요. 고분이 많은 노서동, 황오동, 황남동 일대의 민가를 그때 완전히 이주시키고 일본의 나라(奈良)처럼 도시의 일부를 거대한 공원으로 만들었다면 환상적인 고도가 되지 않았을까. 대능원에 대형 관광버스를 타고 갈 것이 아니라 오솔길로 자전거를 타고 가야 제격이 아닌가. 천년의 고분 위로 뉘엿뉘엿 넘어가는 해를 바라보며 시간의 무상함을 느끼고.

"고고학자들은 어쩔 수 없이 낭만주의자야. 인류의 과거를 제 꿈의 뒤뜰로 삼고 홀로 거닐어요. 사랑합니다, 관장님. 사랑한다, 강주야. 우리밖에 사랑할 인간이 없네."
 박교수가 소주잔을 채운 뒤 잔을 부딪쳤고 운전을 맡은 조교는 사이다를 마시면서 흥을 냈다. 무지개 덕분에 술자리가 만들어졌고 인류의 과거를 사랑한다는 공통점으로 좌중은 화기애애했다.

 앞으로 남은 시간 동안 조사해야 할 유구는 둔덕 위쪽의 서편에 잔존해 있는 십여 기의 적석목곽묘와 석관묘, 세 기의 옹관묘였다. 호남에선 53기나 되는 광주 신창동 유적 외에도 영산강 유역에 대형 옹관 고분군이 있고 영남에서도 창원 삼동 유적같이 이삼세기의 옹관묘가 주류를 이루는 공동묘지가 있었지만 경주 쪽에선 적석목곽분이나 석곽묘에 딸려 나타나는 유아용으로 추정되는 소수의 옹관묘만 발굴되었다. 강주가 발굴장을 둘러보다 원삼국시대 옹관 유구 앞에 무심코 서니 땅에 엎드려 옹관묘를 파던 아주머니가 고개를 들었다.
 "엎드려서 파니 얼굴이 붓고 너무 힘들어요. 남자 인부들은 작은 옹관이 뭐 힘드냐지만 작은 게 더 하기 어려버. 항아리도 조각났지, 그 사이로 흙 떠내려니 시원시원 파내지도 못하고 재각재각 긁어야 하고."
 암반층을 파내고 설치한 옹관묘였다. 동서 방향으로 안치돼 있는데 긴 타원형의 와질 토기에 목 짧은 항아리를 막음옹으로 사용했다. 흙을 걷어내는 과정에서 많이 파괴되었지만 전체 길이가 일미터 정도 되는 적갈색을 띤 옹관은 거대한 알처럼 땅속에 놓여 있었다.
 옹관 속엔 함몰된 흙이 차 있고 긴 독의 아가리 쪽엔 주머니호 한 점이 박혀 있었다. 강주가 안을 살펴보니 독의 바닥 쪽에서 깨진 토기 사이로 무언가 거뭇한 것이 박혀 있었다. 강주는 토기 두 조각을 들어내고 대칼로 그 주위의 흙을 조심스레 떠냈다. 물체에 대칼이 부딪치니 둔중한 소리가 났다. 이내 둥근 물체가 드러나고 옆으로 튀어나온 손잡이 부분이 보였다. 검파두식이라고 불리는 칼자루 끝장식이었다.

강주는 돌출된 칼자루 끝장식을 붓으로 쓸다가 흙속에서 언뜻 푸른 빛을 보았다. 손잡이 끝에 가로로 붙인 검코를 붓질하다 흙을 옆으로 가볍게 떠내니 선명한 청동빛 물체가 시야에 드러났다. 그것은 검의 손잡이보다 작은 크기의 청동새였다. 심연의 바다처럼 초록빛을 띠고 새는 천년의 지하세계를 밝히며 헤매다닌 듯했다.

강주는 한 손으로 가만 새를 들어냈다. 부리를 아래로 향한 채 두 날개를 올려들고 날아가는 동작이 단순한 조형미를 보였고, 몸체 아랫부분엔 홈이 파여 있었다. 그리고 보니 앞으로 기우는 새의 자세는 대를 끼워 세워야 날아가는 형태가 될 듯했다. 솟대일까. 대전에서 출토된 것으로 전해지는 농경문 청동기에 새겨진 두 마리의 새가 떠올랐다. 솟대로 보이는 Y자형 나뭇가지에 올라앉은 반점 찍힌 새들. 본격적인 농경사회가 형성된 청동기시대의 사실적인 새인데 원삼국시대의 옹관묘에서 나온 청동새는 좀더 간략하고 장식적이었다.

"변진에서는 사람 무덤에 새의 큰 깃털을 넣어 그 영혼이 하늘로 날아가도록 돕는다"는 기록이 있지만 우리 조상들은 새가 죽은 자의 영혼을 천계로 인도하는 영물이라고 생각했다. 마산 현동 유적 목곽묘에선 실제로 새의 깃털이 찍힌 철촉이 발견됐다. 백제 무령왕릉에서 출토된 나무새와 천마총에서 출토된 새 모양의 나무잔, 화려한 새날개 모양 금관장식, 오리토기와 뼈단지에 새겨진 기러기 형태의 새 등 많은 부장품에서 당시의 내세관과 연관된 새를 발견할 수 있다.

빗살무늬토기를 보며 비를 기다린 선사시대인들의 마음을 시로 적어보기도 했고 고기뼈 문양을 더듬어볼 땐 고기를 잡겠다는 인류의 의지에 감동했던 강주였다. 유물 속에서 행위를 인식하고 상징을 찾아내는 인식고고학은 한때 강주를 매료시켰는데 새는 친근하면서도 시적인 소재였다.

고고학에서 늘 시를 찾아내고자 했던 강주는 석사논문을 '오리토기에 관한 고찰'로 정하고 오리토기가 집중 출토된 가야 지역, 옛 변진 지방인 낙동강 하류까지 답사했다. 가야인들은 하필이면 오리토기를 무덤에 넣었을까? 한 원로 고고학자는 가야인이 유독 오리토기를 사용한 것은 물새와 더불어 살아온 낙동강이라는 생활환경에서 유래한다고 추측했다. 강주는 그의 견해를 수긍하면서 철 따라 이동하는 철새는 환생의 상징이 아닐까, 덧붙였다.

강주가 새를 들여다보니 심해의 초록빛은 어느새 스러지고 퇴색한 하늘빛으로 변해 있었다. 무문토기처럼 약한 것은 지상에 노출되면서 이내 형태가 사라지는데 이천년 가까이 지하세계에서 침묵하다 태양 아래 노출되니 청동의 기운도 바래는 듯했다. 그러나 아름다운 빛깔이었다. 지상의 것이 아닌 저승의 빛깔 같았다. 이승의 문지방에서 바라보이는 잡히지 않는 저승 빛깔. 누구보다 사후세계에 관심을 가졌던 이집트인들에게 죽음은 착한 사람에게 마실 물을 주는 '아름다운 서쪽 나라' 여신의 모습으로 나타난다는데 아름다운 서쪽 나라의 빛깔이 이러하지 않을까.

순간 귓가로 푸드덕 날갯짓 소리가 들리면서 푸른 새 한마리가 창공으로 날아가는 환영을 보았다. 하늘에서 얼핏 오색의 아치를 본 듯도 한데 어제 본 그 무지개였다. 새는 알을 깨고 무지개 저편으로 날아갔다. 파헤쳐진 옹관묘는 잉태하고 있던 혼을 타계로 내보내고 깨어진 알껍데기처럼 놓여 있었다.

거대한 알, 박혁거세도 저런 붉은 알에서 나왔고, 몸가짐이 영특한 주몽도 유화가 낳은 알을 깨뜨리고 걸어나왔다. 석탈해도 득남을 기도한 지 칠년 뒤 왕비가 낳은 알에서 탄생했고 여섯 개의 황금알에서 태어난 여섯 명의 사내아이들은 수로왕과 함께 여섯 가야의 왕이 되었다. 금알에서 태어나 김(金)씨가 된 왕들. 알에서 태어난 우리의 시조들. 알의 자손들인 우리.

청동새가 출토된 토기 바닥 쪽에서 청색 유리구슬도 수십점이 나왔다. 옹관은 주로 유아용으로 쓰이지만 크기가 작지 않은 것으로 보아 그 시대의 보편적인 무덤은 아니다. 거기다 실생활 용기가 아닌 칼자루 끝장식 같은 청동 부장품이 나와서 묻힌 사람의 신분이 특이할 수도 있다는 생각이 들었다. 청동새까지 나온 걸 보면 제사 관계자나 무속인인지도 모른다. 강주가 구슬을 수습하는데 혜정이 뛰어와 강주를 불렀다.

"선생님, 저기 좀 봐주세요. 48호분 목관묘 목관 내부 조사중인데 바닥 흙이 거의 다 붉어요. 시커멓게 나타나는 곳도 있구요."

"꽤 많이 팠지? 깊이가 얼마 정도 되나?"

"육십 센티 넘게 팠어요."

강주는 학생 하나를 불러 옹관묘에서 나온 유물과 구슬 수습을 지시하고 자리를 옮겼다. 48호분은 남쪽 비탈진 구릉 중간 부분에 위치해 있어 입지가 두드러지게 좋은 곳은 아니었다. 무덤 구덩이의 폭이 이 미터로 넓은 편이어서 처음엔 목곽묘로 추정했다. 봉토 안에서 수습된 와질 토기들과 쇠창, 재갈 들이 특별한 유물은 아니어서 주목을 끌진 않았다. 이틀 전 저녁미팅에서 48호분을 담당한 혜정이 파도 파도 생땅이 나오지 않는다고 말해서 큰 유구가 있으리라고 짐작했다. 대부분의 목관 구덩이 깊이는 사오십 센티 정도였다.

혜정이 말한 대로 육십 센티도 넘게 파내려간 목관 바닥은 붉은빛을 띠고 있었다. 철기가 많이 깔린 듯했다. 가운데는 거뭇거뭇한 흔적이 있어 청동유물이 있다고 추측되었다. 철이나 청동 유물이 부식되면 이십 센티 가량 위로 흔적이 보였다. 강주는 먼저 알코올과 증류

수, 방습제 등 약품을 준비하라고 시키고 대칼로 십 센티 폭의 트렌치를 넣었다. 긴장한 탓인지 숨소리도 내지 못했다. 묻혀 있던 과거와의 해후, 침묵했던 역사와의 첫 상면, 선조의 혼이 깃들인 유물들은 진실을 어떻게 드러낼 것인가. 고고학도들이 가장 설레는 순간이기도 했다.

십 센티 정도 파내려가니 예상대로 유물이 걸렸다. 말 모양에 고리가 있는 청동제품이 온전한 상태로 모습을 드러냈다. 허리 장식 띠고리로서 단순하면서 역동적인 조형이 영천 어은동에서 출토된 동물 모양 띠고리와 같은 계열이었다. 미술사 전공자들은 장식성이 강한 동물양식 미술을 북방 스키타이 미술로 보는데 대구 비산동에서도 이러한 띠고리가 출토됐다. 청동기 문화는 남한 전역에 퍼져 있으나 동물 모양 띠고리는 지금까지 경북 일원에서만 출토되고 있다. 이 현상이 지역성과 관계가 있는 것일까?

같은 띠고리라도 장식 없는 교구보다 장식이 달린 대구가 더 공이 들어간 유물이어서 강주는 기대를 늦추지 않았다. 청동 팔찌 한쌍도 그 주위에서 수습하고 혜정과 함께 띠고리가 놓인 높이까지 흙들을 평면으로 걷어내는데 동단 벽 쪽에서 작업하던 혜정이 큰 소리로 말했다.

"이거 이빨 아녜요? 어금니하고 송곳니 같아요."

혜정이 가리키는 가운뎃자리를 들여다보니 누런 빛깔의 파편 두 개가 아래위로 놓여 있었다. 길고 뾰족한 이뿌리를 보아도 틀림없는 치아였다. 치아가 놓여 있는 자리로 보아 머리 방향은 동쪽이었다. 강주 앞에 검의 청동손잡이 부분이 돌출돼 있어서 혜정에게 조심하여 파라고 환기시켰다. 인골이 남아 있을지도 모를 일이었다.

강주는 청동손잡이 부분의 흙을 대칼로 긁어내고 붓으로 털어냈다. 검을 노출시키니 동검에 무언가 묻어 있었다. 경험상으로 강주는 그것이 목질이라는 것을 알았다. 나무 칼집의 흔적인지도 모른다. 검이 완전히 노출되고 마르면 목질이 휘므로 증류수에 적신 가제로 덮어두어야 한다. 강주는 가제를 준비했는지 확인하고 청동손잡이가 달린 또다른 검 하나가 옆에 놓인 것을 확인했다.

강주가 청동검과부동검과 두 개의 철검을 출토하는 동안 혜정은 유리구슬 목걸이를 수습했다. 인골의 흔적은 없으나 목걸이는 목 부분에서 가슴 아래까지 오십 센티 정도의 길이로 늘어져 있었다. 목걸이 옆에서 곡옥이 출토됐는데 목걸이에 달린 곡옥이었다.

철검 아래에선 방제경이라 불리는 본뜬 거울도 출토되었다. 중국제 거울을 본떠 우리나라에서 만든 거울인데 검과 옥이 함께 부장되어 무덤의 주인공이 높은 신분임을 알 수 있었다. 이 세 가지는 흔히 고대 일본에서 삼보로 알려져 있지만 한국의 수장급 무덤에서도 출토되었다. 청동제 방울과 두 개의 손칼마저 들어낸 바닥흙 빛깔은 시뻘겋고, 언뜻언뜻 쇠의 흔적이 보였다.

마지막 트렌치를 넣어 흙을 완전히 들어내자 직사각형의 쇳덩이가 바닥에 일렬로 깔려 있었다. 붉게 부식된 쇠는 고대 혼의 자취인 양 강렬했고 힘을 내뿜고 있는 듯했다. 그것은 재화의 의미를 가진 쇠도끼, 판상철부였다. 권력의 상징이기도 했다. 이세기에서 삼세기 사이 구야국의 왕묘급인 김해 대성동 고분에선 백매의 판상철부가 나왔고 왕묘급 양동리 고분에는 사십매가 부장돼 있었다.

48호분에 깔린 판상철부는 모두 마흔여섯 개였다. 십 단위로 떨어지는 여태 발굴된 양상으로 본다면 쉰 개여야 맞다. 그 이유는 잘 모르지만 고대인들은 무덤의 유물도 어떤 의도와 설계, 개념을 가지고 준비한 듯했다. 사회가 발달되지 않고 분업화되지 않은 제정일치 시대이므로 인식세계에 대해 생각할 필요도 있을 것이다.

강주는 다시 판상철부의 숫자를 세어보곤 무덤 구덩이와 관 사이의 묘광을 흘긋 보았다. 무덤은 조성한 과정대로 발굴하므로 관을 넣은 뒤 흙을 채운 묘광이 마지막으로 남았다. 판상철부는 묘광 속에서 나올지도 모른다. 강주는 등줄기로 땀이 흐르는 것을 느끼며 유구 밖으로 나와 주저앉은 채 담배를 피워물었다. 너무나 긴장한 탓에 어깨가 뻐근했다.

10
그대 안의 깊은 계단

여섯달 만에 발굴은 끝났다. 청동기시대 집터를 비롯하여 오륙세기 석곽묘까지 유구들이 두루 확인됐고 사백여점의 토기류와 투구를 비롯하여 백여점의 철기류, 오십여점의 장신구가 출토되었다. 그간의 출토품들과 기구들을 다 정리하여 학교로 보내고 그저께 해단식을 했다. 인부들은 삽과 호미를 던지고 돼지를 잡아 마지막 회식을 했다. 땅 위로 드러날 것은 다 드러나 빈 유구들이 널려 있는 발굴터에 돼지의 멱 따는 비명소리가 들려온 듯도 한데 그건 마치 고대인의 천오백년 잠을 깨뜨린 데 대한 속죄의 의식 같았다. 혼령들이시여, 이제 긴 긴 잠에서 깨어났으니 저승에서 쓴 그대들 노자를 이승에 되돌려주소서. 양명한 세상에 모습을 드러내 천년 이천년 이어질 삶이 헛되지 않다고 가르쳐주소서.

문화재관리국의 조사도 끝나자 소유주인 신사장은 아침부터 현장을 둘러보았다. 성급한 마음에 오후엔 기사가 포크레인을 끌고 나타났다. 비가 부슬부슬 내리는데 안전 관리와 현장 마무리를 위해 발굴장에 다시 들른 강주는 떨어뜨린 것이 없나 확인했다. 발굴을 시작할 때 유구의 범위를 추측하기 위해 십 미터 간격으로 파놓은 트렌치 줄도 흙으로 메워졌다. 쉰 개의 쇠도끼가 나온 48호분 유구도 이미 흙으로 메워졌다. 중요한 유구여서 보존하려 했으나 뜯어내기가 힘들었다. 48호분을 흙으로 메우기 전, 강주는 유구 속에 들어가 쇠도끼의 흔적을 다시 한번 손으로 더듬어보았다.

비가 오거나 바람이 불거나 여섯달 동안 신발이 닳도록 누비고 다닌 발굴장이었다. 누군가의 웃음도 묻어 있는 것 같고 땀냄새도 배어 있는 듯했다. 일이 다 끝나 왠지 허전한 마음으로 강주가 민기와 함께 마을 쪽의 신작로로 빠져나가려는데 등뒤로 소음이 들려왔다. 반사적으로 돌아보니 어느새 불도저가 땅을 밀어붙이고 있었다. 강주는 순간 눈을 감았다. 여섯달간의 노고가 어느새 무로 돌아가 망각의 지하에 묻히고 있었다. 지영의 비명소리도 민기의 아픔도 쓰레기처럼 묻히고 있었다. 하긴 땅속의 꿈도 다 캐어버렸으니 미련을 가질 것도 없겠지.

학교에 들렀다가 그날 저녁 강주는 민기와 시내의 일식집에 갔다. 민기는 이번 발굴 때 아버지가 되었지만 그 기쁨도 잠시였다. 인큐베이터에 있던 아이에게 영양제 주사를 맞혀주었지만 그것이 충격이었는지 아이는 회생하지 못했다. 첫아이여서 민기의 심적 타격도 큰 듯했다. 민기의 아내는 몸져누웠다는데 며칠째 민기는 말이 없었다. 강주는 민기를 위로하고 싶었다. 미역과 소라 등 밑반찬들과 소주가 나오자 강주는 민기의 잔에 술을 부었다.

"무어라고 위로해야 할지 모르겠다. 발굴중에 이런 일이 생기면 현장책임자로서 내 마음도 무거워."

"인명은 재천이라는데 세상에 너무 빨리 나와서 다시 돌아갔나봅니다."

"당분간 잊히지 않겠지만 시간이 흐르면 회복될 거야. 젊으니까 앞으로 얼마든지 아이를 가질 수 있잖아."

"발굴 때 민묘 파낸 것이 영 마음에 걸려요. 시신을 봤거든요. 그것 때문에 애가 죽은 것 같고 그래요."

강주는 민기 잔에 소주를 부으려다 멈칫했다. 그날 강주가 현장에 없어서 민기가 그 일을 맡게 된 거였다. 미신이라고 할 수도 없고 체감에 맞장구칠 수도 없었다. 민기가 소주잔을 비우며 시큰둥하게 내뱉었다.

"내가 눈에 뭐가 씌어서 고고학을 했나봐요. 남의 무덤에 못 치고 줄 걸고 뼈를 약품에 담그고 이게 무슨 학문입니까. 만년유택인 남의 마지막 안식처를 침범하고. 담배 한개비 불붙여서 놓고 미안하다는 말밖에 할 게 없어요."

"유구구조가 풀리지 않아 무덤과 대화한다고 플래시 들고 들어가 밤새운 사람도 있지. 술에 취해 잠들었다가 가빠 밑에서 언 채로 발견돼 우리가 한시간 동안 주물렀어. 밖에서 보면 미쳤다고 하겠지."

"미쳤죠."

민기가 자조하듯 대꾸해서 강주도 고고학의 어려움에 대해 한탄조로 말했다. 흙먼지를 뒤집어쓰고 땡볕 아래 엎드려 발굴을 끝내면 보고서 써내는 데만 이삼년씩 걸린다. 토기 붙이기부터 시작하여 세부 사진촬영과 현상 인화까지 해야 한다. 출토된 유물들 도면을 그릴 땐 숨도 쉬지 않고 팔을 붙인 채 선을 한번에 다 그려야 한다. 조금만 손이 떨려도 지저분해지고 선을 연결하면 두꺼워지므로 몇년은 연습해야 능숙해지는데 강주는 대학 때 집에도 가지 않고 도면 그리기를 연습했다. 등고선도 그려야지, 실측도 일 밀리의 오차 없이 그려야지, 전체를 분석하고 고찰하여 이 모든 것으로 보고서를 만들면 교정을 열 번까지 보느라 눈물이 다 나왔다.

유물의 시기를 오세기로 표기하기까지 엄청난 고뇌가 있다는 것을 누가 눈치채랴. 박물관에 전시대를 설계하여 유물을 내놓기까지 고고학도의 피와 눈물이 있다는 것을 누가 알랴. 그래서 느는 것이 담배요, 사람이 메말라간다고 자탄하는 사람도 있었다.

"세상사엔 다 음양이 있어서 힘든 만큼 좋은 추억도 있잖아. 발굴 자체는 힘들어도 시골 풍경이라든가 만난 사람들이 마음을 사로잡는 때도 있지. 안동댐 공사로 발굴했을 땐가, 집이 이십호 정도 되는 시골 마을에 머물렀는데 진주교대 여학생 네 명이 분교에 실습 나와 있었어. 비키니 수영복 차림의 여배우 사진이 붙은 방에 그들을 초대한 일, 그들과 짝을 지어 돌 주우러 가고 비오는 날 한 우산 쓰고 봉봉다방에 가서 커피 마시던 일, 교대생을 짝사랑한 동네 남자가 막걸리 마시고 숙소에 찾아와 행패부리던 일, 아침 출근 때 그물을 던져 빙어를 한 양동이 잡아선 배도 따지 않고 날것으로 먹던 인부들, 뱀장수 흉내를 잘 내던 김씨 아저씨. 코가 빨갛고 입에서 막걸리 썩는 냄새를 풍기던 전씨 아저씨는 도망간 마누라 욕을 시도때도 없이 했지만 술 마시고 아침에 못 나오면 출석한 것으로 해주었지. 아침에 소가 콧김을 내뿜는 풍경, 물이 끓던 큰 가마솥도 눈에 선하네."

"추억이야 좋죠. 어릴 때 소 먹이러 가서 서리한 감자 구워먹고 산도라지 캐면서 자라서 시골에서의 발굴 같은 건 힘들게 생각 안했어요. 삽질 낫질도 일머리 따라 하고 전기 설비도 내가 다 한걸요."

"버스가 하루 두 번밖에 들어오지 않는 벽촌에서 발굴할 땐 여학생 구하기가 힘들었어. 안동서 발굴할 땐 조교가 여자여서 같이 있을 여학생이 필요했는데 어떻게 한사람을 데려간 줄 알아. 김밥 정도는 안 되니까 비싼 돈까스 사주면서 같이 일하자고 꾀었지. 반년 동안 발굴한다는 말도 못하고. 그 뒤로 여학생이 현장에 들어오면 너는 무엇에 팔려서 왔어, 묻곤 했지."

"여학생 방에 불때줄 땐 옆에 앉혀놓고 계속 노래시키고. 노래 안하면 불을 안 때주니까 애교 떨어야지. 모닥불 피워놓고 하모니카 불던 밤도 좋았어요. 벌거벗고 우물서 씻다가 동네 아주머니가 와서 처녀처럼 우물 뒤에 숨기도 했고. 영현이형 생일에 초코파이를 피라미드처럼 쌓아놓고 촛불파티 했는데 유선배도 같이 있었죠."

"내가 합천 놀러 간 날 마침 생일파티 하데. 합천 현장도 이제 수몰됐지. 안동서 발굴한 뒤엔 두 번이나 그 마을에 가보았어. 전씨 집 지붕은 주저앉아 있고 닭장은 비어 있어. 다 떠나고 폐허가 됐어. 마을이 침수된다니까 슬프더라. 포크레인이 왔다갔다하는데 한참 앉아 있다가 왔지. 사라지는 건 슬프지만 영원한 건 없잖아. 우리도 언젠가 떠날 건데. 그러니 사라진 것은 가슴속에서 보내고 다시 시작해야지."

민기는 고개를 한번 주억거리더니 강주 잔에 술을 따랐다. 발굴 때의 추억을 얘기하자 마음이 풀어진 모양이었다.

"민기가 병원 간 날, 나 무지개 봤어. 옹관묘 파던 날인데 지금 생각하니 아이 혼이 무지개 따라간 것 같아. 죄없는 영혼이니 좋은 곳으로 갔을 거야."

"그럴까요?"

민기의 입가에 언뜻 웃음이 돌았다. 위로가 됐다면 더없이 다행이었다. 강주는 담배에 불을 붙이고 민기에게 권했다.

"유물 정리 대강 해놓고 신혼 때처럼 함께 여행이나 갔다 오지. 곧 학기말 시험이 있고 방학이 시작되니까 어수선해지잖아."

발굴이 마무리되고 현장사무실도 철수하여 강주는 모처럼 홀가분하게 주말을 이진과 보냈다. 강주는 금요일에 오라고 했지만 이진은 약속이 있다며 토요일 아침에 서울서 출발했다. 강주는 경주역에서 이진을 만나 함께 점심을 먹은 뒤 무열왕릉으로 향했다. 처음 경주에 왔을 땐 서악동 부근에 방을 얻어 자전거를 타고 거의 매일 무열왕릉에 갔다. 대능원은 산책하기에 너무 넓고 진평왕릉이나 괘릉은 자전거로 가기엔 먼 거리였다. 산 아래 거대한 둔덕처럼 네 개의 고분이 일렬로 솟아 있는 풍경이 웅장하여 강주는 이 서악고분군을 특별히 좋아했다.

어귀에 들어서자 강주는 비각에 있는 태종무열왕릉비의 힘찬 거북 조각을 이진에게 보여주고 무열왕릉을 지나갔다. 멋진 곡선으로 뻗어 있는 소나무숲에 에워싸인 왕릉은 그리 높지 않으나 언제 봐도 기품이 있는 듯했다. 왼쪽의 포장된 산책로를 따라 경사진 구릉으로 올라가니 선도산이 정면으로 보이고 능을 덮은 잔디의 진초록이 물감처럼 눈으로 쏟아져왔다. 바야흐로 성하의 계절로 접어들어 태양은 투명한 바늘처럼 내리꽂히고 땅은 소리없이 미열을 내고 있었다.

능선이 겹쳐 보이는 네 개의 고분을 쫓아가는데 구릉에 심어진 키 작은 배롱나무 몇그루가 시야에 들어왔다. 채 지지 않은 진분홍 꽃이 이승이 아닌 저승의 꽃처럼 고즈넉했다. 두 여자가 그들과 고분을 사이에 두고 오른편 내리막길을 내려가고 있을 뿐 천오백년의 세월이 흐른 왕들의 묘역은 속세 같지 않게 고요했다. 강주는 이진의 손을 잡고 3,4호분들을 스쳐 2호분 앞으로 다가갔다. 이삼십 미터의 거리를 두고 솟아 있는 고분들은 인공이라기엔 너무도 자연스럽지만 난쟁이 신이 세운 제단 같기도 했다. 강주는 2호분을 반바퀴 돌곤 3호분을 등진 채 그 앞에 이진과 나란히 앉았다. 강주는 담배를 피워물며 말을 꺼냈다.

"이게 누구 능인지 알아? 단정할 수는 없지만 추사선생 같은 이는 문헌과 기록을 종합해서 이십사대 진흥왕릉으로 추정하고 있어. 위에 있는 1호분을 이십삼대 법흥왕릉으로 추정하고."

"진흥왕 대에 우륵이 가야금을 가지고 들어왔지?"

"맞아. 우륵의 연주를 듣고 왕은 기뻐했지만 신하들이 가야 망국의 음악은 취할 것이 못 된다고 반대했지. 그러자 '가야왕이 음란하여 자멸한 것이지 악 자체에 무슨 죄가 있느냐' 하고 우륵의 곡을 전습하게 하여 대악으로 발전시켰어."

"나찌의 괴벨스도 베토벤을 좋아했다잖아. 그것이 음악의 죄겠어? 음악을 사랑할 줄 알았던 왕이네. 아, 형이 왜 진흥왕릉에 나를 데려왔는지 알겠다. 다음에 올 땐 바이올린을 가져와 왕의 혼령 앞에 연주를 바치겠어."

이진의 재치에 강주가 흐뭇하게 웃었다.

"정치이상가였던 왕인데 말년엔 머리 깎고 승복 입고 살았어. 법운이라고 스스로 법명을 짓고. 말년을 그렇게 보낼 수 있다면 더없이 멋진 삶이 될 거야."

"장이진이 백발에 스님 뒷바라지해야 하는 거 아니감?"

이진이 콧등을 찡그리더니 뜬금없이 오행 얘기를 꺼냈다.

"형은 토성(土星) 같아. 흙 같은 사람이야. 그래서 편하지만……"

"그럼 이진인 뭐 같아?"

"난 화(火)야. 불, 위험한 불."

이진은 고분에 기대앉은 채 고개를 한껏 들어 2호분의 정점을 뚫어지게 보고 있었다. 고분 위로 뭉게구름이 쫓기듯 흘러가는데 난쟁이 신이 구릉 뒤에서 불쑥 나타날 것만 같았다. 강주는 한 손으로 이진의 어깨를 정답게 감쌌다.

"화생토, 불이 땅을 기름지게 하니 유강주의 만사가 잘될 거야, 여왕님."

강주는 오랜만에 장을 돌며 나물과 생선, 야채와 로스구이용 쇠고기를 샀다. 이진은 마당에 돗자리를 깔고 강주가 피워준 숯불에 고기를 구웠다. 강주가 계속 고기를 덜어주어도 이진은 맥주를 마시며 일주일간 밀린 얘기를 하느라 바빴다. 둘째올케의 출산, 삼년간의 결혼

생활 끝에 이혼하게 된 이종사촌과 음대 강사가 된 친구 얘기를 보고 하듯 들려주었다. 강주는 듣기만 하다가 방학이 시작되는 대로 서해에 가서 일주일 정도 있다 오자고 제 계획을 말했다. 긴장 속에서 발굴을 마쳤으니 잠시라도 몸과 마음을 쉬고 싶었다. 이진과 시간을 맞추려 한 것인데 이진은 잠자코 있더니 머리를 갸웃했다.
"칠월 스케줄은 아직 짤 수가 없어. 방학하면 시향도 쉬고 레슨은 조절하면 되지만."
"또 무슨 일이 있는데."
"나, 연극 무대음악을 맡아달라는 부탁을 받았어. 소정언니 오빠에게."
"강희형이?"
생각지도 않은 말이라 강주는 놀란 눈으로 이진을 보았다. 그저께도 통화했건만 이진은 그 일에 대해 비치지 않았다.
"언제 부탁을 했어?"
"며칠 전이야. 바이올린 연주가 필요하다면서 꼭 맡아달라고 부탁했어. 소정언니 오빠고 또 그렇게 어려운 일은 아니어서 거절을 못했어."
"도와주는 거야 좋지만 너도 시간이 없잖아. 공연은 언제 한대니?"
"칠월 십일경. 대학생들 시험 끝나고 방학 들어가는 시기로 날짜를 잡나봐. 선배가 하는 극단의 극장을 빌리는데 그때 극장이 비기도 하고 해서."
"그럼 공연이 끝날 때까지 거기 매여 있어야 된단 말야?"
"한 막이 끝날 때마다 잠깐 연주하면 되니까 공연을 일주일 정도 앞두고 드레스 리허설 때 음악 맞춰보면 돼. 연주시간이 짧아서 연습에 시간을 뺏길 것 같진 않아. 서울 공연은 보름이라는데 그땐 못 움직여. 나도 방학 때여서 시간은 있어. 대신 지방공연은 안할 거야. 다른 음악가에게 부탁하라고 할게."

보름간 공연을 한다니, 이진은 단원이나 된 듯 태연히 말했지만 강주는 석연치 않았다. 강희형은 어떻게 이진의 전화번호를 알았을까. 강주에게 물어온 적은 없었다. 벚꽃 지던 봄날 마리나와 함께 경주에 들른 강희 얼굴을 떠올리며 강주는 힐책하듯 이진에게 물었다.

"왜 그 얘길 이제야 하지? 이번 주에도 계속 통화했잖아."

"어제 완전히 결정했어. 나도 한참 생각한 거야."

저녁식사를 끝내고 차를 마시면서 이진은 테이프에 녹음해온 이자이 바이올린 소나타곡을 들려주었다. 이진은 강주가 호응해주길 바라는 듯했다. 물론 그것은 이진의 자유이고 강주가 간섭할 일은 아니었다. 단지 그 일로 해서 이진과 함께 서해로 가려던 일정에 차질이 생겼기 때문에 불평을 하고 싶은 것이다. 강주는 피서객들이 몰려오기 전에 조용히 바다를 다녀오려 했다.

강주가 귀담아듣지도 못한 이자이 곡이 끝나자 이진은 계속 음악을 틀려는지 테이프를 골랐다. 집에선 녹음된 음악을 듣지 않는다면서 이진은 경주에서는 곧잘 테이프를 들었다. 고된 현장작업을 하는 강주에게 정서적인 휴식을 주려는 배려인지도 모른다. 이번엔 바이올린을 갖고 오지 않아서 가벼운 이중주도 할 수 없었다. 수십개의 테이프 중 이진은 하나를 골라 버튼을 눌렀다. 비장한 아다지오의 바이올린 선율이 흘러나오다가 피아노가 장중하게 뒤를 이으면서 이중주를 하는 베토벤의 「크로이쩌 소나타」였다. 아름다우나 격정적인 곡이었다.

"어려운 곡이 많지만 「크로이쩌 소나타」도 벽처럼 느껴지는 곡이야. 베토벤이 이 곡을 헌정했던 크로이쩌조차 당시엔 이해하지 못하고 연주하지 못했으니까. 난 처음 이 곡을 들었을 때 전율 같은 걸 느꼈어. 내 혼을 막 뒤흔드는 것 같은. 그래서 똘스또이도 영감을 받고 소설을 썼나봐."

똘스또이의「크로이쩌 소나타」는 강주도 읽었다. 기차 여행자가 같이 앉게 된 다른 승객의 인생 독백을 듣는 형식으로 이끌어져가는 소설이다. 아내와 바람둥이 바이올리니스트의「크로이쩌 소나타」이중주를 들으면서 그들의 고조된 감정을 감지하고 의심하다가 아내를 살해하게 되는 죄인의 이야기였다. 바그너의 작품처럼 관능을 느끼게 하는 음악이 있고 연주자도 악기에 자기 감정을 싣지만 남녀가 연주를 통해 관능적인 교감도 할 수 있을 것이다. 물살같이 빠르게 흐르는 합주를 들으면서 이진이 느닷없이 강주에게 물었다.
"형은 그런 경험을 한 적이 없어? 누군가에게 불가항력적으로 이끌릴 때 말야."
"늘 네가 있는걸."
"우리는 늘 함께 있지만 너무 믿는 나머지 숨쉬는 공기처럼 서로를 의식하지 못할 때도 있잖아."
"과의 여자친구를 혼자 좋아한 적이 있긴 해. 심각한 건 아니었고."
"지금 뭐해, 그 사람."
"애엄마가 됐겠지. 벌써 결혼했으니까."
진하 얘기였다. 이진이 알고 싶어하니까 말했지만 그것은 봄 아지랑이같이 아련한 것이었다. 대낮에 잠깐 꾼 꿈처럼 손에 잡히지 않는 비현실 같은 것이었다. 그러고 보니 강주는 이진 외에 누구를 가슴 무너지도록 사랑해보지 못했다. 사랑의 괴로움에 머리를 찧던 친구도 보았지만 강주의 경우는 상처라고 할 만한 것이 없었다. 자기 세계에 몰두하고 성실했던 만큼 이성에 대한 관심이 부족했는지도 모른다. 열정이 부족한 탓일까. 이진이 끈질기게 화제를 이어갔다
"혹시 그런 여자가 나타나면? 한눈에 사로잡힐 만큼 마력을 가져서 갈등을 일으킨다면……"
"이진아, 난 더이상 원하는 게 없어. 지금만으로도 행복에 겨워. 정

말 나를 뒤흔들 그런 여자가 나타난다면 내가 너무 많은 행복을 누려서 불행의 신이 뺏으려고 보낸 사람이라는 걸 눈치채고 미안하다고 절하겠어."

"형이 진실한 건 알아. 늘 나를 감동시키는 건 형의 한결같은 진실이야. 거기 비하면 난 죽처럼 들끓지. 어느 땐 압력솥처럼 폭발할 것 같아."

오디오에선 2악장이 흘러나오고 있었다. 이진은 열에 휩싸인 듯한 눈빛으로 허공을 더듬고 있었다. 그런 불안한 모습은 강주가 전에 보지 못한 모습이었다. 늘 까르르 웃고 행복을 나누어주는 소녀 같은 이진이 아니었다. 이진은 더운지 정원으로 향한 창을 열고 자리로 돌아와 유학시절 여성잡지에서 읽었다는 한 여자의 얘기를 들려주었다.

"여자는 어릴 때부터 좀도둑질을 하는 버릇이 있었대. 자신도 그것 때문에 괴로워했는데 그 행위는 자신에게 선물을 주는 것과 같은 의미였어. 어느날 여자는 개를 데리고 산책하다가 자신 안의 어떤 선명한 목소리를 들을 수 있었어. 목소리가 말했어. 너는 자신이 사랑받고 있음을 느끼고 싶어서 자신에게 선물을 주려고 하는 거야,라고. 여자는 울고 또 울었어. 여자는 개를 불러 집에 돌아와서도 몇시간이나 울었어. 한없이 울었다는 그 여자의 글을 읽곤 책에 얼굴을 묻은 채 나도 울었어. 창으로 석양이 스러지는 시각이었는데 방이 어두워질 때까지 바이올린처럼 울었지. 그때 내 옆엔 개도 없었어. 전화를 하면 당장 형의 목소리를 들을 수 있지만 난 그 어둠에 친숙해서 깨뜨리고 싶지 않았어. 그 속에 고양이처럼 몸을 파묻고 싶었어. 내가 젤리 같은 그런 어둠과 가깝다고 느낀 건 그때가 처음이었어. 형, 이해가 돼? 형처럼 좋은 사람이 옆에 있는데 인간의 고독에 대해 난 왜 그토록 사무쳤을까. 낯선 이국이어서 그랬을까?"

미세한 유리의 파편이 가슴에 박힌 것 같았지만 강주는 담배를 꺼내 물었다. 사람이 누군가를 잘 안다고 생각하는 것은 오산이다. 그저 눈에 보여지는 것과 자기 잣대로 마음대로 재어서 상대를 틀에 끼워 맞출 뿐이다. 인간의 고독 때문에 울고 있는 이진을 강주는 한번도 상상하지 못했다. 떨어져 있는 연인이 그리워서 아이처럼 훌쩍이리라 생각하고 안쓰러워했을 뿐. 빛에 가려서 오히려 보지 못한 이진의 무의식 창고엔 강주가 알 수 없는 갖가지 기호들이 차 있는지도 모른다. 2악장 후반부로 들어서면서 안단테의 달빛같이 잔잔한 선율이 흐르는데 강주는 이진의 손을 가만 잡았다.

"이진아, 미안해. 난 널 제대로 알지도 못해. 사랑한다면서 말야. 다시는 네가 울지 않았으면 좋겠다. 가슴이 아파. 널 외롭게 내버려두지 않을게."

"그건 선험적인 것인지도 몰라. 고고학으로 가득 차 있지만 형 가슴속에도 누가 뛰어들 수 없는 연못 같은 오롯한 공간이 있잖아. 누구의 가슴속에나 저만이 딛고 내려가는 깊은 계단이 있어. 인간은 다 고독해. 고독해서 불안정하고 격정에도 휩싸이는 거야. 부나비처럼."

이진은 다음날 새벽 짧은 꿈을 꾸었다. 강주와 어디론가 길을 떠나고 있었다. 마그리트 그림 속의 남자처럼 중절모를 쓴 강주는 작은 서류가방을 들었고 이진은 집시처럼 치렁거리는 긴 치마를 입고 있었다. 강주는 여행을 떠나는 것 같고 이진은 배웅을 하는 것 같았다. 골목길을 걸어가다 갑자기 대로와 마주치는데 수십대의 대포가 저벅거리며 어디론가 가고 있었다. 이진은 반사적으로 강주를 잡아끌어 바닥에 납작 엎드리게 했다. 이진이 강주를 감싼 채 위에 엎드려 있다가 하늘을 흘긋 보니 노랑 빨강 풍선이 장난하듯 오락가락하며 떠다니고 있었다. 전쟁이 났는데 누가 풍선놀이를 하나. 이진은 혼잣말을 하다가 잠을 깨었다.

눈을 뜨니 푸르스름한 새벽빛이 얇은 커튼을 뚫고 새어들어와 있었다. 짙은 눈썹이 꿈틀거리는 듯했지만 강주는 넋이 나간 얼굴로 잠에 빠져 있었다. 혼이 밤새 빠져나가 아직 돌아오지 않은 듯 육신은 상자 같이 비어 있는 듯했다. 고단해서 그렇게 보이는 걸까. 이진은 꿈을 되새기며 강주의 얼굴을 가만 어루만졌다. 꿈에 이진은 강주가 다치지 않도록 제 몸으로 감싸고 있었다. 실제론 강주가 늘 이진을 챙겨주지만 저도 강주를 보호해주었다고 생각하니 흐뭇하기도 했다.

　사실 강주는 강하다고 할 수 없다. 자기 일에 철저한 것을 빼고 강주는 마음이 약했다. 거지를 외면해도 마음에 걸려서 돈을 주지 않은 것을 후회했고 사람과 부딪치기를 싫어했다. 발굴을 연장할 때도 땅 소유주와 입씨름할 걱정으로 전날까지 긴장해 있었다. 그런 면에선 이진이 오히려 냉정했다.

　음대 시절 강주와 시내버스를 탔을 때 일이 기억난다. 그날 한 청년이 버스에 오르더니 자기 신상에 대해 읊는데 가난 때문에 도둑질을 하다 교도소에서 긴 세월을 보내고 그저께 출소했다는 판에 박힌 자전이었다. 힘없는 전과자가 앞길을 개척하도록 여러분이 도와달라는 말도 여느 사람과 똑같았지만 그는 한마디를 덧붙였다. 나를 도와주지 않으면 여러분은 나쁜 사람입니다,라고. 그는 돌아다니며 손을 내밀었고 승객들은 하나같이 돈을 주었다. 나쁜 사람이 되기 싫어서였을까. 아니 말의 폭력에 짓눌린 거다.

　맨 뒷자리에 앉아 있던 이진은 정말 나쁜 사람이야, 분개하며 강주에게 돈을 주지 말라고 당부했다. 이진은 남자가 다가오면 승객에게 어떻게 그런 말을 할 수 있는지 따지고 싶었다. 드디어 남자가 앞에 다가왔고 이진은 그와 눈이 마주치기를 기다렸다. 그때 강주가 천원 짜리를 꺼내 남자에게 주었다. 남자는 이진이 일행인 것을 눈치채고 더이상 구걸 않고 자리를 옮겼다. 이진은 버스에서 내리면서 화를 냈지만 강주는 이렇게 말했을 뿐이다. "얼마나 절박하면 협박하듯이 구걸을 하겠어?"
 협박이라는 걸 알면서도 돈을 주는 건 강주의 나약함 때문이 아닐까. 이진은 강주가 저 대신, 모든 승객 대신 거지청년에게 한마디 옳은 소리 하기를 바랐다. 강하게 말이다. 어쩌면 강주는 성악이나 피아노를 전공하여 예술가의 길을 갔더라면 기질에 더 맞았을지 모르겠다. 강주의 피아노 반주는 터치가 부드럽고 노래는 감정이 풍부하다. 강주가 낭랑한 목소리로「겨울 나그네」를 부르면 눈 쌓인 겨울 들판이 떠오르면서 이진은 알 수 없는 슬픔을 느꼈다.
 기척을 느꼈는지 눈꺼풀이 떨리더니 강주가 슬며시 눈을 떴다. 이진은 강주와 눈이 마주치자 미소를 보내며 뺨을 어루만졌다. 너의 연약함도 나는 사랑해야 하리라. 이진은 강주에게 꿈 얘기를 들려주며 이제부턴 내가 형을 보살피리, 말했다. 강주는 그래라, 너털 웃곤 이진의 젖무덤에 얼굴을 묻었다. 이진은 강주의 머리를 쓰다듬고 등을 훑어 단단하게 솟은 엉덩이를 어루만지다가 몸을 옆으로 돌려 강주에게 입술을 맡겼다. 거칠한 음모를 더듬다 남성의 뿌리를 잡으니 동조하듯 어느새 팽창하여 진입을 서두르고 있었다.
 공연 십여일을 앞두고 의상과 소품 제작이 마감되었고 티켓도 이미 발송했다. 지난 주말엔 단원들을 데리고 거리에 나가 포스터를 직접 붙였다. 팜플렛도 배포했고 일주일 뒤엔 방송국 문화탐방 프로에 나가 이번 작품의 연출 의도를 밝히기로 스케줄이 짜여 있었다. 마리나도 독일로 돌아가야 하므로 서둘러서 드레스 리허설을 했다. 배우들은 무대의상을 입고 실연했으며 소도구도 무대에 장치했다.
 마리나는 등장인물들의 의상을 훌륭히 소화했다. 리스의 의상으론 몸에 달라붙는 얇은 상의에 무릎 길이의 플레어스커트를 흐린 하늘색의 니트 정장으로 만들었다. 리스의 허망한 면을 강조하려고 구름 같은 이미지가 들어갔다고 말했다. 구름, 정처없이 흘러가버려 존재의 흔적조차 찾을 수 없는 구름 말이다. 강희의 생을 스쳐간 많은 여자들이 그러하듯 저 또한 그렇게 흘러가버릴 것을 예감하면서.

　강희는 뒤늦게 여자 의상 한벌을 더 주문했다. 천진한 아이들이 벌이는 악마 장난을 지켜볼 여신의 의상이라고 했다. 배우들에게 옷을 입혀보기 위해 연습실에 들른 날 마리나는 처음으로 바이올리니스트를 볼 수 있었다. 긴 머리를 틀어올린 채 바지차림으로 바이올린을 턱에 받치고 서 있는 모습이 초여름의 태양 아래 잎을 키우는 싱그러운 나무 같았다. 그늘이 있는 소정과 달리 주저없는 행동이 직선적이고 건강해 보이는 미인이었다. 마리나는 한국에서 운동 부족으로 불어난 제 몸을 내려다보며 한순간 뮤즈의 여신에게 까닭없는 질투를 느꼈다. 사촌의 약혼녀라고 했으나 그녀도 강희 앞에서 어엿한 여자일 뿐이다.

　드레스 리허설 땐 이진의 것도 완성되어 모두 무대의상을 입고 실연했다. 이진이 출연하는 장면은 5장까지 각 장의 마지막 장면이었다. 그중 1장과 3장은 마지막 장면에 등장하여 2장과 4장이 시작될 때까지 무대에서 연주를 해야 했다. 1장과 3장에선 이자이 소나타 2번의 론도 악장을 연주하기로 했다.

　1장은 환도와 리스가 아이들처럼 티격거리다가 사랑을 맹세하고 따르로 떠나면서 끝난다. 환도가 유모차를 끌고 무대를 가로질러 가려 할 때 이진이 바이올린을 연주하며 등장했다. 손으로 바이올린 줄을 뜯으며 이진은 무대 뒷면에 세워진 계단을 제단에 오르듯 한걸음 한걸음 밟았다. 제사장처럼 기품을 가져야 하지만 한쪽 어깨가 완전히 드러난 그리스풍의 의상이 종이처럼 가벼워 발가벗은 기분이 들었다. 피치카토는 사십초 정도로 끝나고 활연주를 시작하는데 감미로운 선율이 잔잔히 흐르면 황혼을 알리는 암바색 조명이 무대 중앙에 켜지고 환도가 리스를 태운 유모차를 끌면서 들어왔다. 이진은 무대를 넘겨주듯이 계단 뒷면으로 서서히 사라졌다.
 "이진씨, 이건 연주회가 아니니까 너무 음악가처럼 예술적으로 하지 말고 장난기를 느끼게 해줘요. 도도한 여신이 인간세상을 냉소하는 듯한 감정으로. 손으로 뜯는 연주가 끝나면 계단 맨 위에 서서 관객을 향해 바이올린 연주를 하는데 이 순간은 자신도 선율에 취해 있어. 사방에서 신들이 튀어나올 것 같은 신화적인 분위기의 선율. 그러다 환도와 리스가 등장하면 놀라서 사라질 채비를 하지. 리스의 한쪽 발이 쇠사슬에 묶여 있는 것을 보여주면서 2장이 시작되니까. 계속되는 잔혹이야."
 일이분 정도의 연주지만 음악을 위한 것이 아니라 연극의 보조로 쓰이는 것이어서 연출자의 해석을 따라야 했다. 남의 해석대로, 주문받은 대로 연주한다는 것이 쉽지는 않았지만 이진으로선 최선을 다할 수밖에 없었다. 총연습이라 1장 마지막 장면부터 5장 마지막까지 단원들과 호흡을 맞추어야 했는데 리스가 이진에게 유별난 관심을 보여서 신경이 쓰였다.
 "유선생님 사촌의 약혼자라면서요. 사촌 되는 분은 어디 계세요?"
 "유선생님처럼 베를린서 유학했다면서요. 그때도 선생님을 알았어요? 마리나요?"
 "이 연극이 재미있어요? 지방공연도 함께 다니실 거예요?"
 리스는 사적인 것을 망설임없이 물었다. 이진보다 네살 아래인데 순진해서 그런 것 같기도 하고 강희에 대한 관심 때문인 것 같기도 했다. 단원들 대부분이 그렇지만 특히 리스는 강희의 말에 절대적으로 복종했다. 강희는 공연이 시작될 때까지 단원들이 개인적인 볼일을 삼가고 내일의 연습을 위해 집과 극장만 오가기를 원했다. 리스는 아홉시에 연습이 끝나면 모범을 보이듯 집으로 직행했다. 강희의 카리스마가 그렇게 복종하게 만드는지도 모른다. 이진은 강희가 환도의

배를 칠 때 강희에게서 소용돌이치는 어떤 힘을 느꼈다. 그것이 전류처럼 제 몸을 관통했는데 그 소용돌이에 휘말려 이진도 여기까지 끌려든 것이 아닐까.

연습이 끝나자 강희가 이진에게 술을 한잔 하자고 했다.

"운전은 어떡해요?"

그것은 가벼운 거절이었으나 강희는 이진의 바이올린 케이스를 제 어깨에 메었다.

"술 안 마시려면 내 옆에서 안주만 먹어도 돼. 계속 강행군을 했더니 독이 몸에 쌓였어. 술로 씻어내고 충전을 해야지."

강희는 극단 부근에 있는 작은 룸살롱으로 이진을 안내했다. 여종업원의 안내로 테이블이 있는 방에 자리잡고 맥주와 안주를 주문했다. 벽엔 마릴린 먼로의 사진이 붙어 있었다. 강희는 긴 소파 팔걸이에 머리를 얹은 채 다리를 쭉 뻗고 누웠다. 몹시 피곤한지 눈을 감고 종업원이 술을 가져올 때까지 말없이 누워 있었다. 이진이 마주앉아 있는 것도 모르는 것처럼. 남의 눈을 의식치 않는 강희였다.

술이 나오자 강희가 몸을 일으켜 이진에게 잔을 건네주었다. 이진도 목이 말랐으므로 맥주를 받았다.

"차운전은 다른 사람 시킬 테니 걱정 말고 마셔요. 차가 있으면 차에 묶이고 마누라가 있으면 마누라에게 묶이고. 그런 것 생각하면 운전도 안하고 싶지만 극단 때문에 그럴 수는 없고."

"묶일까봐 겁이 나서 결혼 안하시는 거예요?"

"두 발이 묶여도 좋을 만큼 아름다운 여신이 나타나면 기꺼이 하지."

강희가 맥주잔을 들며 눈짓으로 건배를 했다. 이진도 잔을 들고 맥주를 마셨다. 강희가 이진의 미진한 부분을 지적하려는지 연극 얘기부터 꺼냈다. 무대음악을 의논한 이후 처음으로 가진 두 사람만의 자리였다.

"실제로 해보니 어때? 그냥 연주니까 별 어려움이 없을 듯한데."

"연출가의 해석을 따라야 하니까 감정 표현이 더 힘들어요. 연주가 길지 않아서 다행이에요."

"장이진 연주회가 아니라고 그랬잖아. 장이진도 다른 배우와 똑같이 하나의 역을 맡은 거야. 나를 버리고 다른 방식의 사고에 굴복해야 해. 그 역할의 인물 속으로 들어가 다른 방식으로 존재해야 돼. 그러면 내가 요구한 음이 저절로 나오지. 한 위대한 고전배우는 '많은 사람이 내 안에 들끓고 있는 것 같다'고 말했어. 인간의 내면엔 여러 얼굴이 있다는 말을 흔히 하잖아. 천사 같다는 말을 듣는 사람이 술만 마시면 걷잡을 수 없이 난폭해져 싸이코로 돌변하기도 하지. 인정하기 싫더라도 인간의 내부엔 갇혀 있는 자신의 또다른 측면이 있어. 이진의 역할도 사실은 이진의 또다른 한 부분인지 몰라. 누구나 세상을 조롱하고 싶을 때가 있잖아."

"준엄한 삶을 감히 조롱해본 적은 없지만 무대 위에서라면 한번 해보죠."

이진은 살짝 어깨를 들썩이고 나쁘진 않겠죠, 란 표정을 지었다. 강희가 안주로 나온 편강을 집으면서 물었다.

"이진인 한번도 연극을 해보고 싶은 적이 없었나. 대학 연극반도 있고 학교에서 연극공연도 많이 하잖아."

"내가 연극배우라면 연출가로서 어떤 배역을 주고 싶으세요?"

"오필리아."

"「햄릿」의 오필리아? 왜 하필 비극적인 역을 맡기려고 하세요."

"오필리아의 미친 역을 잘 해낼 것 같아. 광란적이면서 아름답게. 우리 삶 자체가 비극의 함정 아닌가."

"사실 하고 싶었던 연극이 있었어요. 대학 때 미대 연극반에서 「메디아」 공연을 했는데 긴 머리를 풀고 복수를 맹세하는 메디아를 보고 내가 연극을 한다면 저 역을 하고 싶다, 생각했어요. 친구들은 내게 말괄량이 같은 역할이 맞다고 했지만."

"이진씨가 하고 싶다면 언제 메디아를 할 기회를 주지. 복수의 메디아······"

강희가 돌발적으로 손을 내밀어 이진의 한쪽 뺨을 가만 어루만졌다. 이진은 무방비 상태로 있다가 흠칫 몸을 뒤로 물렸지만 얼굴로 피가 몰려오는 듯했다. 이진은 눈을 내려감았다가 번쩍 뜨고 강희를 똑바로 쳐다보았다.

"날 여동생처럼 귀여워하는 것 알아요. 큰오빠처럼 생각할게요. 더도 말고 덜도 말고 큰오빠처럼 사랑하세요. 그런 사랑이라면 오롯이 가슴에 품고 강주형한테도 부끄럽지 않을 것 같아요."

"미안해. 이러는 게 아닌데."

벽을 쏘아보며 강희는 입술을 앙다물었다. 강희는 자제하느라 뛰는 가슴을 눌렀고 이진은 숨이 막히는 것 같았다. 강희가 맥주를 컵에 쏟아부으면서 이진에게 일렀다.

"나 술 다 마시려면 한참 걸릴 거야. 먼저 가는 게 좋겠어. 내일 연습 잘하게 빨리 들어가서 쉬지."

이진은 말없이 일어섰다. 그럴 참이었다. 이진이 강희에게 눈길도 주지 않고 돌아서려는데 강희가 이진의 한 팔을 와락 끌어당겼다. 이진이 손을 뿌리치기도 전에 강희의 뜨거운 숨결이 어느새 이진의 입술을 덮쳤다. 이진은 머리를 세차게 흔들다 온몸에 힘이 빠지는 것을 느끼며 강희에게 얼굴을 맡긴 채 서 있었다. 손에서 백이 떨어졌고 흡착기처럼 붙어 있던 강희가 그제야 이진에게서 떨어졌다. 강희가 이진의 등을 안으며 낮게 속삭였다.

"용서해. 참을 수가 없었어. 네가 너무나 갖고 싶어서. 부다페스트에서 널 보낸 후 물고기 같은 네 눈을 잊어본 적이 없어. 이젠 잊을게. 너도 잊어. 내일부터 아무 일 없이 다시 연극 연습하는 거야. 나올 거지?"
 이진은 고개를 끄덕이고 황급히 문을 열었다. 살롱의 긴 복도로 막 나서려는데 강희가 이진을 불렀다.
 "바이올린 가져가야지."
 이진은 탄식하며 바이올린 케이스를 둘러메었다. 오스트리아에서 구입한 베토벤 시대의 바이올린은 이진의 전재산과 같았다. 여태 바이올린을 잊어버리고 간 적은 한번도 없었다. 제 영혼의 일부 같은 악기건만 이진은 영혼을 떨어뜨릴 만큼 무엇에 취했던가. 룸살롱의 좁은 복도를 걸어나가는데 이진의 눈에서 눈물이 넘쳐흘렀다.

나는 긴 강을 흐르는 물이니

　기말시험도 끝나고 방학이 시작되었지만 고고학과는 방학과 무관하게 아침부터 밤까지 불을 켜놓고 작업했다. 수도가 있는 입구 쪽에선 학생들이 스펀지로 토기를 씻고, 씻은 토기조각들은 그늘진 복도에 널려 있었다. 또 작업대 위에선 두 학생이 토기편들을 저부부터 수지로 붙이고 있고, 대칼로 쇠의 흙을 긁고 알코올로 씻는 학생도 있었다. 복원작업이 끝나면 사진을 찍고 실측, 제도를 거쳐 유물에 대해 기술하고 보고서를 완성해야 한다. 보고서야말로 땀 흘린 대가이며 글로 남기는 최고 성과이지만 결코 화려한 일은 아니었다.
　마무리를 앞두고 48호분에서 중요한 유물이 쏟아져나온 이번 발굴은 극적이라 할 만했다. 당시 재화를 상징하는 쇠도끼 오십점과 고대의 삼보로 알려진 검·경·옥을 부장한 주인공은 정치적으로 높은 신분이었을 것이다. 경주의 외곽에서 이러한 신분의 묘가 발견된 것은 사로 육촌이 육부로 확장된 신라 초기 사회의 발전과정을 더듬어볼 수 있다는 면에서 중요한 자료가 될 터였다.

이 발굴은 강주에게 개인적으로도 소중한 작업이었다. 고고학도로서 반생 동안 연구해야 할 주제가 확실하게 손에 잡혔다. 강주는 경주로 내려온 이래 늘 미궁 속을 헤매고 있는 듯했다. 시내의 평지에 거대한 둔덕처럼 솟아 있는 고분군, 고고학적 용어로 말하면 김씨 왕족의 적석목곽분은 그전의 역사와 어떻게 연결해야 하나.

사세기경 갑자기 출현한 대형 적석목곽묘는 이전의 토광묘와 형식 규모 면에서 확연히 다르다. 구덩이를 파고 목관이나 목곽을 넣어 흙으로 채운 토광묘는 신라 건국 초기 북에서 내려온 유이민이 썼던 묘제이다. 시신과 부장품이 든 목곽묘를 지상에 안치하고 그 위에 머릿돌만한 냇돌을 쌓아올린 다음 봉토를 한 원형 적석목곽분은 유목문화권인 북방아시아 스키타이의 묘제와 같다. 뿐 아니라 갑자기 쏟아져 나오는 금제품과 기마용 마구 같은 유물도 유목문화와 연결되고 로마 페르시아 유리제품, 뿔잔 등은 서역을 통해 들어온 유물이었다.

사세기는 중국에서 5호16국의 난으로 불리는 아시아 기마민족의 대이동기였다. 수천 킬로를 왔다갔다하는 시기여서 몇 학자는 적석목곽분을 그 여파가 밀려온 결과로 돌출한 북방민족 문화로 보고 적석목곽분의 주인공인 김씨 왕들의 칭호가 마립간이었다는 사실과도 연관시켰다. 간(干), 칸은 북방 유목민족의 우두머리에 붙이는 칭호였다.

신라의 금문화도 강주에겐 풀 수 없는 수수께끼다. 왕릉급 고분에서 출토된 찬란한 금관이며 금 허리띠, 귀걸이 등을 위시하여 금관총에서만도 두 관의 금이 쏟아져나왔다. 세계를 지배한 나라는 금을 지배했다. 이집트가 그랬고 인도 중앙아시아를 통일한 페르시아 제국도 고대세계의 금 생산지역을 지배했고 로마도 그러하였다.

이집트는 세계에서 가장 먼저 금을 채굴한 나라로 투탕카멘 왕의 무덤에는 사천여점의 황금이 부장되었다. 이 금들은 나일강변 누비아 지방의 사금광산에서 캐낸 것으로 출처가 분명하다. 한나라의 중산왕

유승(劉勝)의 묘에서 출토된 옥의(玉衣)는 2498장의 구슬 미늘이 사용됐는데 구슬은 신장성에서 나온 곤륜의 옥이라고 한다. 멀리 사막을 넘어 운반한 옥이라는데 신라의 금은 어디서 났을까. 금을 입힌 금입택을 지을 만큼 금이 풍부했고 중세 아랍 지리학자도 신라를 금이 풍부한 나라로 지칭했지만 경주 부근 어디서도 금을 캐낸 광산이 없고 기록도 없다.

『삼국유사』아도기라(我道其羅)에 보면 금교 동쪽 흥륜사에 대해 언급하면서 금교가 서천의 다리이며 사람들이 소나무로 만든 송교로 잘못 부른다고 밝혀놓았다. 부처님을 금인(金人)이라고 했는데 신라에서 최초로 세운 절, 흥륜사의 금교는 부처님이 들어온 길이라는 뜻인지도 모른다. 아니면 금교는 혹시 금이 들어온 길목 같은 곳이 아니었을까. 금입택처럼 금을 입힌 다리일지도 모르지만 강주는 이런저런 추리를 해볼 뿐이다.

이번 발굴에서 목곽묘를 안치한 사면에 돌을 채운 형식의 유구가 십여개 확인됐다. 곽 상부까지 돌이 채워져야 적석목곽묘라고 부르지만 경주권역에서 이런 형식이 나타나 사방 적석목곽묘라고 불렀다. 돌도 넓은 의미에서 흙이라고 할 때 흙 대신 돌이 들어간 것이 아니냐며 단순한 목곽묘라고 말하는 사람도 있지만 강주는 이 형식이 경주 시내의 거대 적석목곽분보다 이른 단계의 묘제일 수도 있지 않을까, 추측해보았다. 적석목곽분이 북방민족으로부터 유입된 문화라고 단정하기보다 자생한 것으로 보려는 시각이었다.

분명한 것은 경주에 거대 적석목곽묘가 출현하기 이백년 전, 지호리 48호분 유물 같은 철문명이 있었다는 점이다. 경주에 인접한 집단의 문명을 통해 거대고분이 생긴 과정을 추리해갈 수 있을 것이다. 강주는 아직도 안개에 싸여 있는 신라의 성장과정을 추적하고 싶었다.

도서관에 가려고 작업실을 지나가다가 강주는 주환 옆에 멈추어섰다. 주환은 은희와 마주앉아 무언가 속닥거리며 토기를 씻고 있었다. 얘기에 취해선지 주환은 정신을 빼고 칫솔로 토기를 문질렀다. 강주가 어깨를 치며 주의를 주었다.

"칫솔로 잘못 씻다가 자국 나면 어떡해. 칫솔자국을 문양인 줄 알고 그리면 어쩌려고?"

한 탁자에 앉아 토기편 문양을 탁본하던 남학생이 주환을 흘긋 보며 짓궂게 웃었다. 강주는 은희가 고개 숙인 채 멋쩍어하는 것을 그제야 눈치챘다. 토기를 씻고 이야기를 주고받으며 두 사람이 가까워지는 중인 것 같았다. 고고학과 학생들의 연애법이었다. 강주는 싱긋 웃으며 부채질을 했다.

"더워서 집중이 안되면 사이다라도 마시고 와. 같이 수고하는 은희에게 아이스크림도 사주고. 시작부터 그렇게 정신팔고 있으면 보고서 작성하는 데 십년도 더 걸리겠다."

"이십년 전 발굴한 것도 지금 보고서 만들던데요."

"그때 발굴한 사람들 생존이나 하고 계신가?"

탁본하던 남학생이 끼여들어 좌중을 웃겼다. 계속되는 발굴로 일손이 달리면 이십년 뒤에 보고서 쓰는 일도 벌어졌다. 발굴했던 조사원들은 뿔뿔이 흩어져 까마득한 후배의 손으로 말이다.

"기나긴 길이다. 발굴을 시작하여 보고서를 완성하기까지. 청동기에서 이십세기 오늘까지……"

탁본을 뜨던 남학생이 자못 철학자 같은 소리를 중얼거리며 일어섰다. 주환과 은희도 일어나 밖으로 나섰다. 강주는 담배를 피우려는 남학생에게 라이터를 건네주고 작업실을 나섰다. 앞에 나간 두 사람은 어느새 보이지 않았다. 남녀 사이엔 신비한 인력이 있어서 한순간에 형제처럼 가깝게 느끼고 한순간에 운명이 결정되기도 한다. 동물의 단순한 종족보존 본능을 넘어 메마른 세상을 살아가는 인간에게 그것은 윤활유와 같은 환상과 본래적인 순수를 되돌려준다. 환상이 파멸로 이어지기도 하지만 신이 주신 그 신비가 인간에게 세속적인 행복을 주는 것은 틀림없다. 범인(凡人)들은 신비의 인력에 끌려다니며 애환의 드라마를 펼쳐가는 것이다.

지난주에는 이진을 만나지 못했다. 연극 공연이 시작되어 이진이 경주에 올 수 없었다. 강주는 강희에게 축하전화라도 하고 싶었지만 마음이 분주한 탓에 그것도 선뜻 하지 못했다. 이진에게 대신 화분을 보내주라고 부탁했다. 공연을 보고 나서 인사하면 되리라. 모레 일요일에 서울 가면 연극부터 볼 생각인데 그날이 서울 공연의 마지막날이었다. 이진도 출연하니 공연 첫날 보러 가야 마땅하겠지만 강주는 마지막날로 미루었다. 「환도와 리스」 공연이 끝나는 다음날부터 휴가를 얻었다. 이진과 함께 곧장 안면도로 갈 계획이었다.

연극은 인상적이었으나 감상은 유쾌하지 않았다. 등장인물은 이진까지 합쳐 여섯 명이지만 객석을 향해 디근자형으로 층계를 설치하여 수십개의 마네킹들이 배우들을 내려다보도록 앉혀놓았다. 그들은 폭력의 방관자, 역사의 방관자를 상징하는 듯했다. 환도가 리스를 격렬하게 때려 죽게 하는 장면에선 마네킹을 대역으로 세워 스크린에 비치도록 했다. 치고 쓰러지는 거대한 그림자는 폭력이 객석에까지 침투한 듯한 공포의 효과를 주었다. 시각적으론 뛰어난 연출이었다.

이진은 장이 끝날 때마다 다섯 번 등장했다. 이진은 무대에 설치된 층계로 오르며 마네킹들 속에서 바이올린을 연주하고 노란빛이 쏟아지는 층계 뒤로 사라졌다. 치맛단이 무릎 아래로 나뭇잎처럼 너풀거리고 한쪽 어깨가 드러난 갈색 의상을 걸친 이진의 모습은 도도하면서 요염해 보였다.

이진이 강희의 연극에 참여한다고 했을 때 강주는 이진의 외도가 썩 내키지 않았다. 연극을 보고 나니 이진이 왜 이 연극에 나와야 하는지 더욱 납득이 되지 않았다. 강희는 이 연극에서 환도가 세 사나이를 공모자로 끌어들여 리스를 서서히 죽이는 과정을 천진한 아이의 장난처럼 그렸다. 환도가 리스를 불구로 만들고 수갑을 채우고 때려 죽게 하지만 원작엔 환상의 허망함이랄까, 시적인 여운이 있었다. 그러나 강희는 시적인 것을 잔인한 조롱으로 바꾸었다. 소도구로 등장하는 해체된 고물차 같은 유모차도 리스를 꿈의 따르가 아니라 쓰레기 처리장으로 데려가는 듯했다. 이진도 꼭두각시처럼 잔인을 격려하듯 마네킹들 속에서 바이올린 현을 뜯었다.
　——나무에 관해 이야기하는 것은 곧 참담한 현실에 대한 침묵을 뜻하며 범죄시될 정도이니, 도대체 어떻게 된 시대란 말인가!
　강희는 연출자의 말에 브레히트의 시를 인용하면서 봄을 위하여 갈문이하는 불온한 꿈을 꾸노라, 했다. 독재시대에 사는 지식인의 저항 같지만 강주는 강희가 시국을 등에 업고 파괴를 합리화하는 것이 아닌가 의문을 가졌다. 사실 강주가 이 연극에서 감지한 것은 파괴적인 것이었다. 봄을 기다리며 언 밭을 갈아엎는 갈문이가 아니라 수족관을 휘저어 흙탕물에 고기를 몰아붙이는 아이의 장난 같은 파괴를. 그러고 보니 강희의 귀국 작품 「바리데기」에서 느꼈던 불쾌감의 정체도 바로 이런 파괴의 에너지였다.
　연극은 만원이었고 연극평도 좋아서 강희에겐 성공적인 공연 같았다. 환도를 통해 이 시대와 인간 내면에 잠재된 폭력성을 환기시켰다는 호의적인 평이었다. 객석에서 관람객들은 박수를 보냈다. 강주는 무대 뒤로 가서 강희에게 축하해주었다. 어쨌든 어려운 여건 속에서 열정을 다하여 하나의 작품을 완성했다.
　마지막 공연이어선지 단원들은 모두 탈진한 듯 보였다. 리스는 가족과 축하객들 속에서 맥을 놓고 있었고 이진은 꽃을 들고 다가오는 강주를 상기한 얼굴로 바라만 보았다. 제 몫을 다 했다는 안도감과 긴

장이 풀린 그런 자세였다. 강주가 수고했다며 어깨를 감싸안자 이진은 그제야 장미 다발을 받아 안으며 향기를 맡느라 얼굴을 묻었다. 노란 장미가 이진의 야성적인 의상과 잘 어울렸다.

강주는 그날 밤 혼자 집으로 돌아갔다. 공연 마지막날이어서 단원들과 연극계 인사들, 기자들이 함께 파티를 할 모양이었다. 강희는 같이 술이나 마시자며 강주를 잡아두려 했으나 경주에서 올라온 날이라 피곤했으므로 사양했다. 이진은 강주가 있어주길 바랐지만 잡지는 않았다. 강희도 사람에 둘러싸여 강주에게 더이상 신경쓰지 않았다. 언제 다시 만나자는 언질을 주고 강주를 보내주었다.

거리에 나서자 후덥지근한 열기가 얼굴에 끼쳐왔다. 밤이지만 채 식지 않은 지열이 불쾌하게 다리에 감겨왔다. 장마도 끝나고 칠월 말이라 본격적으로 여름 더위가 시작됐다. 강주는 손수건으로 목 둘레의 땀을 훔치곤 그것을 다시 접어 주머니에 넣었다. 이진이 사준 손수건이었다. 이진이 좋아하는 자주색에 황토색의 작은 문양이 있는 세련된 색상의 손수건이었다. 미적 감각이 있는 이진은 손수건 하나라도 제 맘에 드는 것을 강주에게 사다주는데 아까는 강희의 와이셔츠를 눈여겨보는 듯했다. 강희는 검은 체크무늬가 있는 자주색 반팔 와이셔츠에 헐렁한 진바지를 입고 있었다. 흰 피부에 잘 어울렸고 강주 또래로 보일 만큼 젊어 보였다. 한국의 젊은이들처럼 일찍이 경쟁사회에 뛰어들지 않고 오랫동안 유학생활을 하며 자기 길을 추구해온 강희였다. 몸에 밴 예술가의 자유로움과 주어진 미가 강희의 손에 늘 젊음의 사과를 안겨주는 듯했다.

문득 어릴 때 강희와 함께 버스를 타던 일이 떠올랐다. 무슨 일인지 강희가 강주를 데리고 효창운동장에 갔다. 국민학생이었던 강주는 가지고 있던 버스표를 강희에게 주었다. 연두색으로 '소아'라고 씌어진 사원짜리 버스표였다. 고등학생인 강희는 버스표를 보고 씩 웃더니 강주의 주머니 속으로 밀어넣었다. 그런 것 없어도 버스 탈 수 있어, 하더니 버스가 서자 강주를 앞세우고 올라탔다. 강희는 차장에게 누나라고 한마디만 했지만 여차장은 막지도 않고 그들을 태워주었다. 강희는 곧잘 미소 하나로 무임승차를 하는 듯했다. 지금 생각하니 그것은 미에 약한 인간의 보편적인 심리를 이용한 것이었다.

고대 그리스인들은 미를 숭상하여 플루타르크는 죄지은 사람이라 할지라도 아름다우면 신의 용서를 받는다고 말했다지. 아프로디테 조각상의 모델이기도 했던 고대 그리스의 창녀 프린스는 한때 사형을 받을 만한 죄로 법정에 선 적이 있었다. 변호사는 그녀가 유죄판결을 받을 것이 확실해지자 프린스를 법정 중앙에 세웠다. 그는 여자의 얇은 옷을 찢어 가슴이 보이도록 한 뒤 큰 소리로 그녀의 아름다움을 인정해달라고 호소했다. 그녀의 아름다움에 당황한 재판관은 프린스에게 사형을 선고하지 않았다.

미인 헬레네로 인한 트로이 전쟁을 비롯하여 세계사의 한줄기는 미의 추구로 나아갔고 예술은 그 정신의 집약일 것이다. 음악을 사랑하는 강주 역시 미를 사랑하지만 그것을 최고 가치로 생각한 적은 단 한번도 없다. 진과 선이 빠진 아름다움이란 독버섯처럼 화려할 뿐이다. 그것은 어릴 때부터 늘 어머니에게 들어온 말, 사람은 착해야 한다는 평범한 교훈의 영향인지도 모른다. 어머니는 사람을 판단하는 잣대로 선이라는 눈금을 사용했고 착해서 피해를 입는 작은어머니 같은 약자를 옹호했다.

그것은 어머니의 정의감이었다. 강주는 그 면에선 어머니가 옳다고 생각했다. 악성 베토벤도 말하지 않았던가. 나는 선 이외의 어떤 것도 탁월함으로 인정하지 않는다고. 강주는 퍼뜩 도도한 미소를 띠며 무대에서 바이올린 현을 뜯던 이진을 떠올리고 불안을 느꼈다. 그 모습은 매력적이긴 하나 갑자기 튀어나온 쌍둥이처럼 낯설었다.

팔월로 접어들자 도시는 한증막처럼 달아올랐다. 실내 근무를 할 동안엔 작열하는 계절도 느끼지 못하지만 한발짝만 문밖으로 나서면 끈끈한 열기가 질식시키듯 몸에 달라붙었다. 밤잠을 설치며 지치기도 하지만 휴가철이어서 직장인들은 일상으로부터의 탈출을 꿈꾸며 들뜨기도 했다. 세속에 절어 두꺼워진 살갗을 여름 태양 아래 태우고 뒹굴며 순수한 육체로 돌아가고 싶어했다.

소정은 휴가에 대해서 아직 아무것도 결정하지 않았다. 보름 전에 국제도서관협회 총회가 팔월 말 상하이에서 열린다며 참가신청서가 왔다. 자비로 가는 것이라 신청자가 많지 않은데 소정은 생각중이었다. 어젯밤 그 일로 상훈과 통화할 생각이었는데 뜻밖에 상훈의 친구가 전화를 걸어왔다. 소정에게도 허물없이 구는 상훈의 대학동창이었다. 통화한 지 서너 달이 되어서 서로 안부인사를 건네고 자연히 휴가에 화제가 미쳤다.

"전 아직 모르겠어요. 상훈씨와 의논해보고 휴가를 어떻게 보낼 건지 결정하겠어요."

"저희는 내일 동해 쪽으로 떠납니다. 사오일은 서울을 떠나 있을 것 같아서……"

동창이 머뭇거렸으므로 소정에게 무언가 할말이 있다고 느꼈다. 소정이 잠자코 기다리니 동창이 말을 꺼냈다.

"저, 이한영 과장 잘 아세요? 정우그룹 홍보과에……"

정우그룹이란 말을 듣는 순간 소정은 콧등을 찡그렸다. 예기치 않은 질문이었다. 소정은 당황했지만 동창에게 되물었다.

"안다고 할 수 있죠. 그런데 그 사람을 어떻게 아세요?"

"고등학교 선배예요. 며칠 전 만나 술을 마셨는데 우연히 소정씨 얘기가 나왔어요. 난 처음엔 소정씨 얘기인 줄도 모르고 들었는데 도서관도 같고……"

"인상이 같단 말이죠. 뭐라고 하던가요, 나에 대해서."

소정이 대담하게 말을 이었지만 동창은 어물거렸다. 소정이 낮게 한숨을 쉬었다.

"세상이 넓은가 하면 좁아요. 이과장이 도서관엘 갔다고 해서 웬일인가 했더니."

"도서관에 책 빌리러 오는 건 특별한 일이 아니에요."

소정이 건조하게 말하자 동창이 목소리를 더 낮추었다.

"조심해야겠어요. 남자들 다 도둑 아닙니까. 조금만 방심하고 인간적으로 대해줘도 제 여자로 만들 궁리를 하거든요. 상훈에겐 말하지 않겠어요."

"말하셔도 상관없어요."

하지 않아도 될 말이었다. 소정은 발끈했으나 이내 맥이 풀렸다. 수캐처럼 욕망을 좇아다니면서 무슨 자랑이라고 떠벌리기까지 한단 말인가. 소정은 서둘러 전화를 끊고 진한 커피를 두 잔 마셨다. 경멸감 때문에 가슴이 엉클어졌고 책도 머리에 들어오지 않았다.

아침에 신간이 내려와 정리하고 나니 열한시가 채 안되어 소정을 찾는 전화가 걸려왔다. 무심히 받아드니 상대방은 신문사 문화부 기자라고 밝혔다. 요즘 독서경향에 대해 사서로서 의견을 들려달라고 말문을 열었다.

"요즘 지브란 책이니 '배꼽'류의 책들이 베스트셀러가 되는 현상을 어떻게 보십니까? 팔십년대 초반에도 명상류 서적 붐이 일었어요. 정치 사회적 불안이 심리적 도피처로서 그런 유의 책을 찾게 한 것 아닙니까?"

"그런 면이 있겠죠. 성자나 명상류의 책은 진정한 자신과 만나도록 가교 역할을 하기도 해요."

"라즈니쉬가 정말 성잡니까?"

"그건 각자가 판단하겠지만 적어도 『배꼽』을 읽을 동안엔 현실의 이해관계에서 떠나 잠언을 찾으려고 노력하지 않을까요."

『배꼽』에는 이런 우화가 있다. 집안에서 바늘을 잃은 할머니가 집 앞 큰길가에서 바늘을 찾으려 했다. 집안은 어둡고 밖은 밝기 때문이었다. 사람들은 집에 불을 켜고 거기서 바늘을 찾으라고 충고했다. 할머니가 웃으며 말했다.

── 그대들은 은총을, 구원을 찾지 않았는가. 그건 안에서 잃어버린 게 아닌가. 그러면서 그대들은 늘 밖에서만 찾지 않았는가.

잠자코 있던 기자가 질문을 되풀이했다.

"뭐가 성자라고 생각합니까? 이런 시대에 왜 투사가 아니라 성자를 찾을까요?"

"성자란 가장 본질에 가까운 인격체가 아닐까요. 사랑이 없는 시대엔 그런 사람에게서 구원을 보기 때문에 성자를 찾는 것 같아요."

짧은 통화를 막 끝내고 자리에서 일어서는데 또 전화가 걸려왔다. 사서과의 미영이었다. 미영이 소정에게 상하이 총회에 참가할 건지 물었다. 미영은 소정에게 같이 참가하자고 부추긴 사람이었다.

"전 사정이 생겨서 못 갈 것 같아요. 내일 안으로 신청해야 된다고 해서 제 결정을 알리는 거예요. 유선생님은요?"

"나 내일 신청할 거야. 혼자 가겠네."

소정은 순간적으로 결정했다. 여름휴가를 낯선 곳에서 보내리라고. 현자는 자기 집 광속에서도 깨닫지만 소정은 떠남으로써 자기라는 거울을 볼 수 있을 것 같았다. 도서관 이용자인 이과장과 상훈의 동창이 선후배가 된다는 말을 들은 후 서울이 개미굴같이 느껴졌다. 개미굴 속 같은 이 좁은 땅에서 잠시 벗어날 수 있다면 평양이라도 가고 싶었다. 오년 전 독일에 갔다 와선 결혼을 했고 지금은 서울과 울산을 오가며 행복한 소시민인 양 살고 있다. 이것이 원했던 삶이라 하더라도 공기를 바꾸듯 낯선 곳으로 떠나보고 싶었다. 세 사람이 책을 골라와 앞에 서 있었고 소정은 상하이를 가슴에 접어둔 채 대출을 접수했다. 주부로 보이는 여자가 골라온 책은 『배꼽』이었다.

　소정은 화요일 저녁 막차를 타고 울산에 갔다. 울산에선 하룻밤만 자고 다음날 오전에 경주로 갈 예정이었다. 도서관 휴관일이 수요일이어서 강주를 만나자면 이날밖에 시간이 없었다. 상훈에겐 팔월 말 도서관협회 총회에 참가하겠다, 알리고 상하이에서 같이 여름휴가를 보낼 수 있는지 의견을 물었다. 상훈은 회사일 때문에 그럴 수 없다고 잘라말했다. 서울서 비행기로 두 시간밖에 걸리지 않는 거리여서 휴가 일정만 조정하면 가능하리라 생각했었다. 상훈은 국제총회에 참가한다는 소정의 계획을 반대하지 않았고 불평도 하지 않았다. 이년간 따로 살아서 서로의 생활을 인정해주는 건지 무심해진 것인지 알 수 없었다. 상훈이 굳이 반대했다면 소정도 계획을 포기했을지 모른다. 상훈은 상훈대로 이번 주말에 직원들과 함께 설악산에 가겠노라 했다. 내년 여름휴가는 멋지게 보내기로 해요. 소정도 미안한 마음을 떨치고 상훈의 계획에 동의했다.

　상훈의 생활은 규모가 짜여져가는 듯했다. 이번에도 소정은 밑반찬 세 가지를 만들어갔지만 상훈의 냉장고는 소정의 냉장고보다 그득했다. 좋아하는 열무김치까지 담가져 있고 장아찌와 멸치볶음 같은 밑반찬도 오밀조밀하게 갖추어져 있었다. 웬 반찬이 이렇게 많아? 소정이 아침을 차리며 묻자 상훈은 부서의 후배들이 갖다준다고 대수롭지 않게 대꾸했다.

　소정은 강주와 아침에 통화하고 정오가 채 안되어 학교 박물관으로 갔다. 택시에서 내려 잠깐 걸어가는 사이에도 햇볕이 목덜미에 따갑게 꽂히는데 박물관 건물에 들어서자 서늘했다. 이층에 있는 학예실을 찾아 안으로 들어서니 학예사들이 자리에 앉아 저마다 일을 하고 있었다. 강주를 찾자 한 여자가 안쪽으로 소정을 안내했다. 창가 책상에 앉아 일을 하고 있던 강주가 뒤를 돌아보았다. 소정과 눈이 마주치자 자리에서 일어섰다.

"이 더운 때 경주에 올 생각을 했어? 좋은 계절 놔두고."

"그래도 올 수 있으니 다행이잖아. 울산에서 여기 들르기도 쉽지 않은데."

두 사람 다 인사는 생략한 채 정다운 시선을 주고받았다. 소정이 사들고 온 음료수를 내밀자 강주는 학생 한명을 불러 가져가도록 했다. 책꽂이엔 수십권의 발굴보고서와 고고학 서적들이 꽂혀 있는데 책상 위에 세워놓은 책 중엔 『쇼팽』과 『서역시선(西域詩選)』이 눈에 띄었다. 『서역시선』은 소정이 선물한 책이었다.

"고고학책 속에 『쇼팽』이 있네."

"머리 식히고 싶을 때 가끔씩 보는 책이야. 나 쇼팽 좋아하거든."

"그래, 넌 피아노를 치니까. 일하면서 카세트도 들어?"

"여유있게 음악 들으면서 할 일이 아닌 것 같아."

강주가 고개를 설레설레 흔드니 소정이 휴가 얘기를 꺼냈다. 강주는 이진과 벌써 안면도에 다녀온 터였다. 소정이 도서관협회 총회에 참가하여 휴가를 중국에서 보낼 것이라고 하자 강주가 반색을 했다.

"상하이면 남쪽이지. 더위만 상관없다면 창사(長沙)에 가보면 좋을 텐데."

"더운 건 상관없어. 창사에 뭐가 있길래?"

남학생이 캔주스 두 개를 가져왔고 강주가 그제야 소정에게 음료수를 권했다.

"마왕퇴한묘가 있지. 마왕이란 당나라 멸망 뒤 각지에 나타난 군소 정권 중의 하나인 초나라 마은(馬殷)을 가리켜. 그러나 1971년 묘갱(墓坑)이 발견되어 발굴에 들어갔는데 그보다 천년 전인 전한시대 묘로 밝혀졌어. 창사국(長沙國)의 재상 이창(利倉)과 그의 가족묘였어. 이창의 부인 시체는 스무 겹의 수의로 감싸여 있었고 이천년 전의 시체가 살아 있는 것 같아서 화제가 됐어. 관 위에 덮여 있던 백화(帛畵)는 용도가 확실치 않으나 천에 그려진 사후세계가 환상적이라데. 중국 남부라면 멀지도 않은데 언젠가 가보고 싶어. 비행기를 못 타면 배라도 타고."

"너 대신 내가 보고 올까? 중국 가면 어딜 볼까 물으려고 경주에 들른 거야."

"정말? 창사 가면 꾸이린(桂林) 산수도 보고 와야지. 중국의 비경이라는데. 여름이어서 북쪽이 여행하기에 더 낫겠지만 쑤저우, 항저우가 있는 남부가 아름답다고 하데. 아니면 뻬이징에 가서 조선족이 있는 연변을 보고 백두산에 가든지."

"한국을 벗어나려고 여행 가는 거니까 한국과 상관없는 곳으로 가고 싶어. 중국 가이드북 보고 창사 갈 계획을 짜볼게."

교직원 식당에서 간단히 점심을 먹고 강주는 소정을 태워 안강으로 향했다. 사학과 강사인 배문호가 동석했는데 강주가 오후에 홍덕왕릉에 간다는 소리를 듣고 동행하기로 했다. 배문호는 서원이 전공이라 옥산서원에 갈 일이 있다면서 태워다주기를 청했다.

안강 계곡에 자리잡은 옥산서원은 문이 닫혀 있었다. 관광객이 없는 평일이라 닫은 것인지 관리인도 찾을 수 없었다. 관리인이 사용하는 바깥채에도 기척이 없어 그들은 먼저 회재(晦齋)의 고택을 보기로 했다. 징검다리로 건너가는 조선조 건축의 서원 정경이 아름다워 소정은 몇번이나 뒤돌아보았다. 바위 벼랑으로 작은 폭포처럼 물이 쏟아져내리고 나무그늘이 있어서 더위도 느끼지 못했는데 계곡을 나서서 마을로 들어서자 따가운 여름 햇살이 목덜미에 꽂혔다.

회재 이언적 선생이 벼슬을 그만두고 고향에 와서 지은 독락당(獨

樂堂)은 높지 않은 자옥산 아래에 위치해 있었다. 작은 솟을문을 들어서면 행랑채가 나오고 사랑채를 지나 안으로 들어서니 옥산정사라는 현판이 걸린 팔작지붕의 독락당이 눈에 들어왔다. 현판은 이황 선생의 글씨라는데 뜰 오른쪽엔 무화과와 모란, 왼편엔 회재 선생이 손수 심었다는 오백여년 된 거대한 향나무가 뒤틀린 채 뭉글뭉글 뻗어올라 하늘을 가리고 있었다. 궁전이나 품위있는 정원에 자리하고 있다는 나무였다. 건물 측면으로 보이는 담장엔 나무 살창을 달았다. 바깥 풍경을 바라볼 수 있도록 한 독특한 공간 배치였다.

"독락당은 회재 선생이 김안로의 횡포를 막고자 하다가 뜻대로 되지 않아 낙향하면서 지은 집 이름으로 말 그대로 고독을 달래고 홀로 즐긴다는 뜻이에요. 성리학의 정립에 기여한 선구적인 인물이지만 계곡을 끼고 있는 집 위치를 보면 안목도 대단해요."

배문호를 따라 독락당 뒷뜰을 지나 또 하나의 샛문으로 들어서니 향나무와 모란, 수선화가 심어진 작은 뜰과 계곡에 면한 세 칸 건물이 있었다. 계정(溪亭)이란 현판이 걸린 대청에 앉으니 유록빛으로 흘러가는 개울과 야트막한 산이 한눈에 들어왔다. 시야가 트인 계정에 앉으면 계곡이 바로 정원이라 자연과 융합하는 삶의 지혜에 탄복되었다. 소정이 운치있는 풍경에 감탄하자 배문호가 일러주었다.

"이런 곳에 거처하시고 뒷날 동방 오현 중의 한분으로 추모받았으니 회재 선생은 여한이 없으실 겁니다. 유성룡 선생과 함께 임금이 하명하여 제사 지내도록 한 집안이라 요즘도 양동 이가(李家)에선 종손을 종군(宗君)이라 불러요, 임금 군자를 써서. 사실 이 집은 첩의 몸에서 난 서자 이전인에게 물려줬어요. 조선왕조실록에 의하면 그 어미는 기생으로 이미 이전인을 임신하고 다른 사람의 첩이 되었는데 뒷날 이 사실을 아들에게 알려줘요. 아들은 회재 선생의 귀양처인 강계로 찾아가 부자가 극적인 상봉을 해요. 이전인은 똑똑하여 임금에게 상소해서 아버지의 무고함을 알리고 핏줄의 도리를 다하는데 회재 선생은 당신의 학문사상도 이전인에게 잇게 했어요. 양동 본가에도 적자가 없었으니 이 정도면 서자라도 적자 못지않죠."

강주는 담배를 빼어물었고 소정은 말없이 계정 아래로 흐르는 물을 들여다보았다. 유록빛 물은 맑아서 고기가 노니는 모습까지 볼 수 있었다. 속세와 떨어져 이런 집에서 산다면 신선놀음이리라. 이전인의 어미도 소실로서 독락당에 살았다면 행복해했을까. 그림 같은 집과 남편의 사랑만으로 삶이 충족되었을까. 그렇지 않았을 것이다. 불행하더라도 정실부인이 되고 싶어했을 것이다. 정실의 법적 지위, 제도권의 권리를 갖지 못해 한을 가졌을 것이다.

오백년 전이나 지금이나 변한 것이 무엇이란 말인가. 정실부인들은 정실의 논리로 남편의 여자들을 심판하고 남자들은 밖에서 무슨 자유를 누리든 조강지처는 버리지 않는다는 신념만 최후의 윤리처럼 품고 있지.

독락당 가까이 있는 정혜사지의 탑까지 보고 배문호를 옥산서원에 내려준 뒤 강주는 흥덕왕릉으로 차를 몰았다. 강주는 소정이 경주에 올 때마다 유적지를 골라 보여주곤 하는데 흥덕왕릉도 강주가 이따금씩 찾는 장소였다. 입구에 들어서자 우거진 솔숲이 시야를 가리고 굽은 나뭇줄기가 용틀임하듯 하늘을 향해 뻗어 있었다. 솔숲을 걸어나오자 초록의 빈터가 펼쳐지고 석사자 네 마리가 사방에서 지키고 있는 둥근 봉토의 왕릉이 멀리서 시야에 들어왔다. 앞으로 나아가자 한 손에 무기를 들고 있는 거대한 체구의 무인상과 문인상 한쌍이 마주보고 서서 능역을 지키고 있는데 곱슬머리에 큰 눈이 움푹 들어간 무인상을 들여다보며 소정이 물었다.

"작년에 갔던 괘릉에도 같은 무인상이 있었지. 이것도 서역인인가?"

"그렇다고 봐야겠지. 얼핏 봐도 한민족의 얼굴이 아니잖아. 신라 말기라 괘릉 조각보단 수준이 떨어지지만."

"서역인이 지키고 있다니까 여기가 한국이 아닌 외딴곳같이 느껴져."

"이국적이지."

"맞아. 현실이 아니어서 좋아."

한여름 태양이 머리 위로 하얗게 끓어올랐고 주위는 태고같이 고요했다. 강주가 태양을 피해 솔숲 그늘로 들어가자 소정이 뒤따라와 풀밭에 앉았다. 뒤편엔 머리 부분이 깨어진 거북조각이 방치되어 있는데 비신(碑身)과 이수(螭首)는 남아 있지 않았다. 무인상을 바라다보면서 소정이 가방에서 담배를 꺼냈다. 가슴 사이로 땀이 미끄러져 흘러내렸다.

"아까 입구에 쓰인 설명문 보니까 왕이 죽은 뒤 먼저 죽은 왕비 무덤에 합장했다던데."

"여기서 홍덕이라고 씌어진 비편을 발견했으니까 홍덕왕릉이 확실시되고 있어. 삼국유사엔 홍덕왕이 형인 헌덕왕과 함께 애장왕을 살해했다고 하는데 왕비와는 아주 금실이 좋았나봐."

"일생에 좋은 반려자를 만나는 것도 행운이겠지."

소정이 무심히 뇌까리는 것을 보고 강주가 생각난 듯 상훈의 안부를 물었다.

"매형은 계속 울산에서 근무한대? 바쁘더라도 경주에 한번 들르면 식사라도 대접할 텐데."

"그 사람 그런 취미 없어. 강희 오빠가 연극하는 것 알면서도 보러 간다는 말도 안해."

"누이가 너무 떨어져 있는 거 아닌감? 두 사람이 합장할 정도로 사이 좋게 살았으면 좋겠어. 누이 닮은 예쁜 딸도 낳아 잘 키우고 말야."

"한국 같은 나라에서 딸은 낳고 싶지 않아."
"그럼 아들 낳아서 여자가 못 누린 기득권을 실컷 누리게 하구려. 한국에선 남자로 태어난 것 자체로 가해자가 돼."
"불평등한 기득권 필요없어. 네가 있으니까 아들은 안 낳아도 돼."
 소정이 고개를 돌려 강주를 바라보는데 부드러운 미소가 입가에 번지고 있었다. 머리 위로 새가 알 수 없는 암호를 떨구며 날아갔고 강주는 평화로워 소정 옆에 누웠다.
"기분 좋은데."
"넌 내게 특별해. 유씨로 태어난 유일한 즐거움이 있다면 너 같은 핏줄이 있다는 거야."
"누이 고마워."
 강주는 솔숲 사이로 하늘을 올려다보며 여학교 교복을 입은 누이의 모습을 떠올렸다. 누이의 가슴에 달린 세 줄의 흰 테는 정결의 상징 같아서 어린 강주의 가슴을 설레게 했다. 가슴에 세 줄의 흰 테를 단 여학생들을 보면 미래의 신부도 그들 속에 있을 것 같아 공연히 고개를 돌렸다. 강주는 소년시절로 돌아간 듯한 기분으로 「오빠 생각」을 휘파람으로 불었고 소정은 강주의 이마에 흐르는 땀을 손수건으로 닦아주었다.
 지난해 가을 강주와 함께 「까미유 끌로델」을 보았다. 로댕과의 만남과 사랑의 파국, 이에 따른 까미유 끌로델의 실의와 좌절을 그린 영화였다. 로댕의 조수가 되어 그와 열애에 빠지지만 부인 있는 남자와의 관계에서 상처입는 쪽은 여자였다. 로댕에 대한 피해의식과 광기 때문에 자기파괴로 치달리다가 결국 끌로델은 정신병원으로 가게 된다. 정신병원에서 삼십년을 격리되어 살다가 노년에 눈을 감았다는 해설이 자막에 나오면서 영화가 끝나는데 소정은 눈을 감다시피 하고 영화관을 나섰다.

얼마나 걸어갔는지 의식도 하지 못한 채 소정은 한없이 울었다. 인생이란 그녀에게 얼마나 잔인한가. 아름답고 재능있는 여성이 사랑에 파괴되어 삼십년이나 정신병원에서 괴물처럼 격리되어야 했다니. 끌로델이 빨리 죽었더라면 그토록 가슴 아프지 않았으리. 그러나 인생은 그녀를 고통의 술통에 박아놓고 희롱하듯 긴 수명을 주었다. 인생에 대한 무서움 때문에 솟구친 눈물은 그칠 줄 몰랐지만 옆에 있던 강주가 소정의 손을 힘주어 쥐었다. 울고 싶을 만큼 울라는 듯 강주는 소정의 손을 꼬옥 쥔 채 나란히 걸어갔다. 그 손이 따뜻하다고 느낄 때에야 소정은 충혈된 눈을 올려떴다. 슬픔의 소용돌이에 빠져 있을 때 잡아준 진정한 인간의 손을 소정은 결코 잊지 않으리.

소정은 문득 이진을 떠올리고 연극으로 화제를 옮겼다.

"이진이 연극에 나온 것 봤지? 배우처럼 무대에 잘 어울리데."

"그런 것 같아? 강희형은 마술사같이 사람을 바꿔놓더라. 그게 연출자의 카리스만가봐."

마왕 같은 강희와 미모사처럼 예민한 소정. 소정은 상처받으며 자신을 파괴하고 강희는 배우를 통해 무대에서 파괴한다. 강주는 그것을 깨닫고 염려가 됐지만 불운한 남매의 길이 어떻게 뻗어갈지 지켜볼 수밖에 없었다.

차를 타고 다시 시내로 들어서는데 소정이 땀을 식힌 뒤 말을 꺼냈다.

"이젠 운전이 몸에 익숙해졌네. 그렇게 운전하기 싫다고 하더니."

"아냐. 지금도 마지못해 하는걸. 누가 옆에 없으면 차를 못 타."

"아직도?"

소정은 걱정스런 눈빛으로 강주를 바라보았다. 부여에 있을 때 강주는 고속버스를 타고 가다 갑자기 심장이 멎는 것 같은 극심한 압박감을 느꼈다. 강주는 비틀거리며 기사에게 차를 세워달라고 호소했다. 강주의 눈빛이 풀린 것을 보고 기사도 놀라 급정거를 했다. 차에서 내리자 강주는 논둑 옆 공지에 쓰러지듯 누웠다. 흙이 손에 잡힌다고 느낀 순간 가슴에 동여매어둔 끈이 우지끈 풀어지는 듯했고 그제야 강주는 심호흡을 하며 살았구나, 생각했다. 찰나와 같은 짧은 순간이었으나 그땐 꼭 죽는 것 같았다. 그날 이후 강주는 일절 버스를 타지 않았다. 하늘에 떠 있는 비행기는 생각만 해도 숨이 막히는 듯했다. 운전을 시작한 첫날도 비슷한 경험을 하여서 강주는 거의 강박관념처럼 차 타는 걸 두려워했다. 강주가 불쑥 융의 꿈 이야기를 들려주었다.

"융은 꿈에 고대도시 성벽 위에 세워진 크고 복잡한 자신의 집에 있었어. 이층 방엔 십팔세기 풍의 가구들이 있었고 아름다운 계단을 지나 아래로 내려가니 일층의 구조와 장식물은 십육세기 풍이었어. 융은 다시 지하로 내려갔어. 이번에 그가 본 것들은 더 오래된 로마시대 풍이었어. 먼지가 잔뜩 낀 계단을 또 내려가니 구석에 정사각형의 돌이 있고 그 안에 고리가 들어 있어. 고리를 잡아당기자 더 아래에 있는 지하실이 내려다보이는 거야. 동굴이나 무덤같이 깜깜했는데 돌을 치우니 빛이 들어오고 선사시대의 질그릇과 유골 등이 가득했어. 엄청난 발견을 했구나, 생각하면서 꿈에서 깼대."

"꼭 고고학자 꿈 같잖아."

"그렇지? 융은 뒤에 그 꿈으로 집단 무의식에 대한 개념을 얻었어. 꿈에서 본 각각의 층들은 자신의 문화 혹은 다른 문화의 발전단계와 비슷하게 닮았다는 생각이 든 거야. 심리에도 개인적인 특징만이 아니라 각각의 층과 같은 비개인적이거나 자율적인 요소도 있다는 걸 확신했지. 융은 무의식이 단순히 억압이나 망각으로 인한 과거 경험의 축적만이 아니라고 믿게 됐어. 개인은 어렸을 때부터 인류의 과거와 연결돼 있다는 거야. 뱀이나 어둠에 대한 공포가 그렇잖아. 뱀에 대한 공포는 비비나 침팬지에게도 있다는데 영장류의 뇌에는 타고난 뱀 혐오증 프로그램이 있나봐."
"새끼 거위는 태어날 때 매의 그림자만 봐도 공포를 느낀다고 하던데."
"문명화된 인간보다 동물이 더욱 본능적이니까 집단 무의식이 더 잘 드러나지."
"운전할 때 너의 강박관념은 무얼까. 폐소공포증이야?"
집단 무의식을 얘기하다 소정이 강주에게 말머리를 돌렸다. 강주는 머뭇거리다 답했다.
"광장공포증 아닐까? 그것 같아."
소정이 고개를 갸웃거리다 강주에게 조언했다.
"정신과 의사의 인터뷰를 받아보는 게 어때. 서양 사람들은 이상한 꿈만 꾸어도 정신과 의사를 찾아가 함께 해답을 찾으려 한다던데."
"난 알 속에 머물고 싶어하는, 깨어나지 않은 새인가봐. 그게 내 전생인가봐. 바깥세상을 두려워했던 연약한 새."
강주는 며칠 전 꾸었던 꿈을 떠올렸다. 평상시 버릇대로 책도 읽지 않고 숙면을 취했는데 잠속에서 자신이 물결에 쓸리는 해면동물처럼 부유한 것도 같고 제 몸이 방 한가운데서 아메바처럼 꿈틀거리는 듯도 했다. 깊은 연못 속 같기도 하고 어둠 자체인 듯한 공간 속에서 생명이랄 수도 없는 끈끈한 덩어리로 숨쉬고 있었다. 그러다 강주는 언뜻 파란 하늘을 보았다. 어둠속에서 신천지로 나온 것일까. 허공에 막막히 서 있으려니 언제 따라왔는지 익룡이 긴 부리로 강주의 머리를 쪼았다. 본능적인 공포감에서 달아나려 했지만 아프다는 느낌은 없었다. 익룡과 장난을 한 것 같기도 했다.
아니, 부리로 무언가를 쪼은 것은 익룡이 아니라 강주 자신이 아니었나? 부리에 닿았던 어떤 감촉이 의식 밑바닥에서 떠오르자 강주는 혼돈을 느꼈다. 장자의 꿈을 꾼 것인가. 장주가 나비가 된 꿈을 꾼 것일까, 나비가 장주가 된 꿈을 꾼 것일까. 강주가 익룡이 된 꿈인가, 익룡이 강주가 된 꿈인가.

꿈을 꾸다 눈을 뜨니 이미 창이 밝아 있었다. 밖에서 말소리가 들리고 눈꺼풀 속으로 아침 햇살이 밀려들었지만 강주는 꿈의 여운에 취해 꼼짝도 하지 않았다. 그것은 알의 꿈이 아니었을까. 강주는 알 속의 끈끈한 덩어리였다. 깊은 연못 같은 어둠속에서 아메바처럼 부유했던…… 그 알이 익룡으로 태어났고 익룡은 제 생명을 확인하듯 저물어가는 이십세기의 벌판을 서성이는 강주를 부리로 물었다. 쥐라기의 익룡은 바로 강주의 먼 전생이 아니었을까. 난생설화는 무의식 속에서 현대까지 이어지고 있다.

차가 어느새 시내로 들어서고 있었다. 팔우정 로터리에서 대능원 가는 길로 접어들자 고분들이 눈에 들어왔다. 소정이 눈을 크게 뜨고 아이처럼 함박 웃었다.

"난 능들이 좋아. 경주가 경주다운 것은 천년의 고분 때문이야. 저런 고분들을 보면 나도 언젠가 저 세계로 돌아가 편안히 안식하겠지 싶어서 위로가 돼."

"그래서 경주는 고향 같아. 나도 죽으면 경주에 묻히고 싶어. 무덤 남기는 것도 쓸데없다 싶으면 화장해서 계림 개울에 뼛가루 뿌려달라고 할 거고. 서역시의 한 구절처럼 나는 긴 강을 흐르는 물이니……"

  天公은 나의 삶을 보내주고
  地母는 나의 죽음을 거두어
  생사는 나로 말미암지 않는다
  나는 긴 강을 흐르는 물이니

에어컨을 틀었지만 여름 대낮이라 차창으로 햇볕이 쏟아져들어왔다. 소정은 땀을 훔치며 태양이 이글거리는 대낮에 죽음을 얘기하는 두 사람이 비현실적으로 여겨졌다. 강주가 대능원 쪽으로 차를 모는데 고분의 부드러운 곡선이 담 위로 이어졌다.

"집에 가서 샤워하고 낮잠 한숨 자고 가. 한번 오기도 힘든데 집에 들러야지. 이진이가 만들어놓은 오미자차도 마시고."

"결혼날짜 잡았어?"

"시월 삼일. 개천절이라 공휴일이야. 결혼식도 경주에서 했으면 좋겠는데 양집에서 다 반대하니 어른들 말을 들어야지."

소정은 축하한다고 말하면서 가슴 한구석이 허전함을 느꼈다. 사촌동생이지만 아들 같기도 한 강주에게 소정은 늘 모성애를 품고 있었다. 전생의 아들이었는지도 모른다. 또한 젊은날 섬광처럼 나타났다 사라진 꿈속의 연인 같기도 한 강주였다.

12
창사로 가는 길

얼마 만인가, 밤기차를 타고 여행하는 것이.

민가가 없는 시골길을 달리는지 밖은 캄캄했고 객실에도 불이 꺼져 이국의 말소리가 가까이서 두런두런 들려왔다. 세면도구를 들고 세면소를 오가던 발길도 끊기고 한 남자가 컵에 뜨거운 물을 받아와 차창가의 보조의자에 앉아 차를 마시고 있었다.

길을 떠날 때도 차통을 들고 다니는 중국인들. 이천년도 넘는 차의 역사가 이젠 삶의 한 부분이 되어 여행자들이 이용하는 숙박소나 기차에도 늘 뜨거운 물이 준비돼 있다. 그들은 대대로 차를 마시며 다사다난한 역사를 헤쳐오고 핏속에 흐르는 장자의 꿈과 비단장사의 실리를 키워왔으리라. 기차에 흔들리며 차를 마시는 중국인 모습은 이국적이라기보다는 친화력을 느끼게 하여 소정에게 이방인의 두려움을 덜어주었다.

물통을 든 여승무원이 차창가의 붙박이 선반을 치우기 시작했다. 사발면 그릇이나 빈 음료수통은 쓰레기통에 넣고 자잘한 찌꺼기들은 걸레로 훔쳐 바닥에 떨구었다. 어차피 기찻간 여기저기에 쓰레기들이 널려 있었다. 통로를 사이에 두고 승객들이 3단 침대에서 눈을 붙이는 동안 여승무원은 민첩하게 걸레를 빨아가며 제 할 일을 했다.

기차의 승무원은 전부 여자다. 사회주의 국가여서 여성 노동인구가 많고 남자와 다를 바 없이 활달해 보인다. 저들은 며칠씩 기차에서 근무하고 집으로 돌아가 또 주부의 역할을 할 것이다. 상하이에서 기차가 출발할 때 제복을 입은 여승무원이 승객을 향해 무어라 인사말을 하는데 여러분의 안전과 편의를 위해 최선을 다하겠다는 뜻 같았다. 그 모습이 어찌나 씩씩한지 소정도 다른 승객과 함께 박수를 쳐주었다. 그들에게선 길들여진 여자다움도 연약한 자의식 같은 것도 보이지 않아서 어떤 부류의 여자들보다도 건강해 보였다. 소정은 밤에도 제 임무를 다하느라 열심히 선반을 닦고 있는 젊은 여승무원을 신뢰의 눈빛으로 바라보았다.

여승무원이 청소를 끝내자 차창가에 앉아 차를 마시던 남자도 제자리로 돌아갔다. 객실은 발걸음이 끊기고 비상등만 조는 듯 희미한 빛을 내고 있었다. 소정은 자리에 기대앉은 채 물끄러미 창밖을 바라보았다. 야트막한 산등성이와 나무들이 어둠속에 스쳐가더니 은가루처럼 반짝이는 강이 이어졌다. 한국서도 흔히 보는 풍경이지만 강에 떠 있는 아치를 세운 나룻배가 이곳이 이국임을 알려주었다.

항저우에서 쑤저우행 밤배를 탔을 때 보았던 정경들이 머리에 떠오른다. 소정이 탄 유람선 옆으로 지나가던 배들. 배춧더미를 싣고 가던 통통배, 자갈을 실은 배, 선창가에서 속옷들이 걸려 있는 작은 나룻배도 보았다. 그때마다 상큼한 야채냄새, 역겨운 기름냄새가 풍겼다. 승객들을 태운 작은 기선도 보았는데 사람들이 앉아 있는 선박 안의 테이블엔 초가 타오르고 있었다. 침대가 있는 유람선이 아니라 사람들이 다닥다닥 붙어앉아서 밤새 목적지까지 가는 배인 모양이었다. 선실의 식탁에서 타오르는 초와 음영이 드리운 사람들 모습이 한폭의 렘브란트 그림 같았다. 작은 배 안에서 벌어지는 소리없는 축제의 풍경은 가난의 아름다움이었다.

기차가 강을 스쳐 다시 들판을 달리자 소정은 창에 이마를 대고 "밤이 좋아" 속삭였다. 군더더기 같은 생활의 때는 어둠에 묻히고 본질만 남아 있는 듯하다. 소란은 자취를 감추고 자연도 고독하게 제자리를 지키고 있다. 밤은 넓고 드높아 무한한 거리를 주지만 영혼은 한 발 더 다가설 수 있을 것 같다. 정제된 밤의 고요가 아름다워서 잠들 수 없지 않은가. 할 수만 있다면 죽음 같은 잠은 태양 아래 묻고 밤엔 부엉이처럼 깨어 있고 싶다.

기차는 어둠을 뚫고 한없이 달릴 듯했다. 길을 가는 자들을 위해 온갖 힘을 다하느라 긴 몸체를 흔들면서 달리는 기차가 든든하기도 하고 소정에게 힘을 주는 듯했다. 기차로 밤새 달려 수배자처럼 낯선 도시로 숨어버릴 수도 있고 흔들리는 침상에서 아침 햇살을 맞으며 군자처럼 몇잔의 차를 마실 수도 있다. 독립투사들이 이 땅에 임시정부를 세우고 광활한 대륙을 누빌 때도 이런 감상을 가졌으리라. 거대한 땅덩어리와 군중 속에 그들은 한점 모래처럼 묻혀버릴 수도 있었지만 허허로운 땅에서 자유와 희망을 얻었을 것이다. 이생에선 좁은 땅에서 치이고 슬퍼했으나 다음 생엔 드넓은 대륙에서 기지개를 켜며 태어나리.

기차가 창사역에 도착한 시각은 아침 일곱시였다. 군중에 섞여서 역사 밖으로 나서니 중앙탑 위에 새겨둔 붉은 횃불이 눈에 들어왔다. 마오쩌둥의 고향이라 횃불은 영원히 타오르는 혁명의 이념을 상징하는 듯했다. 광장 정면으로 넓은 대로가 뻗어 있고 이른 아침인데도 버스들이 소음을 내며 다투어 달렸다. 생각보다 크고 부산한 도시였다. 김구 선생이 중일전쟁을 피해 일년간 머물렀던 곳인데 여기서 공산주의자에게 총격을 당해 입원생활을 하기도 했다.
　낯선 이국의 도시에 닿아 감정적으로 연결을 하려고 소정이 머뭇거리는데 기차에서 맞은편 자리에 앉았던 남자가 뒤돌아보며 따라오란 표시를 했다. 중국여행 안내서에 소개된 푸룽삔꽌(芙蓉賓館)이 역 가까이 있다고 알려준 터였다. 그는 중국말을 모르는 소정과 필담을 몇 번 나누었는데 창사엔 무엇을 보러 가느냐고 물었다. "馬王堆漢墓"라고 적어주자 "마왕뚜이?" 되묻곤 고개를 끄덕거렸다.
　역 광장 앞으로 뻗어 있는 우이루(五一路)는 넓어서 보도와 차도에 이중으로 가로수가 심어져 있었다. 보도엔 상점들이 늘어서 있고 골목 안쪽엔 음식을 파는 포장마차가 자리잡고 있었다. 그 앞의 긴 의자에 앉아 두 남자가 국수를 먹고 있는 광경이 눈에 들어왔다. 마르꼬뽈로에게 국수를 전해준 국민답지만 중국인들이 아침에 국수를 먹는 광경은 신기하게 보였다.
　음식값이 싼 탓인지 아이들도 등교 전에 식당에서 국수를 사먹었다. 한국의 부모는 아이에게 따뜻한 밥을 먹여 보내지 않으면 직무유기나 한 듯 종일 마음이 편치 않을 거다. 아이가 라면을 먹으면 남편이 자신에게 화를 낸다고 한 친구는 불평했다. 엄마노릇을 제대로 안 한다고 여긴다는 거다. 여자의 할 일이 아이 식사시중밖에 없을까. 중국 여자들은 아침부터 요리에 시간을 쏟는 대신 가족과 자신을 위해 한결 실용적인 일을 할 것이다.
　잎이 두꺼운 가로수를 따라 대로를 십여분 걸어가니 작은 교차로가 나왔다. 남자가 길 건너 우뚝 솟은 고층건물을 가리키며 "푸룽삔꽌"이라고 알려주었다. 생각보다 큰 대형호텔 같았다. 소정이 고개를 끄덕이자 남자는 이내 돌아섰다. 남자가 가는 길이 소정과 같은 방향인 줄 알았더니 호텔을 알려주기 위해 동행한 것이었다. 소정은 고마워서 차라도 사고 싶었으나 중국어를 모르므로 "셰셰" 인사만 할 수 있었다.

　현대식 건물인 호텔로 들어서니 넓은 로비 안쪽 창가로 안락한 소파가 놓여 있고 부부로 보이는 두 서양인이 앉아서 얘기를 나누고 있었다. 가방이 옆에 놓여 있는 걸 보면 오늘 도착했든지 떠날 사람들 같았다. 프런트에는 줄무늬 블라우스를 입은 두 여자가 자리를 지키고 있었다. 세계 어디서나 흔히 볼 수 있는 호텔 풍경이어서 소정은 적이 실망했다. 창사를 경주 정도의 소도시로 생각해 중국식 전통가옥 같은 여관에 묵고 싶어했던 거다.

　값은 한국의 고급호텔보단 싸지만 중국 노동자 월급의 삼분의 일 정도였다. 이곳에서는 무척 비싼 값이라 소정은 투숙을 잠시 미루었다. 아직 여덟시도 되지 않은 이른 시각이었다. 먼저 꾸이린으로 떠나는 기차시간을 알고 싶었다. 소정은 호텔 여직원에게 기차표 예매는 어디서 하는지 물었다.

　"호텔 안에 여행사가 있으니 부탁하면 됩니다."

　"언제 문을 열죠?"

　"벌써 열었어요."

　여직원은 손으로 맞은편 프런트를 가리켰다. 유리를 통해 내부가 들여다보이는 사무실로 한 여자가 막 들어서고 있었다. 여행사 직원인 모양이었다. 소정은 고맙다고 말하고 로비에 있는 소파로 갔다. 먼저 담배를 피우고 싶었다.

　긴장을 풀며 88라이트의 씁쓰레한 맛을 음미하는데 한 남자가 로비쪽으로 걸어왔다. 체크무늬 와이셔츠를 입은 젊은 동양인이었다. 깔끔한 인상이 일본인 같았다. 카메라 가방을 둘러멘 남자는 소정과 눈이 마주치자 "오하요오" 아침인사를 했다. 소정을 일본인이라고 생각한 듯했다. 소정은 여행자끼리 주고받는 가벼운 눈인사를 했고 남자는 뒤돌아서더니 다시 출구 쪽으로 걸어갔다 소정은 담뱃불을 끄고 여행사 사무실로 갔다. 중년 여성이 중국말을 건네서 소정은 영어를 아느냐 물었다. "조금." 소정은 그녀에게 꾸이린행 기차표를 사고 싶다고 말했다. 여자는 기차시간표를 들여다보더니 "13:56 發"이라고 종이에 시간을 적어주었다. 꾸이린에 몇시에 도착하는가? 쉬운 영어였으나 여자는 말을 알아듣지 못했고 소정은 한자로 "到着時間?"이라고 써 보였다. 여자가 다시 시간표를 보더니 0:53분이라고 알려주었다. 한밤에 낯선 곳에 내려서 어떻게 숙소를 찾는단 말인가. 소정은 이번엔 밤에 출발하는 기차표를 예매하고 싶다고 말했다. 못 알아들었는지 여자는 고개를 가로 저었다.

소정을 호텔 부근까지 데려다준 중국인은 꾸이린행 밤기차가 있다고 말했다. 수첩에 시간까지 적어주었으니 그의 정보가 맞을 거다. 소정이 수첩을 꺼내는데 누군가 사무실로 들어섰다. 초록색 체크무늬가 낯익어 쳐다보니 아까 로비에서 본 일본 청년이었다. 여직원은 그를 보자 서랍에서 무언가를 꺼내주었다. 기차표였다.

"타이깐세."

청년이 중국말로 감사의 인사를 하자 여직원이 소정을 보며 "저패니즈" 일러주었다. 여직원은 소정도 일본인인 줄 알고 청년에게 도움을 청하라는 눈짓을 했다.

"도오시마시떼."

그가 일본말을 해서 소정은 난처한 표정을 지었다.

"난 일본말을 몰라요. 한국인이에요."

소정은 영어로 말했고 그가 눈을 크게 떴다.

"한국인입니까? 반갑습니다."

청년의 입에서 서툴지 않은 한국말이 나왔다. 소정은 이국에서 한국어를 듣자 놀랍기도 하고 반갑기도 했다. 그는 소정이 무어라 답하기도 전에 "무슨 문제가 있어요?" 물었다. 소정은 그의 한국어가 매끄러운 것을 알고 선뜻 도움을 청했다.
"꾸이린으로 가는 기차표를 예매하려구요. 저 사람이 말한 기차시간은 꾸이린에 한밤중에 도착해요. 난 창사에서 밤기차를 타고 아침에 꾸이린에 도착했으면 좋겠어요. 밤기차가 없으면 아침시간도 좋아요."
"오늘 차표를 원합니까? 아니면 내일 차표?"
"밤기차가 있다면 오늘 떠나도 되구요. 아니면 내일 떠나겠어요."
일본 청년은 영어와 중국어를 섞어 여직원에게 설명했다. 여자는 소정이 내민 수첩을 보고 시간표를 다시 뒤졌다. 수첩에 적힌 대로 우창(武昌)에서 출발해 창사를 지나가는 기차가 있었다. 여자는 예약해 주겠다며 선불을 요구했다. 호텔비와 맞먹는 적지 않은 액수였다.
"외국인은 중국인보다 두세 배 더 비싼 값으로 사야 해요. 모든 게 그래요, 여기선."
그건 소정도 알고 있는 사실이었다. 소정은 두말 않고 돈을 지불했다. 주어진 시간 안에 예정대로 움직이는 것이 중요했다. 돈을 받으며 여자가 소정에게 방 호수를 물었다. 소정은 아직 체크인을 하지 않았다고 말했다.
"일단 열두시에 들르겠어요. 그때 알려주세요."
일본 청년이 먼저 여직원에게 부탁했다. 소정도 차표가 예매되었는지 미리 알고 싶다고 덧붙였다. 이날 밤차로 떠나지 못하면 호텔에 방을 잡아야 했다.
여행사 사무실에서 나서며 소정은 그에게 고맙다고 인사했다. 태어나 처음으로 밟아본 중국땅, 관광지도 아닌 창사에서 한국말을 아는 외국인을 만나다니. 일본 청년은 활짝 웃었다.
"아까 로비에 앉아 있었죠? 난 일본 여성인 줄 알았어요. 일본인 단체관광객이 마왕뚜이를 보러 가끔 오지만 혼자서 창사에 오는 여성도 있구나 생각했어요. 여기서 한국인을 만날 줄은 몰랐어요. 오늘 도착했어요?"
"네. 어제 상하이서 기차로 왔어요."
"피곤하겠어요. 밤새 기차에 시달리고."
"기차여행을 좋아해서 침대칸에서도 잘 자요. 피곤하지 않아요."
"그래도 배는 고프겠죠. 아직 식사를 안했으면 같이 아침을 먹을까요, 말동무도 생겼는데."
"그럴까요."
남자는 소정의 가방을 보더니 걸음을 멈추었다. 총회에 참석하려고 정장을 가져왔고 총회가 끝난 지금은 짐만 되는 물건들이었다.
"가방을 내게 주세요."
"무거울 텐데요."
"남자에겐 안 무거워요."
청년은 소정의 가방을 한쪽 어깨에 메었다. 짐까지 맡기니 몸도 가벼워졌다. 소정은 고맙다고 인사하고 그의 카메라 가방을 가리켰다.
"짐이 그것뿐이에요?"
"큰 배낭이 하나 있어요. 어제 후난(湖南)대학 게스트하우스에 머물렀어요. 오늘 아침에 체크아웃하고 짐은 역에다 맡겨놓았어요."
일본 청년은 앞서서 호텔 밖으로 나갔다.
"좋은 식당이 있으면 안내하세요. 아침은 내가 사겠어요."
소정이 나란히 걸으며 말하니 그가 불쑥 물었다.
"국수 좋아해요?"
"좋아해요."
"그럼 국수를 먹어요."
대로변으로 나와 길을 건너니 길가에 식탁을 내놓은 두 개의 작은 식당이 보였다. 사람들은 식탁에 둘러앉아 국수를 먹고 있었고 종업원은 부지런히 식탁과 주방을 오가며 국수를 날랐다. 소정은 그와 빈 식탁에 앉자 쌀국수 미펀 두 개를 주문했다. 조촐한 아침식사였으나 중국인들과 함께 거리의 식탁에 앉아 있으니 전에도 이런 적이 있었던 것처럼 주위 풍경이 낯설지 않았다. 일본 청년은 담배를 꺼내더니 소정에게 권했다. 말보로였다.

"아침 먹고 피우겠어요."

"아까 로비에서 담배를 피우고 있었죠? 그걸 보는 순간 내게 담배가 없다는 걸 알았어요. 그래서 담배를 사러 다시 밖에 나갔어요."

아, 하고 소정이 웃었다. 흡연자들은 다른 사람이 담배를 피우면 따라서 흡연의 욕구를 느낀다.

"난 여자가 담배 피우는 걸 좋아해요. 함께 피울 수 있으니까요. 담배도 혼자 피우면……"

"심심하죠?"

적당한 표현을 찾지 못한 것 같아 소정이 일러주니 그렇다고 청년이 맞장구쳤다. 그리고 생각난 듯 소정의 이름을 물었다. 소정은 제 이름을 한자로 적어주고 작은 정원이라고 뜻을 풀어주었다.

"소정(少庭), 스몰 가든, 예쁜 이름이에요."

"여자 이름이에요. 별로 마음에 안 들어요."

"남자 이름을 갖고 싶어요?"

소정의 말투가 부정적이어서 그렇게 묻는 듯했다. 남자는 슬금 웃으며 제 이름을 적어주었다.

"후지이 다까히로, 그냥 히로라고 부르면 돼요."

국수가 나와서 대화가 중단되었다. 소정은 젓가락으로 몇번 국수를 집어먹고 아까부터 궁금했던 것을 물었다.

"어떻게 한국말을 그렇게 잘하세요. 어디서 배웠어요?"

"대학을 졸업한 뒤 일본에서 이년 동안 배웠어요. 대학원 준비를 위해서요. 뒤에 일본말이 서툰 한국 유학생을 만나 서로 가르쳐주었어요. 매일 만나다시피 하여 열심히 배웠어요. 좋은 친구였어요. 한국 책을 계속 읽고 있으니까 지금도 공부하고 있는 셈이죠."

"한국과 관련된 공부를 하나요?"

"대학원에서 신라사를 전공하고 있어요. 그래 한국인을 만나서 반가웠어요. 마왕뚜이를 보러 창사에 온 것도 전공과 관련이 있어요."

신라사가 전공이라니, 뜻밖의 말이었다. 소정은 그가 언제 창사에 왔는지 물었다.

"어제 오후에 도착했어요. 기차는 시간이 많이 걸려서 뻬이징에서 비행기로 왔어요. 박물관과 유물이 발굴된 장소에 갔다 오니 해가 져요. 창사엔 어떻게 왔습니까?"

"상하이에서 국제도서관협회 총회가 열렸어요. 거기 참가하고 마왕뚜이를 보러 왔어요. 휴가를 며칠 얻었거든요."

"도서관과 관련되는 일을 합니까?"

"사서예요."

"사서예요? 마오쩌둥도 한때 뻬이징 도서관에서 일했다고 하던데요. 온종일 책만 보겠어요."

"온종일 책정리만 한다고 생각해봐요."

"미안해요."

히로가 제 머리를 가볍게 치는 시늉을 하는데 종업원이 와서 그릇을 치웠다. 히로는 국수를 절반밖에 먹지 않았다. 소정은 돈을 내며 "좀 더 맛있는 걸 사려 했는데" 아쉬워했다.

"맛있게 먹었어요. 아침은 원래 많이 먹지 않아요. 시간이 맞으면 점심은 내가 사겠어요."

히로는 택시를 잡아 소정을 박물관으로 안내했다. 이미 본 것이지만 관광에는 관심이 없어 오전시간을 박물관에서 보내고 싶어했다.

"역사전공자가 가이드하니 행운 아닙니까."

히로는 혁명사 유물이 전시돼 있는 구관을 거쳐 곧장 신관으로 안내했다. 마왕뚜이에서 출토된 유물을 위해 새로 지은 건물이었다.

어두운 실내로 들어서자 벽면의 유리장식 속에 비단천들이 전시돼 있었다. 이천년 전의 옷감인데도 조직이 보일 정도로 보존상태가 좋았고 새, 식물, 불꽃, 마름모꼴 등의 은근한 문양들이 품격을 더했다. 비단신과 가장자리 전체에 금색 천으로 선을 두른 주홍색 겉옷은 단순하면서 화려하여 생전의 영화를 보여주었다. 히로가 드문드문 영어와 한자를 섞어 말했다.

"한국어로 실크를 비단이라고 하죠? 아름다운 말이에요. 웰컴 투 차이나, 비단을 보니까 그렇게 말하는 것 같아요. 지금이야 실크가 흔하지만 이천년 전 차이나 실크는 서쪽 사람들을 매료시켰어요. 로마와의 교역물품 중 실크가 구십 퍼센트를 차지했죠."

"당시에도 수출 수입을 했다니 신기해요. 신라 때도 아랍에 비단 같은 걸 수출했다고 하던데."

"신라는 일본에도 인삼과 향료, 약재 등을 수출했어요. 일본 쇼오소오인(正倉院)에 소장돼 있는 문서를 보면 그중엔 아라비아산, 인도지나산, 중국산 등이 있어요. 중개무역까지 할 만큼 신라인의 무역이 활발했어요. 그 기질과 먼 사막을 건너 반도 끝에까지 전해진 문명의 교류를 보고 신라사를 전공하리라 마음을 굳혔어요. 내가 대학 다닐 때 NHK에서 실크로드 다큐멘터리를 방영했는데 그것도 어느정도 영향을 미쳤구요."

"한국에서도 방영했어요. 실크로드 음악도 유행하고. 서역의 사막을 헤매는 듯한 악기 소리가 이국적이고 신비한 분위기를 자아내요."

"「실크로드」 좋아하는 사람을 만날 줄 알았다면 테이프를 가져올 걸."

얘기를 나누면서 견직물을 둘러보고 다음 전시실로 들어서자 T자형 천 두 개가 의복처럼 좌우 진열장에 걸려 있었다. 마왕뚜이 1호묘와 3호묘 관 위에 덮여 있었다는 백화(帛畵)였다. 가장 주목받은 부장품으로 강주도 보고 싶어했던 것이다. 히로가 노트에 한자를 적으며 일러주었다.

"장례식 때 세웠던 화번이지만 죽은 자의 영혼이 입고 승천한 의복 같아요."

갈색 바탕천에 엉클어진 용과 기괴한 동물들이 그려진 상상화였다. 천 가운데엔 세 명의 시녀를 거느리고 지팡이를 쥐고 있는 중년 여인 앞에 두 명의 사나이가 무릎을 꿇은 채 무언가 내밀고 있는 장면이 있고 음식이 놓여 있는 자리에서 세 명씩 마주앉아 세상을 떠날 여주인의 송별회를 준비하는 듯한 장면도 보였다. 현실의 사람이 그려져 있지만 엉킨 용들과 표범, 연회가 벌어진 판을 양팔로 받치고 있는 벌거벗은 장사, 두 날개를 망또처럼 펼치고 지상을 굽어보는 박쥐 같은 괴물 등이 환상의 세계를 보여주고 있었다.

천상의 세계를 나타낸 윗부분엔 뱀꼬리를 가진 서왕모(西王母), 그 좌우로 초승달과 태양이 그려져 있었다. 붉은 태양 속엔 까마귀가 있고 두꺼비가 초승달을 딛고 있는데 그 아래에서 용들은 불길을 토하듯 붉은 혀를 내쏘고 왼쪽 용의 날개 위에는 여성의 모습이 묘사돼 있었다.

"저건 그 유명한 항아(姮娥) 신화를 그린 겁니다. 항아는 활의 명수인 예(羿)라는 신의 아내예요. 예는 죄를 지어 지상으로 쫓겨났으나 서왕모의 약을 마시면 다시 하늘로 오를 수 있었어요. 한 알을 먹으면 영원히 살고 두 알을 먹으면 하늘로 올라갈 수 있는데 항아는 남편 예에게 주지 않고 자기가 두 알을 다 먹었어요. 그래서 항아는 하늘로 올라갈 수 있었지만 그 벌로 달 속에 갇혀 두꺼비로 변했다고 해요."

히로가 들려준 항아 신화를 듣고 소정은 자신도 모르게 웃었다.
"천상으로 복귀하려고 혼자서 서왕모의 약 두 알을 먹었다는 항아가 중국 여자다워요. 중국 여자들 강하잖아요. 한국 신화라면 남편에게 약 두 알을 다 먹여 천상으로 복귀시키고 자신은 지상에 남았을 것 같아요. 일본 신화에 나오는 여성은 어때요?"
"한국여자들 그래요? 남자들이 행복하겠어요."
히로는 슬금 웃곤 일본 신화 하나를 들려주었다.
"산신의 딸인 고노하나 사꾸야 여신이 니니기노 신과 결혼해 하룻밤의 인연으로 임신을 해요. 이에 니니기노가 의심을 하자 여신은 사면을 흙으로 발라서 입구를 막은 방속에 들어가 '만약 다른 이의 자식이라면 무사하게 태어날 수 없으리라. 그러나 정말 니니기노 신의 자식이라면 무사히 태어나리' 말하고 방에 불을 질렀는데 그 불속에서 세 명의 자식을 낳았다는 유명한 신화가 있어요."
"불을 지른 사꾸야 여신은 일본적이라는 생각이 들어요."
"욕심 많은 항아가 매력있어요."
히로는 소정을 즐겁게 하려고 엄지까지 세우곤 백화가 그려진 시대 배경에 대해 말했다.
"마왕뚜이는 전한시대 유적이니까 유교가 뿌리내리기 전의 의식세계를 알 수 있어요. 노장사상이 강할 때고 상상력이 제한을 받지 않았던 시대였어요. 이 백화를 보더라도 신화와 전설, 『산해경(山海經)』에 나오는 도깨비 같은 괴물들이 자유분방하게 그려져 있어요. 실질적인 유교가 들어서면서 중국의 대표적인 신화서이며 지리서인 『산해경』도 괴서로 밀려나 잊혀졌어요. 고모가 중국신화를 연구하는데 유교로 인해서 다른 고대국가에 비해 신화가 풍부하지 않다고 아쉬워해요."
"처음 『산해경』을 읽었을 때 이렇게 신기하고 재미있는 책도 있구나, 했어요. 온갖 기괴한 형태의 인물과 동물들이 상상력을 자극했거든요. 사람 얼굴에 물고기 몸을 가진, 인어공주 전신도 이미『산해경』
에 나와요. 생김새는 뱀 같지만 날개와 발을 가진 괴물 그림도 기억나
는데 꼭 ET 같았어요. 스필버그가『산해경』을 보고 ET를 구상했다는
생각이 들었어요.”

"그럴지도 모르죠. 신화 속의 환상들은 뒷날 과학에 의해 현실화되
었어요. 항아가 달로 날아간 얘기는 우주선의 달 착륙으로 현실이 되
었고,『열자(列子)』에 환자의 심장을 꺼내 바꿔넣었다는 외과수술에
관한 얘기가 나오는데 이것도 과학적 예언이라고 할 수 있어요. 유가
에서 생각한 것처럼 신화가 결코 헛된 얘기는 아닙니다.”

히로는 꿈꾸듯 백화를 바라보았다. 까마귀가 있는 붉은 태양 아래
등불 같은 작은 원들이 떠 있었다. 어느날 열 개의 태양이 한꺼번에
떠올라 사람들이 고통을 받게 되었다. 활의 명수인 예가 아홉 개의 태
양을 떨어뜨려 사람들의 고통을 덜어주었으나 태양의 어머니인 희화
(羲和)의 증오로 하늘에서 쫓겨났다. 히로가 죽은 태양을 세어보니
여덟 개였다. 하나는 어디로 갔을까? 소정이 히로의 마음이나 읽은 듯
이 고개를 돌리며 말했다.

"하나는 각자의 가슴속에 있어요. 고통 때문에 스스로 죽여버린 태
양이 누구의 가슴에나 있지 않을까요?”

전시된 유물을 대강 둘러보고 지하로 내려가자 미라가 안치된 전시
실이 나왔다. 사방 벽면은 그림으로 채워져 있고 바닥에 설치된 투명
관을 내려다보니 지하 벽면엔 해부된 장기들이 생물실의 표본처럼 진
열돼 있었다.

박쥐처럼 양날개를 펴고 있는 검은 폐, 부푼 벌레 같은 직장, 꼬불
거리는 식도와 흉곽과 비뇨생식기도 있고 위에서 검출된 참외씨까지
보존되어 있었다. 또 한방 약제도 검출됐다는데 류머티즘에 특효약으
로 밝혀졌다. 오십세 전후의 이창 부인은 다발성 담석증, 동맥경화가

있었고 탈장이었으며 질병이 많았다.
걸음을 옮겨 유체가 안치된 투명관 앞에 서자 소정은 순간 고개를 돌렸다. 발굴 당시 살아 있는 것 같은 시체로 화제가 됐다더니 해부까지 당한 지금도 표정이 생생했다.
놀란 듯 벌어진 입, 동그랗게 치뜬 눈, 살찐 양뺨과 각진 어깨, 가슴부터 정강이 위까지 견직물로 덮여 있으나 둥글고 반들한 무릎과 마른 종이처럼 주름진 다리 부분도 자세히 볼 수 있었다.
이창 부인은 생전의 부로 이천년 뒤까지 육체를 보존했지만 질병 속에서 생을 마감한 흔적만 보여줄 뿐이다. 공포로 치뜬 한쪽 눈, 많은 것을 움켜쥐었고 많은 것을 잃었을 두 손, 생생한 표정에도 불구하고 수분이 빠진 시신은 종이로 만든 모형 같았다. 그건 적나라한 죽음 자체였고 가식없는 실체로서 진열장에 누워 있었다.
소정은 어둑한 전시실에 서서 벽면을 둘러보았다. 벽엔 백화를 비롯한 출토품을 응용해 당시의 생활을 그림으로 재현해놓았다. 입구엔 말과 마차를 탄 장군, 무기를 든 병사들이 전쟁하는 장면이 묘사돼 있고 맞은편 벽면엔 부인이 시녀들에게 둘러싸여 치장하는 모습과 연회 장면이 그려져 있었다. 백화 그림도 재현돼 있는데 용을 탄 긴 머리의 항아가 무용가처럼 팔을 뻗고 있는 모습은 원본과 달리 교태스러웠다.
현세나 내세나 그림 속의 세계는 화려했으나 지하에 누워 있는 주검은 그것과 무관하게 무상을 보여주고 있었다. 꾸밈없는 무채색의 주검은 지상과 천상의 화려한 채색을 덧없이 보이도록 했다. 소정이 무심코 물었다.
"죽음이 정말 천국이나 내세로 가는 길일까요?"
"저 그림처럼 하늘에서 죽은 혼을 맞는지 알 수 없지만 난 혼이 있다고 생각해요. 내가 어릴 때 형이 뇌수술을 하고 죽었는데 다시 볼 수 없다는 생각은 들지 않아요. 언젠가 어디선가 다시 만날 것 같아요. 한국서도 제사지낼 때 대문을 열어둔다죠. 혼이 들어오라고."

"내겐 지금 저 주검이 천국 같은 건 없다고 말해주는 것 같아요. 진정한 천국이었을지도 모를 땅속의 유택, 영원히 쉬어야 할 묘지를 침범당하고 지상으로 올라와 관광객에게 내장까지 보이고 있는 이천년 전의 시체가 그렇게 말해주는 것 같아요. 그래도 주검을 보니 고통스러운 삶도 아무것도 아닐 거란 생각이 들어 위로가 돼요."

죽음은 생명의 신이 당근과 채찍처럼 준 희로애락을 정지시킨다. 고통의 정지, 슬픔의 정지. 죽음은 운명에 휘둘리는 가엾은 인간에게 상처럼 주어지는 영원한 휴식이 아닐까. 히로가 소정을 넌지시 바라보며 영어로 물었다.

"아 유 페시미스트?"

비관주의자가 아니냐고? 그럴지도 모른다고 소정이 답했다.

시신을 안치했던 네 개의 관까지 보고 밖으로 나서자 중년 여자가 출구에 앉아 있었다. 여자는 보온병을 열어 두 개의 종이컵에 차를 따라주었다. 박물관에 들어갈 땐 가방을 맡기게 하고 돈을 받았다. 세계 어느 나라 박물관에서도 가방을 맡아주면서 돈을 받는 예가 없다고 히로가 투덜거렸지만 지하에서 나오자 차를 주니 기분이 전환되었다. 차가 쏟아질세라 느린 걸음으로 걷는데 히로가 박물관 뜰을 가리켰다.

"나무 아래에 앉아 땀 흘리면서 차 마시는 것도 나쁘지 않겠죠."

신관으로 들어서는 길 한편에 나무가 심어진 뜰이 있었다. 밖으로 나서자 후끈한 열기가 끼쳐왔고 그들은 나무 아래 놓여 있는 의자에 앉았다. 크지 않은 두꺼운 열대의 잎이 기름져 보이고 그늘을 만들어주었다. 구월 초순이지만 남방이어서 햇볕이 불붙는 듯했다. 히로가 차를 한모금 마시곤 담배를 꺼냈다. 소정이 제 담배를 꺼내자 히로가 불을 붙여주면서 88 담뱃갑을 들여다보았다.
"한국 담배군요. 담배는 피우던 걸 피워야 해요. 나도 가져왔지만 호기심 많은 사람들에게 선물로 나눠줬더니 빨리 떨어졌어요. 중국에 말보로가 있어서 다행이에요. 비싸도 할 수 없죠."
"중국 온 지 얼마나 돼요? 중국 말도 할 줄 알던데."
소정이 궁금하여 물었다.
"오늘로 꼭 열흘이 돼요. 올 봄부터 석사논문을 쓰고 있는데 자료조사도 하고 앞으로의 일도 생각하고 싶어서 배낭여행을 왔어요. 중국어는 기본적인 것만 조금 알아요. 한국과 일본은 한자를 쓰니까 다른 외국인보다는 낫겠지만 중국여행이 쉽지 않아요."
"자료조사는 성과가 있었어요?"
"어느 정도는 했어요. 신라와 실크로드와의 관계가 논문주제예요."
히로가 배낭에서 꺼낸 엽서 한장을 소정 앞으로 내밀었다. 꼬리를 치켜올린 채 나는 듯이 달리는 환상적인 백마 그림이었다. 천마총 출토품인 낯익은 천마도였다. 히로가 고사리처럼 둥글게 말려 있는 천마의 네 다리 끝부분을 손으로 짚었다.
"이건 구름을 암시하는 것이 아닐까 생각해요. 아까 마왕뚜이 유물 중 칠기를 보았죠. 칠기에 구름 문양이 많아요. 둥글게 끝이 말려 있는 문양이 천마도의 그것과 아주 비슷해요. 천마도에 한대의 중국적 요소가 섞여 있어요. 그 한나라 시대 요소는 또 북방, 실크로드와 이어져요. 천마의 몸에 있는 반달형 흔적을 봐요. 이 무늬는 스키타이 미술에서 한나라 시대 미술까지 이어지는 장식 전통이에요."
히로는 천마의 몸체에 있는 반달 무늬들을 손으로 가리켰다. 엽서 크기로 축소된 그림이지만 그 흔적은 알아볼 수 있었다. 상처 같기도 한 흔적들이 엑스레이로 투시한 내밀한 문양처럼 신비하게 보였다. 히로가 불쑥 물었다.

"천마총 본 적이 있어요?"

"그럼요. 경주엔 친척이 있어서 가끔씩 가요."

"삼년 전에 대학원 시험을 보고 나서 처음 경주에 가봤어요. 평지에 자리잡은 능들이 인상적이었어요. 천오백년 전의 고분들이 언덕처럼 솟아 있는 풍경은 판타스틱해요. 일본 고분들은 너무 커서 고분인지 숲인지 산인지 알 수도 없어요. 일본서 제일 큰, 오세기 대의 닌또꾸(仁德)천황 무덤이 오오사까에 있는데 지하철 역과 역 사이 한 구간에 걸쳐 있어요. 진시황릉보다 크고 피라미드보다 크다는데 나무밖에 보이지 않아요. 한국 고분 같은 친근감이 없어요. 어마한 크기의 인공적인 일본 고분이나 중국의 능들과 달리 작은 산 같은 신라 고분은 자연의 한 부분이에요. 자연 그 자체로 솟아 있는 거대한 고분군이 없다면 경주는 평범한 고도가 됐을 겁니다."

"외국어로 어떻게 그런 표현을 할 줄 알아요?"

소정은 동감하면서 칭찬했다.

마왕뚜이 유적을 둘러보고 택시를 타자 히로가 시계를 찾았다. 시간을 보려다가 그제야 손목시계가 없어진 것을 알았다. 주머니를 뒤졌으나 보이지 않았고 택시 안에도 없었다.

"더워서 시계를 흘려버렸나봐요."

히로는 대수롭지 않다는 듯 더이상 찾지 않았지만 소정은 마음이 편치 않았다. 무더운 날씨에 소정의 가방을 들고 다니다가 시계를 빠뜨린 것 같았다. 소정은 제 시계를 들여다보았다. 오빠가 사다준 대중적인 스워치 시계로 남자가 차도 될 만큼 큰 시계였다.

"여행 땐 시계가 필요해요. 좋은 건 아니지만 이것 차세요. 나 때문에 시계를 잃어버린 거예요."

"내 시계 좋은 것도 아니에요. 싼 것을 하나 사겠어요."

히로는 극구 거절했고 소정은 미안한 마음을 접어둔 채 히로의 의사를 따랐다.

히로와 정오에 호텔로 돌아와 여행사에 들어서자 여직원이 소정을 보고 고개를 가로 저었다. 예매가 되었는지 히로가 묻자 여직원이 중국말로 답했다. 히로가 알려주었다.

"오늘도 내일도 밤차는 자리가 없다고 해요."

"그럼 자리가 있는 다른 기차시간은 언제인지 물어봐주겠어요."

히로가 다시 물으니 여직원이 시간표를 적어주었다. 13시 56분 출발 기차였다.

"저 기차는 한밤에 내려요. 낯선 곳에서 한밤에 어떻게 호텔을 찾아요."

"내 차표와 같은 시간이에요. 싫지 않다면 제가 보디가드를 하겠습니다."

"꾸이린에 가세요?"

소정이 눈을 크게 뜨며 물으니 히로가 주머니에서 제 차표를 보여주었다.

"같은 방향인 줄 몰랐어요. 오늘 떠나면 창사에선 더이상 못 보잖아요."

"창사가 유명한 건 두 가지 때문입니다. 마왕뚜이 유적과 마오쩌뚱 고향이라는 것. 마오쩌뚱에 관심이 있어요?"

"그런 건 아니지만."

"그럼 오늘 떠나요. 일본과 격전을 치른 곳이라 파괴되어 신도시가 되었어요."

소정이 머뭇거릴 사이도 없이 히로는 직원에게 기차표를 부탁했다. 제 기차표까지 주며 무어라 부탁하자 직원이 이십분 뒤에 다시 오라며 시계를 가리켰다. 소정은 얼결에 창사를 떠나게 되었고 히로는 소정의 가방을 들며 아이처럼 싱글거렸다. 밖으로 나서자 점심을 사겠다며 호텔 식당을 가리켰다.
 "동행이 돼주어서 고맙습니다. 구원이라도 받은 것 같아요. 솔직히 말하면 중국 와서 기차를 한번밖에 안 탔어요. 차표 살 때부터 자리에 앉기까지 과정이 너무 복잡해서요. 또 오랫동안 가는 게 지루해요. 그래서 밥을 굶더라도 비행기만 타고 다녔어요."
 "꾸이린엔 왜 기차를 타고 가기로 했어요?"
 "그냥 그러고 싶었어요. 하늘이 도왔나봅니다. 동행이 생겼으니까요."
 "시계를 잃어버렸으니 시계 찬 사람이 동행해야겠어요."
 "시계 잃어버리길 잘했어요."
 즐거워하는 히로 모습이 천진해 보여서 소정은 슬그머니 웃었다.

13
신의 선물

　기차역은 피난민 수용소처럼 혼잡했다. 인파를 뚫고 객실에 들어서 자리를 찾으니 다른 사람이 앉아 있었다. 히로가 차표를 내밀자 두 남자가 흘긋 보곤 차창으로 고개를 돌렸다. 허름한 작업복을 입은 남자들은 삼십대로 보였다. 우리는 외국인이라고 히로가 영어로 말했지만 그들은 여전히 모른 체했다. 히로는 다시 중국어를 했고 소정도 거들었지만 답이 없었다. "내가 왜 기차를 안 타는지 알겠죠?" 히로가 난처한 표정을 지으니 맞은편에 앉은 노인이 손가락으로 밖을 가리켰다. 소정이 내다보니 한 여승무원들이 칸을 기웃거리며 돌아다니고 있었다.
　통로에 서 있는 여승무원과 눈이 마주치자 소정은 표를 들어 보였다. 여군 같은 모자를 쓴 여승무원이 곧장 그들이 있는 칸으로 다가왔다. 소정은 차표를 보여주었고 여자는 대뜸 삿대질하며 남자들에게 재빠른 중국어로 호통쳤다. 꿈쩍도 않던 남자들이 그제서야 일어나 비실거리며 자리를 떠났다. 소정은 당찬 여승무원에게 고맙다고 눈인사했다.
 자리에 앉아 한숨을 돌리려니 여승무원이 주전자를 들고 다니며 승객들에게 물을 따라주었다. 소정은 가방에서 컵을 꺼냈다. 마침 두 개를 가져와서 하나를 히로에게 주었다. 소정은 일회용 커피와 녹차팩을 꺼내 히로에게 고르라고 했다. 중국에선 늘 녹차를 마시므로 이번엔 두 사람 다 커피를 고르고 물을 받았다. 인스턴트지만 구수한 커피 냄새가 후각을 자극했다. 히로가 빙긋 웃었다.
 "담배, 커피 같은 기호품은 다 가져왔군요."
 "중국에선 기차에서도 뜨거운 물을 구할 수 있다고 해서 가져왔어요."
 "이렇게 커피를 마시니까 처음 한국에 갔을 때가 생각나요. 한국에서 커피를 많이 마셨어요."
 "언제 한국에 처음 갔어요?"
 "스무살 때니까 구년 전이에요. 공부하기가 싫어서 고등학교 졸업하고 친구네 까페에서 일할 때였어요. 우연히 한국 학생을 알게 되어 친하게 지냈는데 놀러 오라고 편지해서 호기심에 가봤어요. 처음으로 일본 땅에서 벗어난 여행이었어요. 그 친구 집에 열흘 동안 머물면서 다섯살 조카와 사자놀이를 하면서 놀았어요. 나 잡아봐라, 아이에게 이런 말부터 배우면서."
 히로는 아이의 억양까지 그대로 흉내냈다. 한국과의 인연이 짧지 않은 듯해서 소정은 히로 말에 귀를 기울였다. 히로는 그때 지방도 여행했다면서 뜻밖에 청주란 지명을 꺼냈다.
 "혹시 청주란 곳에 가본 적이 있어요?"
 "어떻게 청주를 알아요? 난 거기서 삼년을 살았어요."
 "청주에서 살았어요? 혹시 내가 갔을 때 옆으로 스쳐가지 않았어요?"

히로는 눈을 휘둥그레 뜨며 반가워하며 청주에서 버스로 한시간 정도 들어간 마을 얘기를 해주었다.

"청주 버스터미널에서 한 청년을 만났어요. 그와 얘기하게 됐는데 청년이 자기 집에 가자며 그곳에 나를 데려갔어요. 높지 않은 산으로 에워싸인 작은 마을이었어요. 그날이 음력설 전날이라 분주했지만 청년의 식구들은 모두 나를 환대해주었어요. 깨끗하게 한복을 차려입은 그의 아버지는 오랜만에 일본말을 해본다면서 반가워했어요. 그날부터 이삼일 동안 동네 사람들이 초대해주어서 이집 저집 많이 다녔어요. 그렇게 친절한 사람들을 본 적이 없어요. 하루는 어느 집에서 청년의 아버지가 일제 때 탄광으로 징용갔다 왔다는 말을 들었어요. 뿐 아니라 그의 부친도 일본인의 손에 죽었다는 말을 들었어요. 그 말을 듣고 난 몹시 놀랐어요. 일본인에게 그렇게 고통을 당했다면 일본인을 미워할 터인데 전혀 그런 내색을 하지 않고 내게 친절을 베풀어주었으니까요. 그날 저녁 난 청년의 아버지에게 그 말이 사실인지 물었어요. 그분은 사실이라고 했어요. 일본인인 내가 싫지 않냐고 또 물어봤어요. 그분이 이렇게 답했어요. 일본이란 국가는 싫지만 자네가 무슨 잘못이 있느냐고. 자네는 막내아들이 데려온 귀한 내 집 손님이니 한국의 풍습으로 접대할 뿐이라고. 그러니 부디 편히 쉬었다 가라고. 그분의 너그러움은 나를 감동시켰어요. 내가 같은 입장이라면 그럴 수 있을까 싶었어요. 내가 떠나던 날, 아버님께 편지를 드리겠다며 주소를 적어달라고 했어요. 그분은 대뜸 '젊은 사람이 같은 젊은이를 상대해야 발전이 있지 왜 나 같은 노인에게 편지하려고 하느냐' 손을 내저었어요. 난 그분에 대한 존경심으로 큰절을 하고 물러나왔어요. 그 청년의 아버지는 지금까지도 잊히지 않아요. 한국에서 여기저기 다녔지만 다른 지명은 기억이 안 나요. 유독 청주만 기억하는 건 그분 때문일 거예요."

"훌륭한 분이네요. 내가 그 입장이라면 그렇게 못했을 것 같아요. 역사시간엔 나도 일본을 싫어했어요."

"어떻게 좋아하겠어요. 중국인들도 일본을 싫어해요. 일본의 죄예요. 그때의 한국여행은 내 인생의 전환점이 되었어요. 난 공부하기 싫어했지만 사람은 배워야 한다고 깨달았어요. 그 뒤 일본에 돌아가 대학입시를 준비했어요. 대학에 들어간 뒤로도 한국에 대해 끊임없는 관심을 가지게 됐죠. 그렇게 한국을 알려고 하다보니까 신라까지 올라간 겁니다."

소정은 그제야 납득이 가서 짧은 감탄사를 냈다.

"한국과 인연이 깊네요. 사람은 인연 따라 자신의 길을 만들어가요."

"인연이 깊죠? 난 전생에 한국인이었나봐요. 하긴 내 조상을 거슬러올라가면 신라나 백제의 도래인 피가 섞여 있을지 모르죠."

커피를 다 마시고 컵을 창가 붙박이 탁자에 놓는데 맞은편에 앉은 노인이 말린 과일이 든 포장을 뜯으려 애쓰고 있었다. 비닐 포장이 뜯어지지 않자 옆에 앉은 청년이 작은 가위를 꺼내 잘라주었다. 그들은 친척으로 보이지 않지만 그 정경이 옛날 한국 시골을 떠올릴 만큼 인정스러웠다. 노인의 옷깃엔 동그란 금뱃지가 달려 있었다. 뱃지엔 모자를 쓴 마오쩌뚱 초상화가 새겨져 있었다. 히로가 그걸 보고 노인에게 중국어로 무언가 물었다. 마오주시란 말이 오갔다. 히로가 소정에게 노인이 단 뱃지를 가리키며 알려주었다.

"저게 마오쩌뚱 표지예요. 노인은 그를 존경한다고 해요. 시골에선 아직도 마오쩌뚱이 살아 있다고 생각하는 노인들이 많대요."

히로가 수첩을 꺼내 "文化革命"이라고 쓰고 소정은 한국어로 발음했다. 히로는 문화혁명 한자 앞에 "反"을 다시 붙였다. 반문화혁명이라고 소정이 다시 발음했다.

"문화혁명이 아니라 반문화혁명이에요. 이 기간 동안 학교는 문을 닫고 청년들은 시골로 쫓겨나고 지식인들은 갇히고 얼마나 많은 유물과 유적이 부서지고 태워졌는지. 그 결과 교육은 십년 후퇴하고 예술도 퇴보했지요. 이 기간 동안 대학생은 물론 어린이까지 이천여만명이 홍웨이삥(紅衛兵)에 가입하여 폭행과 살인을 일삼았어요. 문화혁명이 끝난 칠십육년까지 이들에 의해 죽은 사람이 백만명이 넘어요. 마오쩌뚱은 이들을 자신의 권력을 유지하는 데 이용했어요."

"그런데도 지금까지 그를 숭배하는 중국인이 많은 것 같아요."

소정은 창사에서 마오쩌뚱의 초상화를 걸어놓은 가게를 보았다. 사람들이 그 앞에서 두 손을 모으고 참배했다. 히로는 공항버스 운전석 앞에 걸린 마오쩌뚱 사진을 보았다고 말했다.

"죽은 지 십오년이 넘도록 뻬이징 톈안먼꽝창(天安門廣場)에 걸린 그의 대형 초상화를 보면 지금까지 신격화되어 있어요. 그의 시신도 유리관 속에서 방부제 주사를 맞고 생시처럼 누워 있지만 언젠가 역사의 정의가 바뀔지도 모르죠. 레닌 동상이 부서지듯. 그가 정말 잘한 것이 있기는 있어요. 모든 인민에게 최소한 먹을 것을 해결해준 점이에요. 『사기(史記)』에도 나오지만 임금이란 백성을 하늘로 삼고 백성은 먹거리를 하늘로 삼는다잖아요. 식생활은 인간욕구의 기본이에요. 그것 하나 해결 못해주면 통치자 자격이 없어요."

"지금도 중국에선 음식값이 무척 싸요. 아침부터 많은 사람들이 식당에 와서 죽이나 국수, 만두를 먹잖아요. 그건 부러워요. 한국에선 음식값이 비싸요. 중국처럼 음식이 싸고 메뉴가 다양하면 한국 주부들도 부엌에서 보내는 시간을 더욱 생산적인 일에 돌릴 수 있을 텐데. 중국인들이 식당을 많이 이용하니까 중국 여자들이 편할걸요."

소정은 음식 얘기를 하다 여성에 대한 마오의 유명한 어록 하나를 들려주었다.

"여자가 가사에서 자유로운 것은 여권이 강하기 때문이에요. 통치자였던 마오쩌뚱도 하늘의 절반은 여자가 떠받들고 있다, 했어요. 혁명적인 인물들이 대개 그렇듯이 그는 대학생 때부터 여권신장과 남녀평등에 대한 열렬한 지지자였다고 해요. 그래서 대장정(大長征) 때도 많은 여성동지들의 도움을 받았겠죠. 그의 첫번째 부인도 두번째 부인 허쯔정(賀子貞)도 모두 혁명에 몸바친 투사들이었어요."

1934년부터 마오쩌뚱에 의해 선언된 중화인민공화국이 수립되기까지 십오년간 이어진 대장정에 참여한 여자들의 투쟁은 감탄할 만한 것이었다. 마오쩌뚱의 두번째 부인 허쯔정은 십육세에 공산당에 입당하여 다음해 이미 현의 봉기사건에서 지도자 역할을 담당했다. 오빠를 포함하여 스물여덟 명의 공산주의자들을 처형당하기 직전 구출해 냈고 위기에 처한 마오쩌뚱과 주떠(朱德)를 구해낸 적이 있었다.

"허쯔정은 말에 올라 양손에 권총을 뽑아든 뒤 마오와 주가 탈출할 수 있도록 적의 주의를 끌기 위해 적진을 십마일이나 혼자 달렸어요. 주떠의 부인은 십오세 때부터 전투에 참여했던 사격의 명수였고. 이 만오천리 대장정에 참여했던 여자들은 바위투성이 산길을 밤새도록 오르내리고 허쯔정과 부인들은 아이를 낳으면 다른 사람에게 맡기거나 내다버렸어요. 늘 위험한 상황이라 여자들은 출산하고 하루나 이틀 뒤 다시 말을 타고 진군했어요."

그들이 한 말도 인상적이었다.

——여자들은 선택을 해야 했죠. 혁명과 자식 중 무엇을 더 사랑해야 하는가에 대해. 우리 여성들은 혁명을 더 사랑했답니다.

신념을 위해 자신을 희생할 줄 알았고 남자와 대등하게 혁명을 이루었던 강한 여성들. 자식과 가족을 소우주로 생각하는 한국 여자들과 비교하면 비가정적이지만 그들의 거친 삶이 오히려 소정에게 감동을 주었다. 히로도 고개를 끄덕였다.

"그렇군요. 여성을 존중한 점은 마오쩌뚱이 잘한 일로 꼽아야겠어요."

"중국에 와서 가장 인상적인 것은 일하는 여성들이에요. 저들을 보세요. 얼마나 씩씩하게 자신의 임무를 해내는지."

소정은 주전자를 들고 다니는 제복의 여승무원을 가리켰다. 그들의 꾸밈없는 맨얼굴도 보기 좋았다. 히로는 덤덤하게 그들을 바라보다가 커피를 마셨다.

"씩씩하다기보다 관료주의적인 것 아닙니까? 강한 것도 좋지만 친근감이 안 가요. 유머가 없잖아요."

"그런 관점으로 보면 그렇군요. 씩씩한 여자를 좋아하지 않아요?"

"왜요, 항아도 좋고 허쯔정도 좋지만 씩씩한 여자들은 이런 건 모를걸요. 예가 떨어뜨린 아홉 개의 태양 중 보이지 않는 하나가 어디에 있는가를. 고통 때문에 스스로 죽여버린 태양이 누구의 가슴에나 있다는 걸."

그건 소정이 마왕뚜이 백화를 보고 한 말이었다. 무심히 입에서 새어나온 말인데 히로는 잊어버리지도 않았다. 고요한 강물이 바람에 일렁이듯 일순 가슴에 잔잔한 물결이 밀려들었다. 소정은 두 손으로 커피잔을 잡은 채 차창으로 비치는 늦여름 햇살을 바라보았다. 햇살이 따가웠으나 창으로 보이는 풍경은 평화로웠다. 여름도 곧 가리라. 소정은 해를 등지며 히로 쪽으로 몸을 돌렸다.

"커피를 마시니 담배를 피고 싶어요. 같이 나가서 피워요."

"그래요."

히로는 기다렸다는 듯 일어나 객실 바깥으로 앞장서 나갔다.

그들이 꾸이린역에 도착했을 땐 새벽 한시가 넘은 시각이었다. 역엔 숙소를 안내하려는 호객꾼들이 나와 있었지만 외국인이라 외국인용 호텔을 찾아야 했다. 히로는 늘 대학서 운영하는 초대소를 이용했지만 늦은 시각이라 역 부근에서 호텔을 잡겠다고 했다. 기차에서 가이드북을 들여다본지라 히로는 역을 나서자 왼쪽 길을 따라 걸어갔다. 아직 지열이 남아 있었지만 낮에 비하면 서늘했다. 역에서 내린 승객 외엔 사람도 보이지 않고 철수한 상점들 앞으로 드문드문 가로등만 서 있는데 거리는 어둑하고 괴괴했다.

역에서 십분도 되지 않는 거리에 큰 호텔이 보였으나 문에 자물쇠가 채워져 있었다. 히로가 투덜거렸다.

"이렇게 여행자들을 불편하게 하는 나라는 처음이에요. 화장실은 너무 더럽고 그것도 찾기가 힘들어요. 거리를 한바퀴 돌아 겨우 화장실을 찾아내면 거의 자물쇠로 잠겨 있어요. 배설과 수면은 인간생활의 기본인데 호텔까지 문을 닫다니."

히로가 고개를 저으며 계속 걸어가니 또다른 호텔이 나타났다. 면적은 작지만 오층 건물의 빈관이라 외국인용 숙소 같았다. 불켜진 유리문 안으로 비어 있는 프런트가 보였다. 히로는 빈관 앞으로 걸어가 문을 밀었지만 문이 안으로 잠겼는지 열리지 않았다. 소정이 옆에 서자 히로가 어깨에 멘 가방을 내려주었다.

"불이 켜져 있으니까 문을 두드려봅시다. 피곤해 보여서 빨리 호텔을 잡아야겠어요."

히로는 제 배낭까지 내려놓고 문을 두들기기 시작했다. 처음엔 유리를 노크하듯 가볍게 두드렸으나 기척이 없자 유리 가장자리의 금속판을 주먹으로 두들겼다. 헬로우, 헬로우를 외치며 정적을 깨고 십여분간 줄기차게 두들기자 몸집이 좋은 중년 남자가 나타났다. 잠을 막 깼는지 남자의 얼굴이 부스스했다. 히로가 무어라 말하자 남자는 두 사람을 흘긋 보더니 다시 들어가 열쇠를 가지고 나왔다. 주인인 듯했다.

주말이어서 빈관은 만원이었다. 두 개의 씽글룸을 원했으나 주인은 손을 내저으며 2인용 방 하나만 남아 있다고 했다. 단체관광객이 밀려와서 방이 다 찼는데 예약한 손님이 오지 않아 그나마 방이 하나 비어 있으니 운이 좋은 거라고 덧붙였다.
"투 베드."
주인은 무슨 상관이냐는 듯이 손가락으로 침대 수를 알려주었다. 히로가 생각하더니 소정에게 의사를 물었다.
"늦었으니 일단 체크인을 하는 것이 좋겠어요. 난 상관없지만 불편하다면 다른 호텔을 찾아볼게요."
"이 밤에 어디 가서 또 호텔을 찾아요."
"에어컨이 잘 나오는지 편히 잘 수 있을지 먼저 방부터 봐요. 난 침낭이 있으니 아무데서 자도 돼요."
오층 맨 안쪽에 있는 방은 두 개의 침대가 놓인 큰 방이었다. 새로 지은 건물 같은데 바닥의 카펫은 낡아 보이고 준비된 보온병도 찌그러져 있다. 그러나 침구는 깨끗해 보였고 물도 잘 나왔다. 소정은 에어컨을 틀어놓고 프런트로 내려가 체크인을 하자고 했다. 지금은 한밤이었고 자기를 도와준 히로를 내쫓을 수는 없었다. 히로의 맑은 얼굴이 경계는 필요없다고 말하는 것 같았다.
"나를 상관하지 말고 혼자 있는 것처럼 해도 돼요. 불편하지 않도록 할게요."
방에 짐을 내려놓자 히로는 소정에게 담배부터 주었다. 두시가 가까워오는 시각이었으나 긴장해서인지 피곤하다는 생각도 들지 않았다. 히로는 출출한지 먹을 것이 있느냐, 물었다. 소정은 기차에서 산 팥죽 캔을 꺼내주었다. 히로가 팥죽을 먹으며 말했다.
"아까 호텔문을 죽자살자 두드렸어요. 나 혼자면 상관없지만 책임질 사람이 있으니까요."
"보디가드 노릇이 쉽지 않죠? 함께 잘 왔다고 생각해요."

소정은 히로에게 고마움을 표시했다.
"해외여행 처음입니까?"
"중국이 두번째예요. 첫번째 여행지는 독일인데 오빠를 만나러 갔어요."
"여행을 많이 하면 이런저런 일들이 뜻밖에 생겨요. 삼년 전 인도를 여행할 때도 고아(Goa)라는 곳에서 다른 여행자와 한 방을 쓴 적이 있어요. 세라라는 영국 여자였는데 그때도 오늘처럼 호텔이 만원이었어요. 우연히 같은 호텔에 투숙하게 됐지만 이미 버스에서 만나 얼굴을 알고 있었죠. 세라는 선뜻 방을 같이 쓰자고 했어요. 서양인들은 동양인처럼 남자 여자 구분하지 않고 자연스럽잖아요. 우리는 각자 유스호스텔처럼 방을 이용했고 아침에 나가면 밤에나 서로 얼굴을 볼 수 있었어요. 무관심하지만 편한 이웃같이 일주일 동안 그렇게 같은 방을 쓰게 됐죠. 돈도 절약되고 아무 불편이 없으니까 세라가 방을 바꾸지 않았어요. 내가 모은 우표가 오천개가 넘는다는 말을 듣고 세라는 영국에 돌아가 우표까지 보내줬어요."
"영국 신사가 아니라 영국 숙녀를 만났군요."
소정은 농담을 하고 덧붙였다.
"사람을 편하게 해주는 능력도 미덕이에요. 세라도 불편을 느꼈다면 히로를 쫓아냈을 거예요."
"내가 편하다니 듣기 좋군요. 오후에 빈방이 나오면 그 방으로 옮기겠어요."
히로가 발 빠르게 계획을 짜서 그날 아침 일찍 배를 타고 리쟝(離江)을 유람하고 돌아올 수 있었다. 얼굴이 익을 만큼 맹렬한 더위였으나 강물은 수초가 들여다보일 만큼 맑았다. 강을 에워싸듯 솟아 있는 봉우리들은 기이하고 늠름한데 그 너머로 낙타등처럼 솟아 아련히 보이는 겹겹의 봉우리들은 인간세계와는 확연히 구분되는 피안의 세계였다. 강을 휘돌면서 이어지는 거대한 수석 같은 봉우리들을 지켜보자니 자연의 신이 관장하는 선(仙)의 세계에 초대받은 듯했다.

무릉도원의 정경은 유람객들의 혼을 뺏어 모두 말을 잃었다. 거드름쟁이라 하더라도 자연의 위력 앞에선 한순간 겸허를 배우는 법이다. 이따금씩 터져나오는 탄성만 없었다면 유람선은 꿈의 세계에 잠겼을 거다. 물속에서 수초를 뜯어먹는 물소떼도, 수면에서 종이배처럼 까닥거리는 흰 새들과 물 위를 날아다니는 붉은 잠자리도 신성한 세계에 속한 영물 같았다. 대나무조차 속세와 달리 곧지 않고, 뭉글뭉글 자란 잎들이 파초처럼 몇가닥으로 휘어져 바람에 일렁였다.

인간은 늘 파괴를 일삼지만 자연은 인간을 버리지 않고 다가오는 자를 맞아준다. 천년 만년 의연히 제자리를 지키고 있는 자연의 조화 앞에서 소정은 이기심에 서로 생채기 내며 투쟁하듯 살아가는 인간들의 세상이 아득하게 느껴졌다. 대한민국 작은 땅에서 머리 부딪히며 살아온 삼십육년의 내 생. 철이 들면서 생은 복병처럼 소정을 난타했고 의식의 외피는 달걀껍데기처럼 부서졌다. 소정은 그것이 삶의 조건이라고 생각했다.

그러나 그 고통은 본질과 무관한 것이 아니던가. 무변한 자연 속에서 소정은 그것을 깨달았다. 낭비, 고통의 낭비였다. 억울하다는 생각이 들면서 소정은 순간 회한에 사로잡혔다. 유람선 난간에 기대어 담배를 피우던 히로가 소정을 돌아보았다.

"중국에 와서 처음으로 릴랙스 하고 있어요. 늘 혼자 여행 다녔지만 리쟝은 좋은 사람과 함께 봐야겠어요."

"리쟝은 그렇지만."

소정은 고개를 끄덕이곤 말을 이었다.

"혼자 하는 여행이 진짜 여행이 아닐까요. 습관의 울타리에서 떠나 독립된 인간으로서 낯선 세계를 방랑하고 받아들이며 고독한 자신에 대해 생각도 하고."

"맞습니다. 그게 더 여행의 본질에 가까워요. 다른 곳은 몰라도 인도는 혼자 여행해야 해요. 첫발을 디딘 인도 도시에서 소떼들이 거리를 헤매는데 너무 좋아서 나도 길을 잃어버리고 싶었어요."

"지금은 어때요. 물고기처럼 강에 뛰어들고 싶은 건 아닌지."

히로가 수첩을 꺼내 "神仙界"라고 썼다.

"신선의 세계?"

"이건 중국 그림에 나오는 신선이 사는 세계예요. 풍경과 나 사이엔 확실한 거리가 있어요. 인도의 대지를 밟을 땐 동일화되는 걸 느꼈어요. 인간이 하나의 나무나 풀처럼 이승에서 사라지는구나, 그렇게 윤회하는구나, 깨달으면서."

"허무를 알려면 인도로 가야겠네. 갈 곳이 많아. 그동안 너무 좁은 세계에 갇혀 살았어."

소정은 독백하듯 중얼거렸고 히로는 심각한 소정을 물끄러미 바라보았다.

"인도에서도 이렇게 만나면 좋겠어요."

그날 저녁 리쟝 선착장 부근에서 좋은 식당을 발견했다. 네거리에 면한 대형호텔 안쪽으로 시장 어귀가 있고 몇발짝 들어가자 오른편 샛골목에서 왁자지껄한 소리가 들렸다. 안을 기웃거리니 넓은 홀에서 사람들이 식탁을 차지하고 앉아 저녁을 먹고 있었다. 빈자리가 보이지 않을 정도로 북적거렸고 식탁마다 가지각색의 음식들이 가득 차려져 있었다. 홀 한편엔 수조가 있어 생물 게, 새우, 잉어 같은 민물고기들이 담겨 있고 사람들이 뜰채로 물고기를 골라 근수를 달았다. 사기도 하고 요리를 주문하기도 하는 모양이었다. 대중적인 식당이지만 북적거리는 활기로 보아 음식이 맛있을 것 같았다. 히로도 같은 생각인지 자리를 찾았다.

"좋은 식당 같아요. 여기서 저녁을 먹을까요."
 두 사람 다 음식이름을 모르므로 직접 요리를 보고 주문하기로 했다. 히로는 소정이 먹고 싶은 음식을 마음대로 시키라며 선택권을 주었다. 귀엽게 생긴 소녀가 주문을 받으러 오자 소정은 소녀와 함께 식탁 사이를 다니며 먹음직스러운 요리를 주문했다. 조개요리와 두부요리를 시키자 소녀가 한 식탁에 놓인 계란볶음밥을 가리키며 "에그 프라이드 라이스" 하고 권했다. 소정은 흔쾌히 응했다.
 소정이 자리로 돌아가니 식탁엔 마늘쫑과 크고 두꺼운 콩잎절임이 담긴 작은 접시가 놓여 있었다. 식초절임인지 새큼한 향기가 났다. 히로가 가리키는 계산대 옆자리를 보니 몇개의 병에 콩잎절임이 들어 있었다. 히로가 가져온 모양이었다. 새큼하고 달짝한 콩잎은 식욕을 돋우는 듯했다. "잘 가져왔어요" 하고 소정이 딱딱한 콩잎의 미각을 맛보는데 종업원이 작은 접시를 가져왔다. 접시엔 네모꼴로 말린 작은 튀김류가 두 개 놓여 있었다. 한국에서도 본 적이 있는 샤춘권이었다.
 "즉석에서 튀기니 맛있게 보여요. 하나씩 먹어볼까요."
 금방 튀겼는지 입안에 샤춘권을 넣자 종이처럼 얇은 밀가루 껍질이 바삭거리며 부서졌다. 달아오른 기름맛이 고소하게 밴 껍질을 뚫고 바다내음이 입속에 감돌았다. 새우맛이었다. 한입 베어먹고 드러난 속을 보니 노란 옥수수알들이 다진 새우와 함께 박혀 있었다.
 "오이시이. 델리셔스."
 히로가 모국어와 영어로 맛을 감탄하는데 볶음밥과 조개, 두부요리가 나왔다. 조개는 패주라고 불리는 긴 조개로 한국 요리에선 매운탕이나 찌개류에 부분적으로 들어가서 특별한 맛을 기억할 수 없었다. 푸른 잔파와 함께 요리된 패주를 입에 넣으니 향긋한 채소맛과 신선한 조개맛이 어우러져 별미였다.

붉은 야채가 곁들여진 두부요리는 시각적으로도 식욕을 돋우었다. 삼각형으로 잘린 두부에 다진 돼지고기로 속을 박고 그것을 토마토, 고추와 함께 쏘스를 넣어 볶았다. 은근한 양념으로 덤덤하고 심심한 두부맛을 살리고 고기속과 곁들여 먹는 녹황의 야채는 육류의 강한 맛을 순화시켰다. 부탁한 접시를 종업원이 가져오자 히로는 볶음밥을 덜어 제 앞에 놓고 접시를 소정 앞에 놓았다. 어떻게 요리했는지 볶음밥은 은은한 미색으로 덮여 손대기도 아까울 정도로 빛깔이 고왔다.

"죽도 맛있어 보였지만 아침에 먹어서 에그 프라이드 라이스를 시켰어요."

"죽은 몽롱한 아침에 먹어야 제 맛이 나요. 해 지는 시각엔 차이나 레스또랑에 앉아 지글거리는 소리를 들으며 프라이팬에서 달아오른 에그 프라이드 라이스를 먹는 거죠. 완벽한 메뉴예요."

소정은 히로를 흘긋 보며 물었다.

"식도락가예요?"

"색다른 이국의 음식을 먹는 것도 여행의 즐거움 중 하나예요. 음식은 그 나라 문화거든요. 중국은 도자기의 나라지만 박물관에서 고대 하(夏), 은(殷), 주(周) 시대 유물을 보면 토기에서부터 청동기에 이르기까지 음식을 조리하는 그릇이 무척 많아요. 문양이 정교하고 아름다워서 그런 예술품에 담는 음식도 예술의 차원이었을 거예요."

"중국 황제 앞엔 세 가지 상을 차렸다고 하데요. 한 상은 먹는 것, 한 상은 보는 것, 또 한 상은 관상하는 것으로 삼았다고 해요. 서태후의 상엔 백스물여덟 가지의 음식이 차려지고 죽만 서른 종류라고. 그 많은 음식을 어떻게 생각해냈을까 놀라워요."

"다시 태어난다면 중국에서 태어나야겠어요. 『홍루몽』을 읽으면서 맛있는 요리나 먹고 중국인들처럼 인생을 즐겨도 나쁘지 않겠죠."

히로가 패주를 덜어먹으며 떠들썩한 식당을 둘러보았다. 식탁마다 포개야 할 정도로 접시가 그득하고 사람들은 먹으랴 얘기하랴, 정신이 없었다. 한국 식당도 혼이 나갈 만큼 시끄럽지만 중국 식당의 소란도 그에 못지않았다.

"상하이에 있을 때 강변으로 새벽 산책을 나갔더니 많은 노인들과 여자들이 나와서 중국 전통체조를 해요. 새벽부터 저렇게 활기차게 살다니 인생을 즐기는 민족이구나, 싶었어요. 악명 높은 문화혁명과 공산주의 그늘도 그들의 건강을 다치게 한 것 같진 않아요."

"외국 작가가 쓴 중국기행문을 읽었는데 재미있어요. 겨울에 랑샹(郎鄕)이란 중국 북부에 도착해 호텔에 갔더니 바깥보다 더 춥더래요. 이곳은 대단히 춥군요, 작가가 말하자 매니저가 답했어요. 곧 따뜻해질 거라고. 언제요? 작가가 물었어요. 삼사개월쯤 뒤에요. 그래 작가가 다시 말했어요. 내 말은 호텔 말이에요. 매니저도 말했어요. 네, 호텔 안요. 중국인들은 이런 사람들이에요. 당장 추워 얼어죽을 것 같은데 삼사개월 뒤 곧 따뜻해질 거라고 말하죠."

히로가 슬며시 웃었고 소정도 웃지 않을 수 없었다.

"겨울에 기다릴 것이 봄밖에 더 있겠어요. 내세가 있다면 밤기차를 타고 며칠이고 여행할 수 있는 나라에 태어나고 싶어요. 땅이 넓으니 마음도 넓어지는 것 같아요. 중국 땅이 남한의 백배라니 상상도 못하겠어요."

"잘됐군요. 내세에 같은 나라에 태어날 테니."

저녁식사는 만족스러웠고 소정도 오랜만에 포식을 했다. 두 사람은 산책을 하기로 했다. 남국의 여름이라 더웠지만 강변으로부터 이따금씩 바람이 불어와 이마를 시원하게 했다. 강변도로엔 기념품을 파는 노점들이 늘어서 있었지만 계수나무 가로수와 주황빛 등이 거리를 환상적으로 만들었다. 강변에 면한 둑을 따라 걸으면서 히로는 소정에게 담배를 권했다. 가져온 담배가 떨어져서 소정도 말보로를 피웠다.

강둑에 서서 건너편을 바라보니 어둠속에 묻혀 있는 산봉우리 하나가 눈에 들어왔다. 강변 숲엔 수박처럼 둥근 초록등이 늘어서 나뭇잎을 파리하게 비추고 있었다. 그 투명한 빛이 신비하여 나무의 세계로 들어오라고 손짓하는 것 같았다. 강엔 정박한 배들의 불빛이 기둥처럼 늘어서 있고 관광객을 태운 유람선이 불을 환히 밝힌 채 미끄러져 갔다. 히로가 소정의 등을 가볍게 밀며 밑에 있는 제방을 가리켰다.

"아래로 내려가봐요. 유람선어 다니는 걸 보니 피싱 버드 투어(fishing bird tour)를 하나봅니다."

층계를 내려가 선착장 쪽을 보니 세 개의 선박이 나란히 강가에 정박해 있었다. 사람들이 떼를 지어 배 안으로 들어가는데 입구에 걸린 네온 아치엔 식당이름이 적혀 있었다. 수상 식당이었다. 첫번째 선박을 지나 나무로 짜여진 수상다리를 걸어가니 외국인들이 뒤에서 무리지어 오고 있었다. 단체관광객인 듯했다. 그들이 비어 있는 배를 스쳐 지나 세번째 선박에 승선하는데 배 위엔 벌써 몇사람이 대기하고 있었다. 히로가 말한 대로 피싱 버드 투어를 떠나는 배였다.

"우리도 여기 참가해요. 새가 고기 잡는 광경을 관광객에게 보여주는 투어죠."

히로가 이내 절차를 거쳐 두 사람은 관광에 참가할 수 있었다. 유람선이 출발하자 몇개의 대나무를 엮은 뗏목 하나가 옆으로 다가왔다. 선미엔 호롱불이 환히 켜져 있고 뗏목 위엔 어부와 함께 몇마리의 새들이 앉아 있었다. 몸집은 오리보다 조금 크며 몸 빛깔은 검고 부리와 목이 긴 가마우지였다. 고기를 잡으면 삼키지 않고 입속에 담아두는 습성을 가진 새여서 이곳 사람들은 가마우지의 목에 줄을 감아 강으로 보냈다.

뗏목이 가까이 오자 관광객은 너도나도 사진기를 꺼내 플래시를 터뜨렸다. 도인처럼 표정이 담담한 노인이 노끝으로 새들을 차례차례

밀어내자 가마우지들은 긴 목을 뻗고 물속으로 뛰어들었다. 사람이 수영할 때의 자세와 비슷하여 미소짓게 만드는데 긴 몸체로 물속을 유영하는 모습이 날렵했다. 팔을 물속으로 뻗으면 닿을 것 같은 얕은 거리여서 불빛으로 가마우지의 초록눈까지 볼 수 있었다. 가마우지는 이미 관광객들에게 익숙한지 소란에도 개의치 않고 매끄럽게 물살을 가르며 나아갔다. 가마우지 한마리가 물속을 오가는 작은 물고기를 순식간에 물어 삼켰고, 민첩한 그 동작에 관광객의 감탄사가 흘러나왔다. 물속을 들여다보던 히로가 소정에게 고개를 돌렸다.

"저렇게 잡은 고기를 어부가 토해내게 해요. 가이드북에서 이걸 읽고 새가 스트레스 받겠다 생각했어요. 그런데 직접 보니 사람과 새가 한가족 같아요. 서로의 눈빛만 봐도 무얼 원하는지 아는 것 같아요. 주인을 위해 자기 의무를 다하려고 배에 앉아 있는 새가 영리해 보이고 귀여워요."

"동물이 사람보다 더 좋은 동반자가 될 수도 있어요. 어부도 헌신적인 새들을 가족처럼 사랑할걸요."

히로는 며칠 전 시안(西安)에서 본 장면을 얘기해주었다. 한 아이가 무슨 잘못을 했는지 어른에게 붙들려 발길에 차이면서 땅에 질질 끌려가는데 말리는 사람이 없을 뿐 아니라 사람들이 그 광경을 지켜보며 낄낄 웃었다고 했다.

"웃으며 구경하는 사람들이 정말 싫었어요. 중국에서 본 것 중에서 가장 나빴던 일이에요. 그 일을 떠올리니 새와 노인의 고기잡이가 바로 신선의 일같이 보여요. 강을 돌고 돌아 산봉우리 너머 신선이 사는 줄 알았더니 바로 여기서 보는군요. 물고기 좋아해요? 나도 가마우지처럼 고기를 잡아다줄까요."

히로가 강을 향해 몸을 굽혀서 소정이 가만 팔을 잡았다. 단단한 팔의 근육에서도 따뜻한 인간의 기운이 전해지는 듯했고 소정은 흘러가는 배 위에서 잔잔한 감동에 몸을 맡기고 있었다.

호텔로 돌아오자 소정은 샤워를 하고 엽서를 썼다. 강주에게 창사에서 본 마왕뚜이에 대해 짤막하게 보고했다. 운 좋게 신라사를 전공한 일본인 친구를 만나 설명을 들었고 백화의 그림이 아름다웠다고 언급했다. 그와 함께 꾸이린으로 왔다고 적고 있는데 벨이 울렸다. 옆방으로 옮긴 히로가 막 샤워를 마치고 나왔는지 젖은 머리로 서 있었다. 히로는 안으로 들어서며 소정에게 국화차를 좋아하느냐, 물었다. 전에 후배 사서의 집에서 대만서 가져왔다는 국화꽃가루로 차를 마셔본 적이 있었다.

"한번 마신 적이 있어요. 향기가 독특해서 기억하고 있어요."

"창사 시장에서 국화차를 사둔 게 있어요. 마셔보겠어요?"

히로가 들고 온 누런 봉투에 손을 넣었다. 한움큼 꺼내니 노란 국화꽃들이 무더기로 나왔다. 은근한 향기가 묻어 있는 말린 꽃더미가 카펫처럼 폭신해 보였다. 히로가 그것을 조금씩 뜯어 두 개의 컵에 담았다. 뜨거운 물을 붓자 마른 꽃이 부풀면서 꽃잎이 피어났다. 단내 섞인 눅눅한 차향기가 코끝에 맴돌자 『국화와 칼』이란 책이 떠올랐다.

"참, 일본인들은 유달리 국화를 좋아한다면서요. 특별한 이유가 있어요?"

"모든 꽃이 아름답지만 국화는 하나도 버릴 것이 없는 식물이에요. 국화는 처음에 지배계급에서만 키웠지만 서민계급도 명령에 따라 국화를 재배했고 꽃을 잘 키워 바치면 후한 보상을 받았어요. 에도 중기 천칠백년대엔 대규모의 국화전시회에서 최고의 작품으로 뽑히면 신분이 달라졌어요. 이러한 이익이 국화를 열성으로 재배하게 했고 생활화된 것이 아닐까. 중국의 차문화가 수질이 나빠서 발달했듯이 문화의 뒷면에는 현실적인 이유가 있어요."

"식물도 기호가 뚜렷하다고 해요. 국화는 강해서 어느 꽃도 견디지 못한대요. 백합 같은 꽃은 너그러워서 어느 꽃과도 조화를 이루고. 칡넝쿨과 등넝쿨이 서로 감기면 못살아요. 이 한자 알아요?"

소정은 종이에 "葛藤"을 썼다. 서로 싫어하는 칡덩굴과 등덩굴이 함께 있으면 갈등이 된다고.

소정은 이어 배뱅크 얘기를 들려주었다. 그는 배뱅크 감자를 개발해 미국을 휩쓴 원예의 마법사였다.

"식물을 독특하게 길러내고자 할 때 그는 무릎 꿇고 식물에게 말을 건다고 해요. 가시 없는 선인장을 개발하려고 실험할 때도 일년간 가시를 일일이 뽑아내면서 수시로 선인장에게 말을 걸었대요. '아무것도 두려워할 것이 없단다. 그러니 이제 가시 따위는 필요없어. 내가 널 잘 보살펴줄 테니까.' 가시 없는 선인장은 이렇게 새로 태어났어요. 언젠가 지진이 쌘프란씨스코를 강타하여 그가 사는 지역이 큰 피해를 입었지만 배뱅크의 거대한 온실은 유리창 하나 깨지지 않았어요. 사랑이 우주의 힘과 교류하면 기적 같은 일이 생기나봐요."

"성자가 무언가 했더니 바로 사랑이 성자예요."

히로 말이 가슴을 치는 듯하여 소정은 조용히 찻잔을 들여다보았다. 히로는 국화차가 머리를 맑게 한다며 차를 계속 마시라고 권했다.

"어제 잠을 많이 못 자서 피곤하지 않아요? 오늘 쉬고 리쟝은 내일 가도 되지만 리쟝을 먼저 보고 싶었어요. 그 유명한 리쟝도 봤으니 숙제를 끝낸 것 같아. 내일은 꾸이린서 여유있게 쉴 수 있어요."

"신선의 경치를 보아서 오늘 하루가 꿈 같아요."

"청나라 때 진성탄(金聖嘆)이란 사람이 서른세 가지의 행복한 때에 대해 써놓은 것이 있어요. 항아리에서 물이 넘치듯 아이들이 옛글을 줄줄 외우는 소리를 들을 때, 돈을 빌리러 온 가난한 선비에게 돈을 빌려준 후 술 한잔을 권할 때 등. 나는 여기에 하나를 더 붙이겠어요. 여행지에서 좋은 사람을 만나 함께 리쟝을 유람하고 맛있는 요리를 먹을 때."
"그런 사람과 국화차를 마실 때. 히로는 좋은 사람이에요."
"무얼 보고 알았어요?"
소정은 농담하는 히로를 정시했다.
"창사에서 처음 만났을 때 내 가방을 들어주었죠. 이런 말이 있어요. 남의 짐을 덜어주는 사람치고 가치없는 사람은 없다."
"남자가 여자 짐을 덜어주는 건 당연한 겁니다. 마피아라도 그렇게 해요. 누군가 말했어요, 여자는 신이 만들었기 때문에 함부로 접근할 수 없다. 그 말이 옳아요. 여자는 신이 만들었어요. 그러니 짐을 덜어주면서 옆에서 바라봐야죠."
"그렇게 이쁜 말을 하는 남자를 처음 봐요."
"이쁜 말?"
고개를 갸웃하는 히로에게 소정이 영어로 말했다.
"히로, 유 메이 컴 클로스 투 미."
의자에 앉은 채 소정을 정시하다 히로가 일어나 옆으로 다가왔다. 소정은 침대 안쪽으로 비키며 자리를 내주었다. 스물아홉 해를 보내러 이국으로 날아와 내 짐을 덜어준 인연으로 오늘밤은 여왕처럼 그를 사랑하리라. 성자가 곧 사랑이라고 말할 줄 아는 남자를. 그것은 선에 대한 보답이고 아름다움과 결합하고 싶은 순정한 바람이었다. 남자가 옆에 몸을 누이자 소정은 머리 밑에 베개를 받쳐주었다. 히로가 가만 팔을 벌려 여자의 머리를 안았다. 소정은 남자의 어깨에 머리를 기대며 나직이 말했다.
"신이 만든 여자를 안아봐. 당신은 그럴 자격이 있어."
히로의 손이 가만 소정의 얼굴을 더듬었다. 뺨을 어루만지다 눈을 스쳐 이마를 쓰다듬고 남자는 고개를 들어 소정의 얼굴을 들여다보았다. 어둠속에 숨죽이고 있었으나 소정은 전존재가 남자의 눈 속으로 빨려들어가는 듯해서 그의 어깨를 움켜잡았다. 그제야 남자의 입술이 소정의 입술에 포개졌다. 뜨거운 긴 숨이 새어나오자 주저하면서도 설렘을 감추지 않고 여자의 입술이 열렸다. 섬 같은 입술. 노르웨이 화가의 그림엔 섬이 입술처럼 어둠속에 떠 있었다. 폭풍을 치르고 갈증을 견디며 항해하여 보상처럼 발견하는 미지의 섬. 히로는 신이 창조한 섬에 닻을 내리기 위해 건널목 같은 여자의 목을 스쳐 강건한 어깨와 젖무덤에 차례차례 긴 인사를 보냈다.

황홀한 피로가 몰려오면서 합일의 순간이 다가오자 히로는 여자로부터 재빨리 몸을 빼냈다. 동굴 같은 여자의 몸속에서 나른하게 사정하고 싶지만 쾌락보다 중요한 건 책임감이었다. 육체에 있어선 여자도 모든 동물과 다를 바 없이 종족번식의 기능을 가지고 태어났다. 단지 인간은 자신의 책임하에 종족번식을 계획할 뿐이다.

히로는 정액을 저 혼자 깨끗이 처리하고 침대에 다시 몸을 뉘었다. 히로가 팔을 내밀어 등을 안자 소정이 고개를 들어 히로의 얼굴을 들여다보았다. 젊지만 사랑하는 법을 아는 성숙한 인간이다. 히로는 여자가 짊어져야 할지도 모를 고통의 근거를 없애기 위해 체외사정을 했다.

소정은 명수와 열애에 빠져 있을 때 두 번의 인공유산을 했던 일을 떠올렸다. 남자와 사랑을 나눈 많은 여자들이 사랑 혹은 쾌락의 대가로 원치 않은 임신을 한 것을 소정은 적지 않게 보았다. 그것은 근엄한 종교에서 꾸짖듯 형체도 없는 생명에 대한 죄 이전에 자기 육체에 대한 죄였다. 죄짓는 자들의 희생을 남자들이 알까. 소정이 결혼 뒤 아이를 갖지 못하는 것도 그 후유증 때문인지 모른다.

내 가슴속에 키워온 가시를 너는 사랑으로 뽑았어. 가시 따위는 필요없다고 일러주면서. 소정은 혼잣말을 하며 히로의 얇은 눈꺼풀에 입술을 대었다. 히로가 상체를 일으켜 소정을 가만 뉘었다. 히로는 여자의 긴 머리칼을 쓰다듬고 눈썹을 어루만지다 입술을 찾아 다시 긴 긴 입맞춤을 했다. 건널목 같은 목을 훑고 단단한 어깨와 겨드랑, 열매처럼 솟은 유두와 분화구처럼 꺼진 배꼽과 이브의 계곡을 건너 동그란 무릎과 뾰족한 긴 발까지 입술로 애무했다.

 그것은 진정한 시작이었다. 동물의 욕망에서가 아니라 너를 사랑했으므로 안았다는 증거를 보이려는 진실한 몸짓의 시작이었다. 인생의 작은 뜰에서 상처받고 살아온 소정, 고통 때문에 스스로 죽여버린 태양을 가슴에 묻은 여자에게 바치는 사랑의 위무였다.

 소정의 몸속 실핏줄로 선(善)의 전류가 흘렀다. 환희로 육신은 구름 위에 떠 있는 듯했다. 묵은 상처의 껍질도 비늘처럼 풀풀 떨어져나갔고 가슴속에 죽은 태양이 불을 지피며 서서히 타올랐다. 소정은 히로에게 대지처럼 몸을 맡긴 채 허공을 보고 독백했다.

 "누군가 널 선물로 보낸 것 같아. 산타클로스가 보낸 보석 같아. 내 고통을 보상하기 위해 신이 보낸 선물 같아."

14
소멸의 시간

 안녕! 상하이에 온 지 닷새째야. 지금은 네온이 명멸하는 와이탄의 강가에 앉아 있다. 밤의 강에는 난징행 여객선이 층마다 궁전처럼 불을 밝힌 채 유유히 미끄러져가고 있어. 멀리 앞을 보면 네스까페가 담긴 붉은 잔에서 횃불 같은 김이 타올랐다 스러지기를 반복하는데, 네온광고가 허공에 그리는 자본의 그림도 상하이에선 아름답기만 해.
 강 맞은편 거리에 늘어선 서구식 건축들은 미학적인 황색 조명을 받으며 위용을 드러내고 있어. 아편전쟁 이후 상하이가 외국에 개항되자 신고전주의니, 로마풍이니 서양 건축양식이 형성되었다고 해. 중국 세무국 빌딩과 상하이의 최고급 호텔 허핑삔꽌(和平賓館) 빌딩 등은 중국의 전통양식과도 그럴 수 없이 잘 어울려서 상하이 야경에 품격을 높이고 있어. 도시 자체는 공해가 심하고 낙후됐지만 황푸(黃浦)강이 흐르는 와이탄의 강변은 시민들에게 시심을 돌려주고 시민들은 식민지의 건물조차 유산으로 포용하면서 즐기고 있어.
 지금은 밤이 꽤 깊었지만 강변엔 어깨를 부딪칠 정도로 많은 사람들이 몰려나와 있어. 더위에 잠을 설친 시민들이 강바람을 쏘이며 잡담을 나누고 젊은 연인들은 거리낌없이 사랑을 속삭여. 가난하긴 하지만 중국인들은 인생을 즐기는 민족 같구나. 어제는 새벽에 강변을 산책했는데 많은 노인들과 여자들이 길을 메우며 중국 전통체조를 하고 있었어. 한무리씩 모여 음악까지 틀어놓고 검무도 배우고 말야.

문득 옛날 생각이 났어. 결혼 전까지 살았던 아파트촌에 정구장이 있었는데 베란다에 나서면 새벽부터 사람들이 정구 하는 광경을 볼 수 있었어. 나는 그들이 동물적이라고 생각했어. 고뇌가 많던 시절이어서, 새벽부터 공을 튀기며 건강을 추구하는 사람들이 영혼의 아픔도 없는 단세포 동물로 보였어. 병든 것은 나였어. 새벽부터 거리에서 무표정한 얼굴로 자기 삶에 열연하는 중국인들을 보며 그것을 깨달았지.

잠시라도 한국을 떠나고 싶어서 총회에 참석했지만 어젠 시간을 내어 대한민국 임시정부 청사에 갔다. 임시정부가 수립될 당시 상하이엔 천명 이상의 독립운동가들이 들끓었다고 해. 식민지의 이상주의자들에게 상하이는 탈출구였던 것 같아. 상하이에 있을 때 누룽지를 얻어다가 어머니께 드렸다는 김구 선생, 뒷날 동양척식회사에 폭탄을 던지고 자결했지만 김구 선생의 생일을 알고 옷을 저당잡혀 고기와 반찬거리를 사왔다는 나석주 의사, 이 사실을 알고 손님들이 돌아간 뒤 오십세의 혁명가에게 종아리를 걷게 하여 회초리로 때렸다는 김구 선생의 어머니, 이들의 인간적인 손길이 어딘가 닿아 있을 것 같아 상하이가 낯설지 않았어. 위대한 혁명가 이전에 그들이 방랑객으로 여겨지고 그래서 난 친화력을 느끼며 그들의 자취를 더듬어보았을 거야.

지금 티숍에 앉아 불빛이 번지는 강을 바라보노라니 내 몸이 강물에 흘러가는 느낌이야. 한쌍의 아베끄족이 귀에 익은 노래를 흥얼거리며 스쳐가는데「문 리버」야. 너도 이 노래를 잘 불렀지. 도시적 낭만을 느끼게 하는 노래가 와이탄 강변의 풍경과 잘 어울려서 나도 입속으로 따라불렀지. 아름다운 석조건물에 달처럼 박혀 있는 시계가 열한시 십오분을 가리키고 있어. 홀로 이국의 도시에 날아와 자유를 느끼니 종이배처럼 물결 따라 흘러가고 싶다는 생각이 들지만 내일의 일정이 있으므로 호텔로 돌아가야겠지.

내가 묵고 있는 호텔 층계엔 옛날 포스터가 걸려 있는데 단발머리의 두 젊은 여인이 담배를 피우며 담소하는 광고와 두 여자가 어깨를 안고 춤추는 사진이 눈길을 끌어. 지난 시대에 대한 향수를 일으키게 하는 삼사십년대의 사진으로 아름답고도 강해 보이는 중국 여자가 그렇게 매력적일 수 없어. 그 시대에 댄스 하고 담배 피우는 광고를 보아도 중국 여성들은 한국 여성보다 훨씬 개성적이고 자유로웠던 것 같아. 포스터를 보니 여성의 아름다움도 젊음도 신의 선물로 여겨지건만 왜 나는 한반도에서 찬란한 젊음조차 형벌로 생각하며 살았을까.

짧은 여행이지만 '나'라는 화두를 들고 헤매다가 현자처럼 깨달음을 안고 돌아가고 싶다. 묻혀 있는 내 일부를 발굴하기 위해 나도 고고학 학습을 하고 있어. 내일 총회가 끝나면 모레쯤엔 창사로 갈 거야. 호텔에 기차표 예매를 부탁했으니 가는 건 확실해.

너 대신 창사에서 많은 것을 보고 전해줄게. 더운 날씨에 너무 일만 하지 말고 몸도 챙기기 바란다. 지난번에 경주에서 보니 많이 야윈 것 같아. 객지생활 탓이니 빨리 결혼해서 안정하는 것이 좋겠다. 창사에서 다시 편지 쓸게. 앞으로 무엇을 보고 만나게 될지 아이처럼 호기심을 느껴. 이만 총총.

91년 8월 27일 상하이에서 누이가

상하이 호텔 주소가 적힌 편지를 받은 것은 소정이 경주에 들렀다 간 지 이십여일 뒤였다. 편지봉투엔 진시황릉 병마용 우표와 한국 우표가 함께 붙어 있었다. 봉투 아래엔 "오늘 귀국할 한국인을 우연히 호텔 식당에서 만나 인편으로 편지 보낸다"고 씌어 있었다. 부탁받은 사람은 김포공항에서 곧바로 편지를 부쳤는지 사흘 만에 편지가 도착했다. 덕분에 강주는 소정의 상하이 인상기를 빨리 읽을 수 있었다.

그 사이 경주엔 태풍이 몰아쳐 이틀간 물바다가 되었다. 형산강 하류인 안강은 거의 물에 잠기고 북천다리의 침수교는 물살에 못 이겨 무너졌다. 덕동댐 수위가 붕괴 직전까지 올라갔고 톨게이트 쪽의 서천교가 물에 잠겨 경주로 차량이 들어오지 못했다. 하수구로 물이 올라와 집이 흙탕물에 휩싸이고 시민들은 집을 비운 채 불국사로 피난을 갔다. 라면도 동이 나고 장정 같던 가로수는 뿌리뽑혀 거리에 쓰러져 있었다. 강주도 집에 들어가지 못하고 장대 같은 빗줄기 소리를 들으며 학교에서 새우잠을 잤다.

학교는 높은 지대에 위치해 상관이 없지만 경주박물관은 사고에 대비하여 지하창고의 유물까지 옮겼고 북천가의 박물관 아파트에 사는 학예사 선배는 박물관으로 대피했다. 남천은 이미 넘치다시피 하여 주변의 집들을 반쯤 삼킨 상태였고 북천은 헌덕왕릉 쪽의 둑이 무너졌다고 했다. 『삼국사기』에 보면 북천은 신라 때에도 몇차례 강물이 넘쳐서 수재가 났다. 재해도 이천년간 되풀이되고 있다는 생각을 하니 이천년도 찰나같이 여겨져 강주는 꿈꾸듯 망연히 빗줄기를 바라보았다. 밤이 깊어지면서 다행히 빗줄기가 약해졌고 덕동댐을 방류해야 하는 위급한 상황은 모면할 수 있었다.

지난주엔 태풍 때문에 오지 못했던 이진이 팔월 마지막 토요일 경주에 왔다. 경주와 가까운 영남 지역의 음대에서 강사를 구하여 서류를 넣었으나 떨어졌다고 통보를 받은 터였다. 그 일로 이진의 기분이 좋지 않아 강주는 위로하느라 오후 내내 함께 골동품 가게를 드나들었다. 발굴작업이 없으므로 토요일 오후를 한가하게 보낼 수 있었다. 이진은 옛사람들이 혼숫감을 넣었다는 골동함 한쌍을 샀다. 숭숭이 반닫이도 탐을 내어 강주가 주머니를 털어 사주었다. 세 군데 다니면서 반반한 소반과 떡살도 구했는데 컵형 토기까지 집어들어서 강주가 머리를 흔들며 골동상점을 나왔다. 이진이 따라나서자 강주가 나무랐다.

"어떻게 내 앞에서 도굴한 토기를 집어들 수가 있어. 나 밤낮 발굴하는 것 보면서."

"오빠가 작은 토기 하나 갖고 싶어해. 내 혼수를 많이 해주어서 선물 하나 하려고 물어봤어. 내가 안 사도 어차피 다른 사람이 살건데 차라리 고고학도 마누라가 사는 게 낫지. 형은 그저 옆에서 가짜가 아닌지만 감정해줘. 처남을 위해 그 정도도 못해?"

"고고학 하는 매제가 감정해줬으니 진짜 토기라고 주위 사람들에게 말할 거 아냐."

"저럴 땐 정말 꽉 막혔어요. 옳은 일도 좋지만 기분이라는 것도 있잖아."

이진은 툴툴거리다가 강주가 들고 있는 종이가방에서 떡살을 꺼내 들여다보았다.

"좋아. 오늘 함도 사고 반닫이도 사줘서 살림살이 많이 장만했으니까 더이상 요구하지 않을게. 집만 옮기면 더이상 바랄 것이 없겠는데."

"그만한 집이 없어. 욕실과 화장실이 바깥에 있고 재래식이어서 불편하지만 새 집이고 정원이 좋잖아. 그 동네 집들 거의가 낡은 고옥이야. 집을 오가면서 늘 능을 볼 수 있고 시내 한가운데 있지만 조용하고 공기도 좋아."

"전셋집은 주인 보고 들어가야 돼. 그 집주인 무례해서 정말 싫어. 또 정원 가꾼다고 새벽같이 문 따고 들어올까봐 무서워. 하루를 살아도 마음 편히 살아야지. 그 집, 정원은 예쁘지만 터가 세. 마땅한 주택이 없으면 아파트로 옮겨."

"넌 무당 같은 소리 잘하더라. 터가 세기는."

강주는 집만큼은 양보할 뜻이 없어서 말을 끊었다. 봄이면 목련과 라일락이 숄처럼 담장 너머로 늘어지고 작은 흰 꽃들이 별처럼 피어나는 능금나무가 서 있는 그 정원을 강주는 얼마나 좋아하는가. 발굴할 땐 정원을 볼 시간도 없지만 대문을 열고 들어서면 갖가지 꽃나무가 조화를 이룬 뜨락이 계절도 잊고 사는 강주를 일깨워주었다. 집주인이 불편한 건 사실이지만 그것도 아름다운 정원을 보는 대가라 생각하면 무시할 수 있었다.

저녁은 외식을 하기로 하고 시내의 한정식 식당에 들어갔다. 한정식을 시켜놓고 담배를 피워무니 이진은 식당에 켜놓은 텔레비전에 시선을 주고 있었다. 화면엔 푸른 물속을 미끄러지듯 유영하는 돌고래들의 모습이 방영되고 있었다. 이진이 좋아하는 「동물의 왕국」이었다. 경주에 와서도 이진이 보는 유일한 텔레비전 프로였다. 텔레비전을 등지고 있었으므로 강주는 계속 담배만 피웠다.

반찬들이 나오고 식탁에 이내 정식이 차려졌다. 이진이 식탁에 눈도 주지 않고 계속 텔레비전을 보아서 강주는 식사를 하자고 일렀다. 이진이 너무 몰두해 있어서 강주가 등을 돌려 화면을 보니 고래의 무리가 해변에 널려 있었다. 무기력하게 늘어져 부풀어 있는 고래들은 시체떼였다. 성우의 해설이 강주 귀에도 들려왔다.

——사람들은 이것을 자살로 말하지만 과연 고래가 자살을 택한 것일까요. 해마다 돌고래들은 쎄느 강이나 워드송 강 같은 넓은 강을 거슬러 올라오기도 합니다. 짠물에 익숙한 동물들은 민물 때문에 결국은 죽고 맙니다. 죽을 줄 뻔히 알면서 그곳으로 가려는 고래들의 충동은 면밀한 연구 결과 방향감각의 상실과 관련이 있는 것으로 드러났습니다. 갑작스런 방향착오의 원인을 알아야 이와같은 안타까운 죽음에서 이들을 보호할 수 있겠죠.

고래의 떼죽음으로 얘기의 끝을 맺고 화면엔 상어가 나왔다. 이날 프로는 포유류를 다루는 모양이었다. 이진은 그제야 강주에게 시선을 돌렸다.

"귀여운 돌고래가 자살하다니 어울리지도 않아. 그런데 왜 갑자기 방향착오를 일으킬까?"

"강 지류와 바다를 구분하지 못하여 착각할 수도 있지 않나. 나그네쥐 새끼들은 북해로 달려가 투신자살하는 성질이 있다는데 수효폭발 문제를 해결하는 생태계 조절이라나."

"생태계 조절을 해야 할 만큼 돌고래 숫자가 많지도 않은걸. 고래도 사람처럼 무엇에 씔 때가 있나봐. 죽을 줄 알면서 뛰어드는 게 씐 거지 뭐야."

고래가 무엇에 씌었다는 표현이 우스웠다. 강주는 이진의 밥그릇을 앞으로 당겨주며 식사를 재촉했다.

"생물은 구조가 복잡하여 논리로는 설명할 수 없는 부분이 있어. 돌고래는 동물학자에게 맡기고 이진씨는 식사부터 하시죠."

저녁을 먹고 강주는 남산 쪽으로 차를 몰았다. 여름이라 해가 길었고 집에 빨리 들어가도 더워서 아무 일도 할 수가 없었다. 박물관을 지나 배반들을 스쳐가자 훌쩍 자란 벼들이 늦여름 태양 아래 초록물을 올리고 있었다. 시내에서 조금만 벗어나면 드넓은 들판이 펼쳐져 가슴을 후련하게 하는데 강주는 벼를 베고 난 늦가을의 빈 들판을 좋아하여 가을이면 이 도로로 자주 차를 몰고 나왔다.

통일전을 지나 남산 어귀의 마을에 들어서자 강주는 차에서 내렸다. 캔커피와 음료수를 사고 이진과 길을 따라 걸어가니 높지 않은 푸른 남산이 마을을 감싸고 있었다. 서출지를 지나 민가 한채를 지나자 길 옆의 빈터에 붉은 고추가 널려 있었다. 채 익지 않아 푸른색을 띠는 고추도 있었다. 농작물을 보며 계절의 색채를 감상하니 불현듯 부여가 떠올랐다.

　부여에선 이맘 때면 집마다 붉은 고추를 멍석 위에 놓고 말리곤 했다. 붉은 고추는 늦여름 태양 아래 한가롭게 타올랐고 옆으로 스쳐가면 햇볕에 익은 고추에서 매콤한 내가 났다. 들뜨지 않고 속으로 침전한 붉은 빛깔이 쇠잔한 고도와 그럴 수 없이 잘 어울렸다.

　절 앞에 두 개의 신라시대 탑이 세워진 화단이 있고 화단 가에 무궁화나무가 심어져 있었다. 강주는 나무 밑에 떨어진 빛바랜 연보라색 꽃송이 하나를 주웠다. 오므라든 꽃송이를 만져보니 폭신하여 제 눈두덩이에 한번 눌러보고 이진의 눈꺼풀에 눌러주었다.

　"무궁화꽃 보니까 부여박물관이 생각나네. 여름에 피는 분홍색 상사초도 지금은 스러졌겠지. 점심을 먹고 박물관 뜰에 앉아 있으면 산성으로 올라가던 관광객들이 서문으로 흘긋 쳐다보곤 했는데. 팔을 붙인 채 숨도 안 쉬고 도면을 그리다가 뜰로 나서면 늘 은행나무를 찾았어. 몸의 기를 받는다고 은행나무에 기대서면 부여 시가지가 내려다보였어. 부여 동헌을 마주보고 정문 옆의 등나무 아래서 네게 편지 쓰던 생각도 난다."

　"난 경주보다 부여가 좋아. 손바닥처럼 작은 도시지만 인심도 좋고 조용해. 부여박물관 건물도 멋지고."

　부여박물관은 김수근의 작품으로 기품이 있었다. 측면에서 보는 기와와 건물 선은 왕비의 혼례 머리를 연상케 하는데 그윽한 부여의 분위기가 깃들여 있는 듯했다. 강주는 대학원 졸업 후 부여박물관에서 일하며 속세를 잊었다. 새벽마다 산성의 호젓한 오솔길을 산책하며 태자천에 들러 샘물을 떠왔다. 피가 뜨거울 때였지만 혀에 산내음이 감도는 듯한 맑디맑은 샘물로 차를 마시며 신선놀음을 했다. 쇠락했지만 품위있는 부여의 지세가 혈기를 가라앉혀주었다. 고란사 뜰 아래 강가에 매여 있는 나룻배의 풍경도 눈앞에 떠올라 강주는 문득 부여가 그리웠다. 부여로 가는 버스 속에서 숨이 막힐 뻔하여 그 뒤로 차에 대한 공포가 생겼지만 그 일조차 추억처럼 아련했다.
"우리 신혼여행 갔다 와서 부여에 가보자. 부여가 보고 싶어."
"멀지도 않은데 마음만 먹으면 내일이라도 갔다 올 수 있어."
"그리워하고 별렀다가 어느날 훌쩍 가야지."
해는 졌지만 더위는 아직 수그러들지 않았다. 머리 위론 붉은 고추잠자리 세 마리가 그들을 호위하듯 맴돌고 있었다. 이진은 손을 뻗어 잠자리 잡는 시늉을 했다. 선녀의 베일 같은 양날개에 비해 왕눈과 갈고리 같은 입이 있는 머리 부분은 아름답다고 할 수 없었다. 발굴할 때 누군가 잠자리를 잡아 강주에게 보여준 적이 있는데 그때 강주는 잠자리 머리가 해골의 형태 같다는 생각을 했다. 고생대부터 있었다는 원시적인 생명체. 이진은 나뭇가지 끝에 앉아 있는 잠자리를 잡고 환호했다.
"어릴 때도 잠자리는 잘 잡았어. 나비는 잡기 힘든데. 하지만 오늘이 네 생의 마지막날일지도 모르니까 날아가라, 가을 속으로 높이."
이진이 잠자리를 허공에 날려보냈다. 여름에 잠시 보였다가 가을이 깊어지면 스러지는 곤충이었다. 성숙의 계절이 가고 곧 소멸의 시간이 올 모양이었다.
이진이 돌아가고 다음주엔 강주가 서울로 올라갔다. 고고학대회에서 강주는 지호리 발굴 결과를 발표하기로 되어 있었다. 대회가 끝나는 그 주말에 마침 셋째고모 딸이 결혼하여 강주는 서울에 온 김에 참석하기로 했다. 둘째고모 내외는 전날 서울로 올라와 강주집에 머물렀다. 오전에 어머니와 아버지는 고모부 차를 타고 일찍 떠났다. 강주도 함께 갈 생각이었으나 강희가 집에 오기로 하여 강희 차를 타기로 했다. 아버지가 강희에게 연락하여 함께 가자고 했다. 셋째고모는 함남댁과 가까워서 어린 강희를 무척 귀여워했다. 강희도 그 집 식구와 친하여 고종사촌의 결혼식에 갈 뜻을 밝혔다.

강희는 열한시경에 집으로 왔다. 강의가 없는 날이라 집에서 혜화동 치과로 곧장 왔다. 큰아버지 내외가 먼저 결혼식장으로 간 것을 알자 강희는 집안에 들어오지 않았다. 결혼식이 열두시에 시작되어 차를 마실 시간도 없었다. 강희는 토요일이라 차가 막힐 것 같다면서 서둘렀고 강주는 문만 잠그고 강희 차에 탔다. 연극을 본 이후 두 사람이 처음 만나는 자리여서 강주가 먼저 근황을 물었다.

"지방공연도 다 끝냈어요? 성과가 좋았습니까?"

"응, 반응이 좋았어. 피서지의 들뜬 분위기에서도 진지하게 관람해. 그래도 젊은이들을 보면 희망이 생겨."

"맞아요."

"지방공연 땐 빠졌지만 서울공연 땐 이진씨가 도와주어서 무대효과를 극적으로 살릴 수 있었지. 다시 한번 고맙다고 전해줘."

이진은 결혼식 뒤에 만나기로 했지만 강주는 아무 말도 하지 않았다. 문득 소정이 생각나 강주가 물었다.

"누이는 언제 돌아온대요. 지난 주말에 상하이에서 보낸 편지를 받았어요. 무척 더울 텐데 불평도 않고 상하이를 돌아보고 편지를 썼어요."

"내일 일요일에 돌아올 거야. 그 사이에 편지도 보내고 소정인 나보다 널 더 좋아해. 고고학자도 아니면서 경주를 그렇게 좋아하고."

강주가 웃음지으니 강희가 화제를 돌렸다.

"결혼하면 신혼살림은 경주에서 차리나?"

"그래야죠. 경주는 녹지가 많아서 자연환경이 좋아요. 이진이 바이올린 교습이 어렵고 강사라도 할 음대가 없다는 게 결점이지만."

"서울에 자리를 만들어보지 그래. 학문을 하기에도 지방보단 서울이 낫잖아."

강주가 담배를 꺼내물며 고개를 저었다.

"난 서울을 좋아하지 않아요. 자연과는 너무 먼 환경이에요. 시멘트 코끼리 같은 아파트 단지에선 못살 것 같아요."

"자연주의자신가? 자연의 무엇을 좋아하지? 자연은 망각의 광물이야. 어제 전쟁으로 피바다가 되었어도 오늘 자연은 태무심하게 제 심장을 꺼내놓고 낮잠을 자지. 까맣게 잊어버린 얼굴로. 인간은 자연 속에서 낭만과 시를 찾으려 하지만 자연은 지극히 현실적이고 실제적이야. 숲에 가면 수십 수백 종류의 식물들이 교향곡처럼 화음을 이루고 있지. 정적 속에서 겸손하게 신이 주신 생명을 지키고 있는 것 같지만 그들은 복잡한 먹이연쇄를 통해 기계처럼 상호작용을 할 뿐이야."

"자연에도 목적이 있다 그거죠. 목적 없는 생명이 있겠어요? 존재하는 것 자체가 목적인걸."

"아무튼 난 자연엔 별 감흥이 없어. 베를린은 세계에서 가장 나무가 많은 도시인데 내가 자연환경의 혜택을 받았다는 생각 같은 건 해본 적이 없어. 난 오히려 사람 냄새가 나는 빈민촌 같은 걸 좋아했어."

"베를린에도 빈민촌이 있어요?"

"사회주의 국가에도 빈부의 차이가 있는데 하물며 자본주의 사회에서랴. 나도 한동안 빈민촌 같은 데서 살았지."

강희는 크로이쯔베르크(Kreuzverg)를 생각했다. 서독제 플라스틱 제품보다 엄청 싸서 양철로 만든 동독제 쓰레기통을 두고 살았던 베를린의 빈민촌이었다. 터키인들과 좌파가 많이 살고 석탄을 때는 곳이었다. 거리의 벽엔 "마오쩌뚱은 죽지 않았다"란 낙서도 씌어 있었다. 베를린은 조용하기 짝이 없지만 이 거리엔 늘 사람이 많았다. 일자리 없는 젊은이들이 모여 쑥덕거리고 까페엔 중년 남자들이 테이블에 앉아 트럼프를 치곤 했다. 과일가게들이 여기저기 보이고 빵가게에선 양고기와 야채를 넣은 터키빵을 팔고 있었다. 낡은 아파트 창으론 터키식 모자를 쓴 노인이 무료한지 거리를 내려다보고 있고 수건을 쓴 회교도 여인들은 값싼 페니마켓을 드나들었다.

이 거리에 짧은 치마를 입은 서양 여자가 간혹 지나가면 거리 모퉁이에서 얘기하던 중년의 남자들은 젊은 여자의 다리를 욕망을 숨긴 채 흘긋흘긋 바라보곤 했다. 베를린 시내에선 황금박쥐 의상이 아닌 다음에야 여자의 옷 따위에 시선을 주진 않는다. 크로이쯔베르크에선 들큼한 양초 같은 역겨운 부르즈와지 냄새 따윈 없었고 불안정하나 살아 있는 희망이 있으며 쓰레기도 굴러다녀 사람 냄새가 나는 듯했다. 차가 대로로 들어서는데 강주가 물었다.

"독일에서 십년 넘게 살았는데 한국사회에 적응이 안되는 면도 있겠죠."

"많지. 많지만 내가 뜯어고칠 수 없는 거니까 포기하고 싶어. 편한 것도 있으니까. 독일에 있을 때 하루는 버스를 타고 이층 앞자리에 앉았어. 자리에 앉자 나는 좀전에 산 손수건을 꺼냈어. 손을 닦으려고 말야. 손수건엔 상표가 붙어 있었는데 나는 이것을 떼내 무심히 발밑에 버렸어. 큰 쓰레기라면 들고 있다가 차에서 내려 쓰레기통에 넣겠지만 손수건에 붙은 상표는 들고 있기엔 너무 작았어. 그러다 우연히 버스 앞에 달린 백미러를 보았더니 독일 아주머니가 내 발밑의 쓰레기를 보고 있는 거야. 조금 가다 다시 거울을 보니 여자의 시선이 여전히 내 발밑에 있는 거야. 얼마 뒤 또 보아도 독일 여자는 여전히 내가 버린 손톱만한 쓰레기에 마음을 쓰고 있었어. 결국은 내가 그걸 주웠지. 저 아시안이 버스를 더럽힌다고 주시하고 있는데 끝까지 모른 체할 수가 있나. 공중도덕은 좋지만 독일은 너무 철저해서 사람의 숨통을 막아놔. 청결벽도 병이야."

"불편한 거죠. 요즘도 게르만 민족 우월주의 같은 걸 갖고 있습니까?"

"속으론 그럴걸. 역사에 민감한 아이들은 자신이 유태인을 학살한 독일의 국민이라는 걸 부끄러워해. 내가 아는 한 소년은 다른 나라에 여행을 갔는데 영국인이냐고 물어서 좋아했다고 해. 자기가 정말 영국인이었으면 좋겠다면서. 여섯살의 유태인 아이가 수용소에서 뼈만 남은 유태인이 목매달리는 장면을 그렸는데 그런 걸 보면 나찌가 정말 끔찍해. 대부분의 독일인들은 슬픔의 감정을 모르는 것 같아. 한번도 억압당한 적이 없으니까 슬픔이 무언지 모르겠지. 브라스 음악도 싫어한대네. 그러나 우울증이 심해. 독일에선 고독감과 우울증에 시달리는 사람들이 많아. 전세계적으로 낙서가 제일 많은 나라라는데 이것과도 관계있는지 모르지."

직진 신호가 떨어져 차가 다시 움직이는데 좌회전 차선에 있던 택시 한대가 직진 차선인 이차선 도로로 차선을 바꾸려 했다. 이차선에 있던 일톤 화물트럭이 틈을 주지 않으면서 택시의 끼여들기를 막았다. 택시가 갑자기 트럭을 추월하여 트럭 앞자리에 들어서더니 눈에 띌 정도로 속도를 줄여 서행운전을 했다. 화가 난 택시기사가 트럭의 주행을 막고 있는 것이 역력했다. 트럭기사가 창으로 고개를 빼고 앞차를 내려다보며 욕설을 퍼부었고 뒤에서 가고 있는 강희와 다른 차의 운전자들은 불안한 얼굴로 이들의 승강이를 지켜보았다. 강희가 푸, 한숨을 쉬었다.

"한국에 돌아와서 내가 가장 놀란 것이 무언지 알아? 난폭운전이야. 세계 어느 나라에서도 이렇게 무지막지한 운전을 하지 않아. 예의도 양보도 없고 다이너마이트 같은 난폭한 심성만 가슴속에 품고 운전을 해. 이슬람교도들도 호전적이지만 공공도로에서 이런 식의 거친 행동은 하지 않아. 독재정권 아래 억압당하면서 물질만 추구하다가 인간성은 완전히 파괴되고 모두들 악다구니로 살아가는 것 같아."

세 개의 터널 중 오른쪽 터널로는 차들이 줄지어 진입하고 있으나 강희 차가 들어선 가운데의 터널 차선은 한산했다. 터널의 검은 아가리로 들어서자 강희는 속도를 냈고 강주는 순간 가슴이 답답함을 느꼈다. 터널의 천장에 단추처럼 일렬로 늘어선 황색등들을 바라보며 강주는 반사적으로 와이셔츠 목을 더듬었다. 결혼식에 간다고 오랜만에 정장을 했더니 목이 갑갑한가보다. 강주는 불안을 느끼며 넥타이를 느슨하게 풀었다. 몸이 자꾸 죄어드는 것 같았지만 차가 빨리 터널을 빠져나가기만 기다렸다.

순간 맞은편에서 하얀 헤드라이트가 빛의 팔랑개비처럼 뱅뱅 돌며 앞으로 다가왔다. 거대한 잠자리눈처럼 동그랗게 불거진 불빛이 다가오자 강주는 제 몸이 작은 새처럼 빛 속으로 빨려들어가는 것 같았다. 숨막힐 듯했고 몸이 오그라드는 것 같아서 강주는 말도 못한 채 핸들을 잡고 있는 강희 손을 움켜쥐었다. 트럭이야! 순간 강희의 외침이 울렸고 탱크 같은 육중한 물체가 차체와 충돌했다. 강주의 목이 차창에 박히면서 새모가지처럼 꺾어졌다.

15
삼년 뒤의 여름

"먼 옛날, 추운 나라에 살았던 오딘이 아스가르드란 신들의 나라를 세웠단다. 신들 중 가장 잘생기고 고상한 발데르는 어느날 나쁜 꿈을 꾸었어. 꿈에 혼령들이 나타나서 이상한 말들을 퍼붓는 거야. 아버지 오딘은 이 말을 듣고 걱정이 되었어. 그래 신들을 불러모아 발데르에게 해를 입힐 수 있는 것들을 모두 꼽아보고 목록을 작성했어. 어머니 프라그는 이것을 듣고 아홉 나라를 순방했어. 물, 불, 쇠를 비롯하여 돌과 흙, 새, 짐승 들에게까지 발데르를 해치지 않겠다는 맹세를 받아냈는데 온갖 병균들도 빠짐없이 맹세했지. 단 하나 빠진 것이 있었지만 그건 서쪽 벌판에서 자라는 어린 겨우살이 가지여서 무시되었기 때문이야. 그러나 악동의 신 로키가 이 사실을 알고 그 풀줄기를 꺾어왔어. 로키는 그것을 장님인 발데르의 동생에게 주어 발데르에게 던지게 했어. 결국 발데르는 살아 있는 신들의 나라를 떠나지만 신들과 거인들도 전쟁에서 모두 죽어. 이제 발데르는 부활하여 새 세상을 다스리게 되겠지. 아름답고 고귀한 발데르만이 이 세상의 유일한 희망이거든. 나의 희망인 우리 아기, 엄마도 승혜를 위해 프라그처럼 아홉 나라를 순방하면서 모두에게 맹세를 받겠어. 아무도 내 아이를 해치지 않겠다는 맹세를 말야. 서쪽 벌판의 겨우살이 가지도 빠뜨리지 않고 작은 개미 하나도 빠뜨리지 않겠어. 그러니 아무것도 무서워 말고 무럭무럭 자라기만 해다오."

잠이 깨어 불에 덴 듯 울던 승혜가 다시 꿈나라에 들었다. 어둠을 무서워하는 아이여서 불을 켜고 기저귀도 갈고 엄마가 얘기를 들려주며 등을 다독거리자 색색거리며 잠에 빠져들었다. 밤에 목욕을 시켜서 아이의 흐트러진 머리카락에선 향긋한 샴푸냄새가 묻어났다. 볼의 살이 빠졌지만 다문 입술의 선이 활처럼 선명하여 어여쁘다. 바깥세상에 호기심이 많은지 문만 보면 열려는 아이. 방 한구석엔 바퀴 달린 말이 서 있고 방바닥엔 아이의 스케치북이 있다. 연필만 있으면 집어들고 종이에 낙서하길 좋아하여 늘 방에 두는 물건이다.

백열등을 끈 채 귀를 기울이고 있으려니 밖에서 이따금씩 바람소리가 들려왔다. 오후까지 비가 온 탓인지 공기도 서늘했다. 창으로 바람이 불어올 때마다 천장에 달아둔 나비 모빌이 꿈속의 무용수처럼 서서히 움직였다. 소리 죽여 허공을 배회하는 나비들이 아이를 지키는 수호신 같기도 하고 어둠속에 제각각 춤추는 모양이 외로운 혼 같기도 했다.

의자에 기대앉아 모빌을 지켜보던 이진은 일어나 창가로 갔다. 맞은편 아파트의 사각 창엔 드문드문 불이 켜져 있고 창백한 가로등도 조는 듯 거리에 서 있다. 아까 시계 괘종이 한시를 쳤다. 아파트 단지에도 밤이 깊어가고 정적이 밀려와 있는데 이진은 불켜진 맞은편 아파트 창 하나를 멍하니 바라보다가 방충망 앞으로 창문을 반 정도 닫았다. 비온 뒤라 덥지 않고 밤이 깊어지면 기온이 내려갈 듯했다.

이진은 아이에게 가만 입을 맞추고 스탠드의 주황색 전구를 켜둔 채 밖으로 나왔다. 어둠속에 묻혀 있다 거실로 나서니 눈이 찌푸려졌다. 거실은 눈부실 정도로 밝았고 밝은 만큼 휑해 보였다. 누구를 기다리느라 불을 밝혀놓은 것인가. 이진은 식탁 위의 부분 조명을 켠 뒤 거실의 형광등을 껐다. 세 송이의 백합 장식의 백열등이 켜지자 그제야 실내가 아늑해 보였고 이진은 가스레인지 앞으로 가 주전자를 올려놓았다. 오늘도 잠이 올 것 같지 않아 차를 마실 생각이었다.

언제부터 불면의 밤이 시작되었나. 이진은 전에 불면이란 말을 몰랐다. 어릴 때부터 누가 업어가도 모를 정도로 깊이 잠드는 습성이 있었고 처음 유학 갔을 때도 시차에 상관없이 밤 열한시면 정확히 수면을 취했다. 덕분에 충분한 휴식을 취하고 규칙적인 생활을 할 수 있었는데 아이를 낳고부턴 밤잠을 설치게 되었다. 더 정확히 말하면 결혼 뒤부터 불면이 찾아왔다고 할 수 있다.

결혼 첫날밤 강희는 부다페스트에서 이진을 전송하며 그들의 운명을 알았다고 고백했다. 리스트 기념음악회를 보러 부다페스트에 갔던 이진이 거리에서 공연하는 강희의 극단을 발견한 것은 우연이었다. 그날 밤 그들은 함께 저녁을 먹었고 이진은 다음날 오후에 베를린으로 돌아갔다. 전혀 기대하지 않았지만 강희는 역에 나와 이진을 전송했다. 이진이 기차 난간에 서서 고맙다고 손을 흔들자 강희가 갑자기 기차에 뛰어올라 이진의 입술을 덮쳤다. 너무나 순식간의 일이라 이진은 얼이 빠진 채 서 있었고 기차가 움직이기 시작하자 강희는 뛰어내려 뒤돌아보지도 않고 플랫폼을 빠져나갔다. 잊으라는 듯이.

"난 언젠가 기차에서 내 신부를 만나리라 예감하고 있었어. 이진이 기차에 올라가 긴 머리를 젖히며 나를 향해 선 순간 바로 저 여자라는 걸 알았지. 기차에서 내리고 나서야 현실을 직시했지만 언젠가 다시 만나리라 생각했고 기다렸어."

강희 말대로 그들의 만남이 운명이라면 강주는 그 운명을 위한 발

판인가? 희생자인가? 강주는 그 역할을 하기 위해 서른두살의 젊음을 도로에 피흘리며 바쳤는가.

교통사고로 강주가 즉사하고 영안실에서 마지막으로 그의 얼굴을 보았을 때 이진은 제 삶이 홍수에 쓸려내려간 뻘밭 같다고 느꼈다. 잡초조차 견디지 못하고 뿌리뽑힌 뻘밭. 그것이 행복의 모습이란 말인가. 사람들은 늘 이진에게 넌 행복의 상징이야, 말하곤 했다. 유복한 집안에서 태어나 단 한번도 부모가 말다툼하는 소리를 들은 적이 없고 세 오빠 가운데서 공주처럼 사랑을 받고 자랐다. 부와 아름다움을 부여받았고 넘어지는 일조차 없을 정도로 세상의 풍파로부터 보호되었다. 자신의 평범함에 비해 더 많은 행운이 제 삶에 주어졌던 것이다. 오직 바이올린만이 이진의 가슴에 그늘을 주었지만 분배의 법칙으로 보자면 그것도 복에 겨운 불평인지 모른다.

그러나 이진은 삶의 들판에서 느닷없이 철퇴를 맞았다. 사랑하는 사람을 영원히 잃어버리다니. 다시는 눈을 마주칠 수도 살을 맞댈 수도 없고 낭랑한 목소리로 부르는 「겨울 나그네」도 들을 수 없고 함께 차도 마시지 못하고 미래를 얘기할 수도 없다. 미래가 없다는 것, 그건 바로 어둠이었고 절망이었다.

이진이 모든 일에서 손을 놓고 한달간 드러누워 있을 때 작은 호랑이 한마리가 제 방으로 걸어들어오는 꿈을 꾸었다. 새끼호랑이는 전혀 무섭지 않았다. 이진은 꿈에서 깨자 지난달에 월경이 없던 것을 상기했다. 강주의 죽음으로 인한 충격이라고 생각했지만 무언가 짚이는 것이 있었다. 결혼한 뒤, 꽃 세 송이와 달걀 하나를 꿈에 보고 세 딸과 외아들을 낳으리라 예견했던 어머니. 막내인 이진을 낳고서 깨어지는 달걀이 딸을 상징하는 것임을 알았던 어머니. 아버지의 죽음도 꿈으로 알았다는 어머니를 닮아서일까, 이진도 예시 같은 꿈을 곧잘 꾸었다.

석달 전엔 길 떠나는 강주를 배웅하는 꿈을 꾸지 않았던가. 이진은 거리에서 수십대의 대포를 보고 강주를 감싼 채 엎드렸지. 꿈 얘기를 들려주고 나누었던 그날 새벽의 뜨거운 섹스.

다음날 이진은 정신을 가다듬고 산부인과로 갔다. 예감대로 임신이었다. 모든 것이 뿌리뽑힌 뻘밭에 꽃씨 하나가 떨어져 가냘픈 희망을 잉태하고 있었다. 그건 어둠에 찾아든 한줄기 햇빛이었고 가혹한 신이 주신 마지막 자비였다. 강희가 찾아온 것은 그로부터 며칠 뒤였다. 교통사고로 한달간 입원했던 강희는 퇴원하자 맨 먼저 이진을 찾아와 구혼을 했다. 이진은 강주의 아이가 뱃속에서 자라고 있음을 알렸다.

"좋은 아버지가 되도록 노력할게. 모두 사랑하겠어."

붉은 차가 우러난 유리잔을 들고 있다가 이진은 제 목에 걸려 있는 이집트산 호박을 흘긋 보았다. 강희가 결혼식을 마치고 이진의 목에 걸어준 선물이었다. 홍차처럼 붉고 투명한 호박 속엔 작은 벌 한마리가 날개를 팽팽히 펼친 채 갇혀 있었다. 허공을 날아다니다 끈끈한 송진에 갇혔나보다. 해안의 모래 속에서 기이한 모양의 황금빛 호박이 처음 발견되었을 때 불타는 돌이라 불렸다는데 식물도 곤충도 수지(樹脂)에 갇히면 한 생이 박제된다.

괘종시계가 한시 삼십분을 알리며 종을 치자 이진은 목에 걸린 목걸이를 벗어 식탁 위에 놓았다. 추억도 박제되고 맵시벌처럼 갇혀 있는 나. 이진은 문득 박제의 호박을 집어던지고 싶은 충동을 느꼈지만 아이가 깨어서는 안되었다. 이진이 살아가는 유일한 기쁨이 될 아이. 강주가 제 여자에게 남겨준 최대의 선물이며 임무인 아이. 베란다에 걸린 빈 새장이 신호라도 하듯 흔들리고 있었다.

친구가 올 봄에 파랑새 한쌍을 갖다주었지만 이진은 불현듯 마그리트의 그림이 생각나 밤에 새장 문을 열었다. 아프리카 의사들은 밤에 새장을 열어놓으면 도망쳐나갔던 영혼이 다시 주인에게 돌아온다고 믿었다. 강주의 영혼도 그렇게 돌아올까. 육체는 덧없이 스러졌지만 바람부는 날이면 그의 영혼도 가족이 그리워 돌아오지 않을까.

거실의 오디오가 눈에 들어오자 이진은 그 옆으로 다가가 레코드를 골랐다. 정적이 어깨를 누르는 듯 무거워서 공기를 갈고 싶었다. 밤이라 현악 사중주나 피아노곡을 들으려는데 '카르멘 선곡'이 손에 잡혔다. 마리아 깔라스의 노래였다. 경주에서 가져온 레코드였다. 이진은 「하바네라」를 들으려고 세번째 곡에 바늘을 놓았다.

강희는 오늘도 들개처럼 쏘다니나보다. 얼마 전부터 새 연극을 시작했다. 지난해에 연극과 교수로 임명되었고 올해엔 극단 전용사무실까지 얻었다. 자신이 원하던 것을 빨리 이루어가고 있지만 강희는 대수롭지 않다는 듯 내색을 하지 않는다. 집으로 뻔질나게 걸려오는 전화만이 강희가 세상의 주역이 되어가고 있음을 알려주었지만 그것도 이진과는 무관하게 돌아가는 그만의 행보였다. 이진이 아이를 낳기 전까진 밖에서 늦으면 집에 전화하여 사정을 알려주거나 꽃을 사들고 들어오기도 했다. 강희도 좋은 남편이 되려고 노력했던 것은 사실이다.

이진이 아이를 낳은 날 시어머니 이씨와 친정어머니만 옆에서 지켜주었다. 시누이 소정은 퇴근 후 들렀지만 강희는 공연 때문에 그날 끝내 오지 않았다. 다음날 아침에야 손님처럼 주스를 들고 부스스한 얼굴로 병실에 나타났다. 강희는 이진에게 아들인지 딸인지 물었고 딸이라고 하자 잘됐군, 한마디만 했다. 아기를 보자는 말은 하지 않았다. 그때 이진은 알았다. 아이가 아버지의 사랑을 받지 못할 것임을. 동시에 이진은 그들 모녀가 강희의 왕국에 유폐될 것임을 알았다.

나는 방향감각을 상실한 돌고래처럼 강을 거슬러온 것이 아닐까. 이진은 그것을 깨달았지만 돌아갈 수 없는 강이었다. 홀로 어둠속에서 험한 물살을 헤쳐나갈 힘도 없었다. 엄마 손을 잡고 바이올린을 켜러 다니던 아이는 엄마가 되어서도 모험을 두려워했다. 그러나 한가지는 분명하다. 유강희의 핏줄은 결코 낳지 않으리라. 사랑하지 않더라도 나는 너를 놓아주지 않을 것이며 불길한 유강희의 씨를 세상에 퍼뜨리지 않으리. 그것만이 이진이 할 수 있는 메디아의 복수다.

당신이 잡았다고 생각한 새는 날갯짓을 하며 날아가버려요
기다리면 더 멀리 가고 기다리지 않으면 가까이 다가오죠
날아왔다가 날아가고 날아갔다가 다시 오고……
잡으면 달아나고 피하면 다시 오고

마리아 깔라스의 풍부한 성량이 밤의 비로드처럼 허공에 깔리는데 갑자기 전화벨이 금속성 소리를 내며 울렸다. 이진은 놀라 벽시계를 보고 전화를 받았다. 나야, 비음이 섞인 강희 목소리였다. 이진이 잠자코 있으니 강희가 흠, 얕은 기침소리를 뱉었다.
"아직 안 잤어? 나, 곧 들어갈게. 술 마시다가 늦었어."
"지금 전화를 왜 해요?"
"기다릴까봐서."
"여태 자다가 승혜 기저귀 갈아주느라 깼어요. 전화해줘서 고맙군요."
"음악소리가 들리는데……"
"끊을게요."
이진은 수화기를 놓자 오디오 볼륨을 올렸다. 격정적이며 조롱하는 듯한 카르멘의 노래가 허공을 메웠다.

사랑은 자유로운 것
당신이 날 사랑하지 않아도

난 당신을 사랑해요
내가 사랑을 할 땐 조심하세요

침대에 늘어져 꼼짝 않던 여자가 전화하는 소리에 잠을 깼는지 강희 쪽으로 돌아누웠다. 얇은 시트로 알몸을 감은 채 게슴츠레 눈을 뜨고 여자는 담배를 찾았다. 강희와 동갑인 여배우로 아직도 왕년의 미모가 남아 있지만 눈가의 주름이 깊었다. 여자가 담배를 한모금 빨고 의자에 앉아 있는 강희를 넌지시 보았다.
"그래도 생각보단 가정적이시구만. 다른 여자와 있으면서 집에 전화까지 해주고. 부인이 바이올리니스트라면서."
"기다리면 마음이 불편하니까 했을 뿐이야."
"부인이 그렇게 미인이라던데 왜 다른 여자들과 이렇게 자고 다니지? 정말 남자라는 족속은 알 수가 없어. 종족보존 본능 같은 상투적인 말은 하지 말고."
"무언가 채워지지 않는 게 있겠지. 영원히 채워지지 않을지도 모르지만."
"유강희의 차가운 가슴을 무엇으로 채워야 하나. 유강희 품에 안기고 싶어하는 모든 여자들의 화두가 되겠군."
여자는 공연히 이죽거렸지만 강희는 신경쓰지 않았다. 연출가인 남편과 한때는 연극계의 잉꼬부부로 살았던 여자였다. 사년 전 남편에게 새 여자가 생겨 이혼하고 지금은 술과 연애로 세월을 보내고 있었다. 삶으로나 무대로나 경험이 풍부한 여자여서 연륜을 인정하는 건지도 모른다. 유강희의 차가운 가슴? 순간 이진과 보낸 첫날밤의 일이 떠올랐고 강희의 가슴이 싸늘하게 식었다.
첫날밤에 강희는 이진과의 해후에 대해 운명이란 단어를 쓰고 여자의 입술을 가만 덮쳤다. 이진은 숨죽인 채 강희를 받아들이다가 갑자기 후후, 헛김 빠지는 소리로 웃었다. 그들의 운명이 우습단 말인가. 옛 애인 대신 누워 있는 다른 남자가 하찮다는 뜻인가. 여생을 함께 보내려 했던 약혼자를 차사고로 죽인 남자, 그 옆에 신부가 되어 누워 있으면서 죄의식을 느끼는 건가. 부왕을 살해한 햄릿의 숙부와 결혼한 왕비처럼.

너는 무슨 알리바이를 원하는가. 정절을 말하고 싶은 건가. 암컷이라는 관점에서 볼 때 모든 여자는 다 창부. 나는 너의 가면을 벗기리.

이런 영국 속담이 있다. "키스를 받았을 때 어떤 여자는 얼굴을 붉히고 어떤 여자는 소리지르고 대든다. 가장 나쁜 것은 웃어대는 여자다." 이진은 첫날밤, 소년처럼 설렌 강희의 가슴을 웃음으로 잔인하게 짓뭉갰다. 강희는 수컷의 자존심으로 이진을 쾌락에 굴복시키려고 밤새 여자의 육체를 희열의 구름 위에 놓아두었다. 그러나 이진은 쾌락의 천국에서도 사랑한다는 말은 결코 하지 않았다. 좋지, 미치게 좋다고 말해봐. 강희는 집요하게 요구했건만 이진은 이를 앙다물고 응답조차 하지 않았다. 첫날밤의 조롱은 지금까지 이어져 강희는 매번 잠자리에서 격렬하나 속삭임없는 정사를 치르곤 남창의 기분을 맛보아야 했다.

강희가 집에 전화하는 것을 들었으므로 여자도 서둘러 나설 준비를 했다. "영원히 가질 수 없는 유강희, 하룻밤 만리장성 쌓은들." 여자는 연극대사처럼 읊곤 일어나 강희를 안아주었다. 여자의 귓가에 향수냄새가 묻어 있지만 그닥 싫진 않았고 강희는 또 보자며 언질을 주고 나섰다. 인생을 아는 여자라 떠나는 자를 잡으려 하지 않았다.

모텔이 서 있는 양수리 강변은 안개에 잠겨 있었다. 여자가 먼저 차를 몰고 가고 강희는 차를 갓길에 세워둔 채 강가로 내려갔다. 강 건너편에서 불빛이 아스라하게 빛났고 강희는 방랑자처럼 불빛에 그리움을 느꼈다. 저 불빛을 따라가면 따뜻한 집과 인간의 가슴을 만날 것 같지만 물안개 속에 길은 보이지 않고 불빛은 다가갈수록 멀어져가는 것 같았다. 강희는 강가에 서서 담배를 피워물었다. 대상도 없는 막연한 그리움이 슬픔의 감정을 일으켰고 랭스턴 휴즈의 시가 떠올랐다.

새벽 두시, 홀로
강으로 내려가본 일이 있는가
강가에 앉아
버림받은 기분에 젖은 일이 있는가

어머니에 대해 생각해본 일이 있는가
이미 죽은 어머니, 신이여 축복하소서
연인에 대해 생각해본 일이 있는가
그 여자 나지 말았었기를 바란 일이 있는가

할렘강으로의 나들이
새벽
한밤중 나 홀로
하느님, 나 죽고만 싶어
하지만 나 죽은들 누가 서운해할까

모텔의 불빛이 반사돼 물에 드리운 불기둥이 밤바람에 흔들렸다. 물감처럼 물에 번지는 불빛을 지켜보며 강희는 문득 소리내어 울고 싶었다. 자신이 지구 구석에 방치된 천애고아처럼 느껴졌고 신의 의붓자식처럼 버림받은 것 같았다. 지상에 발딛지 못해 제 몸이 불기둥처럼 수면에 꽂힌 듯했고 물결에 떠다니는 나뭇잎 같았다.

사실 미련없이 세상을 떠날 수 있는 사람은 강주가 아니라 강희가 아니었을까. 트럭과 충돌하면서 붉은 피가 눈앞에 솟구쳤을 때 강희는 순간 이렇게 죽는구나, 생각했다. 아무것도 가진 것 없는 강희, 세상이 그에게 준 것은 아무것도 없었다. 홀로 가시밭길을 헤쳐갔고 냉소를 독처럼 품고 있어서 움켜쥐었던 끈이 끊어지듯 죽음이 순간 닥쳐오자 공포보다 한 발 앞서 분노 같은 것이 솟았다.
 그러나 가련한 제 육신을 마지막으로 쓰다듬듯 가슴을 부여잡았을 때 피는 제 몸에서가 아니라 강주의 몸에서 솟구친 것임을 알았다. 차창에 박혔다가 뒤로 꺾인 강주의 머리는 형체를 알아볼 수 없이 피투성이가 되어 있었고 신음소리조차 들리지 않았다. 죽음이 저를 비켜간 것을 깨닫자 강희는 오히려 허탈감으로 몸이 허공에 뜨는 듯했다. 아니, 영혼이 몸에서 빠져나가 제 질긴 껍질을 체념하듯 내려다보는 것 같았다. 강주에 대한 염려와 죄책감이 일어난 건 그 뒤 구급차 속에서 저를 재촉하는 듯한 불안한 앰뷸런스 소리를 들으면서였다.
 그때 가변차선의 진입시간이었으나 앞차들의 실랑이에 신경을 빼앗겨 교통신호판을 보지 못했다. 강주도 딴 생각을 하고 있었는지 블랙홀에 빨려들 듯 죽음을 향해 터널로 들어서는 차를 막지 않았다. 결과적으로 강희는 강주에게 죽음의 매개체 역할을 한 셈이다. 불길한 매개체.
 뒤돌아보면 강희는 늘 뺏는 역할을 해왔다. 원했던 것은 아니나 친구 애인인 케이트가 그에게 왔고 강주는 그에게 이진을 남겨놓았다. 그래 한달간 병실에서 선통(仙痛) 같은 아픔을 치르고 네 대의 갈빗대가 다시 이어지자 맨 먼저 이진을 찾아갔다. 죄일지라도 이진은 강희의 운명이었다.
 자신이 꿈꾸었으며 운명이 유일하게 그에게 준 여자. 인생과의 투쟁에서 전리품처럼 이진을 획득했으며 제자들이 추종하는 교수가 되었다. 그러나 그것도 현실의 껍데기인지 강희에게 근원적인 행복감을 주지 못했다. 가져도 가져도 박탈당한 느낌, 채워지지 않는 이 공허의 정체는 무엇일까. 인간은 지구에 태어나면서 상처받을 수밖에 없지만 강희는 돌아온 이 땅이 자신에게 유형지이고 죽는 날까지 유형수의 고독이 그림자처럼 따라다니리라는 것을 감지했다.

요즘 들어 어머니는 부쩍 고향 얘기를 많이 했다. 호주로 떠날 준비를 하는 소정의 마음을 돌이키려는 것일까. 말년에 더욱 실향민의 외로움을 느끼는 건지도 모른다. 얼마 전 북한을 방문한 카터를 통해 김일성이 조건없는 남북 정상회담을 전격 제의했다. 남한 정부의 발빠른 대응으로 곧 양쪽 대표가 만나 협상을 벌였고 결과는 만족스러운 것으로 오는 칠월 이십오일에 평양서 역사적인 첫 정상회담을 갖기로 합의했다. 분단 사십구년 만에 합의된 남북 정상회담 소식에 이북 실향민들은 누구보다 환호했다. 국민들은 통일이 더욱 빨리 다가오지 않을까, 희망을 가졌고 어머니 이씨도 살아 생전 이북땅을 밟을 수 있을지 뉴스에 귀를 기울였다.

입안에 서걱거리는 좁쌀밥을 먹고, 치과집 집난이의 옥빛물 들인 명주저고리를 입어볼 소원하면서 까만 무명치마만 입고 다녔지만 그리운 건 고향뿐이었다. 가난했지만 지금 생각해보면 가장 행복했던 시절이었다. 어린 교옥이 일하러 다닌 치과집에선 껌을 씹는 것 같은 질긴 고등어 자반은 먹지 않아도 좋았다. 손님들은 치과집에 설탕이나 운동화를 선물하곤 했는데 당시엔 귀한 물건이라 교옥은 설탕도 보석가루인 양 손에 털어 아껴먹곤 했다.

치과집엔 늘 수수엿이 만들어져 있었다. 수수엿 옆엔 망치와 칼이 항상 놓여 있어서 잘라먹도록 했다. 치과집 집난이 애자와 함께 콩가루를 뿌려먹던 그 수수엿 맛이라니. 또 치과를 드나들던 기생들은 얼마나 예뻤던가. 기생들은 이빨에 구멍을 뚫어서 금을 박았는데 당시의 유행이었다. 교옥은 저도 나중에 기생이 되어 이빨에 금을 박으리라 생각했다. 웃을 때마다 살짝 보이던 석류 같은 이빨, 그 속에서 햇빛처럼 반짝이던 한 점의 금. 사십구년 만의 남북한 최고 통치자의 회담을 앞두고 이씨는 추억에 설레였지만 소정은 그런 어머니를 안쓰럽게 바라보았다.

"엄마, 이제 손녀도 있는데 손녀 재롱 보며 사는 재미 붙이세요. 자식은 다 크면 제 갈 길로 가는 거야."

"며느리는 어렵다. 더구나 어떤 며느리냐. 강주 약혼자여서 네 큰집에 어쩐지 죄를 지은 것 같아 송구하기도 하고. 며느리가 내 사람 같지 않으니 손주도 덥석 안아보기 어려워. 너도 떠나는데 통일이나 되어서 고향 가서 살았으면 좋겠다. 내가 살아 있을 때 그런 날이 올지 모르지만 김일성과 회담만 잘하면 될 수도 있지 않을까. 이산가족도 서로 오가며 만났는걸. 독일도 통일을 했잖아."

"언젠간 되겠지만 통일이 그렇게 빨리 오겠어요. 하나 있는 고모도 떨어져 살아야 하니 승혜한테 좋은 친할머니 노릇하고 이따금씩 호주 놀러 오면 되잖아요."

"넓은 땅 찾아 이민간다지만 제 나라만 하겠냐. 피붙이도 없고 친구도 없는 데서 어떻게 살려구?"

"하고 싶은 공부하러 가는걸요. 마음 붙이면 고향이지 뭐."

"이왕지사 간다면 마음 붙이고 살아야지."

소정은 이씨의 등에 머리를 기댔다. 상훈과 이혼한다고 했을 때 울면서 말리던 어머니는 이제 모든 것을 체념하고 받아들였다. 소정도 결코 이혼을 원치 않았다. 그러나 상훈에게 여자가 있었고 상훈은 여자에게 소정을 먼저 버릴 수 없다고 말했다. 지난 여름 여자가 소정에게 전화를 걸어 그렇게 말해주었다. 소정에 대한 상훈의 고민을 이해하지만 자신은 지금 아이를 가졌고 두번째의 임신이며 이번엔 상훈도 낳기를 바라노라고.

"무슨 고민요?"

소정이 양미간을 세우며 물으니 여자는 머뭇대다 답했다.

"소실의 딸이어서 상처가 많은 사람이라고 하데요."

소정은 전화기를 던져버리고 싶었지만 얼음 같은 목소리로 내뱉었다.

"아이도 낳고 결혼도 하시죠. 난 그 남자를 사랑하지 않아요."

지난 겨울 이혼수속을 끝냈고 요구한 위자료도 받았다. 분노에 대한 위자료였다. 여자가 생겨서가 아니었다. 제삼자까지 끌여들여 소정의 자존심을 짓밟은 데 대한 분노였다. 소실의 딸에게 자비나 베풀 듯 청혼하고 자기도취에 살았던 남자, 한때 소정은 상훈을 사랑한다고 생각했으나 그것은 사랑이 아니었다. 히로를 만난 뒤 그것을 깨달았다.

소정은 중국에서 돌아와 곧바로 강주의 죽음을 전해들었다. 강희까지 연결된 그 죽음을 한동안 받아들이기 힘들었으나 소정은 정신을 추스른 뒤 히로에게 편지했다. 당신을 내게로 보내준 사람이 누구인지 알았다고. 그는 내가 사랑했던 핏줄로서 사랑의 부재를 믿는 내게 한 인간을 보내고 안식의 길로 떠났다고. 긴 인생에서 우리의 만남은 짧았으나 당신은 내게 사랑을 가르쳐주었고 나는 아우가 보낸 그 선물을 잊지 않을 것이라고.

소정은 언젠가 읽은 토마스 만의 『마의 산』 한 대목을 히로에게 알려주었다. 주인공 한스가 어릴 때 좋아했던 급우 히페를 회상하는 장면이었다. 한스는 늘 그를 먼발치에서 바라보다가 연필을 가져오지 않은 날 히페에게 연필을 빌렸다. 미술시간에 히페의 연필을 쓰면서 너무나 기뻤던 한스는 연필을 깎을 때 떨어진 부스러기를 거의 일년간 책상서랍 안에 보관해두었다.

한스처럼 소정도 히로와의 추억을 아무도 손대지 않는 책상서랍 안에 보관할 것이다. 이제 가슴에 빛을 간직한 채 내 자리로 돌아가리니 행복하진 않지만 한 남자의 아내로서의 내 삶을 감내하겠노라고.

그 뒤 히로가 답장을 보내왔다. 편지가 아니라 카세트 테이프였다. 테이프엔 실크로드 음악이 깔려 있고 파도소리와 끼룩끼룩 새소리가 울리면서 히로의 음성이 흘러나왔다. 지금은 새벽이고 나는 지금 집 뒤의 해변을 산책하며 새 모이를 주고 있다고, 새소리와 바다내음을 전하고 싶어서 녹음을 한다고 말했다. 마치 옆에서 들려주기나 하듯 그 목소리는 생생했고 체온이 느껴졌다.

소정은 그 테이프를 수십번 들으면서 인간에게 감화되었다. 선량한 한 남자가 먼 바닷가에서 사랑의 새를 날려보내고 있었다. 그 모습은 소정에게 긍정과 힘을 주었다. 저만의 비밀을 갖는 대신 소정은 상훈에게 어떤 불평도 하지 않고 침묵을 지켰다. 그렇게 이년의 세월이 흘렀다. 그러나 진실을 외면한 침묵에 금이 갔고 습관의 삶도 어떤 힘에 의해 뒤엎어졌다. 소정이 원했던 것인지도 모른다. 소정이 새 삶을 위해 한국을 떠날 준비를 하고 있을 때 뜻밖에도 일본에서 편지가 왔다. 히로에게서 온 편지였다.

삼년 전 창사에서 만났던 다까히로를 기억하시는지요. 기억하고 있기를 간절히 바랍니다. 저는 少庭이란 이름을 잊은 적이 없으니까요.

지난 사월엔 학회일로 쿄오또에 다녀왔습니다. 은각사에 갔다가 철학자의 길이라는 오솔길을 산책했는데 벚꽃 피는 계절이어서 흩날리는 벚꽃을 눈처럼 맞았습니다. 벚꽃을 보자니 문득 경주가 생각났고 동시에 소정이 떠올랐습니다. 제가 경주에 갔을 때 벚꽃이 만발했거든요. 벚나무 아래 벤치에 앉아 나도 모르게 경주에 가고 싶어, 혼잣말을 했습니다.

사람은 희망을 가지고 있어야 이루어지나 봅니다. 보름 전 경주서 학술

세미나가 열린다는 소식을 듣고 그렇게 생각했습니다. 한일 고대사 세미나는 7월 10일부터 열려서 저는 9일에 김해공항에서 경주로 갈 예정입니다. 오일간 머물 예정인데 소정이 시간을 준다면 꼭 만나고 싶군요. 올 가을로 결혼을 앞두고 있어 그전에 꼭 만나게 되길 바라고 있습니다. 소정이 나에 대해 좋은 추억을 가지고 있다면 경주에 올 수 있지 않을까 기대합니다. 일본에는 "가는 강물 흐름은 끊임없으나 이전의 물이지 않다"는 말이 있습니다. 그러나 소정은 예전과 다를 바 없을 것 같아요. 소정의 순수함, 따뜻함, 우물 같은 깊이, 그 모든 것을 기억하고 있습니다.

일본에 돌아온 뒤 한국어 공부를 계속하다가 이름 하나를 지어보았습니다. 창사에서 처음 만난 날, 작은 정원이란 뜻의 소정이란 이름이 마음에 들지 않는다고 했던 말이 기억나서요. 일본어 발음과 한국어 발음이 같은 이름이 없을까 찾다가 미사(美紗)로 지었어요. 이름을 풀이해보니 인생의 화폭에 아름다운 수를 놓으라는 염원이 깃들여 있습니다. 紗자에 소정의 少가 있어서 아름다운 비밀이나 갖게 된 듯 혼자 즐거워했습니다. 소정을 위해 지은 이름이지만 뒤에 딸을 갖게 되면 이 이름을 주고 싶군요. 이십년 뒤엔 아버지의 추억을 들려주어도 되겠지요.

7월이면 경주도 무더워지기 시작하겠지만 여름이 싫지만은 않습니다. 여름이 치열해서 좋다는 소정의 말을 기억하기 때문일 겁니다. 이 해후에 대한 기대와 설렘을 저버리지 않도록 기도하고 싶군요. 일본학술단이 묵을 숙소는 코오롱 호텔입니다. 그곳으로 연락하면 연결이 될 겁니다. 기다리겠습니다.

94년 6월 23일 히로가

가는 강물 흐름은 끊임없으나 이전의 물이지 않다. 삼년 만에 와본 경주는 뭔가 변한 것 같았다. 소정을 맞아줄 강주도 없고 대능원 맞은편에 빈터처럼 펼쳐져 있던 내물왕릉 지구도 철책에 막혀 있었다. 자

연의 선을 죽이는 직각의 아파트 단지가 들어섰고 고속철도가 놓인다
고 시민들은 들떠 있었다. 당선된 문민 대통령은 고도(古都)에 경마
장을 세우겠다고 무지한 공약을 했는데 이것도 공약이라고 지키려 한
다면 싸구려 상혼과 파괴된 심성이 현대라는 이름으로 고도를 잠식할
것이다.

　강주가 교통사고로 죽고 유품을 챙기러 온 이진은 다시는 경주에
오지 않겠다며 머리를 흔들었다. 강주가 세든 집 주인은 대문과 연결
된 인터폰이 녹슬어 고장났다면서 삼만원을 요구했다. 애초부터 설치
돼 있었던 인터폰이었으나 강주가 쓴 일은 없었다. 경우가 없었지만
이진은 식육점을 경영하는 주인 남자와 돈 삼만원 때문에 싸울 마음
이 없었다. 돈을 벌러 관광지에 터를 잡고 산다지만 물신(物神)에 씌
어 충혈된 눈은 보기도 두려웠다. 그러나 사과나무가 있는 그 집 정원
은 강주가 사랑할 만큼 아름다웠다.

　모든 것이 다 변해도 천오백년의 고분은 묵묵히 비바람을 견디며
세월을 받아들이고 있었다. 봉황대 위의 오동나무는 무성한 잎을 펼
치고 노동동 고분공원에도 녹음이 덮여 있었다. 소정은 노동동 고분
군이 내려다보이는 녹원장에 여장을 풀었다. 두달 전 도서관에 사직
서를 제출하고 영어공부만 집중적으로 할 뿐 여느 때보다 한가했다.
이제 서울로 돌아가는 대로 오스트레일리아행 비행기를 탈 것이다.
그렇지 않아도 한국을 떠나기 전 경주에 올 생각이었다. 그동안 소식
을 끊었지만 히로는 소정의 계획을 알고 있는 듯 이별의 의식을 치르
기 위해 경주로 오는 것 같았다.

　어제 경주 와서 괘릉과 분황사에 들렀고 이날 소정은 오전에 반월
성에 갔다. 오늘은 계림과 주변을 돌아보고 시간을 보내다가 오후에
히로에게 연락할 생각이었다.

　여름인데다 오전이라 유적지가 있는 거리는 한산했다. 대능원 맞은

편으로 내물왕릉과 계림이 있어 시야가 온통 초록 일색이었다. 시멘트 빌딩이 들어찬 서울에선 나무 몇그루 심어진 공터만 보아도 탄성이 나오는데 도시 한가운데서 호젓하게 역사의 정취를 즐기려니 환상 속으로 들어서는 듯했다. 손으로 여름 해를 가리고 벚나무 가로수를 스쳐 첨성대 가는 오솔길로 들어서자 오른편 지구에 드문드문 솟아 있는 고분들의 능선이 눈의 피로를 씻어주었다.

안식이여, 삶에 집착이 강한 사람들은 죽음을 두려워하지만 죽음 없이 영원히 산다고 생각해보라. 잠 없이 보내는 나날처럼, 등에서 뗄 수 없는 짐을 진 것처럼 끔찍하지 않은가. 어느 작가는 삶이 고통스러워 자살을 생각하자 위안을 얻었다더니 소정은 공감할 수 있었다. 이집트의 비문에 새겨진 문헌을 보면 고대인들은 죽음을 의연한 방식으로 이해했다.

―― 병 뒤의 회복처럼, 연꽃의 향기처럼, 유배 뒤의 귀가처럼 오늘 내 앞에 죽음이 있도다.

살아남은 자는 영원한 이별에 상처받지만 죽은 자는 유배 뒤의 귀가처럼 평안한 잠을 잘 것이다. 강주도 물론 죽음을 원치 않았지만 그것이 숙명이 되었으니 어쩌랴. 이승의 안타까운 것들은 지상의 신께 맡기고 민들레씨처럼 저승 구경 다니다가 그리움이 손짓하면 내세에 다시 꽃피소서.

전생에 알 속에서 깨어나기를 두려워했던 혼. 삶에 성실했지만 연약한 영혼은 사라진 역사를 추적하며 알 속의 어둠을 그리워했나보다. 세상은 두렵지만 너를 어미처럼 품으리니 먼 뒷날 내 배꼽의 탯줄을 끊고 나오시게. 두 날개를 접고 하늘 아래 나오시게.

계림으로 들어서자 제 영역을 지키듯 듬성듬성 서 있는 고목들이 시야에 들어왔다. 몇아름이 될 듯한 휘어진 거목엔 알지의 금궤가 걸려 있을 것 같은 신령스런 분위기가 있었다. 거목 밑을 지나 숲 사이로 흐르는 개울을 따라가다가 소정은 한 자 정도 너비로 흐르는 개울 앞에 걸음을 멈추었다. 비가 오진 않았지만 흘러가는 물살이 꽤 빠르고 물밑의 모래도 훤히 들여다보였다. 소정은 가방에서 두 통의 편지를 꺼냈다. 한 통은 강주가 부여박물관에 있을 때, 또 한 통은 경주로 자리를 옮기면서 보낸 편지였다. 소정은 성냥을 꺼내 불을 피우고 편지에 불을 붙였다. 종이는 여름 열기와 더불어 타올랐고 소정은 검은 재를 개울에 흘려 보냈다. 가거라, 우리는 긴 강을 흐르는 물이니……

계림에서 나와 박물관까지 둘러보고 밖으로 나서려니 갑작스레 소나기가 쏟아졌다. 하늘엔 회색 구름이 덮여 있는데 어둡지 않은 걸 보면 구름 뒤에 해가 숨어 있는 듯했다. 천둥까지 울리며 장대같이 쏟아지는 빗줄기를 바라보는데 박물관 주차장에 택시 한대가 멈춰섰다. 소정은 비를 뚫고 달려가 재빨리 택시를 잡았다.

"노동동 고분공원요."

일단 숙소에 돌아가려고 행선지를 말하는데 라디오에서 막 뉴스가 흘러나왔다.

―속보를 알려드리겠습니다. 김일성 북한 주석이 사망했습니다. 북한 중앙방송과 평양방송은 오늘 구일 낮 열두시 특별방송을 통해 김일성 주석이 구십사년 칠월 팔일 오전 두시에 심장마비로 사망했다고 공식 발표했습니다. 김일성 주석이 남북 정상회담을 앞두고……

"아니, 이게 무슨 소리예요?"

소정은 놀라 목소리를 높였고 기사가 백미러를 들여다보며 일러주었다.

"처음 알았어요? 아까부터 계속 이 뉴스가 나왔어요. 몇년 전에도 죽었다는 뉴스가 흘러나왔지만 이번엔 쇼가 아니에요. 옛날 같으면 좋아했겠지만 남북 정상회담을 보름 앞두고 죽어서 얼떨떨해요. 곧 통일이라도 될 것처럼 온 국민이 들떠 있는데."

와이퍼가 움직이면서 빗물이 씻겨나가는 앞차창을 소정은 멍하니 바라보았다. 예기치 않았던 김일성 사망 소식은 충격적이었다. 전쟁을 모르고 자란 세대라 통일을 비현실적인 일로 생각했지만 남북 정상회담은 소정에게도 통일에 대한 기대를 심어주었다. 무엇보다 고향을 그리워하는 어머니를 위하여 통일이 앞당겨지길 희망했지만 김일성의 돌연한 죽음은 이 기대를 무산시킬 듯했다. 아직 하늘이 돕지 않는 것 같았다.

 곡절 많은 한국 역사를 생각하면 위급할 때마다 주머니를 던져 위기를 모면하는 옛날 얘기가 떠오른다. 빨간 주머니를 던지면 불이 나서 뒤따라오던 마귀를 물리치고 파란 주머니를 던지면 강이 펼쳐지고 노란 주머니를 던지면 뾰족한 바위로 변했다. 수도 없이 주머니를 던지며 가파른 역사를 이어온 한국이 파란 많은 자신의 운명과 같다는 생각이 들었다. 운명의 모태인 작고 메마른 땅. 벗어나려 할수록 올가미처럼 의식에 죄어드는 한국은 소정의 업이었다.

 택시에서 내리자 비는 어느새 그치고, 아무 일도 없었다는 듯 하늘은 파랗기만 했다. 좀전에 들은 김일성 사망 뉴스도, 경주에 온다는 히로의 편지도 다 꿈속의 일 같았다. 고분공원으로 들어서니 오른편에 깎여진 봉분이 눈에 들어오는데 봉분 위에 나무 한그루가 초록 잎을 우산처럼 펼치고 서 있었다. 평지에 심어진 나무들도 시야를 가릴 만큼 무성한 잎을 피우고 있었다.

 젖은 땅을 딛고 걸어가다 소정은 봉토가 잘려나가 평평하게 돋아 있는 서봉총 자리를 눈으로 찾았다. 잔디에 세워진 비석단에는 "서전 국왕 구스타프 6세 아돌프 폐하 서봉총 발굴 참가 기념비"라고 씌어 있었다. 일제시대에 일본을 방문했던 스웨덴의 황태자가 경주에 와서 발굴에 참가하고 뒷날 세워진 것이었다. 소정은 무심코 다가가 평평한 봉토 위에 주저앉았다. 비온 뒤라 땅이 축축하지만 숙소가 눈앞에 보여 상관하지 않았다.
 소정은 가방에서 담배를 꺼내 불을 붙였다. 앞으로 길이 나 있어 눈에 띄는 장소지만 공원엔 사람이 보이지 않았다. 반월성에서 피운 뒤 두번째 담배라 음미하며 연기를 들이켜려니 한 노인이 가까이 다가오고 있었다. 후줄그레한 회색 남방을 입은 노인이었다. 노인의 어깨는 굽고 숱 없는 머리카락이 이마 위로 힘없이 늘어져 있었다. 소정은 저도 모르게 담배 쥔 손을 아래로 늘어뜨렸다. 담배를 막 비벼끄려는데 노인이 소정의 발치에 옹크리고 앉았다. 야단을 치려나, 소정은 주춤했지만 노인은 말없이 소정의 왼쪽 운동화 끈을 묶어주었다. 왼쪽 운동화 끈이 저도 모르게 풀려 있었다.
 "끈이 풀어지도록 어데를 그리 댕기노. 갈 길이 멀수록 단다이 매야지."
 노인은 중얼거리고 소정의 운동화 끈을 묶은 뒤 공원 안쪽으로 걸음을 옮겼다. 말은 멀쩡하고 조리가 있었지만 사람과 눈을 마주치지 않아 이상하기도 했다. 실성한 노인일까. 노인은 팔을 흔들며 언덕 같은 고분 사잇길로 사라졌고 소정은 그의 뒷모습을 지켜보다가 운동화로 시선을 돌렸다.
 노인은 왜 낯 모르는 젊은이의 신발끈을 묶어준 것일까. 풀려 있는 것을 참지 못하는 강박관념을 갖고 있는지 모른다. 갈 길이 멀수록…… 노인의 말을 되씹어보니 마치 신선이 변장하여 나타나 소정에게 길을 재촉한 것 같기도 했다.

 한기에 문득 눈을 뜨니 어둑한 빛 속에 정열된 좌석과 담요를 두른 채 자고 있는 승객들 모습이 눈에 들어왔다. 소정은 반사적으로 시계를 보려다 내려진 창덮개를 올렸다. 하늘에서 무의미하게 지상의 시간을 헤아리다니. 창엔 짙은 어둠이 밀려와 있었다. 얼굴을 창에 바짝 대고 아래를 내려다보니 아득한 지상의 어느 도시가 어둠의 바다에서 얽힌 금목걸이같이 놓여 있었다. 명멸하는 빛들의 행렬로 도시는 땅뺌재기를 한 듯 구획정리가 돼 있고 셰에라자드의 얇은 새틴 천처럼 아스라하게 반짝였다.

오렌지빛으로 타오르는 아라비안 나이트 같은 저 작은 도시는 어디쯤일까. 불빛이 자수처럼 점점이 박힌 지상의 보금자리, 그건 신이 빚은 또다른 혹성 같았다. 신이 가꾼 정원 같았다. 여태 반생을 살아온 뒤틀리고 꼬인 세상, 울분의 한숨이 새어나오는 그런 땅과는 전혀 다른 세계인 듯했다. 아무도 손대지 않은 황금의 선악과가 심어져 있는 밤의 낙원 같았다. 저 신의 정원을 황무지로 만든 것은 누구인가. 내 작은 정원은 왜 이토록 황폐해졌나.

언젠가 보았던 르네쌍스 화가 마사치오의 그림이 떠오른다. '낙원에서 쫓겨난 아담과 이브'라는 제목의 그림이었다. 젖가슴과 음부를 손으로 가린 이브와 두 손으로 얼굴을 가린 아담이 하늘을 나는 천사의 주시 아래 낙원에서 걸어나가는 장면인데 행복을 잃어버렸다는 공포감에 휩싸여 아이처럼 입을 벌리고 우는 이브의 모습은 연민을 느낄 만치 비통했다.

행복의 땅에서 쫓겨나는 이브는 비통하나, 인습의 땅에서 걸어나가는 서른아홉살의 여자는 지쳐 보이지만 희망을 안고 있다. 조선시대의 한 여류시인이 대국이 아닌 작은 나라 조선에 태어났음을 한하고, 그중에서도 여자로 태어난 것을 한하고 갔다더니 평범한 현대 여자의 한도 오백년 전 여자의 그것과 다를 바 없다. 본질과는 아무 상관 없이 제도의 문제로 고통받았고 결혼을 하면서 가정의 울타리 속에 안주하려 했지만 그 속에도 사랑이 없었다. 소정이 안주하고 싶었던 것은 제도가 아니라 사랑이었다.

이제 사랑이 무엇인지 알기에 사랑을 찾아 또다른 혹성으로 떠나려

한다. 제도가 인간을 짓누르지 않는 자유의 땅으로. 문서를 문제삼지 않고 생명을 알처럼 품어주는 다른 별로. 히로가 말해준 일본 속담처럼 버리는 신이 있으면 구해주는 신도 있다.

 사랑을 가르쳐준 사람과도 이별을 해야 하지만 소정은 이별을 연장하고 가슴속에 그리움을 묻어두기로 했다. 일본학술단의 숙소로 전화하여 히로와 통화가 되었지만 사람의 목소리가 들려오자 말이 나오지 않았다. 히로는 안타깝게 상대방을 불렀고 소정은 너를 여전히 사랑하며 잊지 않겠노라 속으로 말했다. 소정의 수첩 속에는 아직도 창사에서 예매한 꾸이린행 기차표가 끼워져 있었다.

 소정은 조용히 수화기를 놓았다. 짧은 만남이었지만 영원히 기억하리. 아무것도 묻지 않고 이름만 알고 있는 여자에게 아낌없이 사랑을 바친 히로와 이별의 의식을 치르고 싶지 않았다. 모든 것을 잃고 떠나지만 단 하나의 그리움은 부적처럼 가슴에 간직하고 싶었다.

 창을 정면으로 응시하니 기체의 한쪽 날개가 어둠속에 떠 있었다. 기체는 마치 거대한 고래처럼 고대의 암흑 속으로 나아가는 듯했다. 미지의 세계이나 원초의 세계로. 가성만 전달하는 전선의 거미망에서 벗어나 진정한 소리를 들려줄 것 같은 천체의 옷자락 속으로.

 불꽃으로 수놓인 신의 정원도 시야에서 멀어져가자 소정의 입가에 희미한 미소가 떠올랐다. 업의 비늘이 떨어져나가 우주의 바람에 묻어가는 듯했고 소정은 깃털처럼 가벼워진 몸을 눈앞에 펼쳐 있는 구름 이불 위에 던지고 싶었다. 그것은 핑크를 한없이 칠하고 싶은 빈 화폭 같기도 했다.

후기

    오년 전인가, 박물관에 갔다가 한 고고학자의 강연을 들은 적이 있다. 강연 내용은 기억나지 않지만 그날 본 한장의 슬라이드 사진이 가슴에 깊이 남았다. 금으로 만들어진 한쌍의 새다리 형태인데 양산의 고분에서 출토된 오류세기경의 부장품이었다. 네 개의 발가락을 힘있게 딛고 다리를 구부리고 있는 금빛 형상은 어둠을 박차고 막 창공으로 비상하려는 듯했다. 그것은 눈부신 혼과 같아서 나를 한눈에 사로잡았다.
    기록을 보면 변진에서는 사람 무덤에 새의 큰 깃털을 넣어 그 영혼이 하늘로 날아가도록 돕는다고 했다. 옛 사람들이 영물이라고 생각했던 새는 죽은 자의 영혼을 천계로 인도했으리라.
    『내 안의 깊은 계단』은 천오백년간 캄캄한 지하세계에서 비상을 꿈꾸어온 새의 이미지에서 구상되었다. 소멸과 재생이 되풀이되는 윤회하는 삶의 기나긴 길을 이승과 저승을 넘나들 듯 고고학을 통해 보여주고자 했고 작게는 제도를 비판하면서 윤회하는 업을 그리고자 했다.

이 소설의 모든 것은 전적으로 경주라는 환상적인 고도가 준 영감에 힘입어 씌어진 것 같다. 둔덕처럼 이지러져 자연의 부분이 된 천오백년의 고분 곁을 지나다니며 나는 자연스럽게 생사(生死)의 순환과 질서를 체득하게 되었다. 우리의 가슴속엔 남 모르는 깊은 계단이 있고, 삶의 껍질을 벗고 그 계단으로 내려간다면 본질을 만날 수 있을 것이다.

이 소설에서 스토리만 좇는 독자라면 고고학 부분이 지루하게 느껴질지 모르겠다. 한 문장도 필연이기를 바라며 수없이 언어를 거르는 작가 입장에선 독자가 자신이 모르는 세계에 대해 리모컨으로 채널을 돌리듯 넘어가기보다 현상에 대한 호기심을 가지고 광맥을 찾아가듯 소설 읽기를 희망한다. 현대의 모든 것이 한없이 가벼워져가고 있지만 인식에의 욕구로 책을 읽는 독자라면 작가와 함께 다양한 삶을 추적해야 하리라.

소설에 나오는 「환도와 리스」 대본은 김미라님 번역을 사용했음을 밝힌다. 토씨 하나도 그냥 넘기지 않고 치밀하게 교정작업을 해준 김성은씨와 작품이 나오도록 기다려준 창작과비평사에 감사드리고 싶다.

1999년 9월 25일
강 석 경

독자회원엽서

창작과비평사의 독자가 되어주셔서 고맙습니다.
이 엽서를 작성하신 후 우체통에 넣어주시면 독서회원의 자격이 부여되며
본사가 발행하는 간행물의 도서목록을 보내드립니다.
이 자료는 더 나은 출판을 위하여 소중한 자료로 참고하겠습니다.

◆ **구입하신 책의 이름은?**

◆ **이 책을 알게 된 계기는?**
  1. 주위의 권유 2. 신문·기사나 광고 3. 라디오 광고나 방송
  4. 잡지 서평이나 광고 5. 서점에서 보고 6. 기타

◆ **이 책을 읽고 난 후의 소감은?** (내용, 편집, 제목, 표지 등)

◆ **평소 창비의 책을 애독하고 계시다면 관심있는 분야는?**
  1. 잡지 2. 소설 3. 시집 4. 어린이책
  5. 수필집 6. 기타(   )

◆ **위의 책말고 최근에 구입하신 창비책은?**
  1.   2.   3.

◆ **현재 구독하는 신문, 잡지 이름은?**

◆ **『창작과비평』을 구입해보신 적이 있습니까?**
  예   아니오

◆ **창작과비평사에 하시고 싶은 말씀은?**

이름   (남 여) 나이   e-mail
직장명   전화번호 (집)   (직장)

우편엽서

보내는 사람

주소

□□□-□□□

우편요금
수취인 후납부담

유효기간
99.1.1~2000.12.31
서울 마포우체국 승인
제266호

받는 사람
(주)창작과비평사
서울 마포구 용강동 50-1
전화 716-7876·7877, 718-0541·0542
수신자부담전화 080-900-7876

1 2 1 - 0 7 0